DROEMER ★

ACHILLES

NUR DER TOD IST SCHNELLER

LAUFENDE ERMITTLUNGEN

KRIMINALROMAN

Besuchen Sie uns im Internet:
www.droemer-knaur.de

Originalausgabe April 2024
© 2024 Droemer Verlag
Ein Imprint der Verlagsgruppe
Droemer Knaur GmbH & Co. KG, München
Alle Rechte vorbehalten. Das Werk darf – auch teilweise – nur
mit Genehmigung des Verlags wiedergegeben werden.
Die Nutzung unserer Werke für Text- und Data-Mining
im Sinne von § 44b UrhG behalten wir uns explizit vor.
Redaktion: Birgit Förster
Covergestaltung: semper smile, München
Coverabbildung: semper smile unter Verwendung verschiedener
Motive von Shutterstock.com und Getty Images
Illustration im Innenteil: Getty Images / enjoynz
Satz und Layout: Adobe InDesign im Verlag
Druck und Bindung: GGP Media GmbH, Pößneck
ISBN 978-3-426-30964-3

2 4 5 3

PROLOG

»Platz!«, brüllt Peer.

Die Rechenmaschine im Kopf rattert. Dreihundert Meter pro Kilometer aufholen – das ist kein Marathon mehr, das ist verschärftes Intervalltraining. Peer hebt den Oberkörper und schiebt die Hüften vorschriftsmäßig nach vorn. Seine Lungen gieren nach Sauerstoff.

»Platz!«

Die entkräfteten Gestalten vor ihm quälen sich mühsam zur Seite, manche missmutig, andere raunen voller Bewunderung. Unvorstellbar, auf den letzten Kilometern noch einmal das Tempo derart zu verschärfen. Aber sie jagen auch keinen Mörder.

Hirn aus. Ab in den Tunnel. Du schaffst das. Die innere Jukebox auf volle Pulle: Queen – *Don't Stop Me Now*.

Peer rennt wie seit seinen besten Tagen nicht. Die Häuser links und rechts verschwimmen mit den Zuschauern zu bunten Wänden, die sich zu einem endlosen Tunnel verengen. Augen nach vorn. Schultern zurück. Frequenz halten. Fokus, Pedes. *Don't Stop Me Now*. Der rote Bereich ist längst überwunden, erste schwarze Blitze zucken durch sein Blickfeld. Peer fliegt durch die Kurve an der Philharmonie. Eintauchen in die Schlucht zwischen den Hochhäusern. Der nächste Tunnel. Am Potsdamer Platz die letzten jubelnden Menschen.

»Gib alles!«, brüllt einer.

WhatsApp von Stephanie: *250 m.*

Stephanie sollte Trainerin werden. Ihr Timing ist so gut wie Mamas. Zweihundertfünfzig Meter sind keine Entfernung, sondern Ansporn.

Das Brennen im Schritt ist wieder da. Glut in den Lungen. Die Messer in den Beinen. Gut so. Die Theorie vom Gegenschmerz besagt, dass mehrere Schmerzherde besser sind als einer, weil sie voneinander ablenken. *Das ist kein Schmerz,* sagt Mama. *Nur eine Rückmeldung des Körpers, dass du in der Lage bist, im Spitzenbereich zu funktionieren.*

»Platz!«

Peer fegt an weiteren Läufern vorbei in die Leipziger Straße.

Plötzlich eine vertraute Stimme: »Bleib dran, Rakete!«

Stephanie im Hertha-Trikot auf dem Klapprad, irgendwo hinter der Absperrung. Die Kollegin radelt mit hochrotem Kopf. Peer nickt knapp. Jetzt keine Mätzchen. Blick nach vorn.

FÜNF WOCHEN ZUVOR
KAPITEL 1

Noch sieben Kilometer bis zum Wendepunkt am Kanzleramt. Und dann zurück. Die Spree glitzert, als trügen die gigantischen Edelstahlskulpturen im Fluss eine endlose Schleppe aus Pailletten. Am anderen Ufer dümpelt das Badeschiff. Von der Partymeile am Schleusenufer torkeln Druffis herbei, um sich irgendwo für ein Nickerchen an der Böschung fallen zu lassen. Die frühe Morgensonne treibt den Schweiß. Salzig läuft es zwischen seinen Beinen. Autsch. Peer drosselt sein ohnehin erbärmliches Tempo und müht sich, breitbeiniger zu traben. Das ist kein Brennen mehr, das ist Höllenfeuer, schon nach lächerlichen drei Kilometern, bei seinem ersten halbwegs ernsthaften Trainingslauf seit Monaten. Was ist nur aus ihm geworden, dem Polizeieuropameister? Das Brennen ist die Strafe für Faulheit, ein erster Test seines Willens und Zen-Übung gleichermaßen. Einfach wegatmen. Qualität kommt von Qual. Schmerz ist, wenn Schwäche den Körper verlässt. Früher hat er den Quatsch geglaubt. Mentaler Selbstbetrug ist die Grundlage für Topleistungen.

Ich liebe es, denkt Peer halbherzig, fühlt mühsam über seine wunden Schenkel hinweg und spürt in seine Waden. Prachtstücke. Wie umgekehrte Champagnerflaschen. Nicht austrainiert, aber immer noch sein ganzer Stolz.

Und jetzt, genau jetzt, ist es an der Zeit, der Welt zu beweisen, was in ihm und seinen Waden steckt, vor allem Koslowski. Das hat er sich heute Nacht überlegt. Wieder einmal schlaflos hat Peer das Video von 2014 geschaut, von seinem größten Erfolg, dem Sieg bei der Polizeieuropameisterschaft, beim dritten Mal sogar in Zeitlupe. Er hat das Gefühl von damals besucht: Arme hochreißen, der Beste sein, die Welt zu seinen geschundenen Füßen. Um kurz nach fünf hat er sich dann in die alten Klamotten gezwängt. Ausgerechnet die Kombi in Altrosa passte noch, ein Geschenk seiner adipösen Polizeikollegen, die Sportklamotten bevorzugt in XL einkaufen. Peer will raus aus seinem eigenen Gejammer. Jetzt sofort. Mit fünfunddreißig sieht er sich an einer Lebensweggabel: verfetten, verdummen und seelisch verwesen. Oder Attacke. Noch mal voll durchstarten. Zurück an die Spitze. Jetzt oder jetzt.

Ermitteln und Laufen, das sollte sein Leben sein. Und Ina. Bis sie mit diesem Yoga-Heini abgehauen ist. In der Pandemie hatte die Veranstaltungsmanagerin Ina kaum zu tun. Plötzlich hockten sie pausenlos zusammen, Ina wurde immer gereizter, epischer Streit wegen Socken. Als Peer sichergestellt hatte, dass nicht mal mehr eine einzige Socke jenseits ihrer natürlichen Habitate Schrank oder Wäschekorb zu finden war, kam aus dem Nichts ein: »Du ödest mich an.« Ermitteln und Laufen. Das fand Ina früher an Peer spannend, aber auf einmal langweilig. Drei Jahre war alles gut gewesen. Dachte Peer jedenfalls. Dann war Schluss, von einem Tag auf den anderen. Peer hat bis heute nicht verstanden, warum.

Ina ging, Koslowski kam, ruhmreicher Ermittler aus Leipzig, obwohl ein Jahr jünger als Peer, jetzt dynamischer Zampano in der ersten Mordkommission unter all den alten Säcken. Keine zwei Monate nach seiner Ankunft hat diese Ratte eiskalt ausgenutzt, dass Peer zum ersten Mal einen Berlin-Marathon ausließ in der festen Annahme, es laufe eh niemand schneller. Zack, neue Bestzeit. Peers magische zwei Stunden, neunundzwanzig Minuten und fünfundfünfzig Sekunden, mit denen er die Polizeirangliste bis in alle Ewigkeiten anzuführen gedachte, waren dahin.

Doch die neue Bestzeit hält nur bis zur Rückkehr des wahren Champions. Peer = Ali. Er kommt wieder, stärker, lässiger als je zuvor. Ja, er ist spät dran mit dem Training, nur noch fünf Wochen bis zum Berlin-Marathon, dafür sechs Kilogramm zu viel. Aber er ist ja kein Anfänger. Er schafft das.

Das Brennen zwischen den Oberschenkeln ist die erste große Prüfung. Kopf ausschalten. Meditativ auf den Asphalt vor seinen Füßen starren. Der Röhrenblick ist eine der drei Perspektiven des Läufers, ideal, um die Zeit zu vergessen. Nur Anfänger glotzen ständig auf die Laufuhr. Die zweite Perspektive ist der Lauerblick. Mit leicht erhobenem Kopf kontrolliert der Athlet aus den Augenwinkeln die Konkurrenz, stets bereit mitzugehen, wenn einer davonziehen will. Hier sind keine Rivalen. Nur die Hundelady im Morgenmantel, die Peer mit Mühe überholt. Und dann ist da noch der souveräne Weitblick. Der Körper spannt sich auf seine volle Länge, das Haupt cäsarenhaft erhoben, die Augen auf den Horizont gerichtet. Wissen, was man kann. Peer richtet sich auf, die Beine machen spielerisch Meter, sein Blick schießt weit nach vorn, bis zur Oberbaumbrücke.

Was ist das? Warum versammelt sich am frühen Sonntagmorgen ein Rudel Menschen oben am Geländer und starrt hinab? Ein Bündel scheint zwischen Brücke und Fluss zu baumeln.

Sieht nicht gut aus, denkt Peer.

Er zieht den Sprint an. Kopf runter. Röhrenblick. Mit mächtigen Sätzen, fast wie früher, hastet Peer der Brücke entgegen. Kein Zweifel, da hängt ein Mensch, mit einem Strick um den Hals. Schnaufend drosselt Peer sein Tempo und blickt empor. Wow, Ikarus 7. Die Schuhe sind gerade erst auf den Markt gekommen und schon Legende. Carbonfederplatten in der Sohle sorgen für einen Flummi-Effekt und damit angeblich für neue Bestzeiten. Kostenpunkt knapp dreihundert Euro. Der Mann versteht, also hat offenbar etwas vom Laufen verstanden.

Über dem baumelnden Körper spähen Gesichter zwischen Gittern und Fetzen von blauer Plane über das Geländer. Peer zwingt sich, die Treppenstufen gemächlich zu erklimmen. Atmung kontrollieren. Und fokussieren. Ein hechelnder, rotgesichtiger Gesetzeshüter in altrosa Laufklamotten könnte auf ein Respektsproblem stoßen.

Ein Dutzend Verstrahlter, die aussehen, als seien sie von der Loveparade übrig geblieben, drängeln um ein Baustellenzelt, das vom Gehsteig bis zum Geländer reicht.

Spuren sichern, durchfährt es Peer.

Er drückt das Kreuz durch.

»Polizei! Kriminalpolizei!«

Peer müht sich um einen schnarrenden Befehlston.

»Ich bin Arzt! Lassen Sie mich durch!«, entgegnet ein vorwitziger Partygänger mit tellergroßen Pupillen. Gelächter.

»Ich bin Brian! Und meine Frau ist auch Brian!«, grölt ein Tätowierter.

Vereinzeltes Prusten. Peer kämpft sich durch Plüsch und Latex und Leder und Plane. Sein Schweißgeruch verwebt sich mit den tausend Dünsten einer wilden Nacht.

Alle breit und überall Baustelle, denkt Peer. Das ist Berlin.

Endlich am Geländer. Das eine Ende des Stricks ist sauber am Handlauf verknotet. Das andere Ende hat sich ungesund tief in den Hals des armen Teufels geschnitten, der drei Meter tiefer in der Morgensonne baumelt. Suizid?

Mieser Mord? Wie soll man das rausfinden, wenn ein Tatort mustergültig niedergetrampelt wird?

Peer hebt die Arme: »Alle mal bitte ein paar Schritte zurück.«

Die Meute bewegt sich kaum. Einige Smartphones werden in die Höhe gereckt. Wahrscheinlich geht sein Auftritt live auf Instagram.

»Hat jemand einen Krankenwagen gerufen?«, fragt Peer in die Kameras.

Eine Frau im Kunstpelz nickt. Peer reckt sich über das Geländer und greift nach dem Seil. Er würde es sich nie verzeihen, falls der Kerl noch lebte. Unmöglich, den Körper allein hochzuziehen. Weitere Hände packen zu, manche durchs Geländer. Bald liegt der Mann im Schutz der Plane auf dem Gehsteig, die teuren Laufschuhe noch an den Füßen: männlich, Anfang zwanzig, schäbig-schicke Klamotten, unschön verzerrtes Gesicht. Definitiv tot.

Unter den Augen der Schaulustigen kniet sich Peer neben den Kopf des Toten. Er inspiziert das Seil, das grafisch nicht uninteressante Muster am Hals hinterlassen hat. Merkwürdig. Die Hämatome knapp über der Schulter passen nicht zum Zugweg des Seils. Peer greift die linke Hand des Toten. Weisen die Abschürfungen auf einen Kampf hin? Und was bedeutet dieser kreisrunde dunkelblaue Fleck auf dem Unterarm direkt über der Laufuhr? Ein richtig schlechtes Tattoo?

»Berghain-Stempel«, murmelt ein junger Mann mit Magnum-Schnauz.

Peer kapiert. Offenbar war der arme Kerl im Nachtleben unterwegs, wurde dann erwürgt und schließlich auf seinen letzten kurzen Trip über das Brückengeländer geworfen. Das ist kein Suizid, sondern eine schlecht kaschierte Hinrichtung.

Ein spannender Fall für einen laufenden Kommissar. Wäre es. Wenn Peer zuständig wäre. Aber an diesem Wochenende hat die erste Mordkommission Bereitschaft, Brigade Koslowski. Verdammtes Pech.

Hinter Peer bricht Unruhe aus.

»Polizei! Bitte gehen Sie aus dem Weg!«

Da ragt auch schon eine ballonförmige Uniform über Peer empor. Der mopsige Schutzpolizist mustert ihn in seiner altrosa Laufmontur. Hinter ihm der Streifenwagen samt Kollege.

»Wir wissen die Mitarbeit engagierter Bürger zu schätzen«, sagt die Uniform. »Aber würden Sie sich bitte vom Tatort entfernen.«

Peer spannt beim Aufrichten unauffällig die Wade an. Muskuläre Autorität.

»LKA«, sagt er langsam, aber bestimmt. »Pedes, achte Mordkommission.«

Die Uniform ist nicht überzeugt. Das Altrosa irritiert ihn.

»Komme gerade vom Training für die Polizeimeisterschaften.«

Die Uniform grinst.

»Natürlich, unser Laufwunder. Hey, Ingo, guck mal, wen wir hier haben: den Europameister!«

Kollege Ingo will eigentlich die Schaulustigen abdrängen, aber der Europameister interessiert ihn mehr. Ingo ist schlanker, älter, hat das Sagen bei der Streife. Er mustert Peer, erkennt ihn, nickt respektvoll. Ruhm ist nicht immer lästig.

»Aber letztes Jahr haben Sie gegen Koslowski aus der Ersten verloren, nicht wahr?«, stellt Ingo fest.

Wund, wunder, denkt Peer.

Laut sagt er: »Letztes Jahr bin ich gar nicht mitgelaufen.«

Das hört Ingo nicht mehr. Er schiebt verstrahlte Gaffer weg. Die andere Uniform steht nutzlos da. Peer richtet sich auf. Jetzt einfach auf die Erste warten, auf Pfau Koslowski, das kann es auch nicht sein.

»Wer war zuerst am Tatort?«, ruft Peer in die Schaulustigen, die sich murrend abdrängen lassen.

Keine Antwort. Wer hat schon Lust, im postapokalyptischen Halbrausch seine Personalien anzugeben oder die glasigen Augen zu erklären?

»Hat jemand etwas Auffälliges beobachtet?«, ruft Peer.

Ingo guckt grimmig. Das wäre sein Auftritt gewesen. Zu spät. Kommissar Pedes hat die Rollen verteilt. Noch bevor die Kollegen eine Zuständigkeitsdebatte beginnen, kniet Peer über der Leiche und fotografiert mit seinem Handy.

»Wahrscheinlich war es noch nicht hell, als der Täter das Opfer über die Brüstung geworfen hat«, spekuliert Peer. »Und er hat die Baustelle als Sichtschutz genutzt.«

Die Uniformen können nur nicken. Sie sperren ab, der Ermittler ermittelt. Bereitschaft oder nicht.

»Ist die Spurensicherung unterwegs?«

»Müssten gleich hier sein«, meldet der Streifenpolizist gehorsam.

Geht doch. Autorität hat, wer sie sich nimmt. Warum ist Peer nicht immer so aufgetreten? Vier Jahre ist er jetzt beim Berliner LKA, hat Nächte und Wochenenden durchgerackert in der Hoffnung auf spektakuläre oder wenigstens spannende Fälle. Stattdessen nur dumme Sprüche der Kollegen über seine staubigen Pokale auf dem Schreibtisch und immer wieder das höhnische Schulterklopfen. »Unser Laufwunder!« Aber keinerlei Zutrauen in seine Qualitäten als Ermittler. Er ist das Lauf-Maskottchen, der Kommissar-Darsteller, wenn für Broschüren ein trainierter Beau gebraucht wird. Bei den Fällen jedoch arbeitet er immer in zweiter Reihe. Dabei gehört er in die erste. Naturgemäß. Was früher beim Laufen geklappt hat, wird auch bei der Arbeit funktionieren. Peer greift jetzt auf ganzer Linie an.

»Sie tragen die Verantwortung dafür, dass hier nicht noch mehr Spuren vernichtet werden«, erklärt Peer. »Sperren Sie den Tatort bitte weiträumiger ab.«

So spricht der neue, der wiedererstarkte, der Comeback-Peer. Kollegial legt er seine Hand auf Ingos Uniformschulter.

»Sie haben das hier im Griff, oder?«

Ingo nickt. Und Peer läuft los, dorthin, wo er das legendäre Berghain vermutet.

KAPITEL 2

Türsteher sind die wahren Machthaber der Welt. Mögen die Boutiquen-Verkäuferinnen am Ku'damm vor den Scheichs knien, Minister vor Investoren, die Kellner im Grill Royal vor irgendwelchen Filmnasen – Türsteher knien nie, die vom Berghain schon gar nicht. Die Legende vom besten Club der Welt speist sich auch aus der harten Tür. Die Zerberusse des Berghains sind weder mit Geld noch mit Ruhm zu überwinden. Was ist besser für den Ruf? Brad Pitt auf der Tanzfläche oder Brad Pitt, der mit einem kalten »Heute nicht« abgewiesen wird? Türsteher sind die Macht.

An diesem Morgen trägt die Macht Schwarz, Yeezys, eine schmal geschnittene Hose mit aufgesetzten Taschen und unter der Bomberjacke einen Rollkragenpullover, der die tätowierten Zacken am Hals nicht ganz verdeckt. Die Hände stecken in Handschuhen mit abgeschnittenen Fingern. Kein Pumperschrank, eher ein geschmeidiger Athlet.

Als Gast würde Peer niemals an diesem Typen vorbeikommen. Nicht, dass er es je probiert hätte. Peer kann sich nicht erinnern, wann er überhaupt zum letzten Mal ausgegangen ist. Klar, am Anfang mit Ina, ein paarmal. Nach Ina bestimmt nicht. Seit der Trennung heißen sein Clubs Netflix und Playstation. Die lassen jeden rein.

Die Macht an der Tür mustert Peer, seine altrosa Laufkombi, das zerzauste Haar, das Japsen, die Hände, die sich auf die Oberschenkel stemmen. Auch wenn ihn längst nicht mehr der Trainingsfleiß früherer Zeiten treibt, auch wenn die Bündchen der Laufklamotten jedes Jahr etwas tiefer ins Hüftfleisch schneiden, ist Peers klassische Sportlerfigur nicht zu übersehen. Breites Kreuz, schmale Hüfte und Europameisterbeine, dazu das blond melierte, volle Haar eines Surfers und die warmen, gleichwohl forschenden dunklen Augen. Sein Aussehen hätte allemal für eine Karriere als Sportswear-Model gereicht, doch Peer war die eigene Erscheinung nie wichtig. Eitelkeit ist hinderlich, wenn man im Ziel ohnehin aussieht wie Rocky in Runde fünfzehn.

Lieber schnell als schön, hat Mama gepredigt. Mit harter Liebe hat sie ihn von frühester Kindheit an für den erbarmungslosen Kampf auf der Laufbahn abgerichtet. Das echte Leben ist da oft zu kurz gekommen. So gibt es in Wirklichkeit zwei Peers: den gnadenlos auf Erfolg getrimmten Spitzensportler, hart im Training und im Rennen ein gewiefter Taktiker, der unerbittlich den eigenen Vorteil sucht, die Schwächen der anderen wittert und eiskalt ausnutzt. Und den großen Jungen, der seine Wirkung auf andere allenfalls ahnt, ein Lehrling des Lebens, der als Polizist und als Partner neugierig nach den Mechanismen des Miteinanders abseits der Tartanbahn forscht.

Weil Peer an der auch morgens um halb sieben noch beachtlich langen Clubschlange vorbeigestürmt ist, maulen die Wartenden in den ersten Reihen. Aber nicht zu laut. Vielleicht ist Peer ja ein Kumpel des Türstehers. Und mit der Macht will es sich keiner verscherzen, der endlich vorn angekommen ist.

»Ich muss in den Club, ich bin Polizist.«

Die Macht verzieht keine Miene, sondern wartet schweigend auf den Rest der Story. Die Leute haben hier schon ganz andere Sachen versucht. Peer zieht das Smartphone aus der Rückentasche seines Laufhemds. Für solche Fälle hat er ein Foto von seinem Dienstausweis gespeichert.

»Bitte im Original«, entgegnet die Macht unbeeindruckt.

»Kriminalkommissar Pedes, achte Mordkommission«, betont Peer.

Die Macht verzieht keine Miene.

Peer wischt zum Foto des Toten.

»Haben Sie diesen Mann gesehen? Der muss heute Nacht hier gewesen sein.«

Die Macht blickt auf das Display. Beiläufig knetet eine Hand die Knöchel der anderen. Schweigen. Autorität hochfahren.

Peer wackelt leicht mit dem Smartphone: »Ein Anruf, und ihr habt hier in zwanzig Minuten eine Razzia.«

Der Zeigefinger der Macht weist ihn nach rechts. »Würden Sie bitte kurz auf die Seite gehen.«

Peer ist im Abseits geparkt, während die Macht drei Wartende in knappem transparentem Schwarz zu sich winkt. Man kennt sich. Die Tür ist das Portal zu einer anderen Welt. Während die einen Einlass begehren, taumeln andere blinzelnd in die Morgensonne, müde Einzelkämpfer, turtelnde Paare und größere Gruppen. Allesamt Zeugen. Jede verdammte Minute zählt.

Peer nimmt das Smartphone ans Ohr. Die Zentrale verbindet ihn mit dem Kollegen Ingo an der Oberbaumbrücke.

»Könnt ihr einen Wagen zum Berghain schicken? Hier gibt's Probleme«, sagt Peer laut genug, dass die Macht mithören muss.

»Geht klar, wir kommen sofort«, sagt Ingo mit aufgekratzter Amtlichkeit. »Die Ermittler von der zuständigen Mordkommission sind gerade eingetroffen; wir übergeben.«

Die Erste ist da. Aber davon will Peer sich nicht beirren lassen. Er liegt bereits an der Spitze des Feldes. Und die wird er verteidigen.

»Sie werden bestimmt sofort erraten, wer den Fall übernimmt«, sagt Ingo schrecklich gut gelaunt.

Arschloch Koslowski, denkt Peer.
»Kollege Koslowski«, sagt Ingo.

Die Macht bleibt aufreizend unbeeindruckt, als Kollege Ingo sich vor ihm aufbaut. Kurz zuvor gingen Wogen der Unruhe durch die Schlange, als die beiden Schutzmänner die Formation der Partypeople abschritten. Frauen nestelten an ihrem Dekolleté, Männer an den Strümpfen. Tütchen mit Pillen und Pulver wurden in möglichst private Körpergegenden verlegt.

»Herr Pedes ist vom LKA«, erklärt Ingo dem mäßig beeindruckten Türsteher. »Er ermittelt zu einem aktuellen Tötungsdelikt, das in direktem Zusammenhang mit Ihrem Unterhaltungsbetrieb steht.«

Die Macht nickt: »Könnte ich das Foto bitte noch einmal sehen.«

Peer wischt das Bild des Toten auf sein Display.

»Den hab ich hier öfter gesehen, heute auch, Herr Kommissar«, erklärt der Türsteher, plötzlich erstaunlich hilfsbereit. »Immer mit der Running Crew. Ziemliche Partyhyänen. Keine Ahnung, wie er heißt. Ist vor ungefähr zwei Stunden gegangen. Allein.«

Hart trainieren, härter feiern, am härtesten sterben, denkt Peer.

»Wo finde ich die Leute von der Running Crew?«

Der Türsteher hebt die Arme: »Mein Arbeitsplatz ist hier draußen.«

Unmerklich drückt er plötzlich das Kreuz durch.

»Hi, Adi«, ruft er knapp.

Mit ein paar müden Ravern kommt ein Muskelwürfel mit gut einaenhalb Metern Kantenlänge aus dem Club. Die Nähte seines schwarzen Anzugs sind gespannt. Adi kompensiert mangelnde Länge offenbar durch Volumen.

»Was ist hier los, Juri?«, bellt er.

Die Macht hat einen Namen. Juri deutet auf Peer und seine Kollegen.

»Die Herren von der Polizei wollen im Club ermitteln.« Adi pumpt sich vor Peer auf.

»Ich bin der Geschäftsführer. Dürfte ich bitte den Durchsuchungsbefehl sehen?«

Eine weitere Gruppe, die schwatzend ins Freie tritt, beobachtet die Szene amüsiert.

»Es heißt Durchsuchungsbeschluss«, erklärt Peer mit rasch ausfransendem Geduldsfaden. »Und den brauchen wir nicht. Hier ist Gefahr im Verzug. Vielleicht befindet sich ein Mörder in Ihrem Laden.«

Adi mustert das altrosa Laufensemble und schüttelt den Kopf.

»Unsinn. Hier wird getanzt, aber nicht getötet. Ohne Staatsanwalt geht gar nichts. Zeigen Sie mir ein Durchsuchungspapier.«

Peer spürt Ingos erwartungsvollen Blick im Nacken. Staatsmacht gegen Clubmacht. Einer dieser Schlüsselmomente, in denen ein Kommissar lebenslänglichen Ruhm ernten kann oder ewige Verachtung. Peer tippt schweigend in sein Smartphone.

»Pedes hier, direkt vorm Berghain«, sagt er ruhig. Kurze Pause. »Tötungsdelikt Oberbaumbrücke. Gefahr im Verzug. Zeugenbefragung im Berghain wird blockiert.« Pause. »Schickt alle, die ihr entbehren könnt. Danke.«

Türsteher Juri blickt zu Adi. Staatsmacht gegen Clubmacht. Zweite Runde.

»Niemand verlässt den Laden, ohne dass wir die Personalien aufgenommen haben«, befiehlt Peer. »Die Kollegen sind unterwegs.«

Ingo und sein fülliger Partner nicken. Genau der richtige

Ton für diese Bande. Peer hat die Führung übernommen, was er in den vergangenen Jahren viel zu selten getan hat. Machtspielen ist er meistens aus dem Weg gegangen. Warum eigentlich? Warum kann fürs Ermitteln nicht dasselbe gelten wie fürs Laufen: angreifen! Das eigene Tempo finden, den anderen dein Rennen aufdrängen.

»Auf welcher rechtlichen Grundlage?«, bellt Adi und verschränkt seine Popeye-Arme trotzig vor der Brust.

Blitzschnell macht Peer drei Schritte auf den jungen Mann zu, der mit glasigen Augen, Latexshorts und ziemlich versteinert vorn in der Schlange wankt. Peer bückt sich, greift dem Mann an den Knöchel und zieht ein Tütchen mit weißem Pulver aus der Socke.

»Offenbar werden hier Drogen konsumiert und womöglich auch gehandelt«, sagt Peer mit der dramatischen Empörung des Gesetzeshüters. »Schwerer Verstoß gegen das Betäubungsmittelgesetz.«

Ingo grinst und stellt sich einem Pärchen entgegen, das fröhlich fummelnd ins Sonnenlicht stolpert.

»Ihre Personalien bitte.«

Adi bebt und schweigt. Juri bleibt ungerührt, auch wenn hier gerade etwas Ungeheuerliches geschieht. Peer hat gegen ein ungeschriebenes Gesetz der Hauptstadt verstoßen. Und das lautet: Die Staatsmacht kümmert sich um alles, was draußen passiert. Drinnen herrschen eigene Regeln, und die setzt jeder Laden selbst durch. Was im Club passiert, bleibt im Club. Ein echter Standortvorteil Deutschlands, vor allem Berlins. Wo sonst auf der Welt kann sich die Gemeinde der Partywütigen mit Betäubungsmittelinteresse auf einen solchen Burgfrieden verlassen? Normalerweise.

Eigenartiger Geruch, denkt Peer, als Juri ihn durch dunkle Flure eskortiert. Viel Schweiß mit einem satten Hauch von

Urin. Fast wie in der Umkleide des Mommsenstadions, wo Peer früher oft trainiert hat. Doch die Kopfnote Sperma und ein Hauch bitterer Chemie weisen darauf hin, dass hier nicht nur dem Tanzsport gefrönt wird. Der anschwellende Bass kitzelt Peers Magen. Wahllos zeigt er verschreckten Gästen sein Display.

»Kennen Sie diesen Mann?«

Wortloses Kopfschütteln.

Der Gang mündet in eine gigantische Halle. Menschenmassenwogen. Jetzt schlägt der Bass voll zu. Lichtblitze knallen direkt ins Hirn. Peers Knie knicken leicht ein, aber er drängelt sich weiter durch schwitzende Leiber, die eine Gasse bilden.

»Kennt jemand diesen Mann?«

Lachen, Kopfschütteln, aber die meisten Leute drehen sich weg. Keine Realität jetzt! Sie wollen in ihrem Paralleluniversum bleiben. Wie soll Peer in diesem humanoiden Heuhaufen anständig ermitteln?

Juri strebt auf einen ewig langen Tresen zu. Ungefragt kippt die barbusige Barfrau Ginger-Mate in ein großes Glas voll Eis. Juri nickt ihr einen knappen Dank zu, er hat den Laden im Griff.

»Running Crew?«, brüllt Peer durch den Technostampf in Juris Ohr.

Juri zuckt bedauernd mit den Schultern.

Peer fährt herum. Wer zupft da an seinem Laufhemd? Eine kernige Rothaarige in einem Nichts von Top deutet auf sein Smartphone, das er ihr im Vorbeigehen unter die Nase gehalten hat. Sie will das Bild noch einmal sehen. Peer zeigt das Display. Ihre von Glitter umrahmten Augen weiten sich erschrocken, sie nickt und brüllt in sein Ohr: »Sam!«

Peer kann sein Glück nicht fassen. Der ausgestreckte Arm

der jungen Dame weist den Tresen entlang. Peer folgt ihr. Die Musik hämmert, aber zunehmend leiser. In einem Gang bleibt die Frau stehen. Statt Wummern im Bauch nun der beißende Geruch überlasteter Toiletten in der Nase. Peer atmet flach, stellt sich vor und zeigt ihr erneut das Display.

»Sam«, flüstert sie.

Das Foto lässt keine Zweifel daran, dass es Sam nicht gut geht. Tränen, die durch Glitter rollen.

»Was ist passiert?«

»Wer ist Sam?«, fragt Peer. »Und wer sind Sie?«

»Tilda«, sagt die Frau. »Ich gehöre zur Running Crew. Sam ist ... Sam war ...« – fragender Blick, Peer nickt – »einer von uns. Er war heute hier. Aber nur kurz. Wollte trainieren am Sonntag. Berlin-Marathon.«

Interessantes Konzept, denkt Peer. Er hat immer Wert darauf gelegt, möglichst ausgeschlafen und nüchtern zu laufen.

»Sind noch mehr Leute von der Running Crew hier?«

Tilda zögert. Frische Tränen. Peer kann zuschauen, wie Sams Tod bei ihr langsam einsinkt, von den Ohren über den Kopf bis ins Herz. Sie ist berührt, nein, die Nachricht macht sie fertig. Peer schweigt. Die Frau will ihm helfen. Seine Frage hallt nach. Tilda nickt.

»Wo finde ich die Sportsfreunde?«

Sie deutet hinter sich: »Toilette.«

Im Sanitärtrakt wird gedrängelt wie auf der Tanzfläche. Männer? Frauen? Egal. Unisex. Wilder Geruch, schummriges Licht, der Bass wummert bis hier. Juri ist verschwunden. Irritiert beobachtet Peer, dass sich meist kleine Gruppen in eine Kabine zwängen, kichernd, frei von Scham, alle durch-, alle miteinander. Manche Türen stehen halb offen. Zu erkennen ist trotzdem kaum etwas.

»Licht an!«, ruft Peer.

»Ernsthaft?«, schallt Juris Stimme aus der Düsternis. Wo steckt der Kerl?

»Licht an!«, wiederholt Peer eine Spur barscher. »Das ist eine polizeiliche Anordnung.«

Türen öffnen sich. Irritierte Blicke von schniefenden Druffis. Die Ersten machen sich aus dem Staub. Andere gucken belustigt, weil sie den Vogel in Altrosa für einen Scherzkeks auf Ketamin halten.

»Polizei!«, ruft Peer. »Keiner verlässt den Raum. Draußen wartet eine Hundertschaft.«

Notlügen sind in unübersichtlichen Lagen erlaubt. Neonröhren flackern unentschlossen an der Decke.

»Mehr Licht«, ruft Peer.

»Fuck you, Goethe!«, entgegnet eine Stimme kühn vom Urinal.

Juri ist nun auch wieder zu sehen: Er beruhigt geduldig ein paar verstrahlte Frauen, die von der plötzlichen Beleuchtung überfordert sind.

»Jonas und Martin«, wispert Tilda Peer zu und deutet auf zwei Männer an der Rinne, die in der freien Hand einen Drink halten.

»Da ist Kati.«

Sie deutet auf eine Frau, die um die Hüften etwas sehr Schmales trägt, entweder einen sehr kurzen Rock oder einen breiten Gürtel. Lasziv lungert sie in einer Kabinentür und wartet offenbar darauf, an den Spülkasten vorgelassen zu werden, wo eine ebenfalls spärlich bekleidete Frau hektisch Linien weißen Pulvers durch einen Strohhalm in die Nase zieht. Tilda winkt Kati zu sich, die ihre Poleposition aber nicht aufgeben will. Vor ihr nur noch ein Mädchen mit blondem Zopf. Peer stutzt. Er kennt das Gesicht der Blonden. Aber woher?

»Die auch?«, fragt er Tilda. »Running Crew?«

Sie schüttelt den Kopf. Tilda lässt Peer stehen, kreuzt durch die schnatternde Menge, flüstert in ausgewählte Ohren. Auffällig unauffällig drängen sich plötzlich Menschen in die Kabinen, Tütchen fliegen in Kloschüsseln, Spülungen rauschen, Textilien werden angelegt.

Peer mustert das Mädchen mit dem Zopf, wie es sich ungerührt den Strohhalm ins linke Nasenloch schiebt und zum Spülkasten hinabbeugt. Keine zwanzig, ortsüblich textilarm, aber dennoch adrett, Marke höhere Tochter. Ihre Unterwäsche, die sich unter dem transparenten Overall abzeichnet, wurde offenbar aus Angelschnur und Zahnseide gefertigt. Woher kennt Peer dieses Mädchen, das die letzten Krümel unbedingt vor der Kanalisation retten will?

»Was ist denn los hier?«, bellt einer der Männer aus der Running Crew.

Peer starrt auf das Mädchen im Overall. Na klar! Das Familienfoto auf Rusches Schreibtisch. Auf dem Bild trägt sie allerdings ein artiges Sommerkleid. Sieh an, Sophia Rusche! Ihr Vater ist Leiter der ersten Mordkommission und Sophia sein ganzer Stolz. Ungefragt gibt Rusche ständig mit ihrem Einserabi an. Ob Papa weiß, dass sich seine adrette Musterschülerin nachts in eine koksende Partymaus im Pornokostüm verwandelt?

Endlich versteht Sophia den Ernst der Lage. Hektisch wedelt sie die Reste vom Pulver hinters Klo, wischt sich die Nase ab und verschwindet.

»Geben Sie draußen bitte Ihre Personalien an«, ruft Peer ihr mit mühsam unterdrückter Genugtuung hinterher. Der Morgen wird immer interessanter.

Peer wendet sich an Tilda, die einen Kreis von sechs jungen Menschen um sich versammelt hat. Durchweg makellose Körper mit teuren Laufuhren und Laufschuhen, kein Paar unter dreihundert Euro. Bange Blicke.

»Das hier sind die Personen, die Sam kannten?«

Schweigen. Tilda nickt stellvertretend für die Running Crew.

Peer weiß jetzt endgültig: Das ist sein Fall.

KAPITEL 3

Landeskriminalamt 1. Delikte am Menschen. Nach außen verströmt der Bau in der Keithstraße granitene Autorität, nach innen den Mief von hundert Jahren. Der vierte Stock beherbergt seit Ewigkeiten das Dezernat 11, Tötungsdelikte & Co., insgesamt acht Mordkommissionen. Peer genießt den Einmarsch mit einer halben Loveparade im Schlepptau. Frischer Wind, den wollen doch immer alle. Bis auf Koslowski vielleicht, der schweigend im Flur wartet. Hoher Haaransatz, nachtblauer Anzug, polierte Lederschuhe. Er hat die Arme verschränkt, mustert Peers Beuteleute milde herablassend. Er lässt die Nasenflügel beben, als ob er nur Peer riechen würde. Dabei dünstet die ganze Bande, ob Mitglieder der Running Crew oder die anderen Partypeople, die glauben, Sam gesehen zu haben.

Schweigend fixiert Koslowski Peer. Anzug gegen Altrosa.

»Was wird denn das?«, fragt Koslowski schließlich.

»Alles Zeugen«, antwortet Peer.

»Können die sich überhaupt an irgendwas erinnern?«

Peer ignoriert Koslowskis Sticheleien.

»Und die sind alle freiwillig mitgekommen?«

Koslowski spricht übertrieben laut. Er will die Partybande provozieren. Und Peer natürlich erst recht.

Einer der Druffis beißt tatsächlich an: »Wie, freiwillig? Hatten wir 'ne Wahl?«

Peer fixiert Koslowski. Dieser lächelt souverän, während sich unter den Zeugen die Neuigkeit verbreitet, dass offenbar niemand aufs Revier hätte mitkommen müssen. Peer hatte schlicht zu wenig Kollegen am Berghain, um alle Kandidaten in Ruhe zu befragen. Deswegen hatte er die

Mitglieder der Running Crew und die angeblichen Zeugen kurzerhand ohne juristische Grundlage in einen Polizeitransporter verfrachtet.

Koslowski ist noch nicht fertig.

»Warum haben Sie die Leiche eigentlich einfach so hochgezogen?«, fragt er mit als Interesse getarnter Tücke. »Da wäre doch zuerst mal die SpuSi an der Reihe gewesen.«

»Und wenn er noch gelebt hätte?«, entgegnet Peer.

Koslowski ignoriert die Antwort und feuert weiter: »Und wie kommen Sie darauf, die Kollegin aus der Achten an einem Sonntag ins Präsidium zu bestellen? Die Erste hat Bereitschaft!«

Viel zu spät kapiert Peer, was hier aufgeführt wird: eine öffentliche Inquisition. Es geht nicht um die Ermittlungen, sondern um Zuständigkeit. Peer hat sich etwas genommen, was nicht seins war. Und Koslowski will den offenkundig spektakulären Fall nun zurück. Auf der Oberbaumbrücke hat er bereits Interviews gegeben, inhaltslos zwar, aber doch mit einer klaren Botschaft versehen: Das hier ist sein Fall. Wer das Gesicht in die Kamera hält, hat recht.

»Vielleicht duschen Sie vor der Befragung erst mal«, hört Peer noch, als er sich durch die motzende Meute zu seinem Büro vorarbeitet.

Gäbe es einen Wettbewerb für unspektakuläre Arbeitsplätze, Peer hätte einen der vorderen Ränge sicher. *Der Schreibtisch ist der Spiegel der Seele,* das hat ihm sein Vater schon zu Zeiten der Polizeischule eingeschärft. *Unordnung am Platz weist auf Unordnung im Kopf hin.* Während die Kollegen ihre Schreibtische mit Grünpflanzen oder anderen traurigen Staubfängern in eine Art Ersatzwohnzimmer verwandeln, zelebriert Peer die Kargheit mit drei Pokalen. Penibel achtet er darauf, dass weder Akten noch Schreibgeräte dauerhaft im Dreieck von Bildschirm, Tastatur und

Telefon herumliegen. Einzige weitere Attraktion ist ein Fotowürfel aus Acryl, den seine Mutter ihm geschenkt hat: Die sechs Bilder zeigen Mama, Papa, alle drei, den jungen Peer als Schülermeister, den Hoffnungsträger Peer auf dem offiziellen Europameisterbild und schließlich die Urkunde mit dem goldenen Eichenlaub. Erste Amtshandlung jedes Büromorgens: Peer dreht den Würfel. Sein Lieblingsbild ist das von seinem Vater. Peer ist sicher, dass er ihn vom Foto aus beobachtet, meistens wohlwollend.

Frisch machen, kurz durchatmen, Gedanken sortieren. Während Peer im schmalen Schrank nach Hemd und Hose sucht, hält ihm Stephanie wortlos ein Handtuch hin.

»Kannst du die Bande kurz beruhigen? Bin in zwei Minuten da.«

Stephanie nickt und marschiert Richtung Flur.

Peer ist froh, dass Stephanie einstweilen das Kommando über die verpeilte Berghain-Bande übernimmt. Er muss sich noch daran gewöhnen, sie nicht »Rüdiger« zu nennen, was er anfangs getan hat. Ist doch witzig. Fand Stephanie allerdings nicht. »Die Kollegin aus der Achten« ist eine trans Frau, die ihm der Innensenat zugeteilt hat. Diversitätsoffensive. Peer, das schnuckelige Laufmaskottchen und Kriminalkommissarin auf Probe Stephanie, die ihre kantigen Züge auch mit langem Haar und Ohrringen nicht ganz übertünchen kann – das diverse Vorzeigepaar der Berliner Polizei als Mischfutter für die Medien. Und die Kollegen grinsen. Willkommen im Märchenberlin der Marketingagenturen.

Stephanie ist ein Jahr älter als Peer, aber trotzdem gerade erst mit dem Studium fertig. Was sie davor getrieben hat, weiß Peer nicht. Sie redet nicht über ihre Vergangenheit. Überhaupt über Privates. Ihr Leben habe mit dem Tag begonnen, an dem sie sich offiziell »Stephanie« nennen durfte, hat sie Peer am ersten Arbeitstag vor zwei Monaten erklärt. Die Übersetzung: Frag einfach nicht!

An diesem Sonntag trägt sie ein großgeblümtes Kleid aus den Fünfzigerjahren. Stephanie scheint einen Audrey-Hepburn-Fimmel zu haben. Frauen, also gebürtige, cis oder was auch immer, würden so einen Fummel nicht mal mit der Kneifzange anfassen. Peer hat noch mit den Begrifflichkeiten zu kämpfen. Im Grunde kann ja jeder (oder jede), wie er (oder sie) will, aber sprachlich, gedanklich und humortechnisch macht es das verdammt schwierig.

Anfangs hat Peer versucht, Stephanies alten Namen zu ermitteln, einfach so, aus sportlichem Ehrgeiz. Doch in den Akten fand sich nicht der geringste Hinweis. Datenschutz. Dann eben Rüdiger, dachte Peer trotzig, sagt es aber nicht. Nicht mehr. Einen halben Vormittag lang hat er Namen bei ihr getestet und sie wahllos Norbert, Malte, Kevin, Achim oder eben Rüdiger gerufen. Daraufhin hat sie ihm ruhig erklärt, dass er auf den Tatbestand der Diskriminierung zusteure, was sie von Amts wegen melden müsse. Peer lachte. Aber nur kurz. Er musste sich entschuldigen, um eine Eskalation zu vermeiden, bei der er nicht gewinnen konnte. Dabei war es nur Spaß gewesen, noch nicht einmal vor den anderen. Doch Stephanie ist nicht nur trans, sondern eine Spaßbremse dazu, die von einem Reihenhaus in Zehlendorf träumt, inklusive Carport und Kugelgrill. Was ist nur aus den guten alten selbstironischen Queers geworden? Elton John würde kotzen. Einen Vorteil hat Stephanies Spießigkeit immerhin: Sie ist manisch korrekt, pflichtbewusst und hoch motiviert zur Stelle, Tag und Nacht.

Peer zwängt sich in die graue Notfallhose, die er in einer trainierteren Lebensphase im Schrank gebunkert hat. Nähte am Limit.

Vom Flur tönt Stephanies knarzige Stimme: »Bitte bilden Sie zwei Reihen: links alle die, die sich mit unseren Kollegen kurz über die vergangene Nacht unterhalten möchten ...« – lautes Murren – »und rechts alle die, die sofort gehen möchten. Sie müssten dann eine kleine Blutprobe abgeben, die wir auf illegale Substanzen überprüfen.«

Stille. Stephanie ist langweilig, aber schlau.

Peer atmet aus. Hoffentlich erträgt der Hosenknopf die Spannung. Eine Strickjacke soll die Hüftwülste umspielen. Ein Minimum an textiler Autorität, um Koslowski in Schach zu halten.

Inzwischen sind Schröder, Brandt und Schmidt aus der Ersten aufgetaucht. Plus ein Ekelpaket im Anzug. Zu fünft werden sie die Zeugen befragen, zumindest die, die nicht vorher davongelaufen sind.

Die Befragungen zu Sam bleiben maximal unergiebig. Nachts Tanzen, Wodka, Nasenpulver, tagsüber Laufen. Keine Feinde, alles tutti, toller Sport- und Feierkumpel. Übereinstimmend das Eingeständnis, dass die Running Crew ihr nächtliches Training gegen fünf Uhr morgens kollektiv auf die Unisex-Toilette verlegt hat, ohne Sam. Der war früh gegangen, was nicht weiter ungewöhnlich war. Alle haben ein Tageslichtleben, voll mit Studium oder Job, vor allem aber mit Laufen, sehr viel Laufen. Dazu das Schwarzlichtleben, das Kraft kostet. Und Erinnerungsvermögen. Richtig gut kannte offenbar keiner Sam. Viel Lyrik, wenig wirklich Relevantes. Offenbar ist die Running Crew weniger ein Freundeskreis als vielmehr eine unverbindliche Zweckgemeinschaft, in der sich junge Menschen, die sich für unkaputtbar halten, gegenseitig über ihre Grenzen pushen.

Nur einer war Sam etwas näher. Mediziner Jonas, ein Kraftpaket Ende zwanzig, scheint Kopf der Running Crew zu sein, schlau und schnell zugleich, was eine seltene Kombination ist. Er hat Pupillen wie Untertassen, aber bemerkenswert definierte Waden. Jonas blickt sich dauernd um, ein typisches Anzeichen für Koks-Paranoia. Er hat Sam einige Male auf Trainingsläufen begleitet, wo genug Zeit zum Reden ist. Schulden? Beziehungsstress? Ärger im Job? Jonas hebt die Schultern: »Wenn Sam Schulden hatte, dann auf seinem Trainingskonto.«

Stephanie liefert die harten Fakten: Sam Welzer, fünfundzwanzig, aufgewachsen in Tempelhof, Apartment im aufstrebenden Neuköllner Schillerkiez, eigentlich zu teuer für einen BWL-Studenten. Keine Vorstrafen. Überhaupt nichts Auffälliges.

Die meisten der Nachtschwärmer sind gegangen. Nur die Tür zu Koslowskis Büro ist noch geschlossen. Tilda ist bei ihm.

Nach pflichtschuldigem Klopfen steckt Peer den Kopf durch den Türspalt. Er will verhindern, dass der selbstgefällige Kollege alles kaputtermittelt.

»Lassen Sie uns doch bitte noch kurz allein, Pedes!«

Koslowski spricht seinen Namen oft und gern so hinterlistig undeutlich aus, dass es nahezu unmöglich ist, nicht »Penis« zu verstehen. Hat Tilda gegrinst? Peer ignoriert die Bitte und schließt provozierend langsam die Tür hinter sich.

»Ich kenne die junge Frau aus dem Club, und sie hat mir eine Menge erzählt«, erklärt Peer. »Wir sollten das Gespräch gemeinsam führen.«

Koslowski nickt überfreundlich und weist auf einen Hocker. Peer setzt sich und taxiert Tilda. Von der Nacht, von

Sams Tod geschafft, bemüht sie sich dennoch um Haltung. Läuferdisziplin.

»Wo waren wir gerade?«, fragt Koslowski.

Tilda gewährt Peer einen Blick, der einen angenehmen Moment zu lang dauert: »Bei meinen fast zweihunderttausend Followern auf Instagram.«

»Und ich bin einer davon«, sagt Koslowski. »Wirklich toll, was Sie da für die Läufer-Community auf die Beine gestellt haben, diese Mischung aus guter Information und Style. Da hat man sicher nicht nur Freunde?«

Triefender Schleimbeutel, dein Name ist Koslowski. Jeder anständige Läufer belächelt diese Jogging-Darsteller, die fortwährend ihre durchgefilterte Fitness posten. Noch lachhafter sind all die unsportlichen Follower, die ihren Lebenszweck im Anbeten finden. Würde die Zeit und Energie, die dieser Social-Media-Irrsinn verschlingt, für echtes Training aufgebracht, wäre Deutschland fitter, schneller und weniger neurotisch.

Doch Koslowski macht weiter auf Fanboy.

»Würden Sie einem Laien wie mir erklären, wie man so eine enorme Followerschaft auf Instagram aufbaut?«

Tilda lächelt. Peer schweigt. Wie kann eine erwachsene Frau auf diese Zuckerwattetour reinfallen?

Tilda: »Hm, bin da eher reingerutscht. Vor ein paar Jahren habe ich angefangen, Fotos und Lauftipps zu posten, erst mal nur für Freunde und die Leute aus der Running Crew. Wir haben uns bei einem Lauftreff kennengelernt, an der Spitze des Feldes. Wir waren schneller als der Rest, ambitionierter, aber auch gnadenloser. Hart feiern, hart laufen – Berlin halt. Mein Account bekam immer mehr Follower. Dann kamen die ersten Anfragen von Firmen, die mit mir werben wollten. Ich hatte keine Ahnung, wie viel Geld man mit einem Foto in Laufklamotten verdienen kann.

Also habe ich meinen Job auf halbtags reduziert, mich in die Technik reingearbeitet, Strategien entwickelt und all das. Als dann der Deal mit FitShit kam, war mir klar: Das machste jetzt Vollzeit.«

»FitShit«, zwitschert Koslowski. »Die haben gutes Zeug!«

Peer murmelt: »Teurer Urin.«

Stahlblick von Koslowski. Tilda schaut auf.

»Na, diese ganzen sauteuren Nahrungsergänzungsmittel – ist doch alles dubios«, erklärt Peer. »Bleibt kaum was im Körper, geht alles in die Kanalisation ...«

Koslowski richtet sich auf und fixiert Peer mit einem Handschellenblick.

»Also ich habe mit dem Eisenpräparat von FitShit sehr gute Erfahrungen gemacht, gerade was die Regeneration angeht. Hat mir bei meiner Marathon-Bestzeit sehr geholfen.«

Die Spitze ging direkt an Peer.

Tilda nickt: »Ja! Sehr hohe Bioverfügbarkeit. Die Produkte sind echt nicht billig, aber sie wirken. Lehmann geht da total radikal vor, mit seiner Akribie und den Studien. Er verkauft nur das, was funktioniert. ›Ihr bei der Running Crew macht keine Kompromisse, wir bei FitShit auch nicht‹, sagt Lehmann immer. Perfect Match.«

Koslowski will weitersäuseln, doch Peer ist schneller.

»Aber es geht auch um viel Geld, da gibt's doch Neid, Eitelkeiten. Sam war nicht so berühmt. Keine Follower, kein Geld. Hat er Ärger gemacht?«

Tildas professionelle Fassade wankt. Aber was verbirgt sich dahinter? Sie schaut zu Peer, aber ganz anders als zu Koslowski. Sie will Klartext reden, mit ihm. Nur mit ihm. Sie öffnet den Mund. Doch Koslowski merkt mal wieder gar nichts. Er räuspert sich eine Spur zu laut und zu schnell, dann setzt er sein Vipernlächeln auf.

»Herr Kollege, ich begrüße Ihre Mitarbeit. Aber es wäre hilfreich, wenn wir die Meinungsbeiträge vorerst zurückstellten.«

»Wieso Meinung? Ich stelle nur Fragen.«

»Sie suggerieren.«

»Lassen Sie mich einfach meine Zeugin befragen«, raunt Peer.

Plutoniumblick Koslowski.

»*Meine* Zeugin! Ich trage die Verantwortung für den Fall.«

Peer registriert, dass Tilda dichtmacht. Die Chance ist vertan, mehr über Sam zu erfahren, die Running Crew, Lehmann. Und nur wegen Koslowskis Platzhirschigkeit.

Na gut, dann eben das Dicke-Eier-Spiel: »Ich war als Erster am Tatort und habe schon im Berghain ermittelt, als Sie fürs Lokalfernsehen Interviews gegeben haben.«

»Die Öffentlichkeit hat ein Recht darauf, vom zuständigen Leiter der Ermittlungen informiert zu werden.«

Gespannt wie verwirrt verfolgt Tilda die Machtschlacht der Polizisten. Früher, also noch letzte Woche, hätte Peer zurückgesteckt. Aber es geht um ihn, seine Chance, sein Schicksal. Also Attacke.

»Ich kenne die Laufszene, ich habe die Leiche entdeckt, und ich treibe die Ermittlungen voran. Es ist mein Fall.«

Koslowski guckt ihn wie ein esoterischer Hundetrainer an, der einen störrischen Dackel mit Klangschalen abrichten will.

»Lieber Herr Pedes«, sagt er und macht eine provozierend lange Pause. »In unserem Laden gibt es Regeln, die sogar für ehemalige Marathon-Champions gelten.«

Tilda erhebt sich. »Leute, ich hab alles gesagt, was ich weiß. Sorry, aber ich kann nicht mehr. Wenn Sie Ihre Probleme geklärt haben und ich noch irgendwie helfen kann: Sie haben ja meine Daten.«

Als die Tür langsam ins Schloss gefallen ist, starren Peer und Koslowski sich gegenseitig immer noch vorwurfsvoll an.

Der Leiter der ersten Mordkommission Jörg Rusche ist der perfekte Bulle. Kantiger Schädel, schneidiger Ton, auffallend heiles Privatleben. Ernst zu nehmender Kandidat für höhere Posten. Er leitet die erste Mordkommission unnachgiebig, aber umgänglich. Mit stillem Amüsement betrachtet er das seltsame Paar der Jungkommissare vor seinem Schreibtisch: ein Verstrubbelter in viel zu engen Hosen und ein Überangepasster in nachtblauem Anzug mit Einstecktuch, natürlich Paisley. Keine Vorabendserie würde derlei Vögel aufbieten, nur die Berliner Polizei.

Peer weiß, was kommt. Mag die Gerechtigkeit auch auf seiner Seite stehen, Koslowski ist leider im Bund mit den Vorschriften. Die Leier von der zuständigen Mordkommission. Die Erste hat Bereitschaft. Blabla.

»Haben Sie das verstanden, Pedes?«, schließt Rusche.

Peer deutet ein Nicken an, während Koslowski neben ihm sein Triumphgrinsen zelebriert. Na warte, du Ratte. Der größte Fehler des Läufers ist es, bereits hundert Meter vor dem Ziel die Arme hochzureißen. Peer wird sich diesen Fall zurückholen, mit allen Mitteln. Allen. Jahrelang hat er sich in die zweite Reihe drängen lassen. Schluss jetzt. Peer hat den peerfekten Plan, bösartig und wirkungsvoll zugleich. Er wundert sich über die wilde Erotik, die allein der Gedanke an kriminelle Energie entfacht.

»Ich würde gern noch einen Moment mit Ihnen allein reden«, sagt Peer zu Rusche.

Koslowski hat bereits die Türklinke in der Hand und guckt für einen Moment irritiert.

»Zwei Minuten«, sagt Rusche genervt.

Beruhigt verlässt Koslowski das Büro. Die Tür lässt er einen Spalt offen stehen, als wolle er sagen: Kann ja nichts Wichtiges sein.

Sorry, denkt Peer und blickt auf die Rückseite des Familienfotos auf Rusches Schreibtisch. Sorry, Sophia! Es würde ernste Gespräche beim Abendbrot im Hause Rusche geben. Die Tochter des Chefs in maximaler Transparenz auf der Unisex-Toilette, mit Betäubungsmitteln in der Nase – nachhaltiger lässt sich jede Hoffnung auf den Posten des Dezernatsleiters kaum zerstören. Peer schließt die Tür zum Flur und reicht dem überraschten Rusche die Liste der Zeugen aus dem Berghain. Sicherheitshalber ist die betreffende Zeile säuberlich mit Textmarker hervorgehoben: *Sophia Rusche, 19, Studentin.*

Vater Rusche erbleicht.

»Wir sind nicht ganz sicher, ob diese Person wirklich ihre korrekten Daten angegeben hat«, sagt Peer amtlich. »Falls es sich um einen Irrtum handelt, werden wir sie natürlich von der Liste entfernen. Allerdings war bei ihr der Betäubungsmittelkonsum nicht zu übersehen. Eine Blutuntersuchung wäre dringend angeraten. Sie wissen ja, die Vorschriften. Ich müsste die junge Frau morgen zum Test bitten. Hier aufs Revier. Was meinen Sie?«

Rusche versteht. Er hat sich blitzschnell gefangen. Keinerlei Anzeichen von Irritation. Sein »Okay!« klingt geschäftsmäßig. Er greift zum Hörer. Erpressung scheint in diesen Kreisen normal zu sein. Machen wahrscheinlich alle, bis auf Peer.

Koslowski schreitet wie ein Reiher in Rusches Büro. Triumph quillt ihm aus jeder Pore.

»Kann ich noch was für Sie tun, Chef?«

»Sie sind Kunde bei FitShit?«, fragt Rusche, ohne Koslowski einen Platz anzubieten. »Und FitShit-Chef Lehmann sponsert den Marathon in Bad Düben auf Ihr Bestreben hin?«

Koslowski nickt unsicher. Was läuft hier? Flackernder Blick zu Peer, der diese kleinen, scheinbar unbedeutenden Informationen an den Chef weitergereicht hat wie zuvor die Zeugenliste.

»Ist schon Jahre her, dass ich Herrn Lehmann mal kontaktiert hab wegen des Marathons in meiner Heimatstadt und ...«

Herrische Geste von Rusche.

»Sie werden verstehen, dass wir damit ein Problem bekommen, Koslowski. Wenn die Medien das herausfinden – und sie werden es herausfinden –, dann haben wir eine Befangenheitsdebatte am Hals, die weder Ihnen persönlich gelegen kommt noch uns als Institution, deren größtes Kapital die Glaubwürdigkeit ist.« Koslowski erstarrt. »Ich bitte um Ihr Verständnis, dass ab sofort der Kollege Pedes die Ermittlungen leitet. Das bin ich meiner Fürsorgepflicht schuldig. Wir versetzen ihn dafür kurzzeitig zu uns in die Erste.«

Schlagartig trägt Koslowski das Gesicht, das bis vor wenigen Minuten Peers war. Rusche hat nicht lange gefackelt. Ein Telefonat mit dem Dezernatsleiter und ein weiteres mit Bülow, dem Chef von Peers achter Mordkommission, und schon war die Ausleihe entschieden. Peer konnte nicht hören, was Bülow geantwortet hat, aber das war auch gar nicht nötig. Seinem bisherigen Chef war er ziemlich egal. Der grummelige Zyniker hatte nur eines im Blick: seine baldige Pensionierung. Einer allerdings fieberte Bülows Ruhestand noch ungeduldiger entgegen: Peer.

Es gibt Kommissionsleiter, die in Würde altern, ihr Wissen großzügig weitergeben, Nachfolger aufbauen, den Laden für die Zukunft aufstellen. Und es gibt Ausgebrannte wie Bülow, deren Kernkompetenz sich im Alter auf permanentes Giftspritzen reduziert. Junge Kollegen wie Peer sind dem alten Sack unheimlich, weil sie schnell sind, digital und hungrig, also das komplette Gegenteil von ihm. Bülows Nachwuchsförderung basiert auf einem einzigen Grundprinzip: »Die Jungen müssen erst mal Scheiße fressen.« In vier Jahren hat er Peer nicht einmal mit der Leitung eines Falles betraut. »Unser Donald«, sagte Bülow, der fälschlicherweise denkt, dass er witzig sei, immer wieder: »Unser Donald.« Die Kollegen lächelten gequält. Sein Chef hält Peer für einen Tollpatsch und »Donald Duck« für einen lustigen Spitznamen.

Rusche ist deutlich härter, aber auch klarer und gerechter; man spürt sofort den früheren Zehnkämpfer. Rusche, das ist Peers Chance für einen Neuanfang. Wenn er den Fall löst. Vielleicht kann er nach dem Fall sogar in der Ersten bleiben. Während ein versteinerter Reiher zurückbleibt, federt Peer wie auf Flummis aus Rusches Büro. Jeder Schritt ein kleiner Freudensprung. Er ist vorn mit dabei im Rennen. Wo er hingehört. Endlich.

KAPITEL 4

»In die Erste? Wir beide? Wow!«

Stephanies Freude über den Wechsel ist echt. Auch wenn in der ersten Mordkommission Koslowski & Co. lauern, herrscht mit Rusche zumindest ein einigermaßen fairer Chef. Und kein Bülow. Stephanie hat nicht vergessen, wie sie an ihrem ersten Arbeitstag vom Dezernatsleiter vorgestellt wurde. Bülow hat nichts gesagt, aber sein Blick sprach Sammelbände.

»Na ja, wir sind eben das Traumpaar der Berliner Polizei«, erklärt Peer und würde gern fein ironisch wirken. »Der Laden bricht doch zusammen, wenn wir nicht mehr zusammenarbeiten.«

Kommt an bei Stephanie. Zarter Verbündetenblick. Peer versteht Stephanie zum ersten Mal nicht als Fremdkörper, sondern als Schwester im Geiste. Wenigstens ein vertrautes und verlässliches Gesicht in Koslowskis Hyänenrudel.

»Das Traumpaar der Berliner Polizei.« Mit dieser Schlagzeile hatte eine Boulevardzeitung ein Foto der beiden betitelt. Im letzten Jahr vermutlich die einzige positive Erwähnung des Ladens in den Medien. Und zugleich ein schrecklicher Fluch. Die Kollegen wissen positive PR einerseits zu schätzen, andererseits hassen sie es, wenn ausgerechnet junge Kollegen medial hochgejubelt werden, die »noch gar nichts geleistet haben«, wie Bülow sagen würde.

Leisten. Leistung. Hochleistung. Es gibt Rennen, die darf man auf keinen Fall verlieren, weil es um viel mehr geht als eine Medaille. Es geht um Respekt. Peer ist vollkommen klar, was sein erster eigener Fall bedeutet: Hat er, haben sie Erfolg, dann wird aus Hohn Respekt. Versagen sie, bleibt er lebenslänglich »Donald«. Und das Traumpaar wird zum Albtraumpaar, dem nur eines sicher ist: ewiger Spott.

Peer hockt sich vor Stephanies Schreibtisch. Augenhöhe. So wichtig.

»Wir dürfen die Nummer nicht verkacken, auf keinen Fall.«

Stephanie nickt entschlossen. Sie sitzt mit ihm in einem wackeligen Boot und weiß: Es ist ernst. Und eilig. Denn die ersten achtundvierzig Stunden nach einem Mord sind die wichtigsten. Die Spuren sind frisch, Erinnerungen stabil, die Zeugen verunsichert, die Konfliktlage unklar. Überall Pulverdampf. Sobald die Anwälte aufmarschieren, verhärten sich die Fronten. Zeugen werden zum Schweigen verdonnert, unter Druck gesetzt, sprechen sich ab. Erinnerungen verblassen, Spuren werden verwischt. Und das Ermitteln wird mühsam.

»Die ersten achtundvierzig Stunden«, sagt Stephanie.

Manchmal ist Gedankenlesen ganz einfach.

»Genau. Deswegen werden wir uns aufteilen. Zwei Jobs stehen an.«

»Müllers Horrorkabinett ...«, ahnt Stephanie.

»Und die Eltern des Opfers«, ergänzt Peer.

Zwei ebenso unangenehme wie wichtige Aufgaben. In der Rechtsmedizin schnippelt der furchtbare, aber leider brillante Dr. Müller die Leiche auf und wird erste Erkenntnisse zum Tathergang präsentieren. In Tempelhof wiederum sitzen zwei ältere Herrschaften in ihrem Häuschen, die nicht ahnen, dass sich ihr Leben an diesem Sommersonntag für immer verändern wird. Das Überbringen einer Todesnachricht gehört zu den traurigsten Momenten des Ermittlerlebens, kann aber auch zu entscheidenden Erkenntnissen führen.

»Sam Welzer hatte ein gutes Verhältnis zu seinen Eltern.

Er war oft zu Hause.« Das hat Peer aus der Befragung der anderen Läufer herausgehört.

»Ich gehe davon aus, dass du das Horrorkabinett übernimmst?«

Stephanie gibt sich keinerlei Illusionen hin. Die unbequemsten Jobs werden nach unten delegiert.

»Ich bin doch nicht Bülow«, entgegnet Peer und ballt die Faust. »Schere, Stein, Papier.«

Auf dem Flur laufen die beiden Bülow in die Arme. Ausgerechnet. Er hat seinen Vize Glöckner im Schlepp, dessen Muffelblick auf einen langen Sonntag schließen lässt. Die Achte hat einen Mord im Milieu an der Backe. Schießerei in einer Weddinger Kneipe, eine typische Racheaktion, ziemlich tölpelhaft ausgeführt. Der Täter steht praktisch fest, dennoch hat Bülow sowohl Peer als auch Stephanie tagelang zum Klinkenputzen die Müllerstraße hoch und runter geschickt. Zeugen suchen, die es in der Regel nicht gibt und die auch keiner braucht. Bülow weiß zu demotivieren. Heute steht nun die Vernehmung des Beschuldigten an. Der einzige spannende Teil an dem Fall, über den Peer erst aus dritter Hand erfahren hat. So läuft das immer in der Achten.

»Glückwunsch, Donald«, schnarrt Bülow. »Das nenne ich Anfängerglück, wenn der erste eigene Fall nicht allzu komplex ist. Bekiffte Clubgänger, Körperkult, Internet-Schnickschnack – das sind genau die spektakulären Designer-Fälle, wie sie sich der gut aussehende Nachwuchs wünscht. Hätte ich auch mal gern. Wir schlagen uns derweil mit Profis herum.«

Ein typischer Bülow. Über Jahre verdichtete Bullenbitternis entlädt sich in perfiden, persönlichen Beleidigungen, notdürftig als Gesellschaftskritik getarnt. Weil er mit seinem Welt- und Lebensschmerz allein nicht fertigwird, sollen alle anderen mitleiden, vor allem die Jungen mit ihrem Internet- und Gender-Zeug, das er nicht versteht, weil er es nie verstehen wollte. Früher galt Bülow als brillanter Ermittler, heute verteidigt er verbissen das letzte Faxgerät auf dem Flur und seinen uralten Nokia-Knochen.

»Vielen Dank für Ihre netten Worte und viel Glück im Wedding«, sagt Peer mit aufreizender Höflichkeit. »Wir werden jetzt ein paar Designerdrogen nehmen und im Berghain feiern. Die Pics stellen wir extra für Sie auf Insta. Die Kollegen erklären Ihnen sicher gern, was das ist.«

Bülow schnappt nach Luft. Glöckner macht sich nicht mal die Mühe, sein breites Grinsen einzuhegen. Stephanie schreitet stoisch Richtung Tür. Und Peer ist froh, dass er sich nicht zu einer weiteren Spitze hat hinreißen lassen, zur Rente mit dreiundsechzig etwa.

Peer nimmt die U-Bahn nach Tempelhof. Warum hat er Papier genommen und nicht Schere? Chinesische Forscher haben herausgefunden, dass Männer in der ersten Runde überdurchschnittlich oft Stein nehmen. Deswegen nimmt Peer am Anfang immer Papier. Aber Stephanie ist ja kein Mann. Mehr. Oder war sie nie einer? Es bleibt verwirrend. Auf jeden Fall hat sie mit Schere begonnen, laut chinesischer Forschung typisch für Frauen. Hätte Peer ahnen können. Dann wäre er jetzt nicht auf dem Weg, eine heile Welt zu zerstören.

Das Fliegerviertel nahe am ehemaligen Flughafen ist eine Oase, geradezu erschreckend leise, aufgeräumt und angenehm unhip. Vom Tempelhofer Damm aus geht es durch einen Torbogen in eine vor über hundert Jahren geplante Siedlung, deren sanft gekurvte Straßen preußisch gründlich auf eine fast dörflich anmutende Lebensqualität hin angelegt wurden. Die Häuschen sind klein, aber liebevoll in Schuss gehalten. Auf vielen Dächern glänzen Solarpanels. Die geparkten Autos weisen auf Durchschnittsverdiener hin. Das Sozialprestige wird hier über die Pracht der kleinen, aber aufwendig bepflanzten Vorgärten verhandelt. Rosen und Rhododendren, Fuchsien und Tränende Herzen liefern sich ein gigantisches florales Duell und bieten zugleich einen bunten Schutzwall. Hätte der junge Peer sich den Traumort für eine unbeschwerte Kindheit aussuchen dürfen, hätte er die Fliegersiedlung gewählt, ein Hort der Heimeligkeit inmitten des ruppigen und dauernervösen Berlins. Irgendwo planschen Kinder, Kaffeegeschirr klappert, Sonntagnachmittagsgeplauder schwirrt durch die Sommerwärme.

Das Haus der Welzers ist von charmanter Normalität. Die Familie scheint sich auf Teerosen spezialisiert zu haben. Unter dem Türbogen mit den vielen kleinen Blüten holt Peer dreimal tief Luft. Er hat versucht, sich die passenden Worte zurechtzulegen. Soweit es passende Worte für das Überbringen von Todesnachrichten gibt, besonders wenn es sich beim Opfer um das einzige Kind handelt. Peer schüttelt sich, richtet sich auf und drückt den Klingelknopf aus Messingimitat an der beige verputzten Hauswand. »Willkommen«, ruft die Fußmatte. Noch ein tiefer Atemzug. Die Tür öffnet sich, aber nur einen Spaltbreit. Die neugierigen Augen einer älteren Frau blicken Peer an.

»Ja?«

»Frau Welzer?«

»Ja. Und wer sind Sie?«

»Peer Pedes. LKA Berlin.«

Er hält ihr seine Marke hin.

»Ich muss mit Ihnen reden. Darf ich reinkommen?«

Nicht zwischen Tür und Angel. Eine Sitzgelegenheit sollte in der Nähe sein. Das lernt man sogar in der Polizeischule. Mechthild Welzer zögert noch einen Moment, dann öffnet sie blitzschnell die Tür, zerrt mit patentem Griff den verdutzten Peer über die Schwelle und knallt die Tür hinter ihm zu.

»Unsere neue Katze«, sagt sie entschuldigend. »Läuft weg, sobald sie eine Möglichkeit wittert. Dabei hat das verwöhnte Viech draußen keine Chance. Die würde von einem Spatzen verprügelt werden. Aber mein Mann wollte ja unbedingt so eine lebensuntüchtige Ragdoll.«

Sie rollt mit den Augen.

»Das habe ich gehört«, brummt Ewald Welzer, der plötzlich hinter seiner Frau auftaucht. »Sie zieht permanent über meinen Liebling her. Aber wenn Camilla sich erst mal eingewöhnt hat, wer wird dann die ganze Zeit mit ihr kuscheln?«

Er deutet vielsagend auf seine Frau, die ihn gespielt empört anschaut. Peer lächelt. Ein süßes Paar, die Welzers. Graue Haare, randlose Brillen, Hemden und Hosen in gedeckten Farben. Partnerlook, die nicht aufdringliche Variante.

»Aber Sie sind ja nicht von der Katzenpolizei«, stellt Frau Welzer fest. »Worum geht es denn?«

»*Wer* sind Sie?«, hakt Herr Welzer sicherheitshalber nach.

»Pedes. Kriminalkommissar Peer Pedes, erste Mordkommission des LKA.«

»Mordkommission?« Frau Welzer blickt irritiert zu ihrem Mann. »Wieso denn Mordkommission?«

Peer steht nun im eichendunklen Wohnzimmer vor der Couchgarnitur. Die Ledersofas bieten ausreichend Sitzgelegenheiten für die Überbringung von Todesnachrichten. Blick zur Terrasse. Von der geblümten Wachstischdecke erhebt sich ein Erdbeerkuchen, flankiert von Thermoskanne und Sahnespender. Laufen, Kuchen, Sahne – ein magisches Dreieck. Peer denkt an Sam, wie er sich all die Jahre vergnügt über Mutters Kuchen hergemacht haben muss. Wie in jeder Läuferfamilie. Er holt Luft, sammelt sich, doch der Mut kommt nicht mit. Noch einmal tief Luft holen, noch einen letzten Moment in jener heilen Welt bleiben, die seit ein paar Stunden unwiederbringlich zerstört ist.

»Sie sind beide in Rente, richtig?«

»Ja, seit zwei Jahren. Ewald war Busfahrer bei der BVG. Siebenunddreißig Jahre. Dann hat der Rücken gemeutert.«

»Bei dem Garten wird Ihnen bestimmt nicht langweilig.«

»Sie kommen doch nicht her, um mit uns übers Gärtnern zu plaudern«, drängelt Ewald.

Es ist so weit. Peer fürchtet die Tränen, das Schluchzen, das Warum. Unheilvolle Pause. Er nimmt die Schultern leicht zurück. Die Welzers starren ihn an. Sie ahnen Unheil, wollen es aber nicht wahrhaben. Natürlich nicht. Adrenalin hämmert in seinen Ohren. Ruhig, Junge, du schaffst das.

»Frau Welzer, Herr Welzer, ich bringe leider die schlimmstmögliche Nachricht: Ihr Sohn Sam ist tot. Mein herzliches Beileid.«

Die Welzers gucken erst sich an, dann Peer.

»Sam ist was?«, fragt sein Vater.

»Er wurde ermordet, heute Nacht, an der Oberbaumbrücke. Die Kollegen und Kolleginnen sind seit den frühen Morgenstunden auf der Suche nach dem Täter. Ich leite die Ermittlungen.«

»Das muss ein Versehen sein, eine Verwechslung. Sam ist ein guter Junge.«

Frau Welzer kämpft einen letzten aussichtslosen Kampf.

»Es besteht kein Zweifel, liebe Frau Welzer.«

Peer überlegt, ihr das Handyfoto des toten Sam zu zeigen, entscheidet sich aber dagegen. Der Anblick würde den Schock nur verstärken.

»Sam! Mein Junge.«

Schluchzend fällt Frau Welzer ihrem Mann in die Arme. Immer neue Schockwellen schütteln ihren Körper, ihre Knie scheinen zeitweise einzuknicken. Ewald Welzer steht wie versteinert da, seine Hände schützend um seine wimmernde Frau gelegt. Wenn jemand seine Gefühle im Griff hat, dann ein Berliner Busfahrer.

Peer sprudelt Leitungswasser auf, schon zum dritten Mal. Ewald Welzer hat den Umzug in die Küche initiiert. Auf der Küchenbank hält er seine Frau immer noch stoisch im Arm. Ihr Wimmern ist leiser geworden, das Zucken seltener. Mit der freien Hand dirigiert er den Kommissar, der sich benimmt wie ein guter alter Freund. Nicht viel quatschen, empathisch auf die schmerzhaften Fragen antworten, ansonsten einfach nur da sein, helfen, kümmern. Ewald deutet auf die mittlere Tür des Hängeschranks. Auf dem dritten Brett stehen die Schnapsgläser. Ewald deutet Richtung Wohnzimmer: »Auf der Anrichte.« Peer kehrt mit einer Flasche Obstler zurück. Sie prosten sich zu.

Peer war mehrfach dabei, als Bülow Todesnachrichten überbracht hat. Er überrollte die Leute wie ein Schützenpanzer, schnarrte ein stumpfes »Beileid« und begann umgehend mit der Befragung: Feinde? Drogen? Seitensprünge? Waffen? Schulden? Natürlich reagierten die Menschen verzweifelt, unwirsch oder schwiegen. Was für Bülow wiederum ein sicheres Indiz war, dass die Leute etwas zu verbergen hatten. Immerhin hatten diese gruseligen Begegnungen einen paradoxen Lerneffekt: Einfach das Gegenteil dessen tun, was Bülow getan hätte. Oft fragte sich Peer, an welchem Punkt seiner Laufbahn Bülow falsch abgebogen war. Und ob jeder Kommissar eines Tages an diesen Punkt der Komplettverbitterung kommt.

In das Schweigen der Welzers hinein stellt Peer sich vor, wie seine Mutter reagieren würde, bekäme sie eine solche Nachricht überbracht. Mutter Pedes und Mutter Welzer sind vom selben Berliner Schlag, robuste Kodderschnauzen nach außen, aber im Kern unendlich zart. Diese wunderbaren Muttertiere brauchen ein bisschen Geduld, Behutsamkeit und manchmal nur ein Lächeln. Wären da nicht diese elenden achtundvierzig Stunden.

Immerhin hat Ewald Welzer stockend berichtet, dass Samuel, wie er ihn nennt, noch vor drei Tagen zum Abendessen bei ihnen zu Hause gewesen war. Peers Nachfragen hat er allerdings sanft abgeblockt, ebenso seinen Wunsch, Sams altes Zimmer inspizieren zu dürfen.

»Nicht jetzt.«

Peer hockt schon über eine Stunde in der Küche, die fast wie Mamas riecht, diese vertraute Mischung aus Bohnenkaffee, erkaltetem Kartoffelwasser und Spülmittel. Er kann doch nicht ohne jede Spur zurückkehren. Bülow hätte wenigstens einen falschen Verdacht mitgebracht.

In seiner Hosentasche vibriert das Smartphone. Stephanie, live aus dem Horrorkabinett. Jetzt vor den trauernden Eltern über Würgemale, Mageninhalt und Hängedauer zu reden, das wäre Bülow-Style. Peer entschuldigt sich und schleicht auf Zehenspitzen Richtung Terrasse, wo sich Wespen über den Erdbeerkuchen hermachen. Stephanies Bericht ist von kalter Klarheit: Sam Welzer war offenbar von großen, kräftigen Händen in Handschuhen erwürgt worden und bereits tot, als er übers Geländer ging. Keine fremden DNA-Spuren. In Sams Blut schwimmt irgendein

Amphetamin-Derivat, das noch nicht identifiziert, aber definitiv nicht tödlich hoch dosiert ist. Typisches Partypulver wahrscheinlich. Nichts, was man den Welzers jetzt unbedingt mitteilen müsste.

»Wie läuft's bei dir?«

»Geht so«, wispert Peer.

Stephanie ist durch mit ihrem Job in der Rechtsmedizin, sie fährt zurück ins Büro.

»Und du?«, bohrt sie nach.

»Keine Ahnung. Der Vater würde reden, aber schweigt aus Rücksicht auf seine Frau. Das zieht sich hier.«

»Kannst du sie irgendwie trennen, eine Nachbarin ranholen, die sich um die Frau kümmert?«

Peer hört plötzlich ein Rascheln unter einem Teerosenstrauch. Zwei grüne Augen gucken ihn fragend an. Die kostbare, lebensuntüchtige Welzer-Katze. Erschrocken fährt Peer herum. Verdammt. Er hat die Terrassentür offen stehen lassen, weit genug, dass eine ganze Katzenfamilie hindurchpassen würde, nebeneinander.

»Miez, miez, miez ...«

»Drehst du jetzt durch?«

»Sorry, nein. Die Welzer-Katze ist entwischt. Weil ich die Tür ... Die muss ich ... Ich rufe zurück.«

Peer geht in die Knie und streckt vorsichtig seine Hand aus. Wenn die Welzers jetzt auch noch ihre Katze verlieren, dann ist alles aus.

»Miez, miez, miez.«

Das Katzenvieh zeigt keinerlei Interesse an Peers Fingern und verzieht sich weiter unter den Busch, als Peer ihr näher kommen will. Er richtet sich mit dem vertrauten Knacksen im unteren Rücken auf, sieht, dass die Küchentür geschlossen ist, und fährt mit zwei Fingern durch die rosa Cremeschicht von Mama Welzers Erdbeerkuchen.

»Miez, miez, miez.«

Tatsächlich. Das gefräßige Biest kommt näher, stupst die Nase fast in den rosa Schlorz, aber Peer zieht die Finger langsam an sich heran. Die Katze stoppt, als durchschaue sie seinen Plan. Peer streckt die Finger wieder aus.

»Miez, miez, miez.«

Jetzt nicht abhauen, du kleines Mistvieh. Tatsächlich kapituliert die Katze vor dem betörenden Duft und schleckt an Peers Fingern. Zugriff, denkt Peer und will das Tier mit der freien Hand im Nacken packen. Doch die Katze ist gar nicht so lebensuntüchtig und schlägt mit den Vorderpfoten eine blitzschnelle Kombination. Zwei Krallen erwischen die Kuchenfinger, einige mehr die angreifende Hand. Die Kratzer sind tief und brennen höllisch. Und die Katze ist wieder im Gebüsch verschwunden.

Aber Peer kann auch anders. Noch ein prüfender Blick in Richtung Küche. Dort tut sich nichts. Also taucht Peer in den Teerosen-Dschungel ein. Äste schlagen ihn, Blüten streicheln, Dornen kratzen Peers Wangen auf. Die Mieze ist flink, doch der engmaschige Gartenzaun blockiert den Fluchtweg. Peer treibt die Katze in die Ecke mit dem Komposthaufen und wirft sich mit einem Hechtsprung auf das Vieh, das unentschlossen zwischen Fluchtweg rechts und Fluchtweg links pendelt. Und tatsächlich, diesmal baumelt Miezmiezmiez wie gelähmt unter seinem festen Griff.

»Beinahe wäre die Süße entwischt«, verkündet Retter Peer in der Küche. »Aber ist noch mal gut gegangen.«

Das Ehepaar Welzer starrt auf die Gestalt mit den blutigen Kratzern und Blütenblättern im Haar.

»Das ist nicht unsere Katze«, ruft Herr Welzer verwirrt. »Das ist doch nicht mal eine Ragdoll.«

Na toll. Woher soll Peer das wissen? Läufer kennen sich

zwangsläufig mit Hunden aus und natürlich mit Muskelkatern. Aber der Kult um die gemeine Hauskatze ist Peer immer fremd geblieben.

Da plötzlich fegt ein fauchender Fellblitz durch die Küche. Camilla. Die fluffige weiße Schönheit hat mit der schwarzen Feld-Wald-und-Wiesen-Katze aus dem Garten so viel Ähnlichkeit wie Ewalds matt karierte Pantoffeln mit Sams Laufschuhen. Camilla hatte sich auf der Fensterbank hinter den Topfpflanzen versteckt, als wolle sie die Welzers in ihrer Trauer nicht behelligen. Aber jetzt ist es vorbei mit der Pietät. Konkurrenz in der eigenen Küche, das geht zu weit. Peer zuckt zusammen. Jetzt nicht noch ein Krallenangriff.

In diesem Augenblick passiert es: Mutter Welzer muss lachen. Energie kehrt zurück in den gerade noch matt in den Armen ihres Mannes liegenden Körper. Sie steht auf, nimmt die zutrauliche Fremdkatze auf den Arm und bringt sie zur Terrassentür. Ewald hat sich derweil die stolze Camilla geschnappt und krault ihr den Hals. Frau Welzer kehrt zurück und schaut Peer mit wunden Augen an. Er kann ihr für einen Moment direkt in die verdunkelte Seele schauen.

»Einmal drücken«, sagt sie plötzlich und nimmt Peer in ihre mütterlichen Arme.

Peer drückt sie, wie Mama.

Das Katzendrama hat sie verwandelt. Sie ist kein schluchzendes Bündel mehr, sondern versteht, dass sie ihrem toten Sohn den besten Dienst erweist, wenn sie auf die Fragen des netten Kommissars antwortet.

»Gibt es denn irgendjemanden, der Sam etwas Übles wollte?«

Sie schaut zu ihrem Mann. Er nickt sanft. Sie darf es sagen.

»Ann-Kathrin vielleicht«, sagt sie.

»Ann-Kathrin?«

Frau Welzer nickt entschlossen und beginnt zu berichten. Sie hatte am Donnerstag extra Lasagne zubereitet, die Brandenburger Variante, mit mehr Fleisch, weniger Nudelplatten und einer Extraportion Bratensoße. »Sam war verrückt danach.« Eigentlich waren Handys am Esstisch streng verboten. Doch Sam hat behauptet, er müsse eine wichtige geschäftliche Angelegenheit im Internet verfolgen. Leider verstehen die Eltern Welzer von der digitalen Welt etwa so viel wie Bülow. Soweit Peer die Erinnerungen der beiden alten Herrschaften interpretieren kann, hat Sam sich sehr über ein Instagram-Posting von seiner Ex-Freundin Ann-Kathrin aufgeregt. Daraufhin postete er selbst irgendetwas, was die junge Frau wiederum sehr wütend gemacht hat.

»Das Mädchen passte nicht zu Sam mit ihren überdrehten Filmchen«, befindet Mutter Welzer, und Peer spürt, wie die Trauer zurückkehrt. Nein, einen Mord traut sie Ann-Kathrin nicht zu.

»Aber Sie sollten sich die Dame mal angucken«, rät Ewald Welzer.

Peer versteht, dass seine Mission hier endet. Zum Abschied spendiert ihm Ewald Welzer den Händedruck eines Mannes, der jahrzehntelang das Lenkrad eines Doppeldeckerbusses gehalten hat.

»Finden Sie die Bestie, die unserem Samuel das angetan hat«, sagt er mit zitternder Entschlossenheit.

»Das werde ich.«

Mutter Welzer will im Flur tatsächlich »noch einmal drücken«. Peer lässt es geschehen und gibt Ewald seine Karte, falls sie Fragen haben oder ihnen noch etwas einfällt. Und er versichert, dass sich Kollegen wegen der Formalien melden werden – ein langer, schwieriger Weg liegt vor den Eltern des Toten.

Auf der Straße dreht Peer sich ein letztes Mal um und winkt den Welzers zu.

»Alles Gute«, ruft er.

Sie antworten nicht.

Peer spürt den Stolz, die grausame Nachricht angemessen überbracht zu haben, und zugleich eine tiefe Traurigkeit. Zwei nette ältere Menschen sind soeben in die Krise ihres Lebens gestürzt worden. Peer denkt an Mama. Emotionaler Querfeldeinlauf. Und jetzt auch noch Koslowski, der im Stechschritt den Flur entlangkommt.

»Alles erledigt«, sagt Peer in der Hoffnung, dass Koslowski einfach nur nickt und weitermarschiert.

Doch seine Zackigkeit bremst abrupt und fährt den Zeigefinger aus.

»Wer war noch dabei?«

Peer stoppt, stutzt und erkennt die Falle. Verdammt. Schlicht vergessen.

»Äh, Stephanie wollte dazukommen, ist aber aufgehalten worden. Tut mir leid«, flunkert er.

»Sie wissen doch, dass immer zwei Kollegen die Nachricht überbringen. Das ist nun wirklich erste Stunde Polizeischule. Was ist, wenn die Eltern durchdrehen? Das gibt einen Mordsärger, Pedes, Mordsärger.«

Peer spürt Wut aufsteigen. Muss dieser Muffelkopp denn jede Chance zum Nerven nutzen?

»Das sind ganz einfache, nette Leute. Es ist nichts passiert, es wird nichts passieren, und ich habe wieder was gelernt. Haben Sie mal überlegt, ein Seminar für kooperatives Führen zu besuchen? Das täte uns allen gut.«

Schnaubend nimmt Koslowski Fahrt auf.

Er wird sich rächen. Aber jetzt hält er erst mal die Klappe.

»Donnerstag. Wir müssen den letzten Donnerstag checken.« Irritiert blickt Stephanie auf. Peer klingt wie Koslowski.

»Ich weiß.«

Stephanie hat Ann-Kathrin Schmidt gleich nach Peers Nachricht digital seziert. Sie holt das Instagram-Profil der jungen Frau auf den Bildschirm. Läuferin. Influencerin. Entenschnute.

»Zweihundertzwanzigtausend Follower. Nicht schlecht. Mehr als Tilda.«

»Die war auch in der Running Crew«, erläutert Stephanie. »Ist aber raus, nachdem sie sich von Sam getrennt hat.«

»Wie lange ist das her?«

Stephanie antwortet nicht, sondern mustert Peer.

»Was ist?«, fragt er ungeduldig.

Sie hat die Kratzer im Gesicht und auf den Armen entdeckt, Zeugen seines bisher schwersten Kampfes als leitender Ermittler. Stephanies amüsierte Miene heuchelt Mitleid.

»Musst mal den anderen sehen«, sagt Peer cool.

Stephanie lacht scheppernd. Kaum hat man einen eigenen Fall, klappt es auch mit dem Humor.

»Also: Wie lange ist das her mit der Trennung?«

»Zwei Monate.«

»Noch frisch.«

»Ja, und es war hässlich. Drama und Nachtreten. Am Donnerstag hat Ann-Kathrin mal wieder gepostet, wie sehr sie ihre Fans liebt.«

Dazu ein zuckersüßes Bild der Influencerin, das ihr viele, viele Herzchen eingebracht hat. Peer wird schlecht. Von wegen Schwarmintelligenz.

»Gleich darunter hat ein Anonymous ein altes Video gepostet. Nur zwölf Sekunden lang, aber die haben es in sich.«

Stephanie startet den privaten Wackelfilm. Und da klingt Entenschnute gar nicht zuckersüß.

»All diese übergewichtigen Trottel«, sagt Ann-Kathrin gut gelaunt aus einem Berg von leeren Kartons, die offenbar dem Versand von Läufer-Krimskrams dienen. »Denen kann man echt jeden Mist verkaufen.«

Kamera wackelt weg. Schluss.

»Der Shitstorm war beträchtlich«, sagt Stephanie. »Ann-Kathrin hat in wenigen Stunden eine Kleinstadt an Followern verloren.«

Klare Sache: Sam hat mit einem Video aus Beziehungszeiten gezielt das Honig-Image seiner Ex torpediert. Eine einmalige Attacke im Affekt? Oder Teil eines Rachefeldzugs, der ein einträgliches Influencer-Business ernsthaft bedroht. Auf jeden Fall ein Motiv.

Peer will Stephanie vor Freude in den Arm nehmen, entscheidet sich im letzten Moment aber für ein High five. Natürlich verfehlen sich ihre Hände. Aber Stephanie lacht zumindest. Keine vierundzwanzig Stunden seit dem Mord. Und schon eine Verdächtige. Läuft.

KAPITEL 5

Peer betrachtet die beiden Stränge des Gastrocnemius, die sich auf dem Laptop-Bildschirm in harmonischer Ungleichheit von der Kniekehle abwärts wölben, außen der länglichere und muskulär nicht zu ausgeprägte, innen das Kraftpaket, ebenfalls eher dezent. Wie ein Liebespaar vereinen sich beide zur Achillessehne hin, ihrem gemeinsamen Fixpunkt. Elegant, aber kraftvoll bilden diese Waden den Gegenentwurf zur proletenhaften Pumucklwade, diesem aggressiv hervorquellenden Muskelklumpen mit hundert Prozent Krampfaderwahrscheinlichkeit, wie er auf Lederhosenfesten ausgestellt wird. Bei den Waden auf dem Bildschirm dagegen deuten sich die Adern nur zart an, wie unter einem seidenen Tuch. Die sanft gebräunte Hügelkette glänzt matt und prall und fest und tritt mit jeder Bewegung hervor.

»Auf und ab«, sagt eine helle Frauenstimme, »auf und ab.«

Nichts fasziniert Peer mehr als Waden, ganz gleich, ob männliche oder weibliche, Hauptsache perfekt. Waden sind wie Menschen. Es gibt gute und die anderen, das Geschlecht ist egal. Peer denkt kurz an Stephanie.

»Auf und ab.«

Ein YouTube-Video von Ann-Kathrin. Kräftigungsübungen für die Waden. Mit der vorderen Hälfte ihrer Füße steht sie auf einer Stufe und wippt langsam auf und ab. Mehr als achttausend Herzen hat dieses Video. Den Shitstorm wegen der »übergewichtigen Trottel« unter ihren Followern hat Ann-Kathrin mit einer tränenreichen Entschuldigung beantwortet, von wegen Stress, Burn-out, Kopf verloren.

Die Fans lieben geschluchzte Entschuldigungen. Mit knappem Vorsprung ist sie die erfolgreichste Lauf-Influencerin des Landes geblieben, ein paar Tausend Follower vor Tilda. Schönere Waden hat sie auch. Peer schnauft genüsslich. Wann lassen sich Recherche und Wadenleidenschaft schon mal verbinden? Ein rundum gelungener Morgen.

Peer ist früh von seiner Wohnung in Friedenau zum Wilmersdorfer Stadion getrabt, zum ersten Härtetest seit Ewigkeiten. Sechs Mal zweitausend Meter auf der Tartanbahn, behutsam bis in den roten Bereich gesprintet, dort eine Weile ausgehalten, nicht ganz maximal belastet, aber allemal schneller als die anderen Frühaufsteher, die da keuchenden Schweigens ihre Runden drehten. Respektvoll räumten sie die Innenbahn, wenn er von hinten angeschossen kam. Peer spürte, wie sich seine Beine, die Lunge, seine ganze Maschine an die alten Zeiten erinnerten. Alles noch da. Muss nur aktiviert werden. Natürlich wird er weiter für den Marathon trainieren, nicht obwohl, sondern weil er zum ersten Mal in seiner Karriere die Ermittlungen zu einem großen Mordfall leitet. Das eine befeuert das andere. Die Laufbahn im Stadion geht fließend in seine berufliche Laufbahn über. Bei beiden will er jetzt nach ganz vorn. Gleichzeitig.

Peer klappt den Laptop zu und schlendert ins Bad. Wie jeden Morgen kickt er die Schwimmkerze mit Vanillearoma über die Fliesen. Ina hielt sich für eine begnadete Inneneinrichterin und wollte das Bad in eine Meditationsoase verwandeln, mit Schwimmkerzen für die Wanne, Buddha-Bild mit Blumenkette und einem Farbton namens Mauve an der Wand. Beruhigend, hat Ina gesagt. Komischer Name für schmuddeliges Lila, hat Peer gedacht.

Sein Bad war wie die Krim gewesen – sein Territorium,

aber von einer feindlichen Kraft annektiert. Seit Inas Auszug vor gut einem Jahr hat Peer seine gekachelte Heimat zurückerobert. Vom albernen Holzhocker, stylisch rough aus einem Baumstamm gesägt, ist das exotische Trockenkräuter-Bouquet verschwunden, das angeblich Wellnessaroma verbreiten sollte. Peer bevorzugt einen Stapel Laufmagazine als Dekoration. Die Handtücher werden nicht länger gerollt und farblich sortiert im Weidenkorb drapiert, sondern griffbereit gefaltet und gestapelt, zum sofortigen Gebrauch, wenn man aus der Dusche tritt. Letztlich hat Ina den Läufer Peer nie verstanden. Dass sie selbst nicht gern lief, hätte Peer von Anfang an alarmieren müssen.

Jede Woche erzielt Peer weitere Geländegewinne gegen Inas Deko-Terror, im Bad, an der Küchenfront, auf der weiten Ebene des einen großen Raums, der ihm als Schlafzimmer und Büro dient. Bald werden ihre Spuren vollends getilgt sein und damit ihre Ideologie, nach der eine Wohnung Besucher zu beeindrucken hat. Peer will niemanden beeindrucken. Er will auch nicht eingerichtet sein, sondern einfach wohnen. Wohnen wiederum ist ein Prozess, der sich ständig entwickelt, oft zufällig. Mal schläft man auf dem Sofa, mal arbeitet man im Bett, mal umgekehrt oder ganz anders. Kein Einrichter kann wissen, wie tatsächlich gewohnt wird. Einrichten ist der sinnlose Versuch, menschliches Verhalten in Katalogmomente zu zwängen. Menschen wollen nach dem Duschen mit einem nachlässig um die Hüfte geschlungenen Handtuch auf einem Barhocker am Küchentresen lümmeln, wo sie eine nahe liegende Steckdose brauchen, weil das Tablet leer gespielt ist.

Am Tag, als Ina in den Prenzlauer Berg gezogen ist, hat Peer seine schwarze Kabeltrommel auf den Küchentresen gestellt, als Statement. Bis auf den mächtigen TV-Bildschirm und eine nagelneue Playstation hat Peer nichts weiter verändert. Das Beige der Wände und die petrolfarbenen Vorhänge würden sich über die Jahre von allein angleichen. Jalousien wären viel praktischer, weil sie lichtdicht schließen. Er wird sich darum kümmern. Aber nicht jetzt.

Peer schätzt das offensive Multitasking. Frühstücken, Anziehen, Dehnen und Aktenstudium lassen sich zum Beispiel perfekt kombinieren, gerade an einem Tresen. Peer schaufelt einen großen Löffel jener schokoladigen Matsche in den Mund, zu der sich Triple-Choc-Müsli, Zitronenjoghurt und Milch versumpft haben. Köstlich. Während des Kauens überfliegt er Stephanies Bericht und versucht dabei, in die linke Socke zu steigen, einbeinig ohne Festhalten. Eins zur Zeit, hätte Ina gesagt. Unsinn, alles gleichzeitig, antwortet der Koordinationsexperte. Wer Kauen, Lesen und Besocken synchronisieren kann, ist klar im evolutionären Vorteil, weil alle Synapsen angespielt werden.

Wann auch immer hat Stephanie alle Details ebenso knapp wie akribisch in einem »Zwischenbericht« zusammengefasst und gemailt. Kein anderer Kollege macht Zwischenberichte. Peer weiß den schnellen Überblick am Morgen eines neuen Ermittlungstages zu schätzen. Stephanie ist seine Geheimwaffe. Wer hätte das gedacht? Ausgerechnet die Frau, deren Nutzen für Peer bisher hauptsächlich darin bestand, die nervige Schreibtischarbeit auf zwei Sachbearbeiter, sorry, Sachbearbeiter*innen zu verteilen. Peers erster Fall bringt ganz neue Qualitäten ans Licht. Die Frau kann was. Sie ergänzen sich. Und manchmal wird sogar gelacht. Perfekt.

Die Fakten: Mit Sams Smartphone wurde um 5:07 Uhr ein Fiat von Share Now angemietet, der wiederum zwanzig Minuten später quer auf dem Fahrradstreifen der Oberbaumbrücke abgestellt wurde. So parkt Berlin. Kaum eine Viertelstunde später hat ein neuer Mieter den Wagen genommen, ohne sich über den maximal widerrechtlichen Parkplatz zu wundern. Der Mann gab an, nichts Auffälliges bemerkt zu haben. Den Kofferraum, in dem man DNA-Spuren des Toten gefunden hat, hat er nicht geöffnet.

Preisfrage: Hat Sam das Auto selbst gemietet, ist dann überwältigt, erwürgt und in den Kofferraum gestopft worden? Oder ist er nach dem Verlassen des Clubs ermordet und das Auto dann mit dem Gesichts-Scan des Toten geöffnet worden? Ja, ein Smartphone erkennt das Gesicht seines Besitzers bis kurz vor der Verwesung.

Der Mörder hat die Leiche zur Brücke gefahren, im Schutz der Bauplane am Abschleppseil aufgeknüpft und übers Geländer gewuchtet. Ein Kraftakt. Kopfbilder zum Schaudern. Spuren auf der Brücke oder am Geländer? Jede Menge. Genau das ist einerseits das Problem. Die Schaulustigen haben den Tatort mustergültig begrapscht, zertrampelt und reichlich Glitzerstaub hinterlassen. Andererseits ein Glücksfall. Koslowskis Gelaber von Peers Spurenzerstörung ist damit erledigt, auch wenn er leider recht hat.

»Auf und ab.«

Peer wirft noch einmal einen Blick auf das YouTube-Video. Stephanie hat herausgefunden, dass Ann-Kathrin übers Wochenende zum Shooting an der Ostsee war. Sie fällt als Täterin somit aus, zumindest als unmittelbare. Doch wer so viele Follower hat, kann auch jemanden zum Mord anstiften. Sams Rachevideo hat gezeigt, dass die gut gelaunte Influencerin zwei Gesichter hat. Die würde Peer gerne mal live sehen. Und ihre Waden.

KAPITEL 6

Vor ihm ein unscheinbares Haus im Scheunenviertel, im Nacken der Druck der Ermittlungen. Seiner Ermittlungen. Und diese gestalten sich unerwartet zäh. Am Vormittag hat Peer vom Büro aus eine Mail an die Firmenadresse von Ann-Kathrin geschrieben mit »Dringend« und »LKA« im Betreff, was aber leider niemanden beeindruckt hat. Die ungerührte automatisierte Antwort lautete: Er sei einer von sehr vielen. Bitte um Geduld. Sein Anruf landete auf einem Band. Eher bekommt man die Originalwaden des Bundespräsidenten zu sehen als die von Ann-Kathrin.

Influencerinnen seien Popstars, hat Stephanie erklärt, und entsprechend stalkerpanisch. Unter die unzähligen schafhaften Fans mischen sich immer auch ein paar Irre, die Hass als Lebensaufgabe betrachten und ihre jeweiligen Opfer mehr oder weniger glaubhaft bedrohen.

Stephanie hat die offenbar streng geheime Handynummer eines sogenannten Head of Assistance wie auch immer aus dem Netz gefischt. Dieser Chefassistent namens Jean-Luc war tatsächlich ans Telefon gegangen, hatte sich aber zugleich als sperrig wie eine Viererabwehrkette erwiesen. Peer möge doch bitte zunächst seine Identität nachweisen. Nach einem Videoanruf, bei dem er seinen Dienstausweis in die Kamera hielt, erteilte Jean-Luc weitere Anweisungen.

Wie befohlen steht Peer nun also vor diesem Haus und sendet per Telegram »Bin da. PP« an eine Prepaidnummer. Die Antwort kommt sofort: »Durch den Toreingang auf der anderen Straßenseite.« Peer dreht sich langsam um und legt den Kopf in den Nacken. Aus einem der zahllosen

Fenster wird er beobachtet. Hat ein Ermittler im Dienste des Volkes dieses Misstrauen verdient?

Rund um die Toreinfahrt zahllose bunte Schilder, die den Weg durch eine dieser Berliner Hinterhofwelten weisen, wo Agenturen und Studios, Genies und Aufschneider, Start-ups und Fördergeldverbrenner siedeln. Im zweiten Durchgang lehnt eine Person mit Flusenpullover, zwei Millimeter kurzem blaustichigem Haar, Kajal-Augen und Combat-Hose in einer schweren Eisentür.

»Peer?«, bellt Jean-Luc.

Ohne seine Antwort abzuwarten, steigt Fluse eine Kellertreppe hinab und befiehlt: »Fest zu!« Peer zieht die Eisentür kräftig ins Schloss, während seine Augen mit dem Schummerlicht ringen. Luftschutzkellergänge bilden unter manchen Berliner Altbau-Kiezen ein weites Netz. Fluse leuchtet vorn mit dem Handy. Peers Hände suchen links und rechts nach den Wänden, die Füße schieben sich vorsichtig über den Boden. Feuchter Staub, der nach 1945 riecht. Hier lässt es sich unbehelligt morden.

Fluse erklimmt ein paar Stufen hoch zu einer weiteren Tür. Durch die Ritzen fällt milchiges Tageslicht. Ein Treppenhaus. Wortlos, aber zackig nimmt Jean-Luc die schmalen Stufen. Früher huschten Bedienstete über solche Hinterhofhinterhaustreppenhäuser zur Arbeit bei den feinen Leuten. Die Herrschaften sahen ihre Sklaven nur ungern im gnadenlos verstuckten vorderen Treppenhaus.

Jean-Luc ist schnell. Und die Stufen nehmen kein Ende. Peer pumpt, aber leise. Er muss unbedingt mehr Stufen in seinen Trainingsplan einbauen, am besten Einbeinsprünge, sehr effektiv. Fluse hat locker zwei Treppenabsätze Vorsprung. Wie hoch denn noch? Wohnt Ann-Kathrin im Fernsehturm?

Ganz oben hält Jean-Luc schweigend eine Stahltür auf.

Schnaufend ringt Peer um Coolness. Er will sich nicht beeindrucken lassen, aber das ist bei dieser fußballfeldgroßen Dachetage mit den imposanten Glasfronten unmöglich. Blick auf den Fernsehturm, dahinter halb Ostdeutschland. Keine Wände, aber überall Leuchten und Stative wie beim Film. *Shabby industrial*, hätte Ina gesagt. Fluse hat das Kunststück fertiggebracht, auf dieser weiten Fläche umgehend zu verschwinden. Dafür rauscht eine Wolke aus Goa-Hippie-Batik heran.

»Kommissar Pedes? Willkommen. Ist das wahr, das mit Sam? Ich kann es noch gar nicht fassen.«

Wortlos starrt Peer auf die Frau in ihrem knöchellangen Gepluder. Ann-Kathrin trägt tatsächlich eine Waden-Burka. Keine Chance, ihren Gastrocnemius zu erspähen.

Die Influencerin hockt sich im Schneidersitz auf ein kunstvoll abgenutztes Ledersofa aus der Churchill-Klasse und weist Peer ein mächtiges Sitzkissen zu, das vermutlich aus einem Beduinenzelt stammt. Ann-Kathrin lebt in instagrammablen Arrangements.

»Sam war mein Partner, mein Freund, mein Berater, mein Lauf-Buddy«, beginnt sie ungefragt. »Das ist sehr schwer für mich.«

Eine einzelne Träne zieht ihre Spur über die rechte Wange, bleibt aber dramatisch ungetrocknet. Peer legt sein Handy auf ein Tischchen und startet die Aufnahme.

»So richtig gut auf Sie zu sprechen war Sam aber nicht.«

Ann-Kathrin seufzt.

»Ach, das Video …«, murmelt sie.

Sam hatte zwar anonym gepostet, weswegen der Streit auch niemandem aus der Running Crew bekannt ist. Doch Ann-Kathrin weiß natürlich, wer sie einst bei ihrer Fan-Beleidigung gefilmt hat. Sie winkt ab: »Im Affekt. Sam war noch immer nicht drüber weg.«

»Ein klassisches Mordmotiv«, stellt Peer trocken fest.

Ann-Kathrin blickt ihn erschrocken an, nein, empört. Wie kann er nur? Aber Peer bleibt aufreizend ruhig. Die Frau mit den vielen Gesichtern soll ihm jedes einzelne vorführen.

»Für Ihre Karriere wäre ein Mordverdacht nicht so hilfreich«, sagt Peer entspannt. »Werbekunden mögen so was gar nicht.«

Ann-Kathrin schweigt, jetzt eher bockig.

»Ich weiß, Sie waren nicht in Berlin. Aber Sie sind ja nicht allein.«

Suchend blickt Peer sich um. Wo steckt Fluse? Der Head of Assistance ist für einen Hipster auffallend gut trainiert und könnte Sams Körper locker über jede Brüstung wuchten.

Ann-Kathrin richtet sich kerzengerade auf, alte Yoga-Schule. Sie hat ihr Show-Lächeln ebenso abgesetzt wie die Empörtenmaske und fixiert Peer.

»Was wollen Sie?«

Ist das jetzt die echte Ann-Kathrin?

»Alles, was Sie wissen. Vertrauen zwischen uns beiden ist der beste Schutz, den Sie sich derzeit wünschen können.«

»Natürlich habe ich Sam gehasst nach dieser Nummer mit dem Video!« Sie wirft das Haar zurück. »Aber deswegen bringe ich doch keinen Menschen um.«

Peer nickt. Wartet.

»Lehmann!«

Rausgehauen wie die Antwort auf alle Fragen.

»Lehmann?«

»Geht's vielleicht ohne Aufnahme?«

Peer lässt das Smartphone in die Jackentasche gleiten.

»Ich sollte Ihnen das alles nicht erzählen«, flüstert Ann-Kathrin.

Sie neigt sich dennoch zu Peer: Offenbar handelt Lehmann nicht nur mit Kram wie Vitaminen, Magnesium und Kalzium, sondern auch mit illegalen Substanzen.

»Koks?«, fragt Peer, cool wie ein Clan-Boss.

Ann-Kathrin schüttelt den Kopf.

»Das Zeug heißt JK«, erklärt sie. »Ganz neu. Irgendein Amphetamin, von seinen eigenen Leuten entwickelt.«

JK stehe für JustKick. Aber sie wisse wirklich nichts Genaues, haucht Ann-Kathrin, alles nur Hörensagen. Demnach hebt JK offenbar Körpermaschine und Gefühlsapparat umgehend auf eine Leistungsstufe, die mit Training kaum zu erreichen ist: deutlich größerer Sauerstoffumsatz, eine phänomenal erhöhte Belastungs- und Ermüdungsschwelle, blitzartige Regeneration, dazu gute Laune, ein Gefühl der Unbesiegbarkeit und zwei weitere unschlagbare Qualitäten. Erstens ist JK mit herkömmlichen Tests nicht nachzuweisen. Und zweitens erweist sich das Zeug nebenbei als perfekte Partydroge. Hart tanzen, hart trainieren, viel Spaß, kein Kater. Klingt verlockend.

»Wer sich mit dem Saufen zurückhält, springt morgens um fünf direkt aus dem Club grinsend in die Laufschuhe und rennt zwei Stunden wie Kipchoge«, sagt Ann-Kathrin. »Mag für manche spannend sein. Aber nicht für mich. Ich schwöre auf Homöopathie. Kein Pharma-Dreck. Ich habe die Running Crew sofort verlassen.«

»Lehmann hat es Ihnen angeboten?«

Sie zögert, schüttelt den Kopf.

»Nicht er selbst. Aber Sam. Deswegen ist es mit ihm auch auseinandergegangen. Er hatte überhaupt kein Problem mit JK und all dem Drumherum. Ich schon.«

»Hatte Sam Probleme mit Lehmann? Sie wollen mir doch gerade nahelegen, dass Lehmann hinter dem Mord stecken könnte.«

»Weiß ich nicht. Sam und Lehmann waren close. Aber Lehmann ist nicht so sauber, wie er tut. Keine Ahnung, zu was der Mann fähig ist, wenn was schiefläuft.«

»Sie hatten also mit JK nie etwas zu tun?«

»Noch mal: Ich kann mir bei meinem Business keine Drogengeschichten leisten. Alle paar Wochen ein Glas Sekt auf Eis, that's it.«

Peer nickt. Er weiß, dass sie lügt. Und er weiß, dass sie weiß, dass er weiß, dass sie lügt. Er blickt sie an. Still. Abwartend. Ausdauernd. Ihr Blick hält eine Weile, dann weicht er aus. Schweigeschlacht. Peer lächelt leicht. Ihre Augen irrlichtern durchs Loft. Steigt da ein zartes Rosa durch ihren Ostsee-Teint in die Wangen? Der richtige Moment für einen charmanten Angriff.

»Falls Sie ganz zufällig irgendwo ein paar Krümel JK herumliegen haben, hätte ich die gern. Unser Labor ist immer neugierig, wenn was Neues auf dem Markt ist. Bei einer Durchsuchung wäre es eh besser für Sie, wenn hier nur Sekt und Eis gefunden würden.«

Ann-Kathrin guckt wie ein Katzenbaby.

»Es könnte sein ...«

Sie steht auf und verschwindet in den Tiefen der Etage. Verantwortungsvolle Ermittler müssen tatsächlich wissen, wie solche Substanzen funktionieren. Und dann ist da noch dieser miese kleine geile Gedanke, der sich nicht wegdrücken lässt. Peer stellt sich Koslowskis grünes Gesicht im Ziel vor. Illegal, scheißegal. Er fischt sein Smartphone aus der Tasche und stoppt die Aufnahme. Gestern Rusche, heute die Influencerin. Der neue Peer gefällt ihm.

Ann-Kathrin kehrt zurück und hält ihm ein zartes Röhrchen mit weißem Pulver hin: zwei Gramm JustKick. Ihr fällt es offenkundig nicht leicht, das Zeug abzugeben. Von wegen homöopathisch.

»Ich schwöre: Ich bin ausgestiegen, als das Zeug ins Spiel kam. Das hier ... das ... okay, ich hab's einmal probiert. Das war damals alles so ... so neu.«

Peer nickt. Und ist sich sicher, dass sie immer noch etwas verschweigt. Doch Ann-Kathrin ist für heute fertig. Sie müsse sich jetzt dringend umziehen und ein Video drehen, erklärt sie. Klartext: keine weiteren Fragen.

Peer bedankt sich artig und druckst: »Dürfte ich beim Dreh zugucken? Ich habe überhaupt keine Ahnung, wie dieses Geschäft funktioniert. Ich hocke mich still in eine Ecke und bin gar nicht da. Okay?«

Ann-Kathrin mustert ihn lauernd und kommt zu dem Schluss, dass es unklug wäre, ihn jetzt vor die Tür zu setzen.

»Okay.«

Peer lümmelt sich aufs Ledersofa, in der einen Tasche eine hoffentlich halbwegs verständliche Aufnahme, in der anderen eine neue, spektakuläre Marathon-Medizin. Mit Lehmann einen Verdächtigen, hinter dem sich ein handfester Drogenskandal auftut. Und jetzt befreit Ann-Kathrin die beiden Stränge ihres Gastrocnemius auch noch vom Pluder. Gute Arbeit, neuer Peer.

KAPITEL 7

Ihre Waden sehen aus wie diese versenkbaren Poller an der Einfahrt zum Präsidium. Ohne Konturen, grau, glatt, matt. Das bunte Kleid verschärft den Kontrast noch. Peer schließt die Augen, als konzentriere er sich auf Stephanies Vortrag. Er weiß, dass sie ihn beobachten, das Laufmaskottchen, das zum ersten Mal die Ermittlungen leitet. Nein, sie lauern, alle: Rusche, der Chef der Ersten; Dilara Aslan, zuständige Staatsanwältin mit Ehrgeiz und Stahlblick; Koslowski natürlich. Dazu Schröder, Brandt und Schmidt. Erfahrene Kommissare, die sich nicht zu blöd sind, dem jüngeren Koslowski zu folgen wie Jünger dem Messias, weil sie sich davon was auch immer versprechen. Das Kanzler-Terzett grinst ergeben, wenn Koslowski bei jeder Gelegenheit darauf hinweist, dass Peer als Spitzensportler eine verkürzte Ausbildung zum Aufstieg in den gehobenen Dienst absolviert hat. Dass sein Polizeidienst wegen der Lauferei viele Jahre lang nur »ein Hobby« gewesen sei. »Grünschnabel«, nennt Koslowski ihn. Und die Jünger grinsen. Klassische Mobbingkultur.

Stephanie ist die Einzige im Besprechungsraum, die das Geraune und Geläster nicht mitmacht. Stephanie ist anders. Sie hat sich ehrlich gefreut, als Peer sie bat, das Leben von FitShit-Unternehmer Lehmann für die Morgenrunde der Mordkommission zu sezieren. Der klassische Reflex der anderen Kollegen ist die schlechte Ausrede, warum irgendwas gerade nicht geht. Stephanie dagegen erledigt ihre Aufgaben gern, zügig und bestmöglich. Außerdem ist sie digital deutlich fitter als all die anderen, die gerade irritiert auf ihre PowerPoint-Präsentation starren. Fotos, Grafiken,

Karten – alles drin. Und hinterher kann sich jeder Kollege die Präsentation runterladen. Das gab's noch nie.

Stephanie verschafft sich Respekt durch Fleiß. Peer will sich seinen eigenen Respekt verschaffen. Und er weiß auch schon wie. In fast allen Rennen gibt es diese Schlüsselmomente, meist in der zweiten Hälfte, wenn die Körpermaschine am Anschlag rackert. Aus den Augenwinkeln werden die Rivalen taxiert. Wer pumpt? Wer läuft unruhig? Wer drängt nach vorn? Wer bleibt undurchsichtig? Peer gehörte immer zu den Undurchsichtigen, hielt sich zurück, um im Windschatten Kraft zu sparen.

Die Kunst besteht darin, diesen einen Moment zu erwischen, wenn alle mit sich selbst beschäftigt sind, vor einer leichten Steigung zum Beispiel. Und dann: bämm. Antritt. Aus dem Nichts. Die Nadel des Drehzahlmessers springt in den todesroten Bereich. Egal. Hirn aus, Rezeptoren ignorieren, einfach nur rennen. Mit zitternder Nadel rein in die schwarze Wand, eher weiter beschleunigen, als auch nur einen Millimeter preisgeben. Nicht umdrehen, niemals, sondern ahnen, nein, wissen, mit jeder Faser spüren, dass die anderen genau jetzt seelisch zerbrechen. Sie rennen zwar noch, aber innerlich haben sie aufgegeben. Widerwillig akzeptieren sie deine Überlegenheit. So geht Respekt.

Diese Lagebesprechung ist ein Rennen. Peer muss den magischen Moment erwischen, wenn sie erst staunen, dann aufgeben und froh sind, überhaupt in einem Wettkampf gegen ihn antreten zu dürfen. Stoisch kämpft Peer gegen das Guckenwollen. Tapfer hält er die Augen geschlossen. Undurchsichtig bleiben. Bis zum Bämm.

Stephanie trägt vor: Kai-Uwe Lehmann, geboren in Finsterwalde, mäßiger Läufer, abgebrochenes Chemiestudium, ledig, ein paar Monate Eso-Trip durch den Himalaja. Dann hat er mit Energydrinks angefangen, die international für Aufsehen sorgten. Denn seine NoLimit-Getränke reichen bis hart an die Grenze des Erlaubten, nach Meinung mancher Mediziner auch darüber hinaus.

Der explosive Mix aus Koffein, Taurin, Aminosäuren, CBD und dem Sekret angeblich psychedelisch wirkender Pilzkulturen ist eine Art liquider Herzschrittmacher. Laborhamster sind nach der Injektion von konzentriertem NoLimit supernervös herumgerannt und dann schlagartig liegen geblieben. Tot. Eltern, Verbraucherschützer, Konkurrenten und natürlich die Medienheinis haben wegen angeblicher Gesundheitsgefährdung unserer Kinder aufgeschrien. Zahlreiche Anwälte sind aufmarschiert, um NoLimit zu verbieten. Was das Gesöff für die Kids erst recht spannend macht. Jede neue Skandalstory katapultiert den Absatz von NoLimit in neue fantastische Dimensionen. Und Lehmann legt lächelnd eine Studie nach der anderen vor, die nachweisen soll, dass NoLimit mit seiner Öko-Rezeptur gesünder sei als die meisten stark gezuckerten Softdrinks.

Lehmann inszeniert sich als gesundheitsvernarrter Veganer mit Astralleib, der in Talkshows mit Unmengen Live-Liegestützen seine Fitness demonstriert. »Sehe ich aus wie ein Junkie?« Das ist sein Killerspruch, mit dem er rotweinschwammige Elternvertreter vorführt. Lehmann peitscht die Dialektik einer schizophrenen Überflussgesellschaft in ganz neue Sphären. Er steuert sein Lastenrad so gut gelaunt wie seinen Hubschrauber, der natürlich mit Biosprit fliegt. Er trinkt keinen Alkohol, dafür Unmengen NoLimit. Er meditiert und leitet zugleich sein Imperium FitShit, das immer neuen Kram feilbietet: sündteure Streetwear, Laufuhren, Trainingsgeräte und allerlei Lifestyle-Spielzeug, natürlich klimaneutral und sozialverträglich produziert. Lehmann ist als großzügiger Arbeitgeber bekannt, der seinen Leuten viel abverlangt, sie aber gleichzeitig bei jeder Gelegenheit lobt und mit Aktienpaketen belohnt. In wenigen Jahren hat er sich eine bunte Gefolgschaft aus Topathleten, Sportfunktionären, Showgrößen und Politikern aufgebaut, die sich in seiner Aura spielerischer Erfolgsfreude sonnen.

»Kurz: ein durchtriebenes Arschgesicht, das eine erregungsgeile Gesellschaft virtuos bewirtschaftet«, schließt Stephanie ihr Referat.

Wow. Was für ein Finale.

Peer schlägt die Augen auf und seine Knöchel rhythmisch auf die Schreibtischplatte.

»Danke, Stephanie, großartige Arbeit.«

Anschwellendes Klopfen der anderen. Sogar die Staatsanwältin nickt anerkennend. Stephanie lächelt verlegen.

»L e h m a n n ...«, sagt Peer ganz langsam und genießt die Blicke.

All eyes on me. Langsam und sehr vorsichtig, als handele es sich um eine Stange Plutonium, zieht er ein transparentes Tütchen aus seiner Innentasche und hält es gut sichtbar in die Höhe.

Bämm.

»Hat jemand schon mal von JK gehört, Szenename Just-Kick?«

Schweigendes Staunen.

»Ein ganz neuer Treibstoff, amphetaminbasiert, mit herkömmlichen Tests nicht nachzuweisen, keine Nebenwirkungen, aber extrem potent«, erklärt Peer lässig, als wedele er ständig mit geheimen Superdrogen herum.

Bämm, bämm.

»Es gibt Indizien dafür, dass Lehmann mit diesem Zeug dealt. Und es ist nicht auszuschließen, dass Sam zu viel darüber wusste.« Schweigende Andacht. »Zufällig ist mir exakt ein Gramm JK vor die Füße gefallen.«

Er wirft das Tütchen elegant auf Stephanies Schreibtischunterlage mit den Regenbogenfarben.

»Stephanie, würdest du das Labor bitten, das Zeug in Sams Blut mit dieser Substanz hier abzugleichen?«

Bämm, bämm, bämm.

Sie geben innerlich auf. Sie akzeptieren deine Überlegenheit. So geht Respekt.

Stephanie nickt und zeigt ein zartes Lächeln. Der Stolz, auf der richtigen Seite zu stehen. Ein Fan. Eine Fanin.

KAPITEL 8

Kohlrouladen. Auch mit verbundenen Augen wüsste Peer sofort, wo er sich befindet. Es gibt nur einen Ort, der in jeder Fuge der grauen Steinzeugstufen, in jeder der acht Fußmatten, in jeder Pore des abwaschbaren blaugrauen Dekorputzes das Aroma von einem halben Jahrhundert Kohlrouladen gespeichert hat. Das Treppenhaus.

Was für Fremde muffig, leicht bitter oder gammelig riechen mag, ist für Eingeweihte eine vertraute Duftmarke – der einzigartige Geruch von zu Hause. Menschen haben Fingerabdrücke, Treppenhäuser haben Gerüche, die sie unverwechselbar machen und archaische Reflexe auslösen. Peer kann sich noch so anstrengen, an irgendetwas anderes zu denken. Spätestens auf dem zweiten Absatz, wenn sich das Salzteigtürschild der Familie Kasupke im ersten Stock ins Blickfeld schiebt, läuft das Programm unweigerlich ab, jedes Mal wieder. Zunächst wird die Melodie in seinem Kopf immer lauter, es folgen diese drei magischen Wörter: »… für alle Zeit …«, und noch mal, jetzt inbrünstiger: »… für alle Zeeeit.« Und gleich darauf kommen »Bohnerwachs« und »Spießigkeit« dazu. Vielleicht ist es ein unterbewusster Akt mangelnder Loyalität, dass ihm im Treppenhaus unwillkürlich die Fluchtfantasien von Udo Jürgens durch den Kopf jagen. Ich war auch noch niemals in New York, denkt Peer, so wie immer, wenn er die Treppen erklimmt. Warum auch? Der Marathon dort ist viel zu giftig, mit all den Brücken und dem schlechten Straßenbelag.

Wie oft ist er die Treppen auf einem Bein hochgesprungen, zwölf Stufen mit links, zwölf Stufen mit rechts, Absatz für Absatz, je dreimal, bis er vor dem flachen Regal stand, jener lärchenen Trophäe, der Nachweis, dass hinter dieser Wohnungstür besondere Leute wohnen. Vor über zwanzig Jahren hat sein Vater die Wohnbaugenossenschaft Rote Insel davon überzeugt, dass Familie Pedes dringend ein Schuhregal im Treppenhaus benötigte, obgleich die Hausordnung nichts außer Fußmatten erlaubte.

»Der Junge ...«, hatte Alf Pedes gesagt. Und alle wussten Bescheid: der Junge mit den vielen Turnschuhen. Peer galt im Wohnblock als Sonderling, weil er Tag und Nacht durch die Gegend rannte, aber auch als Star, weil er Pokale und Medaillen in diese ansonsten unspektakuläre Ecke von Schöneberg brachte, wo die Menschen größten Wert auf strikte Normalität legten. Alle hatten ihren Job irgendwo im Grau des öffentlichen Dienstes, einen Schrebergarten, das praktische, aber unauffällige Auto und kein Schuhregal im Flur. Leistungssport kannten die Menschen nur aus dem Fernsehen. Sie staunten, wenn sie Peer durch die Gardinen mit einem Schinken auf der Schulter nach Hause kommen sahen, der bei irgendeinem Dorfrennen als Siegprämie ausgelobt worden war. Und sie wunderten sich, wenn der hübsche Junge schweiß- oder regennass, matschig oder staubig heimkehrte, ebenso groggy wie entschlossen.

Läufer, die ausnahmsweise mal nicht laufen, wünschen sich mindestens eine Tür zwischen sich und ihrem Sportkram. Um die allabendliche Waschmaschinenladung an Laufklamotten über Nacht zu trocknen, hatte Alf Pedes eine brillante Konstruktion ersonnen. Zunächst hatte er dem alten Wäscheständer die morschen Beine abgesägt, um das verbliebene Gitter mit dem Seilzug einer alten Jalousie bis unter die Badezimmerdecke zu hieven. Gute Idee, nur nicht für ein Wohnhaus, das zeitgleich mit der Berliner Mauer errichtet worden war. Die Decken dieser Zweckbauten sind so niedrig, dass einem die klammen Klamotten nachts beim Gang aufs Klo um die Ohren klatschten.

Immerhin, die Klamotten waren irgendwie untergebracht. Aber wohin mit all den Laufschuhen in einer knapp geschnittenen Dreizimmerwohnung? Die teuren Sportgeräte brauchten Platz und vor allem Luft, damit der sensible Kunststoff nicht umgehend nach nassem Iltis roch. Alf Pedes hatte die Hausverwaltung ausdauernd mit den Feinheiten korrekter Laufschuhbelüftung genervt. Und weil die Genossenschaft sich nicht dem Vorwurf aussetzen wollte, eine Sportkarriere zu sabotieren, wurde das Schuhregal im Treppenhaus genehmigt – »ausnahmsweise«, wie ein offizielles Schreiben betonte.

Die Eheleute Pedes hatten die Erziehungsarbeit damals paritätisch verteilt. Ihr Peer war ein zweigleisiges Projekt, das die unsicheren, aber verlockenden Aufstiegsoptionen des Sports mit der Sicherheit des Beamtentums vereinte. Alf bereitete den Jungen für ein Leben als Polizist der gehobenen Laufbahn vor, als Universalpflaster für alles, was ihm selbst damals passiert war. Die frühere Siebenkämpferin Veronika wiederum war zuständig für die Läuferkarriere. Waschen, fahren, massieren, kochen, Rennkalender studieren, verpflastern, Sponsoren betüdeln, Trainingspläne komponieren, deren strikte Einhaltung überwachen und wieder von vorn.

»Olympiasieger oder Polizeipräsident«, sagte Alf zum Spaß.

»Beides«, antwortete seine Mutter todernst.

Beruhigt erkennt Peer, dass die Schuhe angeordnet sind wie immer: außen die guten ledernen von Papa, die Mama nicht mit in den Sarg geben wollte, in der Mitte drei abgelaufene Paar aus seiner gespenstisch fernen Athletenzeit, daneben die nagelneuen Filzpuschen, die er seiner Mutter vor Jahren zum Geburtstag geschenkt hat. »Zu gut für den Alltag«, hat sie erklärt und die Puschen im Regal platziert, auch als subtiles Signal an die Hausgemeinschaft, was man sich im Hause Pedes alles leisten konnte.

Das Flurregal, Familiengeschichte auf Lärchenlatten, sinnlos wie das Brandenburger Tor – steht halt einfach nur repräsentativ rum. Aber alle haben sich daran gewöhnt und fragen nicht weiter. Also steht es weiter rum.

Peer lauscht. Er stellt sich vor, dass seine Mutter ihr Ohr exakt in diesem Moment innen an die Tür legt. Peer blickt auf seine Uhr. 12:59 Uhr. Noch Zeit für ein Ratespiel.

Welche ihrer Standardbegrüßungen wird sie heute wählen?

»Peeeer, das ist aber eine Überraschung! Was machst du denn hier?«

»Mein Gott, Junge, du hast aber abgebaut. Du musst was essen.«

»Schön, dass du dich auch mal wieder blicken lässt. Warum hast du Ina denn nicht mitgebracht?«

Peer entscheidet sich für B).

Er klingelt.

Vertrautes Schlurfen naht.

Schlüsselbund klappert.

Großartig. Sie hat sich tatsächlich daran erinnert, dass sie abschließen soll, so, wie er ihr das unzählige Male eingeschärft hat. Sie praktiziert die Sicherheitsmaßnahme allerdings erst, seitdem Rudi Cerne bei *Aktenzeichen* XY dasselbe erzählt hat. Wie lange würde sie hier noch wohnen bleiben können?

Die Tür fliegt auf, zwei Arme schlingen sich um Peers Hals.

»Junge!«, ruft sie. »Was für eine schöne Überraschung. Was machst du denn hier?«

Peer nimmt seine Mutter in den Arm, bedauert seine B-Prognose und sagt: »Mama, wie schön.« Dabei macht es ihn traurig, dass sie die Wochentage bald gar nicht mehr auf dem Schirm hat, sonst wäre sie nicht schon wieder überrascht angesichts seines dienstäglichen Besuches.

»Du hast abgebaut«, sagt sie. »Du musst was essen.«

B auf einem guten zweiten Platz, denkt Peer und schnuppert an ihrem Hals. Sie lässt es dankbar geschehen. Er mag ihren eigenwilligen Mix aus Trockenshampoo, Mottenpapier und Kölnischwasser. Nicht apart, aber Mama. Genau wie der abgetragene Trainingsanzug mit den drei Streifen, *vintage* würden die Hipster sagen, dabei ist er einfach nur alt. Und bequem natürlich. Ihre Haare hat seine Mutter zu einem sportlichen Zopf geflochten. Eine echte Läuferin, immer so gekleidet, als könnte sie jeden Moment losrennen.

Aus der Küche quillt Essensdampf.

»Eintopf?«, fragt Peer hoffnungsvoll.

Seine Mutter nickt: »Spitzkohl mit Fleischbällchen.«

Peer drückt die alte Dame fest an sich. Nicht mehr lang, und sie ist siebzig.

»Spitzkohl ist spitze«, sagt er.

Mama kichert. Sie mag niedrigschwellige Wortspiele.

»Wo hast du denn Ina gelassen?«

Ina Latrina. Seine Mutter war in Ina verliebt, ist sie immer noch. An allen anderen seiner Bekanntschaften hat sie herumgemäkelt. *Ina ist die Richtige*, hat sie immer gesagt. Fand Peer auch. Er hat sich ausgemalt, wie ihre Kinder ganz ohne Sporttrauma aufwuchsen. Er hat auf Inas Drängen hin sogar ein Kommunikations- und Empathietraining begonnen. Und sie hat die freie Zeit genutzt, um mit dem Yoga-Heini anzubandeln.

»Ina«, sagt Peer mit angestrengter Lässigkeit. »Sie ist durchgebrannt. Das weißt du doch.«

Der vertraute Moment, in dem seine Mutter überspielt, dass sie etwas so Elementares vergessen hat. Sie schüttelt den Kopf.

»Du hast sie durchbrennen lassen.«

Peer drängt an ihr vorbei, durch den kurzen Flur in die Küche. Sie will im Wohnzimmer essen, aber Peer hat sich stracks an den vertrauten weißen Tisch gesetzt, Blick in den Hof. Seine Mutter fährt das Essen auf. Sie kocht immer Familienportionen, kann es nicht anders, daher ist es gleich, ob sie mit ihm gerechnet hat oder nicht. Neues von den Nachbarn wird berichtet, Peer hört nicht zu, blickt durch den Flur ins Wohnzimmer, das er meidet, diese Schreckenskammer, halb Museum, halb Mausoleum. Dort hat seine Mutter ein Früher konserviert, das nicht Stolz, sondern bleierne Traurigkeit auslöst. All die Ordner mit den Trainingsplänen, die seit Jahren unberührt im Nussbaumschrank lagern, die Wand mit den gerahmten Urkunden, die an jene Zeit erinnern, als sie gemeinsam daran glaubten, dass das Laufen ein Weg zum Erfolg sein würde. Und die Bilder von seinem Vater, in Uniform, Trainingsanzug, mit Strohhut zwischen Brombeersträuchern. Seine Mutter hat den ledernen Sessel einfach stehen lassen, gerade so, als ob Papa jeden Moment zurückkehren würde, um es sich bequem zu machen und über das Fernsehprogramm zu mäkeln.

Papa, denkt Peer und weiß genau, dass sein Vater ihn hört, Papa, du fehlst mir.

Peer schiebt die Melancholie zur Seite.

»Ich habe beschlossen, dieses Jahr doch den Marathon zu laufen«, verkündet er.

Eine Neuigkeit, die Mama ausnahmsweise nicht vergessen wird. Tatsächlich schießt dieses Blitzen in ihre Augen. Wortlos erhebt sie sich vom Küchentisch, natürlich ohne

Aufstützen oder Festhalten, und verschwindet ins Wohnzimmer. Peer ahnt, was kommt. Kurz darauf knallt sie einen grau melierten Ordner auf den Küchentisch. Die bereitgestellte rote Grütze wackelt.

»Dein Trainingsplan.«

Peer nimmt Haltung an. Plötzlich klingt seine Mutter so vertraut wie früher, als sie sich nächtelang durch Bücherstapel blätterte, um für ihren »Goldjungen« – so nannte sie ihn wirklich – das optimale Trainingsprogramm auszutüfteln.

Die ehemalige Siebenkämpferin Veronika Pedes war keine ausgebildete Trainerin, sie war viel schlimmer: eine ehrgeizige Mutter, die ihre eigene Erfolglosigkeit bei ihrem Kind wettmachen wollte. Peer war ihr Goldjunge, Projektion und Projekt, das von Geburt an auf ein Ziel zu programmieren war: Siege, und zwar viele. So viele, dass sie für Veronika gleich mitzählten. Dafür arbeitete sie unermüdlich, in der Küche, an der Waschmaschine, mit der Schere im Salon und zwischen Fachbüchern über Trainingsmethodik. Damals liebte Peer ihren unverwüstlichen Willen.

Harte Arbeit wird belohnt, hat sie immer gesagt.

So wie bei den 5.000 Metern auf den Deutschen Juniorenmeisterschaften in Erfurt. Peer hatte den Winter über hart trainiert, doch dann eine Angina verschleppt, die Laune war ruiniert. Da kam seine Mutter mit ihrem Last-minute-Notfalltrainingsplan, den Kamilledampfbädern und Wadenwickeln. Jeder Mediziner hätte Peer den Start untersagt, aber sie wusste es besser. »Lauf, Junge!«, hat sie gesagt. Und Peer ist gelaufen. Zum Sieg. Womöglich haben auch die hellgrünen Pillen geholfen, die Mama ihm täglich gegeben hat.

»Du brauchst viel Vitamine«, hat sie gesagt.

Peer hat nicht nachgefragt.

Seit Erfurt hat Peer nie wieder gewagt, am kategorischen Imperativ seiner Mutter zu zweifeln: Harte Arbeit wird belohnt. Bis der verdammte Krebs seinen Vater erwischte, der immer hart gearbeitet hatte. Aber dafür ist er nicht belohnt, sondern verarscht worden. Alf Pedes hatte alles, was ein großer Kommissar braucht. Er war immer gerecht und mit Herz bei der Arbeit. Doch dann hat irgendein Drogenhändler behauptet, Alf hätte nach einer Razzia sichergestelltes Geld eingesackt. Fünfzehntausend Mark wurden daraufhin in seinem Spind gefunden. Alf konnte noch so sehr schwören, dass er das Geld nicht genommen hatte und offensichtlich von dem Kriminellen reingelegt worden war. Am Ende wurde er wegen Untreue aus dem Dienst entfernt. Peer war noch ein Kind gewesen, aber das Kind hatte deutlich gespürt, dass seinem Vater Unrecht angetan worden war. Bis heute macht der Rauswurf Peer hilflos und zornig.

Alf hat es am meisten verletzt, dass sogar die Kollegen ihm nicht geglaubt haben. Nur weil er damals Geld für den Traum vom Eigenheim gebraucht hat. Motiv, Geld im Schrank, Zeugen, egal wie dubios. Das hat gereicht, um sich von einem grundehrlichen Kollegen loszusagen. Arschlöcher! Sein Vater war in Peers Augen ein Held, wenn auch ein tragischer, der zu Unrecht bestraft worden war und sich tapfer, wenn auch erfolglos, gegen das Verbittern stemmte. Lange Jahre hat er sich bei Sicherheitsdiensten verdingt, die sich, was den miesen Umgang mit ihren Mitarbeitenden betraf, kaum von der Polizei unterschieden. Peers Jugend ist für seine Mutter eine Mission gewesen und für seinen Vater ein Kreuzzug. Es ging nicht ums Laufen, sondern um ein Leben in Würde, für Veronika und Alf.

Begleitet von einem leisen Rülpser schöpft Peer eine weitere Portion Eintopf in seinen Suppenteller. Mama blättert wie besessen durch den Ordner und murmelt etwas von »ketogener Diät« und »maximiertem Mikrozyklus«. Mit ihren eher unorthodoxen Programmen ist Peer einst in den Berliner Jugendkader gestürmt, dann zur Deutschen Juniorenmeisterschaft in Erfurt und schließlich in die Sportfördergruppe der Polizei.

Fortan wurde sein Lauftalent vom Staat gefördert, obendrein bekam er die Polizistenausbildung fast geschenkt. Normale Azubis müssen zur Polizeischule, Medaillenkandidaten müssen laufen. *Prüfungen sind für solche, die sonst nichts können*, hat seine Mutter gesagt. Peer konnte was. Er gewann den ersten Marathon, dann noch einen, dann die deutsche Meisterschaft. Sein Abschlusszeugnis war damit ebenfalls sicher, selbst wenn er nicht mal seinen Namen hätte buchstabieren können. In der Form seines Lebens rannte Peer schließlich zum Polizeieuropameister, eigentlich ein wertloser Titel, weil keine Afrikaner mitliefen, aber zugleich der Höhepunkt seiner Karriere, auch wenn das damals niemand ahnte.

Statt der geplanten Medaillenflut ergoss sich in den Jahren darauf die Jauche des Misserfolgs über ihn: das vergurkte Olympia-Abenteuer, die elende Patellasehne, Papas Krebsdiagnose, die Unlust, die sich leise und langsam anschlich, um Peer bald tagtäglich jene Killerfrage ins Ohr zu brüllen, die er bis dahin nicht mal zu denken gewagt hat: »Was zum Teufel soll der ganze Scheiß eigentlich?« Seine Mutter war tief enttäuscht, als Peer erstmals in seinem Leben das Laufen hinter dem Polizeidienst einordnete. Dafür war sein Vater glücklich.

»Mein Sohn ...«, sagte er mit brüchiger, aber stolzer Stimme, immer wieder. »Mein Sohn ...«

Der vollständige Satz lautete: Mein Sohn wird endlich ein richtiger Polizist und rettet meine Ehre.

Auch wenn weitere große Siege ausblieben, wirkte der Europameistertitel jahrelang wie ein Freifahrtschein. Die Ausbildung für den gehobenen Dienst dauerte für ihn nur sechs Monate statt drei Jahre, sein Platz im LKA war sicher. Die Kollegen dort nahmen den laufenden Ermittler zwar nicht ernst, hatten aber auch nicht den Mumm, ihn nach tadelloser Probezeit abzuschieben. Erst kam die Verbeamtung, dann der Knall mit Ina, schließlich die Krise.

Peer findet vorübergehend Trost in einem von Mamas Fleischbällchen.

»Kipchoge war siebenunddreißig, als er noch mal Weltrekord gelaufen ist«, sagt sie.

Faszinierend. Sie kann beim besten Willen nicht erklären, wie fünf Gläser Senf in ihren Kühlschrank geraten sind, aber alte Bestzeiten rattert sie runter wie ein Sportlexikon. Sie redet weiter über einen neuen Plan, »hart, aber zu schaffen«, sie weiß sogar noch, dass es Koslowski ist, den es abzuhängen gilt, und irgendwann fällt natürlich das Stichwort. Was für Deutschland »Bern« ist, ist für Familie Pedes »Erfurt«.

»Sag mal, damals vor Erfurt: Was waren das eigentlich für Pillen, die du mir gegeben hast? Wirklich Vitamine?«

Wo kommt diese Frage plötzlich her? Sein Leben lang hat Peer sich nicht getraut, sie zu stellen, und jetzt rutscht sie einfach so beim Eintopf raus? Peers Handflächen werden feucht. Seine Mutter blickt ihn streng an. Er erschrickt, als sie ruckartig aufsteht und erneut im Wohnzimmer verschwindet. Ein weiterer Trainingsordner droht. Wahrscheinlich hat sie nicht einmal verstanden, wovon er redet. Der alte Peer wundert sich über den neuen Peer. Seit der Sache mit Rusche und seiner Tochter, seit dem Erfolg mit dem feinen, hinterhältigen Druck auf Ann-Kathrin, ist etwas in Peer erwacht. Vielleicht ist es Mut. Jedenfalls etwas, das nicht einmal vor Mama haltmacht. Etwas, von dem er mehr braucht. Denn Ann-Kathrins Aussage wird nicht reichen, um an Lehmann heranzukommen. Er braucht jemanden aus der Running Crew. Tilda am besten, doch sie geht nicht ans Telefon. Sie ghostet ihn. Der alte Peer hätte sie vorgeladen, auch wenn Lehmann mit Sicherheit Anwälte geschickt hätte. Der neue Peer geht raffinierter vor, anders. Nur wie?

Peer wendet sich gerade der roten Grütze zu, als seine Mutter mit einem schmalen Büchlein zurückkehrt, das sie vorsichtig auf den Tisch legt.

Der Sieg heiligt die Mittel, steht in Schreibmaschinenschrift auf dem fleckigen grauen Einband.

»Was ist das?«, fragt Peer überrascht.

»Die Bibel des Satans«, antwortet Mama ernst. »Ein altes Handbuch für Trainer, die Antworten in moralischen Fragen suchen.«

»Warum kenne ich das nicht?«

»Weil du kein Trainer bist, sondern Athlet. Und Athleten haben mit Moralfragen nichts zu tun. Dann fangen sie an zu grübeln und werden langsam. Trainer sind für Moral zuständig. Und weil das da draußen niemand kapiert, wird dieses Buch seit Generationen nur unter Trainern weitergegeben.«

»Und wieso kommst du gerade jetzt damit?«

»Weil du darin eine einfache, aber immer gültige Antwort findest«, erklärt sie mit dem entschlossenen Ton von früher, »und die lautet: Gehe immer davon aus, dass deine Gegner dich mit allen Mitteln bekämpfen werden. Mit allen.«

Peer staunt. Wer ist diese Frau? Waren all ihre Bekenntnisse zu Fairness und sportlichem Anstand nur Fassade für den arglosen Laufjungen gewesen?

»Du bist langsam alt genug«, sagt seine Mutter, »alt genug, um zu verstehen, dass es bei uns nicht nur ums Laufen ging, sondern immer auch um Papa. Um seine Moral.«

Peer dämmert etwas.

»Und was hat das mit Erfurt zu tun?«

»Papa hat immer nach den Regeln gespielt. Aber manchmal reicht das nicht.«

Die ewige Ambivalenz des Sports: nach außen Fairness, nach innen alles andere.

»Peer, wenn es wichtig ist, musst du tun, was getan werden muss.«

Peer weiß jetzt, woher die neue Energie kommt. Sie steckte schon immer in seinen Genen.

KAPITEL 9

Peer hat sich für schwarze Nike Free 3.0 entschieden, historisch leicht und biegsam, Vorgänger der maximal ekelhaften Barfußschuhe, die literweise Schweiß produzieren und nach dreimaligem Tragen wie der Bodensatz einer Kläranlage riechen. Frees sind vintage und damit zeitlos cool. Vor zwanzig Jahren trug jeder Profi oder wer sich dafür hielt den Free, einen Lauf- wie Regenerationsschuh, der mit seiner vielteiligen Sohle die zahlreichen kleinen Muskeln im Fuß anspielt und trainingsmüde Beine lockert. Laufschuhklassiker bieten den idealen Einstieg in einen lockeren Plausch unter Sportsfreunden. Und wenn die Treter nicht ziehen, wird seine altrosa Kombi für Gesprächsstoff sorgen.

Stephanie hat herausgefunden, dass die »Läufer*innen« – sie hat eine vorwurfsvoll lange Gender-Pause gemacht –, dass also die Running Crew ein ehemaliges Ladengeschäft in den S-Bahn-Bögen als Basislager nutzt, zwischen Kanzleramt und Schloss Bellevue gelegen, idealer Ausgangspunkt für die langen autofreien Laufwege am Spreeufer und im Tiergarten.

Peer kommt eher schlendernd als im schneidigen Ermittlerschritt daher, so als ob ihn ein lockeres Läufchen ganz zufällig in die Gegend geführt habe. Auf einer Style-Skala von null bis zehn bekommen die Läden in den S-Bahn-Bögen eine klare Zwölf. Oben rattern die Züge, die hohen Gewölbe öffnen sich zu den Straßen hin, die links und rechts der Bahnstrecke verlaufen. In den Bögen versteckt sich das gute alte Berlin: Ateliers, Werkstätten für feine Motorräder, Clubs, ein Fischladen und ein Puff.

Peer hat mit sich selbst gewettet, wie die Run Base gestaltet ist. Erstens Graffiti, zweitens verbeulte Spinde und Holzbänke aus einer alten Turnhalle, drittens ein paar Kettlebells und Medizinbälle auf dem Boden, Therabänder und Sprungseile an der Wand, viertens ein mächtiger Obstkorb, fünftens Phonk oder Cloud Rap aus den Boxen.

Peer wettet gern mit sich, sein persönliches Trainingslotto. Bei drei oder mehr Richtigen würde er morgen früh nur das mittlere Programm absolvieren müssen, zwölf Kilometer im Wettkampftempo mit jeweils dreitausend Metern Ein- und Auslaufen. Bei zwei oder weniger Treffern wären es fünfzehn Kilometer, die ihm sicher besser täten, bei null Punkten sogar achtzehn.

Peer lugt durch das Fenster und erblickt sich selbst, mattsilbern und verknittert. Die Scheiben sind außen von mäßig talentierten Nachbarsbengeln besprayt und von innen mit Spiegelfolie beklebt. Keine Klingel, kein Schild. Gedämpfte Musik weist darauf hin, dass die Vögel im Nest hocken. Peer erkennt Trettmann. Cloud Rap. Eins zu null beim Trainingslotto.

Die Tür gehorcht seinem Klopfen überraschend schnell.

»Running Crew?«

Der junge Mann nickt durch den Spalt.

»Herr Kommissar ...«

Jonas. Der Kopf der Bande, den er am Pissoir vom Berghain kennengelernt hat. Er trägt ein ärmelloses Leibchen, um seine nicht sehr dicken, aber sehnigen Oberarme zu präsentieren, und dazu gefährlich hoch ausgeschnittene Laufshorts. Im schummerigen Licht des Gewölbes macht Peer ein halbes Dutzend Menschen aus, offenbar vereint im Ehrgeiz, mit einem textilen Existenzminimum durch die Stadt zu rennen. Viele davon waren vor zwei Tagen auf dem Revier.

»Sport frei!«, ruft Peer gut gelaunt.

Vereinzeltes Gemurmel. Herzlich ist anders. Tilda sitzt auf einer Bank und schnürt ihre Schuhe. Sie schenkt ihm nicht mal ein minimales Nicken. Warum reagiert sie nicht auf seine Anrufe? Was ist passiert? Sie waren im Berghain doch schon fast ein Team. Sie wollte bei der Befragung mit Peer reden. Nur mit Peer. Hat Lehmann Schweigespray versprüht? Trauer um den verstorbenen Kameraden? Einfach nur Ablehnung? Oder nackte Angst?

»Ich ermittle im Fall Sam Welzer, wie ihr wisst.« Peer lässt seine Worte im Gewölbe nachhallen. »Was dagegen, wenn ich heute mitlaufe und wir uns unterwegs unterhalten?«

Uneindeutiges Gemurmel.

Eine selbstbewusste Ansage. Bei dem Tempo, das die Running Crew vorlegt, ist an Plaudern wahrscheinlich kaum zu denken. Ohne weitere Regungen abzuwarten, betrachtet Peer die ungewöhnlich gelungenen Graffiti an den Wänden.

»Berlin Kidz, oder?«

Keine Antwort.

»Coole Spinde ...«

Stille.

Egal. Peer hat bereits gewonnen. Cloud Rap, Graffiti, Spinde. Drei zu null für ein gemäßigtes Training morgen früh. Nichts ist leichter auszurechnen als Hyperindividualismus.

»Start in fünf Minuten«, ruft Jonas.

»Könnte ich noch mal kurz verschwinden?«, fragt Peer.

Wortlos weist Jonas auf eine Tür im Halbdunkel. Peer erwartet eine typische Berliner Latrine mit dunkelbraunen Wackelwänden, die von Aufklebern zusammengehalten werden, und vier Lagen Klopapier, die am Boden kleben.

Dafür kein Blatt mehr auf der Rolle. Er blinzelt, als er in den hellen, frisch gewienerten Waschraum tritt. Mindestens zehn Duschen ohne Geschlechtertrennung. Klar, Unisex. Die Auswahl lichter Grüntöne hätte Ina gefeiert. Feng-Shui wahrscheinlich. Die Klos immerhin sind gegendert, links die Jungs, rechts die Mädchen, je drei.

Vorsichtig drückt Peer gegen die Tür zu den Damentoiletten. Er lauscht. Alles ruhig. Peer schließt sich in die mittlere Kabine ein, Brille hoch, Balancieren auf dem Rand. Dreißig Sekunden später klebt eine zigarettenfilterkleine Kamera oben an der Wand, weiß auf weiß, fast unsichtbar. Das Weitwinkelobjektiv müsste alle drei Kabinen und damit jede JK-Konsumentin in flagranti erwischen.

Peer durfte Mamas Büchlein *Der Sieg heiligt die Mittel* zwar nicht mitnehmen, aber dafür ihren Segen. Ihren Segen, falschzuspielen, wenn es sein muss – auch wenn sie vom Laufen geredet hat. Peer hat das Gefühl, dass es in dieser Phase der Ermittlungen unbedingt sein muss. Gibt es Bilder, wie Tilda das weiße Pulver durch ihre süße kleine Nase saugt, dann wird er sie mit tückischer Liebenswürdigkeit darauf hinweisen, dass eine vielversprechende Influencer-Karriere womöglich sehr bald endet. Die erste Laboranalyse hat ergeben, dass JustKick zwar noch nicht auf der Liste der Betäubungsmittel steht, doch eine der enthaltenen Substanzen gehört zu einer verbotenen Stoffgruppe. Das macht allein den Besitz strafbar. Wer nicht freiwillig mitspielt, wird eben ein wenig motiviert. Aus Angst um ihren Ruf wird Tilda über Lehmann und das falsche Spiel mit JK auspacken. Erpressungen sind das Allerletzte, denkt Peer. Aber extrem ergiebig, wie er bei Rusche gelernt hat.

Die Running Crew versammelt sich auf der Straße, lustloses Stretchen, angespanntes Hüpfen. Jonas schließt hinter Peer ab. Tilda dehnt die Achillessehne an der Bordsteinkante, die üblichen kleinen Alibiverrenkungen, wenn man vor dem Start nicht reden will.

»Zwei ein, dann zwölf, jeder minus fünf Sekunden von 4:00 auf 3:00, zwei aus. Wende am Schloss«, befiehlt Jonas. Läuferdeutsch.

Peer sträubt sich gegen spontanes Erbleichen. Das Programm ist hart. Zwei Kilometer Einlaufen, dann zwölf Kilometer, wovon jeder einzelne fünf Sekunden schneller zu absolvieren ist als der vorige, also zunehmende Beschleunigung bei wachsender Erschöpfung – das brutalste aller Trainingsprinzipien. Hartgesotten, diese Truppe. Oder randvoll mit JK.

Beim Einlaufen sucht Peer die Seite von Jonas. Wie oft Training? Welche Strecken? Wie viele Leute in der Crew? Welche Ziele? Welche Erfolge? Typische Läuferfragen, die vor allem eine Bühne bieten, um Heldentaten aufzuzählen. Jonas erklärt, dass es in der Running Crew einen »Inner Circle« gibt, zehn, nein jetzt nur noch neun Leute mit echten sportlichen Ambitionen. Heute sind die meisten dabei. Dahinter gibt es Anwärter, also Menschen mit Talent und Trainingshunger, sowie eine große Gruppe von buchstäblichen Mitläufern, die zugleich als harte Fans fungieren und bei Wettkämpfen an der Strecke johlen.

Und Sam?

»Der hatte seinen eigenen Kopf«, sagt Jonas knapp.

Er bleibt einsilbig, was nicht am Sauerstoffmangel liegt. Plötzlich blickt er auf seine Laufuhr: »Start in zweihundert Metern, 4:00!«

Die Crew beschleunigt kollektiv. Nur Peer lässt sich leicht zurückfallen. Wer zu Beginn den Dicken macht, wird am Ende bitter büßen. Und das Brennen im Schritt wird auch nicht weniger.

An einem orangen Mülleimer zieht die Truppe an. Aus

Traube wird Kette. Die Verwegenen, auch Tilda, setzen sich wie selbstverständlich an die Spitze. Die Schlaueren suchen deren Windschatten. Und ganz hinten Peer. Zweihundertvierzig Sekunden pro Kilometer, das ist zügig, aber machbar. Normalerweise. Wenn sich nicht diese dämlichen Intervalle vom Morgen in seine Waden gefressen hätten. Statt geschmeidiger Muskeln Blei in den Beinen. Noch elf.

»3:55!«, ruft Jonas aus vollem Lauf, aber so entspannt, als stehe er beim Boule. Peer fixiert die bemerkenswert schlanken Waden der kleinen katzenartigen Frau vor ihm. Rhythmus, Pedes, Rhythmus. Toxische Gedanken abwehren. Zweifel bremsen stärker als jeder Muskelkater. Das Brennen erreicht Tabasco-Level.

»3:50!« Peer müht sich um geräuscharmes Luftschnappen. Erste unsaubere Schlurfschritte schleichen sich ein. Die Katze hat ein paar Plätze gutgemacht. Peer blickt auf die lückenlos tätowierten Waden eines dürren Jungen, dessen Hautfarbe er im Nordafrikanischen einordnet. Stephanie hätte ihn für diesen Gedanken abgemahnt. Das Kombinieren von Hautfarben und Nationen hält sie für eine verabscheuungswürdige Spielart des Rassismus: *racial running*.

»3:45!« Peer pumpt. Die Tattoobeine ziehen in Superzeitlupe davon. Höllenfeuer unterm Hoden. Leck mich, denkt Peer ungewollt. Und dann: Scheiße. Sein ärgster Feind, der Zweifel, frisst sich blitzartig in jede Zelle und verwandelt seine Knie in Gummi. Die Tattoobeine haben vier, fünf Meter Vorsprung. Ich könnte, wenn ich wollte, belügt sich Peer im Geiste. Da vorn kommt eine Brücke.

»3:40!«, hört er in weiter Ferne.

Leck mich. Leckt mich alle, ihr gedopten Scheißer.

Während die Running Crew gnadenlos weiterballert,

zieht Peer sich die Stufen zur Brücke am Geländer hoch. Breitbeinig überquert er die Spree, um am anderen Ufer zurückzutraben. Niederlage? Welche Niederlage? In der Run Base wartet sein Tagessieg. Die Klokamera wird diese Bande auffliegen lassen, und er wird seinen ersten Fall in Rekordzeit aufklären.

Vor der verspiegelten Scheibe der Run Base parkt ein bemerkenswerter Zweisitzer. Kein Porsche, kein Ferrari, kein BMW. Das ist doch nicht …? Doch. Ein Tesla Roadster, eine der ersten von Musks Elektrokarren, fast fünfzehn Jahre alt, teurer als jeder Benz. Weltweit fahren nur noch ein paar Hundert Exemplare. Wer fährt so einen Goldbarren auf Reifen wohl?

Peer hat noch nicht einmal begonnen, in das offene Cabrio zu lugen, da tritt der Besitzer auf die Straße, so aufrecht, als trage er ein Stützkorsett. Typische Yoga-Haltung. Sein hauchdünner Leinenanzug, eng geschnitten, zeichnet seinen sorgfältig bemuskelten Körper wie ein Negligé nach. Sonnenbrille im kunstvoll zerzausten Haar.

»Herr Lehmann«, ruft Peer mit einer Jovialität, die ins Schleimige spielt.

»Herr Pedes«, antwortet Lehmann mit jenem spöttischen Klang in der Stimme, der canyontiefe Verachtung signalisiert.

»Sie wissen, wer ich bin?«, fragt Peer, obwohl ihm nicht entgangen ist, dass Jonas gleich nach seinem Auftauchen fleißig Textnachrichten versendet hat.

»Natürlich, Herr Kommissar. Ihretwegen bin ich doch hier. Wann hat man schon die einzigartige Chance, den Polizeieuropameister von 2014 persönlich zu treffen, auch wenn der Anlass ein trauriger ist. 2:26:03 – eine verdammt gute Zeit. Mein Respekt.«

Peer guckt huldvoll. Verarschen kann er sich alleine.

»Hätten Sie denn Zeit für ein paar Fragen, wenn Sie schon mal hier sind?«

»Na klar.«

Lehmann hockt weit vorn auf der Kante des abgeschabten Ledersessels und beugt sich in gespielter Vertraulichkeit zu Peer. Leise spricht er über Sam wie über einen unehelichen Sohn, den er zwar viel zu selten gesehen hat, dessen Verlust ihm aber angeblich sehr nahegeht. Drogen? Sam? Niemals. Vielleicht mal zwei Wodka zu viel oder einen Joint, aber nur in der wettkampffreien Zeit.

»Wir waren doch auch mal jung.«

Ob die Polizei denn schon Hinweise erhalten habe, will Lehmann wissen; Anhaltspunkte gebe es ja reichlich, das Fahrzeug, ein Seil, vielleicht sogar Zeugen. Was nach Trauer um Sam und Wut auf den Täter klingen soll, ist nichts als Neugier. Der Kerl ist eine Schlangenliga für sich.

»Wir sind dran, Herr Lehmann, verlassen Sie sich darauf.«

Die Tür fliegt auf. Geschlossen drängen die Athleten der Running Crew herein und an den Kühlschrank, der mit NoLimit in allen Farben befüllt ist. Doch die Läufer greifen nur nach den unbeschrifteten schwarzen Flaschen. Offenbar haben alle das Tempo gehalten. Irre. Jonas filmt für TikTok und Instagram. Tilda und Katze steuern Richtung Klo. Lehmann strahlt wie Dr. Jekyll.

»Ich bin echt stolz auf meine Truppe. Perfekte Botschafter für uns. Kennen Sie unsere NoLimit-Drinks, Herr Kommissar? Bald kommt die neueste Kreation heraus: NoLimit-X. Hier …« Er greift sich eine der unbeschrifteten Flaschen. »Prototypen, die unsere Running Crew unter realen Bedingungen testet.«

Jonas, eine Flasche am Mund, reckt ungefragt den Daumen.

»Optimiert für Läufer. Ich schicke Ihnen ein paar Testdosen aufs Revier. Für Ihre Marathon-Vorbereitung. Wirkt Wunder. Sehen Sie sich die Running Crew an: Training ohne Limit, Regeneration mit NoLimit-X – damit starten Sie durch.«

Peer nickt den Werbeblock ab und erhebt sich.

»Bin gleich wieder da.«

Verdammt. Wo ist die Kamera? Keine Spur, weder an der Wand noch auf dem Boden. Peer schüttelt den Blecheimer mit klammen Papierhandtuchfetzen. Nichts. Verdammt, verdammt, verdammt.

Hinter ihm öffnet sich die Tür zu den Damentoiletten.

»Sorry, habe mich vertan«, sagt Peer im Umdrehen.

»Suchen Sie die hier?«

Auf Lehmanns Handfläche liegt ein transparenter Beutel, darin die Minikamera, übersät mit den Fingerabdrücken eines Idioten, der beim Anbringen keine Handschuhe getragen hat.

»Woher …?«, stammelt Peer.

»Ich nehme meine Fürsorgepflicht sehr ernst, Herr Kommissar.«

KAPITEL 10

»Scheiße!

Verdammte Scheiße!

Verdammte, verfickte …«

»Nicht gut«, unterbricht Stephanie.

»Natürlich war das gestern nicht gut«, poltert Peer. »Das ist mir …«

»Nicht die Kamera. Das Fluchen ist nicht gut.«

Stephanie sitzt gegenüber an ihrem Schreibtisch, der deutlich voller ist als Peers. Stephanie betrachtet ihren Arbeitsplatz als Heimatmuseum: Die goldene Winkekatze, die Freiheitsstatue aus Chinagips und die Glasschale aus Bulgarien mit den Kakteen sollen so was wie ein Gefühl von Heimeligkeit schaffen. Die versammelten Geschmacklosigkeiten allein wären Grund genug zum Fluchen.

»Fluchen steht dir nicht.«

»Was?«, blafft Peer.

In aufreizender Ruhe erklärt Stephanie die Kunst der Affektsteuerung, ein anderes Wort für Sich-im-Griff-Haben, gerade in heiklen Situationen. Leider wichtig.

»Im Einsatz können grobe Worte als sexistisch, diskriminierend oder traumatisierend interpretiert und gegen die Ermittelnden verwendet werden«, doziert Stephanie. »Verdächtige können behaupten, sie seien seelisch misshandelt oder unter Druck gesetzt worden. Typen wie Lehmann.«

Peer schweigt betreten.

»Kaffee?«

Ohne seine Antwort abzuwarten, geht Stephanie Richtung Teeküche. Und Peer ist allein mit dem frischen Horror, der in seinem Hirn randaliert: erst der Empörungsdarsteller Lehmann und sein schmieriger Anwalt, der offenbar in einem geheimen Bluthund-Camp auf Polizisten abgerichtet worden ist. Dann Koslowski, der aussah, als grinse er nach innen, als Peer von Rusche einen Einlauf bekam. Und am Ende natürlich der Kommissionsleiter selbst, dessen Halsschlagader vor Wut pulsierte.

Stephanie stellt Peer die Tasse hin und legt kurz ihre Bratpfannenhand mit den lackierten Nägeln auf seine Schulter. Eine halbe Sekunde Nähe, die ihm guttut.

Natürlich hat Peer seine Gefühle im Griff. Immer. Nur jetzt gerade nicht, in dieser verdammten Jauche, die ihm bis zur Stirn steht. Nach Rusches Schreierei ist ihm immer noch übel. Morgentraining ist auch ausgefallen.

Die ersten achtundvierzig Stunden nach einem Mord sind die wichtigsten. Ist bekannt. Die ersten achtundvierzig Stunden hat Peer verkackt. Kurz ist er der Komet gewesen. Und jetzt? Weltraumschrott. Heimliches Filmen auf dem Damenklo – beschissener eindeutig kann ein Vorwurf kaum lauten. Wie soll man sich da rausreden? Lehmann hat sofort ein Giftfass aufgerissen. Heraus sprangen ein Anwalt mit einer Dienstaufsichtsbeschwerde plus eine extra gesalzene Mail an Rusche. Der Running Crew hat Lehmann einen kollektiven Maulkorb verpasst. Kein Gespräch mehr ohne Anwalt. Und natürlich die Drohung mit den Medien, die jeder Polizeichef der Welt zu Recht als Handgranate mit losem Abzug interpretiert. Zumal Lehmann behauptet, über eindeutiges Beweismaterial zu verfügen, ohne genau zu sagen, um was es sich handelt. Hat Lehmann etwa mit versteckter Kamera gefilmt, wie Hobbyfilmer Peer auf der Klobrille herumgeturnt ist, um die Kamera anzubringen? Könnte ein Bluff sein. Oder superpeinliches Material, das die Medien mit Genuss verbreiten würden. Damit gäbe Lehmann allerdings zu, seine Läuferinnen höchstpersönlich zu bespitzeln. Das ist Rusche zum Glück auch aufgefallen, was Peer wiederum einen Hauch von Entlastung verschafft hat.

Sachlich hat Peer an diesem Morgen versucht, seine Kameraaktion zu rechtfertigen. Doch Rusche ist ansatzlos ausgeflippt. Null Affektsteuerung, der Mann. Koslowski wiederum hatte seine Affekte furchtbar gut im Griff, bis auf das leise Nicken, mit dem er Rusches Tiraden begleitete. Die einzig gute Nachricht: Staatsanwältin Aslan macht wenig subtil Druck auf Rusche, damit er Peer den Fall entzieht. Aber da Rusche die Dame hasst, funktioniert das bei ihm wie umgekehrte Psychologie. Hinzu kommt, dass die anderen Kollegen aus der Ersten nicht eine verwertbare Spur gefunden haben, nicht in Sams Wohnung, nicht am Tatort, nicht in dem Wagen, mit dem Sams Leiche transportiert worden war. Ohne Peer und seine Laufkontakte würde es noch trostloser aussehen. Also behält Peer die Leitung, um nach außen hin die Unruhe zu verbergen, die sich intern wie ein Pesthauch ausbreitet.

»Auf Abruf«, hat Rusche zum Abschied gebrüllt, »aber so was von auf Abruf!«

Das Gegenteil von Vorschusslorbeeren? Abschussdisteln.

KAPITEL 11

Samstagmorgen. Peer fühlt sich wie in eine Stacheldrahtrolle gewickelt. Er hockt im Flur auf einem Kuhfellschemel. Auch so ein albernes Ina-Relikt. Zwölf Paar Laufschuhe blicken ihn vorwurfsvoll an. Immerhin: Die Laufklamotten hat er schon angelegt. Seit Ewigkeiten starrt Peer auf die Schuhe, als müsse er ernsthaft überlegen, welches Modell heute an der Reihe ist. In Wirklichkeit schindet er Zeit. Training muss sein, Training tut gut, aber Training braucht Antrieb. Peer fühlt sich wie ein Gelbeutel auf der Marathonstrecke. Die Energie ist rausgesogen, auf der leeren Hülle wird achtlos herumgetrampelt. Da ist sie wieder, die giftigste aller Fragen: Was soll der ganze Scheiß eigentlich?

Die ganze Woche war ein Reinfall. Maulkörbe für die Running Crew, Spuren, die im Sand verlaufen, Lehmanns Drohungen. Dazu der perfide Druck von Koslowski, spitze Bemerkungen, hämische Blicke. Bringt dieses Wochenende keine Wende, dann ist am nächsten Montag Schicht im Schacht. Aber so was von auf Abruf.

Vorsichtig reibt Peer die Plastikwände des Tütchens aneinander. Auch als er es gegen das Flurlicht hält, sind keine Kristalle zu erkennen, nur weißes Pulver, feiner als Mehl. JustKick. Das zweite Gramm von Ann-Kathrin. Ja oder ja? Was kann passieren? Risikoanalyse, zum hundertsten Mal.

Schlimmster Fall: Peer bricht ohnmächtig beim Laufen zusammen und wird vom Krankenwagen in eine Klinik geschafft. Blutprobe. Die Ärzte würden JustKick finden. Das wär's dann. Schreibtisch räumen, Papiere beim Pförtner, dreißig Jahre Restlaufzeit für Mindestlohn bei einem Sicherheitsdienst in Brandenburg. Was macht man da? Schweinemastbetriebe gegen PETA-Aktivisten schützen, zusammen mit furchtbar netten Nazi-Kollegen, deren Waden mit nordischen Gottheiten tätowiert sind. Sein Vater hatte sich jahrzehntelang in schlecht sitzende Kunstfaserverkleidungen gezwängt, die die Autorität einer Uniform darstellen sollen. Niemals, hat Peer sich geschworen, niemals. Er wollte schon immer zur Polizei. Nicht weil er unbedingt zur Polizei wollte, sondern auf keinen Fall zum Sicherheitsdienst.

Zweitschlimmster Fall: Die Ermittlungen zu Sams Tod stocken weiter, die Medien geifern noch eine Weile, doch langsam gerät der Mord in Vergessenheit und reiht sich in die Serie ungelöster Fälle ein, bei denen wieder so ein Lehmann ungeschoren davonkommt. Und Vater Welzer keinen Abschluss findet. Das darf nicht passieren.

Mehr als neunzig Prozent aller Morde werden aufgeklärt. Und dieser gefälligst auch. Dafür muss Peer schleunigst Ergebnisse liefern. Nicht irgendwann, sondern an diesem Wochenende. Er darf am Montagmorgen keinesfalls gähnend in der Runde sitzen wie die anderen Schluffis, sondern braucht einen eindrucksvollen Auftritt, eine frische Spur, eine neue Theorie. Die kommt aber nicht, wenn man dumpf auf einem Kuhfellschemel brütet.

Es gilt die alte Rennweisheit: Wenn du völlig am Ende bist, dann greife an. Tot bist du sowieso. Also hart laufen, hart feiern, hart ermitteln, das ganze Wochenende. Er öffnet das Tütchen und stippt den Finger in das weiße Pulver.

Peer fliegt an der Spree entlang. Beine wie Rotoren, die sich wie beim Road Runner drehen. Lässig hat er ein Dutzend Kojoten abgehängt, die tatsächlich glaubten, an ihm dranbleiben zu können. Amateure zersägen – das geilste Spiel von allen. Erst überholen, aber nicht zu schnell. Eine Weile dicht vor dem Opfer laufen und dessen Hoffnung wecken, hier duellierten sich zwei halbwegs gleich starke Athleten, die um jeden Millimeter ringen. Währenddessen behutsam, aber stetig beschleunigen, um das Opfer unmerklich in seinen roten Bereich zu locken. Eine Weile das verzweifelte Keuchen genießen, das sich langsam entfernt. Und als Finale, zack, stramm antreten, um ein gedemütigtes Wrack zu hinterlassen. So billig. Und so gut.

Laufen wie auf Wolken? Viel besser. Laufen im wunderbaren Nichts, frei von Schmerzen, frei von Gedanken, schnell und kraftvoll wie seit Jahren nicht. Eine Welt ohne Lehmann, Rusche, Koslowski. Laufen wie noch nie, nur wegen dieser Fingerkuppe voll weißem Staub. Wo normalerweise Muskeln mucken und Lungenbläschen pfeifen, breitet sich seit einer knappen Stunde einfach nur ein heller, weicher Raum aus, immer weiter. Alle Grenzen aufgehoben, Tempo einfach so. Statt Blut pures Endorphin in jeder Faser. Immer wieder beschleunigen. Hellwacher als Yung Hurn. Keine Gegner. Alle erlegt. Christopher Cross. Eins mit dem Wind. Koslowski, du Lauch. Kleines geiles Läuferglück.

Peer lacht, laut und breit. Die letzten tausend Meter in 3:34. Und trotzdem dieses Gefühl, dass noch viel mehr geht. Endlich Macht über diesen Körper, der nicht meckert, sondern fordert. Gib mir mehr. Dreh auf. Da geht was.

Widerwillig bremst Peer sein inneres Wildpferd auf der Oberbaumbrücke. Kein Flatterband mehr, die Baustelle ist verschwunden. Nichts weist darauf hin, dass hier neulich ein Toter baumelte. Letzte Reste von Glitter, die in den Scheinwerfern der Autos schwach aus den Fugen der Gehwegplatten schimmern. Tilda, Glittertilda. Sie mag ihn, sie hat ihn im Berghain an die Hand genommen. Sams Tod hat sie aufrichtig erschüttert. Tilda. Sie ist der Schlüssel. Und Peer wird sie rauben. Heute Nacht, von Lehmann.

Geile Euphorie. Immer noch. Peer genießt das Glücksbeben, das nicht enden will. JustKick, halleluja. Er lächelt dem Pärchen in Latex und Netzstrümpfen zu, das vor ihm in der Schlange gemeinsam einen Joint baut. Sie hält die Hand wie eine Schale. Er mischt Tabak und Gras darin. Peer hat den beiden einen Schluck von seiner Mate angeboten. Sie haben dankend abgelehnt, würden sich aber sicher mit einem Zug revanchieren. Peer ist hungrig, heiß, hoffnungslos partygeil. Er hat sich fröhlich vorgewartet, schätzungsweise bis zur Hälfte der vierhundert Meter. Samstagabend, Partyhauptstadt. Irre, diese wilde, bunte Bande, die eine bezaubernde Kultur des Schlangestehens pflegt. Statt Gemecker herrscht kollektive Vorfreude, die mit allerlei Getränken und anderen Substanzen angeheizt wird. Zwei Flaschensammler im Akkord. Von der Running Crew bislang keine Spur.
    Mate sei der ewige Klassiker, hat Peer in einem Partyblog über Dos and Don'ts fürs Berghain gelesen. Akribische Vorbereitung für die härteste Tür der Stadt.
    Regel eins: keinesfalls wie ein besoffener notgeiler Tourist wirken. Check. Die drei Vögel mit der Küstennebelaura, die zwei Meter vor ihm schwanken, haben demnach keine Chance.
    Regel zwei: cool sein, aber nicht kalt, eher freundlich und witzig und sexy, eben eine Bereicherung für jede Party. Check. Danke, JK.
    Regel drei, schon schwieriger: das Outfit. Auf keinen Fall irgendwelcher Schund aus dem Beate-Uhse-Versand oder Karnevalskram. Erotisch gern, aber originell. Leder geht

immer, Schwarz auch, aber das wissen halt viele. Die Kreativen basteln sich was, die Mutigen gehen fast nackt, die Verwegenen probieren ein originelles Kostüm aus. Zirkusdirektor. Wahrsagerin. Beachboy. Viktorianische Schlampe. Irgendeine Rolle aus *Babylon Berlin*. Oder einfach wild gemixt.

Peer hat den Kleiderschrank inspiziert, mit niederschmetterndem Resultat. In einem Wettkampf um die meisten langweiligen Klamotten auf engstem Raum würde er es locker unter die Top Ten schaffen, noch vor Olaf Scholz. Einkaufen fiel aus, alles zu. Schnell was leihen? Aber von wem? Koslowski? Haha. Eher Stephanie.

Peer kichert. Das Pärchen wendet sich um und guckt ihn aus einer Cannabiswolke freundlich fragend an. Sie hält ihm die Tüte hin. Peer nickt, als bekäme er jeden Tag einen Joint angeboten, inhaliert, aber verhalten. Er hebt einladend seine Mate. Sie lehnen lächelnd ab. Peer genießt das Gefühl, eine neue Familie gefunden zu haben, warmherzig und liberal.

Durch viele bunte Sternchen vor seinen Augen blickt Peer an sich herab, nicht ohne Stolz. Weiße Kniestrümpfe, durch die sich die Waden drücken, sündhaft enge Laufshorts und dazwischen viel nackter Schenkel. Durchaus sexy, findet Peer, auch wenn JK die Urteilsfähigkeit womöglich leicht beeinträchtigt. Über dem Netzhemd spannt eine überaus enge Paillettenbluse, die er aus einem von Inas Kartons im Keller gefischt hat. Gut, dass er ihre Klamotten doch nicht in den Müll geworfen oder gleich abgefackelt hat. Wie wohl der Lippenstift mittlerweile aussieht, den er ebenso ungelenk wie übermütig aufgetragen hat? Egal. Die drei Blumenketten wirken garantiert. Originell? Aber so was von. Und wieder zwei Trippelschritte vor.

Bewegung im Küstennebeltrio. Eine junge Frau, Typ

Skaterbraut, hat sich mutig in die Mitte der drei gedrängt. Sie fragt nach einer Zigarette und scheint gleich bar bezahlen zu wollen, indem sie sich ungewöhnlich offensiv an einen der Typen schmiegt, der umgehend aufhört, seine Tasche zu durchwühlen. Wie ein Tanzbär schlingt er seine Arme um die Kleine, die unter ihm fast verschwindet. Sie lässt die Nähe zu, drückt sich sogar noch fester an ihn. Tilda, denkt Peer und genießt die aufsteigenden Kopfbilder. Die Kleine beendet ihren Frontalangriff, fingert eine Zigarette aus der dargebotenen Schachtel, lässt sich Feuer geben und verschwindet im Dunkel. Ermittler-Peer müsste stutzig werden. Aber Party-Peer verweigert den Dienstmodus.

Na endlich. Die Küstennebeljungs haben das Tor zur Hölle erreicht, wo Zerberus Juri wacht. Peer hat ihn schon vor einer Stunde erkannt und mehrfach gewinkt, zum Glück erfolglos. Denn Regel vier warnt vor allzu plumpem Anbandeln mit den Türstehern. Ohne Debatte lässt Juri das Küstennebeltrio passieren. Gutes Zeichen. So hart ist die Tür wohl doch nicht. Das Kifferpärchen vor ihm wird sogar nett begrüßt und willkommen geheißen.

Jetzt steht Peer vorn. Juri inspiziert elend lange sein Smartphone, als ob dort weit nach Mitternacht irgendwas Interessantes geboten würde. Peer spannt den linken Oberschenkel an, damit die Muskelstränge hervortreten. Langsam, sehr langsam hebt Juri die Augen. Mehr Desinteresse geht nicht.

»Mal wieder amtlich zappeln.« Party-Peer lacht gewinnend.

»Aber nicht hier, Herr Kommissar«, entgegnet Juri. »Schönen Abend noch.«

Wie ein Schutzmann auf Valium fährt er seinen rechten Arm aus, der ins einsame Dunkel weist.

»Aber ich bin privat hier, Juri. Einfach mal wieder ausgelassen feiern.«

Peer vollführt zwei, drei kleine Tanzschritte.

»Einen schönen Abend noch.«

Anschwellendes Raunen in der Schlange. Peer fügt sich und biegt ins Dunkel ab. JK verhindert unkontrollierten Affekt.

»Wir sehen uns.«

Doch Juri hat sich längst den nächsten Gästen zugewandt.

»Willkommen! Schön, dass ihr da seid.«

Peer trottet die Schlange entlang und vermeidet jeden Blickkontakt mit den Wartenden, die ihn mal belustigt, mal mitleidig beäugen. Während das Gefühl der Demütigung mit dem Gutelaunepulver ringt, gleitet eine Gestalt an ihm vorbei und zielstrebig auf eine Gruppe Jungs zu, die sich viel zu laut mit Heldengeschichten aus dem Nachtleben zu übertreffen versuchen.

Do you have a cigarette?«

Einer öffnet seine Bomberjacke. Sie drängt sich zügig an ihn, er lässt das innige Umschlingen gern zu. Freudiges Raunen, Fluppe, Feuer und tschüs.

Lautlos ist die Kleine zurück ins Dunkel getaucht. Ein paar schnelle Schritte, dann zieht sie etwas hervor, checkt, geht zügig weiter. Das trickreiche Biest hat die Jungs beklaut.

»Halt!«, ruft Ermittler-Peer, doch noch da.

Sie rennt los, ohne sich überhaupt umgedreht zu haben. Na warte. Noch eine Niederlage erträgt Peer an diesem Abend nicht. Zugleich spürt er, wie tief sich der lange euphorische Trainingsflug in seine Beine gefressen hat. Der Kick verliert sich, der gewohnte Schmerz kehrt zurück. Aber für die Göre wird es allemal reichen.

Blumenketten wehen, Pailletten knistern, Peer zwingt sich in seinen Laufrhythmus. Die Kleine rennt vorbei an parkenden Autos Richtung Ostbahnhof, immer schneller. Noch ein sinnloses »Halt!«. Ihr Vorsprung wächst. Peer japst. Die Kleine ist ein verdammtes Talent, so mühelos, wie sie läuft. Sie wetzt durchs fahle Licht, das ein Späti auf den Gehsteig wirft, umkurvt ein Rad, das quer geparkt ist. Der Fahrer ist offenbar im Laden. Peer schnappt sich das Rad, schiebt, um Tempo zu gewinnen, und schwingt sich in den Sattel. Autsch. Die Möhre ist zu klein, der Sattel zu tief, jeder Tritt schmerzt höllisch, vor allem dort, wo der Oberschenkel heilen soll. Aber er bleibt dran an der Kleinen, die faszinierend leichtfüßig durch die schlafenden Straßen rennt. Peer steuert das Rad auf der Fahrbahn gefährlich dicht an den parkenden Autos entlang. Sie soll sich in Sicherheit wähnen.

Tatsächlich wird sie nun langsamer und dreht sich mehrmals um. Peer lässt leise rollen, dicht über den Lenker geduckt. Sie stoppt und biegt in eine Einfahrt. Peer atmet flach und späht durch Autoscheiben. Dort sitzt sie, allein auf den Pflastersteinen, und inspiziert ihre Beute.

Sofortiger Zugriff!

Mit drei kühnen Sprüngen ist Peer in der Einfahrt. Das Rad ist scheppernd zu Boden gegangen. Die Kleine springt auf, will fliehen. Doch Peer erwischt ihren Arm, eine schmale Börse fliegt durch die Luft. Sie beschimpft ihn in einer fremden Sprache, will ihn beißen, entwindet sich geschmeidig seinem Griff. Peer taucht zum Tackling, mit beiden Händen umfasst er ihre Waden. Sie flucht, sie stürzt, und Peer schlingt Blumenketten um ihre Knöchel wie beim Kälberrodeo. Sie flucht weiter, aber leiser.

Auf dem Boden liegen zwei Handys und drei Brieftaschen. Fette Beute für ein paar innige Umarmungen. Peer weist sich als Polizist aus, während das Mädchen sich aufrappelt und ihr geschundenes Knie inspiziert. Unter der Kapuze ist ein zerzauster Haarschopf mit störrischen schwarzen Locken zum Vorschein gekommen. Die funkelnden braunen Augen meiden Peers Blick, aber das Mädchen kapiert, dass Widerstand bescheuert wäre. Halb auf Englisch, halb auf Deutsch gibt sie widerwillig ihre Personalien an. Name: Ulyana. Alter: achtzehn Jahre. Herkunft: Ukraine. Status: vor sechs Monaten geflohen. Familie: Eltern von Putin in Charkiw getötet. Aktuelle Lage: unschöne Erfahrungen mit der deutschen Willkommenskultur gemacht, schlägt sich jetzt allein durch.

Das Mitleid ist mächtig, aber Peer bleibt in der Bullenrolle.

»Diebstahl«, doziert er kühl, »das muss ich anzeigen. Anzeige? Verstehst du?«

Ulyana nickt. Das Wort ist ihr bekannt. Sie blickt ihn unverwandt an.

»Vielleicht«, sagt Peer langsam, »lässt sich die Sache auch anders lösen.«

Mit den Fingern umfasst Ulyana eine fiktive Gurke, die sie durch den halb offenen Mund in eine Backentasche zu schieben scheint. Dazu ihr fragender Blick. Peer schüttelt angewidert den Kopf. So doch nicht. Das Mädchen könnte seine Tochter sein.

Beim Strampeln auf dem Bonsai-Fahrrad hat sich urplötzlich ein Plan in seinem Hirn geformt, so verrückt, dass es sich nur um einen letzten Gruß von JK gehandelt haben kann. Sie blickt ihn weiter forschend an.

»Vielleicht kannst du für mich arbeiten, Ulyana«, sagt Peer.

»Uli«, entgegnet sie.

»Okay, Uli. Du bist eine starke Läuferin. Und ich ermittle bei einer Laufgruppe. Ich komme da nicht rein. Aber du. Geflüchtete Ukrainerin ist maximal unverdächtig. Alle wollen dir helfen. Wenn du mit denen trainierst, könntest du dich unauffällig für mich umhören. Und wir vergessen die Sache hier ...«

Peer zeigt auf Handys und Brieftaschen.

Uli ist sichtlich irritiert. Sie hat sich dieses Deutschland wohl irgendwie anders vorgestellt. Versteht sie überhaupt, was er vorhat? Und weiß sie, was »strafmildernd« bedeutet?

»Undercover«, sagt sie schließlich. »Ich Agentin, du Handler.«

»Na ja, nicht ganz so ...«

»CIA.«

»Erst mal LKA. Aber wer weiß.«

Der Gedanke an eine glorreiche Agentinnenkarriere gefällt Uli anscheinend. Wer ist Peer, dass er sie bremst? Er braucht sie. Für den Aufschlag. Und vielleicht auch, um ins Berghain zu gelangen.

»Dann keine Strafe?«

Uli hat ihre Beute vom Boden gesammelt und hält sie fragend Peer entgegen.

»Keine Strafe!«

Sie lässt die Sachen in ihrem Hoodie verschwinden.

Umverteilung, denkt Peer milde.

»Geld?«

»Du willst auch noch Geld?«

»Sonst ich muss klauen. Dann keine Zeit für undercover.«

Allmählich wird sie dreist. Aber ist Dreistigkeit nicht genau das, was jetzt nötig ist?

»Okay. Du bekommst Geld. Du arbeitest für mich. Nur für mich.«

Wo auch immer Peer das Geld hernimmt. Einen V-Mann oder vielmehr eine V-Frau hat er noch nie gehabt.

»Erste Arbeit in Deutschland, die gut ist«, sagt Uli. »Mache ich.«

Peer spürt die Magie des Moments, der über Karrieren und Abstürze entscheidet. Und Läufer wissen: Wenn du völlig am Ende bist, dann greife an. Du bist sowieso erledigt.

KAPITEL 12

Von wegen Generation Mandelmilch. Fasziniert verfolgt Peer, wie Uli sich den dritten Döner vornimmt. Sie isst nicht, sondern reißt mit den Zähnen Fetzen ab, schlingt, schluckt, zieht die Alufolie tiefer, spült mit Ayran, während ihre gierigen Augen nach der nächsten fleischreichen Ecke spähen. Uli hat Kohldampf, als sei sie soeben von einem 30-Kilometer-Lauf zurückgekehrt. Das Unfall-Paradox: Peer will nicht hinschauen, kann aber nicht anders.

Der Morgen kommt zu Kraft und treibt das Dunkel der Nacht vor sich her. Vögel drehen durch. Peer gähnt. Eigentlich Trainingszeit jetzt. Aber auf »eigentlich« folgt fast immer eine Lüge. Mit dem Tageslicht kommen die Zweifel. Noch kann er den Wahnwitz abblasen. Einfach die Döner zahlen, Uli gestehen, dass alles ein Scherz gewesen sei, und dann gründlich ausschlafen. Aber was hat er dann, ohne diese junge Frau aus der Ukraine? Alles auf eine Karte. Die heißt Uli. Und ist unglaublich gefräßig.

Wie viele Döner passen noch in diese zierliche Person? Und wie schnell könnte sie laufen, wenn sie systematisch trainieren und sich halbwegs sportgerecht ernähren würde?

Peer lebt seit Jugendtagen nach der MMETT-Formel, die er sich selbst ausgedacht hat, damals, als er fest überzeugt war, eines Tages bei Olympia zu starten, um natürlich, völlig überraschend für die Welt, eine Medaille zu holen. Ein einziger schlaksiger Weißer inmitten von Afrikanern, die für den Marathon gebaut sind – dieser Traum hat ihn jahrelang beflügelt.

Wenn Mama auf dem Sportplatz nicht dabei war, hat er in der Sandgrube Hechtsprünge geübt. Die deutsche Geheimwaffe. 1976 in Montreal hatte sich Klaus-Peter Hildenbrand über 5000 Meter todesmutig kopfüber zur olympischen Bronzemedaille gestürzt, lange bevor ein junger Leimener den Becker-Hecht auf den Tennisplatz brachte. Peer wollte sich zur Goldmedaille hechten. Dafür übte er Hechtsprünge und manchmal auch Interviews. Er wollte vorbereitet sein, wenn der Bundespräsident, Werbekunden, Impresarios und Verlage anriefen.

Biografisch hat Peer nicht viel Aufregendes zu bieten, er ist sein Leben lang vor allem gelaufen. Um für den olympischen Moment dennoch Gesprächsstoff parat zu haben, hat er vorsorglich ein Buch konzipiert, Titel: »Peer Pedes: MMETT – meine geheime Erfolgsformel«. MMETT. Peer grinst. Die Formel war ihm einst in einem Höhentrainingslager eingefallen, das genau zwei Attraktionen bot: sauerstoffarme Luft und gedünstetes Gemüse, von beidem leider überreichlich. Höhentraining ist die Hölle. Immer nur laufen, zu schnell, zu viel, zu lang. Alles tut weh. Die dünne Luft lässt das Hirn taumeln. Der Körper wird zielstrebig überlastet, damit er in der Ebene umso geschmeidiger funktioniert. Karge Zimmer mit zu kurzen Betten verschärften das Gefühl von Arbeitslager noch. Die perfekte Umgebung, um durchzudrehen oder Unsinn zu verzapfen.

Um sich in den vielen leeren Stunden abzulenken, um nicht an die letzte und erst recht nicht an die nächste Trainingseinheit zu denken, grübelte Peer über seine eigene Formel nach. Lagerström-Formel, Run-Formel, E-Formel, Smart-Formel, Banister-Formel, HIIT-Formel – Laufen ist eine einzige Formelsammlung. Und Millionen untalentierter Jogger rennen jeder neuen Formel treudoof hinterher. MMETT ist schon deswegen brillant, weil alle an Mettigel denken oder Mettbrötchen und die Vegetarier sich aufregen. Gratismarketing.

Dabei hat MMETT nichts mit geschreddertem Schwein zu tun, sondern bündelt die wichtigsten Elemente erfolgreichen Laufens:

Motivation = M
Material = M
Ernährung = E
Training = T
Talent = T

Bei Uli kann man Training, Material und Ernährung getrost abziehen, Motivation wahrscheinlich auch, wenn sie nicht gerade auf der Flucht ist. Alles, was diese Frau hat, das ist Talent, aber davon mehr als reichlich. Mit systematischem Training, guten Schuhen und einem dönerarmen Speiseplan würde Uli zu einer Rakete werden.

»Noch einen?«, fragt Peer, weniger belustigt als sorgenvoll.

Uli fischt den letzten in Knoblauchsoße gebadeten Zwiebelring aus der Folie und schüttelt den Kopf.

»Fertig.«

Sie ist satt und auf dem aktuellen Stand. Peer hat ihr den Fall erläutert, die Leiche am Brückengeländer, das Berghain, die Party-Läufer von der Running Crew, Ann-Kathrin, Lehmann und Tilda. Kauend hat Uli gelauscht, mal belustigt, häufiger nachdenklich, meist skeptisch. Sie wischt sich den Mund ab.

»Geld ist sicher?«

»Geld ist sicher«, bestätigt Peer und guckt wie Clint Eastwood.

Jetzt nichts anmerken lassen. Er muss sie ja nicht damit behelligen, dass er soeben alles riskiert. Wenn die Nummer mit der verdeckten Ermittlerin Uli schiefgeht, wird er den Rest seines Lebens als Platzwart beim Polizeisportverein zubringen. Und schiefgehen kann verdammt viel: Uli kann ihn erpressen, ausrauben, auf eine falsche Spur führen oder sich von Lehmann für deutlich mehr Geld als Doppelagentin kaufen lassen. Er weiß fast nichts von ihr, außer dass sie aus Charkiw geflohen ist, nachdem eine Rakete ihr Elternhaus getroffen hat und ihre Mutter gleich mit. Der Vater spielte und spielt keine Rolle in Ulis Leben, wenn Peer es richtig versteht. Angeblich ist sie aus Charkiw geflohen, laufend, tagelang. Da sie erst im zweiten Kriegsjahr in Berlin angekommen ist, wurde sie nicht mehr mit ganz so offenen Armen empfangen. Jobs sind schiefgegangen, auch mit den Unterkünften hat irgendetwas nicht funktioniert. Das wird interessant. Eine traumatisierte Strauchdiebin von der Straße weg ohne jede Sicherheitsüberprüfung angeheuert – Peer sieht Koslowski grinsen und hört Rusche, wie er wieder mal seine Affektkontrolle verliert.

Peer stutzt. Was ist denn plötzlich los mit ihm? Wo ist Kommissar Pedes geblieben, der folgsame Kollege? Eine Gesellschaft kann nur funktionieren, wenn Regeln eingehalten werden, so hat es Peer erst von seinem Vater und dann auf der Polizeischule gelernt, geglaubt und befolgt. Uli scheint dagegen nur eine Regel zu kennen: Tu, was du für richtig hältst, legal, illegal, scheißegal. Nicht der Weg ist das Ziel, sondern das Ziel ist das Ziel. Uli ist kompromisslos, gerissen und vor allem: geradeaus. Ganz anders als diese opportune Beamtenbande, die immer nur hinterrücks tuschelt und nichts mehr fürchtet als Risiko. So jung und schon so abgebrüht, jubelt Peers Herz.

»Geld wann?«, fragt Uli in seine Grübeleien.

»Jetzt«, sagt Peer und weist auf die Sparkassenfiliale auf der anderen Straßenseite.

»Dann Berghain«, sagt Uli.

»Berghain wann?«, fragt Peer irritiert.

»Jetzt«, sagt Uli, »beste Zeit.«

Kaum hat er dem Automaten fünfhundert Euro entlockt, nimmt Uli ihm die ersten hundert auch schon wieder ab, »für Outfit«. Mit den Scheinen in der Hand und hemmungslos flirtendem Blick quatscht sie einen verpeilten Nachtschwärmer an, der offenbar auf dem Heimweg ist. Der junge Mann nickt nur, schält sich aus seinem Ledergeschirr und steckt das Geld in eine Socke, außer den Sneakers nun seine einzige Bekleidung. Dann verschwindet er fröhlich Richtung Kreuzberg.

Nacktschwärmer, denkt Peer und schnuppert an dem speckig-matschigen Leder. Bestimmt keine Affenpocken.

Wie guckt man, wenn man zum ersten Mal in seinem Leben fast nackt bis auf ein Ledergeschirr auf die Straße tritt, wenn auch morgens um fünf und in einer Gegend, wo ein Anzug eher auffällt als ein Hasenkostüm? Oder eben ein Ledergeschirr aus dem Gladiatorenbedarf. Immerhin hat Uli ihm erlaubt, die Unterhose anzubehalten. Trug Brad Pitt nicht mal so ein Lederteil, in diesem Sandalenfilm, *Sparta* oder *Troja*? Auf jeden Fall nicht *Marathon*. Peer versucht den Brad-Pitt-Blick, während er tapfer die Riemen festzieht. Uli schält währenddessen mit einem Springmesser einen schwarzen Aufkleber von dem Stromkasten, der ihnen als Sichtschutz dient. Sie säbelt den Sticker in vier Streifen, die sie wiederum halbiert. Seelenruhig zieht sie ihren Hoodie und ihr Stretch-Top hoch, um erst den linken, dann den rechten Nippel mit einem Kreuz aus zwei Streifen zu überkleben. Berghain-Style in dreißig Sekunden. Dann ist Peer dran. Uli pappt die Haare rund um seine Brustwarzen einfach mit ein. Vorfreude auf den Moment, da er die Klebestreifen abziehen wird. Die krummen Kreuze sind nicht schön, aber irgendwie doch ganz geil. Mit einer Extraportion Kajal malt Uli ihm schließlich einen Panzerknackerbalken über die Augen. Total unauffällig.

KAPITEL 13

»Hi, Alex«, sagt Uli.

Alex lächelt.

»Willkommen, du alte Rumtreiberin!«

Im Gegensatz zu Peer weiß Uli, dass Türsteher in Schichten arbeiten. So haben Abgewiesene eine zweite Chance. Peer guckt angestrengt lässig aus seiner nicht vorhandenen Wäsche, schweigt und nickt, so, wie sie ihm befohlen hat. Wortlos marschiert er hinter ihr her, fest davon überzeugt, dass jeden Moment die harte Hand von Alex, Juri oder Adi auf seiner Schulter landet und ihn zurückzerrt ins Tageslicht. Doch da ist keine Hand auf seiner Schulter. Nur Ulis in seiner, die ihn weiterzieht, tiefer ins wummernde Dunkel.

Ich bin drin, denkt Peer.

Dieser kindliche Stolz, das beseelte Grinsen, es endlich geschafft zu haben, kämpft mit dem kategorischen Imperativ des Nachtlebens: Gucke immer und überall maximal unbeteiligt, ganz gleich, was du empfindest. Peer saugt feuchtwarme Luft ein, die nach Brunft riecht. Uli drängt weiter, in das Hauptschiff der Feier-Kathedrale, wo nichts ist außer Musik, Schweiß und Ekstase. Vertrauter Bass, der in die Eingeweide knallt. Peer ging fest davon aus, dass er für sein gewagtes Outfit angestarrt werden würde. Aber was draußen vor der Tür als grenzwertig oder schlimmer gilt, ist hier drinnen einfach nur normal.

Uli drängt zum Tresen; offenbar kennt sie die bis zum Hals tätowierte Barfrau. Peer späht die endlose Theke entlang. Und tatsächlich, ganz am anderen Ende ist die Running Crew versammelt, mit Tilda in der Mitte. Ein prickelndes Getränk für alle und dazu eine Runde Shots. Ausgelassenheit im fortgeschrittenen Stadium, als habe es nie einen Mord gegeben. Sieht wie ein Geburtstag aus. Peer ist enttäuscht. Ist Tilda wirklich nur so ein oberflächliches Feiermädchen?

Er dreht sich weg, um nicht entdeckt zu werden. Womöglich hockt Lehmanns Anwalt unter dem Tresen und wartet nur auf die Chance zur einstweiligen Verfügung. Er zieht Uli auf die Tanzfläche, damit sie die Running Crew unauffällig begutachten können. Sie versteht sofort. Ihr erster Einsatz: kleiner Lauschangriff. Langsam tänzelt sie an Peer vorbei Richtung Bar. Er bewegt die steifen Läuferhüften zum Donnerbeat. Hitze, Körper, Dröhnung. Geile, lebensfeindliche Umgebung. Kein Wunder, dass hier alle druff sind.

Irgendwann riskiert er einen Blick. Die Running Crew ist verschwunden. Wo ist Uli? Hat sie vor lauter Übermotivation gleich irgendeinen Scheiß gebaut? »Nur lauschen«, hatte Peer ihr eingeschärft. Er starrt ins Halbdunkel. Ist der wuschelige Haarschopf dort auf der Tanzfläche Uli? Und ist das neben ihr Jonas, der seinen freien Oberkörper offenbar um sie wickeln will? Sie lacht. Peer dreht sich wieder weg. Sie kriegt das hin, sagt sein Hirn. Sie baut Mist, entgegnet sein Bauch. Peer guckt noch mal. Jetzt brüllt Uli ihrem Verehrer irgendwas ins Ohr, dann dreht sie ab, Richtung Toiletten. Sie wirft Peer einen kurzen Blick zu, ihr Kopf zuckt minimal. Komm hinterher, scheint sie zu sagen. Also gut.

Peers Ohren piepen im Gewirr der Gänge. Drängeln, Kichern, Kiefer, die mahlen. Uli steigt die Treppe hinab. Peer weiß, wohin die Stufen führen. Nächster Halt Unisex. Kaum hat er die letzte Stufe erreicht, zieht ihn eine Hand ins Halbdunkel unter die Treppe. Uli. In der Nische ohne Licht ist ein Paar ineinander verschlungen. Peer lehnt sich an die speckige Wand. Ulis Mund berührt fast sein Ohr.

»Tilda hat Ann-Kathrin überholt, mehr Follower auf Instagram. Tilda Nummer eins Lauf-Influencer. Running Crew feiert sie. Aber sie feiert nicht.«

»Was?«

Den ersten Teil versteht Peer. Sams Ermordung hat Ann-Kathrin weitere Follower gekostet, die zur Nummer zwei übergelaufen sind, zu Tilda. Wachablösung auf dem Laufsteg der Eitelkeiten.

»Was heißt: ›Sie feiert nicht‹? Sie war doch mit den anderen an der Bar.«

»Sie feiert nicht innen drin. Augen sind traurig. Herz ist kalt.«

Peers Herz wird warm. Tilda ist doch eine Gute.

Agentin Uli hat noch mehr zu bieten. Sie hat Jonas von ihren angeblichen Marathon-Ambitionen erzählt. Und der hat sie sofort zum Training eingeladen, direkt in die Run Base, in Lehmanns Höhle. Peer könnte vor Glück kreischen. Special Agent Uli ist nicht nur läuferisch ein Naturtalent. Er haucht ihr einen Kuss auf die Wange, was sie ganz normal zu finden scheint. Die neuen Methoden funktionieren noch besser als erhofft. Nimm das, Koslowski.

Uli hält sich ein Nasenloch zu und schnieft. Sie ist mit Jonas verabredet, in einer Toilettenkabine. Peer kapiert. Sie treffen sich nicht zum Pinkeln.

»JustKick?«

Kopfschütteln.

»Speed ... Aber ich tue nur so.«

Peer hat ja keine Vorurteile, aber man hört doch so einiges über Osteuropäer. Uli sieht seinen skeptischen Blick und winkt ab.

»Meine Droge ist Döner.«

Sie verschwindet, während Peer im Halbdunkel verharrt. Cool bleiben. Alles im Griff. Als auch Peer die Nische verlässt, kollidiert er mit einer drahtigen Frau mit transparentem Leibchen in Neongelb und Glitter um die traurigen Augen. Tilda. Sie schaut ihn verstört an. Peer lächelt, hebt die Arme und lässt die Hüften kreisen. Dancing King. Tilda glaubt ihm nicht. Peer bewegt sich tanzend rückwärts, zurück in den Schutz der Nische. Tilda folgt ihm. Er senkt den Kopf, sein rechtes Ohr an ihrem Mund. Wie vor wenigen Minuten bei Uli.

»Du bist nicht zum Tanzen hier, Herr Kommissar.«

Wenn Tilda auf Drogen ist, dann bestimmt nicht auf Gute-Laune-Pillen. Sie klingt genervt bis verzweifelt.

»Und du bist nicht zum Feiern hier.«

Tilda winkt ab.

»War nicht meine Idee. Die Crew findet's halt geil, dass ich bei den Followern jetzt vorn bin. Mir ist das unangenehm. Nicht so!«

»Wo sind die anderen?«

»Keine Ahnung. Keinen Bock mehr auf die.«

Schweigen. Donnernder Bass. Starren ins Nichts.

»Ich vermisse Sam«, sagt sie.

Ihr Blick sucht Halt. Er nickt. Tilda drückt sich vorsichtig an seine Schulter. Er legt den Arm um sie, ganz leicht nur, nicht fordernd, sondern fürsorglich. Ina mochte das absichtslose Berühren. Ritter Peer, der Beschützer. Tilda drückt sich fester an ihn, ihre Körper verstehen sich. Zum ersten Mal seit Ewigkeiten empfindet Peer so etwas wie innere Ruhe, ausgerechnet im verschwitzten Lärm. Diese Nacht hat mehr zu bieten als das ganze letzte Jahr.

Plötzlich macht sich Tilda los und guckt auf ihre Uhr.

»Ich bin weg. Was machst du heute Nachmittag?«

Peer ordnet Zeitzonen. Stimmt ja. Nachmittag ist schon in wenigen Stunden, mit den sonntäglichen Ritualen wie Training nachholen, Staub saugen, Akten lesen. Nichts, was sich nicht verschieben ließe.

»Sechzehn Uhr am Neuen See?«, fragt Tilda.

Während sie aus der Nische in den Strom gleitet, müht sich Peer um ein cooles Nicken, als würde er sich täglich mit jüngeren Frauen zum Kaffee verabreden. In Wahrheit hat er in wenigen Stunden unerwartet viel weibliche Nähe aufsaugen dürfen, während er erstmals im Leben in einer Lederverschnürung zwischen lauter bunten Vögeln steht. Ist das nur ein irrer Moment oder ein ganz neues Leben? Vielleicht hat er ein Portal durchquert. Der eben noch gesetzestreue Polizist ist dem Olymp der Superbullen einen großen Schritt näher gekommen. Er hat kapiert, was im Leben wirklich zählt. Nicht das artige Befolgen von Gesetzen, sondern der Mut zu eigenen Regeln. Wie im Rennen. Wenn's drauf ankommt, nicht hinterher, sondern voneweg. Und wenn der Körper »Aufhören!« schreit, dann kommt der Wille ins Spiel. Weil du weißt, was richtig ist. Auch wenn's wehtut. Oder wie Mama sagt: *Tun, was getan werden muss.*

Versonnen blickt er Tilda nach, obwohl sie längst im Gedränge abgetaucht ist. Exakt an der Stelle, wo sie verschwunden ist, erscheint plötzlich ein Kraftklotz in Schwarz, der Peer bestens bekannt ist: Türsteher Juri auf Patrouille, diesmal im Innendienst. Blitzschnell duckt sich Peer, als müsse er dringend einen losen Schnürsenkel festzurren.

Peer ist nie ein großer Tänzer gewesen. Das ist hier offenbar egal. Es gibt keinen Stil, nicht mal ein gemeinsames Tempo. Manche zucken zu jedem der mindestens hundertvierzig Beats pro Minute, andere stehen und wedeln schilfartig mit den Armen. Eine Stunde vergeht oder zehn. Irgendwann findet Peer Uli im Getümmel der Tanzfläche. Sie ist allein. Die Running Crew musste los. Feierabend. Schon am Montag sieht Uli sie alle wieder, in der Run Base. Perfekt. Peer ergibt sich dem Bass, lässt die Magie der Nacht in seinen Körper. Kopf aus, einfach zulassen. Das ganze Universum in einem Moment.

Die Sonne schmerzt, als Peer ins Freie taumelt. Immerhin ist ihm noch eingefallen, dass er einen Beutel mit seinen Klamotten an der Garderobe abgegeben hat. Das Berghain hat eine Umkleide wie im Schwimmbad, wo Peer Laufshorts und Paillettenjacke über das speckige Ledergeschirr streift. Uli verabschiedet sich – wohin auch immer. Peer wird sich wegen ihres Einsatzes später bei ihr melden. Routineblick aufs Smartphone. Drei vergebliche Anrufe. Tilda, die absagen will? Schlimmer. Es war Kollege Ingo, der Streifenpolizist, den er vergangenes Wochenende auf der Oberbaumbrücke getroffen hat.

»Tötungsdelikt, Kronprinzenbrücke, wieder oben aufgeknüpft«, hat Ingo knapp auf die Mailbox gesprochen. »Sollten Sie sich anschauen.«

Peer ruft sofort zurück: »Nichts anfassen, alles absperren. Komme sofort.«

Bloß nicht wieder alle Spuren verwischen.

Letzte Woche Altrosa, diesmal Ledergeschirr und Inas Paillettenbluse. Autorität sieht anders aus. Aber der Taxifahrer zeigt nicht die geringste Spur von Irritation. Und wenn einer der Kollegen dumm fragt, wird Peer selbstbewusst sagen: Ermittlungen, undercover, im Berghain. Aufregung, die im Hals klopft. Eine zweite Leiche, ermordet nach demselben Muster, das kann nur eins bedeuten: Ein Serienmörder läuft durch die Stadt. Die Königsklasse. Selbst in Berlin nicht die Regel. Peers Fall wird einer für die Geschichtsbücher.

Diesmal wurde im Regierungsviertel gemordet, unweit des Reichstags. Verwaiste Repräsentativgebäude auf beiden Seiten der Spree, aber jede Menge Schaulustige, die raunen, als ein Paillettenmann aus dem Taxi steigt. Peer beginnt sofort zu laufen, so fühlt er sich am wohlsten. Er drückt das Kreuz durch, hebt den Kopf zum Horizontblick und setzt die Arme eine Spur zu übertrieben ein. Vor den Kollegen ist nicht schnelles, sondern majestätisches Laufen gefragt. Sie erkennen ihn, dieses Mal sofort. Kein Ausweis nötig, keine Belehrungen, nicht mal ein Kommentar zum Outfit. Sie heben sogar das Flatterband an, damit er bequem drunter durchschlüpfen kann.

So jung und schon Legende. Zwei Tote, sein Fall. Wenn Tilda am Neuen See auspackt, wenn Uli die Running Crew ausgehorcht hat, wenn Lehmann einen Fehler macht, dann ist es auch ein erfolgreicher Fall. Das Oberwasser ist zurückgekehrt, obgleich der Effekt von JustKick längst verraucht ist.

Peer blickt über die kleine Spreebrücke gegen die Sonne. Die Kreuzung direkt neben der Brücke ist zu allen Seiten von Polizeiwagen abgesperrt. Hier sichern Profis die Spuren.

»Gute Arbeit, Ingo.«

Der Kollege nickt ihm dankbar zu, bahnt ihm den Weg. Klare Zuständigkeiten.

Peer blickt zu dem Bündel empor, das am Bogen der Ampel baumelt, ganz oben, nur eine Handbreit neben dem leuchtenden Rot. Im grellen Gegenlicht kann Peer lediglich Konturen ausmachen. Offenbar eine junge Frau, leicht bekleidet, drahtiger Körper, der sich sachte pendelnd dreht. Langsam, ganz langsam, bis die Sonne mit dem Glitter rund um die Augen spielt.

KAPITEL 14

Bitte beweg dich. Zuck mit den Lidern, ganz kurz. Da! Hat der kleine Finger sich leicht gehoben?

Peers Augen springen vom Gesicht zu ihrer linken Hand, die an der Hüfte ruht. Nein, kein Zucken. Peer zwingt sich, die frische lange Narbe zu übersehen, die sich, grob vernäht, von den Würgemalen am Hals bis zum Nabel hinabzieht. Wunderbarer Körper, selbst in dieser kalten Edelstahlwanne unter dem gleißenden Licht des Sektionssaals. Irres Hoffen auf ein winziges Lebenszeichen. Vielleicht ist sie nur bewusstlos, vom Schock. Und kommt wieder zu sich, genau jetzt, wenn sein Blick nur lange genug auf ihr verharrt.

Vor ein paar Stunden rieben sich ihre warmen Körper aneinander, scheinbar zufällig. Sie wich nicht zurück, sondern erwiderte Peers sanften Druck. Sofort spürt er das Prickeln wieder, die Hitze, den Bass, der durch die Eingeweide bis in die Lenden hämmert. Nur ein paar Stunden zwischen heißem Leben und eisigem Tod. Peer schluckt, Müller leiert. Rechtsmediziner Hermann Müller, ein Eisfach auf zwei Beinen, referiert ungerührt von seinem Klemmbrett.

»Die Ränder der Würgemale weisen auf feste Handschuhe hin, möglicherweise Arbeitshandschuhe oder Motorradhandschuhe ...«

Profis sind Menschen ohne Gefühle. Die Rechtsmedizin ist ein Härtetest für Profis. Wer hier weint oder kotzt, macht sich auf ewig zum Gespött der Kollegen. Peer ist ein Profi. Er zwingt seinen Blick von der toten Tilda zu Müller, der kurz von seinem Klemmbrett aufschaut, während er über die Reste von JustKick in Tildas Blut referiert. Profitest: Wer hat seine Emotionen im Griff?

Peer nicht. Liegt es an den Substanzresten in seinem eigenen Blut, dass er immer wieder aufs Meer der Gefühle hinausgezogen wird? Durch Müllers Leierschleier hindurch sieht er Tilda, wie die Morgensonne den Glitter um ihre Augen in kleine Blitze verwandelt.

Zufall, dass Tilda ausgerechnet an einer beliebten Trainingsstrecke gefunden wurde? Oder wollte sie selbst trainieren, sich die Clubnacht aus den Beinen laufen, gleich frühmorgens, mit leerem Bauch? Nüchternläufe sind hocheffektiv, weil der Körper lernt, Energie aus Fettreserven zu mobilisieren.

Tilda. Die erste Leiche im Job, die Peer nahegeht, weil er sie kannte, flüchtig und dennoch gut. Eine junge, schöne Athletin, die mit ihrem trainierten Körper stolz durch ein pralles Leben stürmte. Sie ist mehr als ein Fall, denn ein Monster riss sie brutal aus ihrem Leben und aus seinem auch. Überhaupt die erste Leiche, die ihm nahegeht, seit seinem Vater damals, aufgebahrt in der Schöneberger Aussegnungshalle. Er trug immerhin seinen guten schwarzen Anzug und hatte keine sichtbaren Obduktionsnarben.

Peer taumelt unter der Last der Traurigkeit, kippt leicht vornüber, fängt sich. Lauernd schaut Müller auf. Schwächelt da jemand? Peer strafft sich und nickt. Profi, brüllt er innerlich gegen seine Müdigkeit an. Reiß dich zusammen!

Leier-Müller kann den Todeszeitpunkt nicht exakt bestimmen, vielleicht zwanzig, maximal dreißig Minuten bevor sie für die ganze Stadt sichtbar hingehängt wurde. Wie Sam.

Noch am frühen Morgen hat Peer mit den Kollegen aus der Ersten vor Ort den Hergang rekonstruiert. Der Täter muss den Leichnam unter die Ampel am Spreeufer gelegt haben, wo er ein Seilende um den Hals wand, danach das andere Ende über den Bogen der Ampel warf und den Körper nach oben zog, bis er in der gewünschten Höhe baumelte. Das Seilende wurde dann am Brückengeländer festgeknotet. Und fertig war das Wildwest-Arrangement. Abschreckung? Rache? Provokation? Das Arrangieren kann man in unter zwei Minuten schaffen, Sonntagmorgen halb sechs, im Regierungsviertel. Bisher sind keine Zeugen aufgetaucht, weder Passanten noch Abgeordnete, die Überstunden gemacht haben. Wenn man den Staat einmal braucht ... Ein Jogger hat die Leiche gefunden. Läufer, die einzigen Menschen, die sonntags um diese Uhrzeit unterwegs sind. Und Clubgänger.

Nach der Rekonstruktion war Peer zurück ins Berghain gefahren, mit einem kleinen Umweg über seine Wohnung. Er wollte endlich Paillettenjacke und Ledergeschirr loswerden, das Kollege Ingo wortlos beäugt hatte, als Peer in den weißen Ganzkörperanzug stieg.

In dunkler Jeans und Kapuzenpulli ist Kommissar Pedes an der unverändert langen Schlange aufgekratzter Menschen vorbeimarschiert, die wild entschlossen waren, einen sonnigen Sonntag zur Nacht zu machen. Türsteher Alex hatte Tilda beim Verlassen des Clubs gesehen. Weder Geschäftsführer Adi noch Türsteher Juri hatten Auffälligkeiten im Club oder rund um die Running Crew bemerkt. Beide waren ungewöhnlich auskunftsfreudig. Eine einzelne Leiche, bis zum Scheitel verschallert, mag als Reklame noch durchgehen. Zwei Leichen in zwei Wochen sind dagegen schlecht fürs Geschäft. Ist irgendwelches Zeug nicht sauber? Bandenkrieg? Läuft da draußen ein fanatischer Gegner der Feierkultur herum, der weitere Leichen ausstellen will? Peer hat die Berghain-Leute beruhigt, nicht aus Überzeugung, sondern um ihr Vertrauen zu erlangen.

»Der Mörder geht zu viele Risiken ein«, hat er cool gesagt. »Den finden wir.«

Adi hat skeptisch geguckt, Juri entschlossen genickt.

»Das Mädchen war immer freundlich«, hat er festgestellt. »Eine Schande.«

Auf einem Rollwagen aus Edelstahl liegen letzte Sachen der ehemals Freundlichen: Tildas Klamotten, zwei Ringe, zerknüllte Geldscheine und in einer Klarsichttüte ihre Laufuhr. Müller und seine Kollegin, die sich mit einem Assistenten am Nebentisch bereits um das Opfer eines Verkehrsunfalls kümmert, haben das bullige schwarze Chronometer mit der passenden App gekoppelt. Tilda hat die Uhr in dieser Nacht zwar getragen, aber nicht aufzeichnen lassen.

»Hat sie …?« Peer ringt. »Gibt es Anzeichen für …?« Müller lässt ihn stammeln. »Also, haben Sie Spuren einer Vergewaltigung gefunden?«

Müller schüttelt den Kopf.

»Keinerlei Spuren im Intimbereich.«

Peer ist erleichtert. Das neongelbe Oberteil, eine halbe Handvoll Stretch, leuchtet im fahlen blauen Licht. Peer greift nach ihrer Hand, deren kalte Finger einfach nur tot sind. Die Tür fliegt auf. Tildas Hand platscht in die Wanne. Rusche und Koslowski. Ermittler-Auflauf in der Rechtsmedizin. Die ganze Erste ist seit dem frühen Morgen auf den Beinen.

Koslowski grinst Peer breit an: »Emotionen sind der Tod jeder Ermittlung.«

Vergeblich stemmt sich Kommissar Pedes gegen das Gefühl, ertappt worden zu sein.

»Wo haben Sie denn Ihre Undercover-Verkleidung gelassen?«

Anderes Wort für Ekelpaket? Koslowski.

»Muss man halt tragen können, Herr Kollege.«

Rusche hebt beschwichtigend die Hände. Aber Koslowski hatte offenbar Blutwurst zum Frühstück.

»Kannten Sie die Tote eigentlich näher, Pedes?«

Ihr Chef hat genug.

»Meine Herren, tragen Sie Ihre Spielchen auf der Tartanbahn aus. Mich hat der Regierende angerufen, Stand der Ermittlungen und so. Will man nicht, besonders wenn man nicht viel Neues mitteilen kann. Die Staatsanwaltschaft macht Druck, die Presse dreht durch, die ersten Reiseblogs warnen Touristen vor einer Fahrt nach Berlin wegen eines angeblichen Serienmörders. Der Kessel pfeift. Und jetzt raten Sie mal, was ich zum Stand der Ermittlungen beitragen konnte? Genau. Nichts außer Bla. Wir brauchen Resultate, sofort, scheißegal, ob in Gladiatorenkostüm oder Smoking. Machen Sie, was Sie für richtig halten, Pedes, aber machen Sie was! Ich halte Ihnen Politik und Presse vom Hals, solange ich kann. Und Sie, Sie machen sich bitte ein wenig nützlicher.«

Koslowski läuft rot an, nickt und starrt schweigend auf den nackten toten Körper, als sei ein Hinweis zwischen Tildas Brüsten zu finden. Peer schlägt das Laken über die Tote. Letzter Dienst. Gute Reise. Er muss los. Stephanie wartet.

KAPITEL 15

Peer glaubt an die Magie der Zahlen: Unter 4:30 den Kilometer, und er wird in Tildas Wohnung auf wichtige Hinweise stoßen. Drüber? Nichts.

Der kleine Lauf von Mitte nach Kreuzberg dient weniger der Form als der Regeneration. Beim Laufen erholen, das ist wahre Trainingskunst. Afrikanische Marathon-Cracks sind dafür bekannt, sehr, sehr lange zu trotten, gemächlich wie Grubenpferde. Erst Grundlage, dann Tempo. Laufen ist wie Brot. Wird der Teig nicht gründlich geknetet, kann der Ofen noch so heiß sein – der Laib wird nicht luftig, sondern Beton.

Peer lockert seine Betonbeine mit konsequent gebremstem Tempo durch Sonntagsspaziergänger, durch angeheiterte Wochenendfranzosen, die am Ufer mit Wein und Baskenmütze ihre silbernen Kugeln werfen. Nervig sind die Ampeln. Stehenbleiben fällt ebenso aus wie albernes Auf-der-Stelle-Steppen, was nur überambitionierte Anfänger machen. Ein Polizist missachtet kein Rotsignal, jedenfalls nicht vor Zeugen. Manchmal bietet sich ein U-Bahn-Schacht an, dann gibt's Treppen gratis dazu, meistens aber läuft Peer ein Stück die Straße hinauf, um exakt bei Grün zurückgekehrt zu sein. Alles Timing.

Heute ist es anders. Brandenburger Tor, Unter den Linden, Checkpoint Charlie – Peer kann keine Ampelkreuzung queren, ohne sich Tilda vorzustellen. Hier hätte sie auch baumeln können, denkt er jedes Mal, scannt die Masten auf ihre Stabilität, überlegt, ob die Seilnummer auch dort funktioniert hätte. Diese Dreistigkeit. Wer die Polizei derart düpiert, sehnt sich geradezu nach Strafe. Kann er haben. Oder sie.

Peer stoppt die Uhr. 37:12 für 8,4 Kilometer Slalom durch die Stadt. Knapp unter einem Schnitt von 4:30. Nicht schlecht. Und ein gutes Omen.

Tildas Wohnhaus ist Kreuzberg klassisch. Als die Mauer gebaut wurde, hat es hier wahrscheinlich noch Skorbut gegeben, auf jeden Fall Sauferei, Alltagsprostitution und Frühschwangerschaften, jede Menge Gewalt und noch mehr Tristesse, drei Hinterhöfe tief. Mit dem Mauerfall kam die Immobilienrallye, das Maybachufer wurde radikal durchgentrifiziert und in eine feine Adresse verwandelt. Gucci trifft Zille.

Peer klingelt. Stephanie ist seit dem frühen Morgen im Einsatz. Anders als Peer hat sie wenigstens ein paar Stunden geschlafen. Doch Peer ist nicht müde, lässt es nicht zu. Die ersten achtundvierzig Stunden! Surren, die Gegensprechanlage knackt: »Vorderhaus, dritter Stock.«

Peer springt die Absätze auf einem Bein empor, links und rechts im Wechsel, immer elf Stufen wie in fast allen Berliner Altbauten.

Stephanie steht mit Gummihandschuhen in der Tür. Endlich ein warmes, wenn auch kantiges Gesicht. Freihändig schwankend streift Peer Plastikschoner über die dampfenden Laufschuhe. Perfekte Stabi-Übung.

»Sie war 'ne Gute, oder?«

Peer schluckt und nickt. Stephanie hat mehr Feingefühl in einem Milligramm Silikon als Koslowski im ganzen Leib.

Tildas Wohnung ist ein prächtiges Beduinenzelt. Überall gedämpftes Licht, warme Teppiche, große Sitzkissen in Wüstenfarben. Geschmackvoll gestaltet, aber nicht überstylt. Antithese zu Ann-Kathrins gekärchertem Studio, das so gemütlich ist wie ein Serverraum. Manche Menschen müssen Erfolg darstellen, andere wollen einfach nur gewinnen. Wie Tilda. Wollte.

Stephanie hat die Nachbarn befragt. Keiner hat Tilda gesehen oder gehört. Keine Hinweise, dass sie nach dem Club zu Hause war. Außerdem hat Stephanie die üblichen Verdächtigen überprüft. Ann-Kathrin steht auch bei Mord Nummer zwei ganz oben auf der Liste – schließlich hat Tilda ihr an diesem Tag die Krone der Instagram-Läuferinnen abgeluchst. Doch die Rivalin ist wieder nicht in der Stadt gewesen, sondern auf geheimer Mission in Baden-Württemberg. Nürtingen, das klingt für Style-Junkies wohl etwas zu peinlich als Heimatort. Während Ann-Kathrin mit zeitlosen Insta-Bildern den Eindruck erzeugt hat, das Wochenende über in Berlin trainiert zu haben, war sie zum sechzigsten Geburtstag bei Papa. Das haben die schwäbischen Kollegen bestätigt.

»Soll morgen ins Revier kommen.«

Erledigungsstolz bei Stephanie: »Schon gemacht.«

»Und Lehmann? Überhaupt die ganze Running Crew?«

»Alle, die in den letzten Tagen irgendetwas mit Tilda zu tun hatten, Sport oder Nachtleben oder Influencerei, haben bereits eine Vorladung erhalten.«

Ach, Stephanie.

»Du bist eine Wucht.«

Zart errötet sitzt sie an Tildas Schreibtisch, Holzplatte auf Stahlrohr, Bauhaus. Harter Stilbruch in der Wüstenwohnung, aber ein guter. Peer bewegt sich in Zeitlupe durch die lichten Räume. Überall dieser lässige Chic, den Ina nie hingekriegt hat.

Das Beck's-grün gekachelte Bad ist fast so groß wie Peers Wohnzimmer. Die frei stehende Wanne steht tatsächlich frei. Flaschen, Tuben und Tiegel lagern genau dort, wo sie gebraucht werden: in einer Wandnische der offenen Dusche, natürlich mit wuchtiger Rainbow-Düse, oder am Waschbecken, auf einem kleinen antiken Spiegeltisch mit dem plüschigen Stilbruch-Hocker. In einem Holzkistchen Stapel verschiedener Streifen, wahrscheinlich Schwangerschaftstests. Oder um den Basenwert im Urin zu checken. Wer ernsthaft läuft, ist zugleich auch Chemiker, Physiker und Biologe. Nichts ist komplexer, als einen Fuß vor den anderen zu setzen.

Streng zwingt sich Peer in sein Ermittler-Ich, bevor er die Klinke von Tildas Schlafzimmertür drückt. Eine schummrige Höhle öffnet sich, ein leiser Duft von gutem Sex strömt ihm entgegen. Die roten Vorhänge sieben das Tageslicht. Das Bett ist viel zu groß. Massive Rahmen aus dunklem Holz. Berge bunter Kissen. Metallringe in den Pfosten. Die Botschaft: Hier wird nicht nur geruht. Peers Latexfinger klauben durch Schachteln und Dosen am Bett. Batterien, warum auch immer. Silikonringe, irgendwas ist ja immer abzudichten. Und eine beachtliche Auswahl an Kondomen, deren Ablaufdatum in weiter Ferne liegt. Athletin, durch und durch, zu jeder Tageszeit.

Verdammt, Tilda. Warum musstest du sterben? Hat sie jemandem erzählt, dass sie sich Peer offenbaren würde? Wurden Peer und Tilda im Berghain gesehen und belauscht? Jemand aus der Running Crew?

Uli! Höchste Zeit, seine ukrainische Geheimdrohne ins Rennen zu schicken. Ihre Chance, seine Chance, auf jeden Fall die bislang einzige. Dummerweise wird der Einsatz verdeckter Ermittler durch einen Wust komplexer Bestimmungen fast verunmöglicht. Sonst könnte sich ja jeder seine private Schnüffeltruppe halten. Hätte eine achtzehnjährige Ausländerin wie Uli irgendeine Aussicht auf Genehmigung, und zwar sofort? Olympiagold dagegen.

In der Tür steht Stephanie, ungewohnt zappelig.

»Das musst du dir ansehen.«

Peer schlurft schweren Schrittes aus Tildas einstigem Tempel. Wut und Traurigkeit hängen an ihm, schwerer als jede Gewichtsweste, die er je im Training getragen hat.

»Sag mal, Stephanie«, beginnt Peer im Flur. »Wann hat das Dezernat zuletzt eine V-Person beschäftigt?«

Schweigend nimmt sie am Stahlrohrschreibtisch Platz. Auf dem edlen Bildschirm Kurven und Diagramme.

»Weit vor meiner Zeit«, entgegnet sie ungeduldig. »Aber du weißt, dafür ist ein eigenes Referat zuständig, mit Spezialisten.«

Peer weiß auch, dass V-Leute nur bei schwersten Straftaten eingesetzt werden wie organisierter Kriminalität, Extremismus, Terror. Klingt nicht nach Agentin Uli in der Running Crew. Trotzdem mit Rusche reden? Und riskieren, dass ihm Uli verboten wird? Spätestens wenn Koslowski Wind von Peers Wunderwaffe bekommt, ist Uli erledigt.

»Aber im Moment ...«, Stephanie lässt mit der Maus Diagramme tanzen, »ist das hier wichtiger.«

Peer plumpst auf ein orientalisches Sitzkissen, das ächzend zusammensinkt. Er hockt gerade hoch genug, um über die Schreibtischkante zu spähen. Autorität sitzt anders.

»Was ist das?«, fragt Peer.

»Tildas Leben«, erklärt Stephanie.

»Tildas was?«

Stephanie holt demonstrativ Luft; ihre Art mitzuteilen, dass sie nun einen Vortrag in einfacher Sprache halten wird. Während Peer sich im Schlafzimmer den Emotionen hingab, hat Stephanie irgendwo einen Zettel mit Tildas Passwörtern gefunden. Und damit einen digitalen Fang gemacht. Was zunächst wie eine stinknormale Jogging-App aussieht, die synchron auf Uhr, Smartphone und Tischrechner ein paar Zahlen meldet, entpuppt sich als gigantisches Kontrollzentrum.

Auf der ersten sichtbaren Ebene sind sämtliche Vitaldaten von Tilda gespeichert: Laufkilometer, Tempo, Puls, Strecke – so weit normal. Doch nur wenige Klicks weiter, eine Ebene tiefer, hat Stephanie pikante Daten gefunden. Die App hat Tildas Aufenthaltsorte sowie jegliche Bewegungen auch abseits des Trainings lückenlos erfasst. Sie hat sogar Puls und Ähnliches aufgezeichnet, wenn die App auf der sichtbaren Ebene eigentlich ausgeschaltet war.

»Alle Daten! Vierundzwanzig Stunden am Tag. Seit Juli.« Stephanie strahlt, Peer bekommt den Mund nicht zu.

»Kann man sehen, wo sie heute Morgen war?«, fragt er.

»Tildas Uhr wurde fast täglich ausgelesen, meistens sogar zweimal am Tag.« Stephanie schiebt flink die Diagramme umher. »Das letzte Mal am Samstagmorgen. Die Daten von danach müssten noch auf der Uhr sein.«

Peer zieht sein Handy aus der Tasche. Seine Finger zittern.

Zwanzig Minuten später liegt Tildas Uhr neben ihrem Rechner. Selbst Eismann Müller hat die Brisanz kapiert und umgehend jemanden mit der Uhr zu Chefermittler Pedes geschickt. Peer wartet ungeduldig, während Stephanie Uhr und Computer verkabelt. Und tatsächlich: Die Daten werden aktualisiert. Seit dem frühen Sonntag liegen die meisten Kurven flach auf der x-Achse.

Stephanie schiebt Bewegungsdaten, Zeit und Puls übereinander. Um 4:28 Uhr hat Tilda den Club verlassen, was Peer bestätigen kann. Sie ist über die Oberbaumbrücke spaziert, offenbar wollte sie nach Hause. Im Görlitzer Park spielen die Kurven plötzlich verrückt. Bewegung stockt,

Puls schießt in makabre Höhen, in immer neuen Zacken. Dünne Linien, die das Drama live aufzeichnen und in millimetergenaue Kurven übersetzen, aber nichts erfassen von Panik, Gegenwehr, Schlägen, Tritten, mehr Panik, verzweifelten Fluchtversuchen und schließlich dem Todeskampf. Traum und Hölle des Ermittlers. Exakt um 4:53 Uhr stürzen die Linien ins Leere. Tilda ist tot. Die Bewegungsdaten zeigen präzise, dass die Leiche zur Ampel im Regierungsviertel transportiert wurde, um dort achtzehn Minuten und dreiundfünfzig Sekunden später hochgezogen zu werden.

Peer ballt die Fäuste, bis sie schmerzen.

»Wie scheiße will diese Welt noch werden«, zischt er wütend.

Ein Hieb auf den unschuldigen Schreibtisch, der leise mitschwingt. Eine endlose Sekunde der Andacht. Dann der Ordnungsruf: Reiß dich zusammen, Pedes! Diese Laufuhr wird helfen, das Schwein zu finden.

Natürlich schickt Peer sofort die Spurensicherung in den Görli – in der Hoffnung, am Tatort weitere Spuren zu finden oder irgendeinen Dealer, der etwas mitbekommen hat. Der wichtigste Zeuge liegt jedoch auf dem Schreibtisch neben Tildas Computer: die Fitnessuhr. Sie stammt aus Lehmanns Kollektion. Nichts Besonderes bis auf den Preis von achthundert Euro, Angeberzeug halt, das Koslowski auch trägt. Anders als bei Koslowski verbirgt sich allerdings bei Tildas Uhr unter der Hülle aus gebürstetem Aluminium eine hochwertige Spionagesoftware. Wissen die Athleten der Running Crew davon? Alle? Oder trägt diese Variante nur der Inner Circle? Sams Uhr müsste noch auf dem Revier sein. Ist sie ebenfalls ein stummer Zeuge, den sie bisher nicht ausreichend vernommen haben?

»Oha!«

Stephanie hat sich tiefer in die Daten gegraben und neue Erkenntnisse ausgebuddelt.

Erstens: Die Bewegungsmuster sind längst nicht alles, was die Uhr von Tilda gespeichert hat. Zusätzlich finden sich der Sauerstoffgehalt ihres Blutes, Hämoglobinwert, Eisen- und Alkoholspiegel, Menstruationsverlauf, Hormondaten. Alle Kurven können mit den Sportdaten übereinandergelegt werden, sodass die Momente maximaler Leistungskraft ebenso sichtbar werden wie Phasen maximaler Ausgelassenheit. Wird den Freaks der Running Crew täglich Blut abgezapft, um die Leistung fortlaufend zu optimieren? Faszinierend. Gruselig. Tour-de-France-Sieger und US-Sprinter würden für solch ein ausgetüfteltes System ihre Wachstumshormone ins Klo spülen.

Zweitens: Die Daten werden regelmäßig automatisch an einen externen Server gesendet. Alle Wege führen zu Lehmann. Der Unternehmer hält sich offenbar eine Truppe Irrer, halb Feierbiester, halb Labormäuse, die bereit sind, sich vollständig durchleuchten zu lassen.

»Software hin oder her«, stellt Peer fest, »selbst die schlauste Uhr ist zu blöd, um solche Werte zu erfassen. Eisen, Hormone, Sauerstoff – dafür braucht man Blut, Urin, ein Labor.«

Stephanie fragt arglos: »Gibt's so was nicht für den Hausgebrauch?«

Hand patscht Stirn. Natürlich. Peer stürmt ins Bad – das Holzkistchen, die Stapel Teststreifen.

Wenig später prüft Stephanie akribisch jeden noch so winzig gedruckten Code von der Rückseite der Streifen. Sie findet drei Sorten: Speichel, Blut, Urin – das Trio der Dopingverräter.

»Wo ist der Scanner?«, fragt Peer sich und Stephanie.

Tilda hat ihre Teststreifen wohl kaum morgens und

abends in die Post gesteckt. Das Gerät zur Analyse der Farben muss irgendwo in der Wohnung stehen. Peer eilt ins Studiozimmer, dessen Durcheinander ihn bislang eher abgeschreckt hat. Da stapeln sich Rollos mit bunten Hintergründen, Scheinwerfer mit Farbfolien hängen von einer Traverse aus Gerüststangen. Zwei Kameras auf Stativen sind auf eine kleine Bühne gerichtet. Überall Kettlebells, Hanteln, Matten, dazwischen Kartons voll frischer Laufschuhe, mehr bunt als gut. Nichts, was nach Labor aussieht. In einer Ecke sind weitere Kartons zu einer Mauer gestapelt. Dahinter ein Vorhang, den Peer vorsichtig lüpft. Offenbar die Umkleide. In der Ecke ragt ein merkwürdiges Gerät mit blitzsauberer Glasplatte halb aus einem Bananenkarton, nicht größer als eine Kapselkaffeemaschine.

»Stephanie!«

Ihr Ächzen dringt durch eine Wand aus Kartons und Chaos. Plötzlich Stille. Dann nur ein Wort: »Bingo!«

Da ist es, das heimische Labor, via WLAN mit dem Computer im Wohnzimmer verbunden. Tilda hat die totale Kontrolle nicht nur erduldet, sondern freiwillig und akribisch mitgemacht.

Vorsichtig hebt Peer das Gerät an, das auf einer Palette Flaschen aus schwarzem Glas ruht. Drei fehlen. Die verbliebenen einundzwanzig Stück sind befüllt, verschraubt, aber allen fehlt ein Etikett. Wie die Flaschen in der Run Base.

»NoLimit-X«, stellt Peer fest.

»Wie bitte?«

Peer erklärt, dass in den Flaschen die nächste Generation Fitnessdrinks aus dem Hause Lehmann schwappt.

»Müsste bald auf den Markt kommen, bei TikTok machen die Lauf-Influencer ihre Follower schon neugierig. Aber hat Tilda in ihrem Privatlabor wirklich nur die Verträglichkeit einer neuen Brause getestet? Der ganze Aufwand sieht eher nach JustKick aus. Die Running Crew nimmt die Wunderdroge ja nicht nur zum Spaß. Da wird getestet. Doch mit welchem Ziel?«

Peers Blick fällt auf einen kleinen Altar an der Wand: Tildas Laufgeschichte. Ihre erste Medaille aus der Grundschulzeit in Essen, gerahmte Urkunden, ein knappes Dutzend Pokale, aufsteigend nach Größe geordnet und nicht so verstaubt wie Peers Trophäen. Im Flur geht es weiter mit gerahmten Bildern. Abgesehen von Tildas Physiotherapie-Diplom geht es nur ums Laufen. Tilda bei Rennen, nie allein, fast immer mit der Running Crew. Auf dem größten Bild liegen sich Tilda und Ann-Kathrin verschwitzt in den Armen. Bei einem 10-Kilometer-Lauf in Burgwedel waren beide offenbar zeitgleich durchs Ziel gespurtet. Weiblicher Doppelsieg, Hand in Hand, statt männlichem Rivalenquatsch. *Die wär's gewesen*, hätte Mama gesagt.

An der Wohnungstür entdeckt Peer den Aufkleber von Olympia 2024, wie bei ihm damals in Schöneberg, eine kreisrunde Erinnerung für jeden Tag. Da willst du hin. Du kannst nicht anders. War Tilda auch so? Hätte sie das Zeug für Olympia gehabt, den Körper, den Willen, den Wahnsinn? Peer hat Sams und Tildas Zeiten gegoogelt. Auffallend steigende Kurve, wenn auch noch nicht gut genug. Um sich beim Berlin-Marathon als beste Deutsche für Olympia zu qualifizieren, hätte sie eine gute Viertelstunde schneller sein müssen, mehr als zwanzig Sekunden auf jedem der zweiundvierzig Kilometer. Fast unmöglich. Es sei denn, Lehmann kennt eine Abkürzung.

KAPITEL 16

»Herr Lehmann, schön, Sie zu sehen. Und ganz herzlichen Dank, dass Sie gekommen sind, obwohl Sie so viel um die Ohren haben.«

Peer klingt wie der Conférencier auf einem Kreuzfahrtschiff, ein herber Kontrast zum kargen Vernehmungszimmer. Schreibtisch, Stühle, kaltes Licht und kahle Wände, damit die Beschuldigten sich nirgendwo mit ihrem Blick festhalten können. Lehmann ist kein Beschuldigter, noch nicht, er ist nur Zeuge. Zeugenbefragungen nehmen die Kommissare durchaus in ihren Büros vor, es sei denn, es soll Druck aufgebaut werden. Dann setzen sie den Zeugen in dieses Zimmer, direkt neben die Öse für Fußfesseln, die im Boden eingelassen ist. Da stellt sich automatisch Unbehagen ein so wie jetzt bei Lehmann. Mit am Tisch sitzt Koslowski, der den Unternehmer wie ein leckerligeiler Retriever anstarrt. Er wollte unbedingt die Nummer zwei bei der Befragung sein, womit er sich den Platz an der Tastatur eingebrockt hat. Rusche hat Koslowski ermahnt: stummer Protokollant, sonst nichts. Rusches Tochter ist ein Pfand aus purem Gold. Und Koslowski ist wie immer: eingeschnappt.

Lehmann mustert Peer mit einer Spur von Irritation. Gut so.

»Guten Morgen, Herr Kommissar.«

Der Anwalt an Lehmanns Seite trägt einen teuren mausgrauen Dreiteiler zum Bodyguard-Gesicht. Er hat offenbar einen Mimikkurs bei Juri absolviert.

»Lassen Sie uns Ihre knappe Zeit nutzen und gleich loslegen, Herr Lehmann.«

Letzterer kann kaum nicken, da hat Peer ihm schon seine Personalien vorgebetet. Die Formalia halt. Noch ein Nicken.

Mit Kreuzfahrt-Lächeln erklärt Peer die Regeln: »Von unserer Seite geht nichts an die Medien, außer bei den Pressekonferenzen natürlich. Das öffentliche Interesse ist groß. Und das ist nicht immer gut für unsere Arbeit. Wenn wir uns hier und jetzt, im Beisein Ihres rechtlichen Beistands…«, Peer lächelt dem Anwalt zu, »… darauf einigen, dass kein Wort diesen Raum verlässt, dann wäre uns allen sehr geholfen, weil wir ehrlich miteinander reden können. Ich mache mal den Anfang. Um ganz offen zu sein: Wir tappen noch im Dunkeln. Würden wir nach außen natürlich nie so sagen.«

Lehmann blickt zum Dreiteiler. Der stellt den Daumen senkrecht. »Abgemacht. Legen Sie los!«

»Tilda Burmeister, Athletin in Ihrem Laufteam, ist gestern tot aufgefunden worden. Die unschönen Details haben Sie sicher den Medien entnommen. Kannten Sie Frau Burmeister näher?«

Koslowski haut in die Tasten, zehn Finger fliegen, beeindruckend schnell. Lehmann überlegt, demonstrativ lange. Er spielt hart auf Zeit, vom Anpfiff an. Eine Stunde kann sehr ergiebig sein oder aber reine Zeitverschwendung, wenn Profis im Spiel sind. Peer hat sich auf dieses Duell vorbereitet wie auf sein wichtigstes Rennen. Hundert Prozent Bulle. Hundert Prozent Pedes. Null Prozent Ablenkung, nicht durch Koslowski, nicht durch Rusches Ungeduld, erst recht nicht von irgendeinem abstrakten Ruhm in einer mehr als ungewissen Zukunft. Peer will nur eins – Tildas Mörder.

Zweieinhalb Stunden Schlaf, mehr war nicht drin. Gleichwohl fühlt Peer sich topfit. Adrenalin ist das JustKick des Kommissars. Und ausgerechnet seine Mutter hat ihm die Strategie geliefert, auch wenn sie davon nichts wusste: Rahmen und Rolle.

»Tilda war eine wunderbare Person«, beginnt Lehmann. »Talent, Wille, Biss, Disziplin. Dann noch die Popularität als Influencerin, mit der sie so bewundernswert gelassen umgegangen ist – eine, wenn nicht sogar die wichtigste, Säule meines Teams.«

Schwulstschleuder. Die Bundespräsidenten-Nummer, staatstragend und nichtssagend. Aber damit hat Peer gerechnet. Deswegen ist der Rahmen so wichtig.

»Hatten Sie privat Kontakt?«

Seine Mutter hat ihm schon als Grundschüler eingeschärft: *Jedes Rennen ist ein Film. Das ist der Rahmen. Aber welches Genre? Drama, Komödie, Psychothriller, Operette? Und welche Rolle hast du darin?* Psychotricks sind ihre Spezialität, bis heute. Wie sagte sie immer: *Wählst du Rahmen und Rolle passend, dann steht dein unruhiger Kopf stabil. Keine Zweifel. Keine Angst. Du hast die Macht. Weil du die Kontrolle hast.*

Im frühen Morgenlicht hat Peer sich entschieden: Der letzte 10-Kilometer-Lauf vor Olympia – so heißt sein Psychothriller. Und er spielt darin eine Doppelrolle: Löwin und Gazelle. Peer hat die Sicherheit von Rahmen und Rolle. Und Lehmann die Nervosität.

»Privat? Was verstehen Sie darunter? Tilda war immer dabei, aber auch gern für sich. Wir haben uns jede Woche gesehen, vor allem in der Run Base. Da redet man auch mal über private Dinge, über die Form, die nächsten Rennen, über all die Zipperlein, die das Laufen so mit sich bringt, manchmal auch über ihre Jugend im Ruhrgebiet. Tilda und ich teilten die Vision, dass sie eines Tages allen davonfliegen würde.«

Der Dreiteiler hebt leicht den Daumen. Klares Zeichen: Weiter so.

»Okay«, sagt Peer. »In ambitionierten Sportgruppen wird oft gerangelt. Gab's Reibereien, Streitereien, hatte sie Rivalinnen? Ist Ihnen irgendwas aufgefallen, vielleicht nur eine Kleinigkeit?«

Dreiteilers Daumen wackelt: Achtung!

Peer hätte da einen Vorschlag, wohin Dreiteiler sich seinen Daumen stecken kann. Aber egal. Der Anwaltsvogel spielt keine Rolle in Peers Film. Da geht es um einen 10-Kilometer-Lauf, eine halbe Stunde Vollgas, totale Aufmerksamkeit bei steil steigender Erschöpfung. So wie dieses Gespräch ungefähr. Peers Psychothriller spielt beim letzten Rennen vor Olympia. Da wollen die Champs weder kneifen noch sich völlig verausgaben noch von der Weltpresse zum Lappen erklärt werden. Das wäre schlecht für die Nerven. Form ist wie Mikado, ein supersensibles Gebilde. Ein falsches Wort, eine übermütige Beschleunigung, eine Miniinfektion kann genügen, um die Form von Körper und/oder Geist zu ruinieren. Und Olympia ist zum Teufel. Der 10-Kilometer-Lauf vor Olympia ist die anspruchsvollste Aufgabe eines ganzen Läuferlebens, Mikado bei Windstärke elf. Einer hat's drauf. Lehmann ist es nicht. Du bist der Hauptdarsteller, du, Peer, du hast die Macht. Danke, Mama.

»Wissen Sie, Herr Kommissar, ich bin einfach nur traurig. Als Mensch und Unternehmer habe ich wirklich viel erlebt, Aufs und Abs. Das mit Tilda trifft mich wie sonst kaum etwas. Ich bin fassungslos, dass es jemand auf meine Athleten abgesehen hat, erst der gute Sam, jetzt diese wunderbare Frau. Wenn ich Ihnen irgendwie helfen kann, ich bin da, mit all meinen Möglichkeiten. Aber glauben Sie mir, in der Running Crew läuft kein Mörder mit, auch keine Mörderin.«

Daumen hoch. Peer muss an einen ungarischen Stehgeiger denken. Aber er bleibt im Film. Löwin und Gazelle treten zum letzten Zehner vor Olympia an. Sie kalkulieren nicht. Sie haben Angst oder Hunger. Sie rennen um ihr Leben. In Peers Film können sie ihre Rolle abwechsln: die Löwin im Gazellenfell und andersherum. Jäger und Gejagte lösen sich auf und verschmelzen neu. Sie wollen nur spielen, Nerven und Muskelzellen reizen, einfach so, weil sie es können. Kurz mal in den roten Bereich, dann wieder locker. Angst machen. Vertrauen antäuschen. Wegrennen. Mut, unter seinen Möglichkeiten zu bleiben. Ehrgeiz kontrollieren. Niemand weiß, dass du spielst, alle denken, du bist an irgendeinem Limit. Gegner mit Zweifel aufladen. Unsicherheit macht Beine schwach. Und Köpfe. Und Zungen.

»Okay. Trotzdem: In jeder Gruppe herrscht eine Hierarchie. Es gibt Rookies, Veteranen, Champs. Da gehört Neid doch dazu?«

Lehmann schnäuzt sich in ein Papiertaschentuch, das Dreiteiler gereicht hat.

»Sie nennen es Neid, ich nenne es Ansporn. Meine Leute wollen vor allem Ruhe, um zu trainieren. Wegen ein paar Sekunden mordet doch niemand. Ich finde es natürlich toll, dass Sie jedem möglichen Verdacht nachgehen. Ich bin Ihnen ohnehin dankbar für Ihre nicht immer einfache Arbeit.«

Peer lächelt. Ruhe zum Trainieren? Nee klar, Lehmann, deswegen auch das Gemetzel der Anwälte erst vor wenigen Tagen.

Peer hat wenig, aber marianengrabentief geschlafen. Dann ab halb sechs für neunzig Minuten Tartan getreten, zwölf Kilometer mit Tempowechsel, angenehm fordernd. Gute Beine danach. Dann noch mal das Rennen gegen

Lehmann durchgespielt. Und noch mal. Jede Eventualität bedacht. Hoffentlich.

Aus dem Görli sind erwartungsgemäß kaum Ergebnisse gekommen: Schleifspuren eines Körpers, die sich auf dem Asphalt verlieren, ein paar abgebrochene Zweige, die auf einen Kampf, vielleicht aber auch auf das Gegenteil hinweisen können. Keine der Überwachungskameras hat den Leichenwagen auf seinem Weg zur Ampel erfasst.

Peer lässt die Löwin leise knurren. Auf in den roten Bereich.

»Wo waren Sie eigentlich am Tatmorgen?«

Die Augen von Lehmann und Dreiteiler blitzen synchron. Sie spüren den Tempowechsel. Daumen flattert.

»Klar, dass auch ich zu den Verdächtigen zähle, auch wenn's absolut keinen Sinn ergibt, meine eigenen Stars zu ermorden. Im Sommer beginne ich den Sonntag mit zwei Stunden Yoga unter Anleitung meines Meisters, zu Hause, auf meiner Südost-Terrasse am Heiligen See. Das frühe Licht ist magisch, eine fantastische Energiedusche, vor allem im Kopfstand. Macht König Charles übrigens auch, jeden Morgen. Dr. von Bardeleben hat Ihnen die Liste der Zeugen zusammengestellt.«

Dreiteiler hat einen richtigen Namen, gleich mit zwei Titeln. Dr. Von überreicht wortlos ein Blatt. Peer legt es unbesehen auf den Tisch.

»Was machen Sie da zwei Stunden lang?«

Lehmann hebt die Arme und lehnt den Oberkörper weit nach hinten, als wolle er eine Brücke vorführen.

»Meister Fu ist ein Zauberer. Sie glauben gar nicht, wie anspruchsvoll unsere Asanas inzwischen sind. Eine Viertelstunde Kopfstand, kein Problem. Sie fühlen sich wie neugeboren. Und die Gong-Meditation erst – eine Reise ins eigene Ich, in ein anderes Universum. Kommen Sie mal vorbei. Läufer sind ja oft etwas steif. Seit sich Meister Fu um unsere Champs kümmert, laufen sie viel lockerer, runder und natürlich deutlich schneller. Das wäre sicher auch was für Sie.«

Koslowski stoppt das stumpfe Einhacken auf die Tastatur und schaut Lehmann flehentlich an. Ein Platz am Gong, da würde er sehr gern mal mitmachen. Doch Lehmann hat nur Augen für Peer, der zart den Kopf neigt wie eine Gazelle.

»Vielen Dank. Ich komme darauf zurück. Werden die Stunden mit Meister Fu eigentlich auf den Laufuhren Ihrer Athleten gespeichert?«

Stephanie hat seit dem frühen Morgen die Athleten der Running Crew vernommen. Klar, dass die Laufuhren kein übergroßes Thema sein durften. Lehmann hätte sofort Wind bekommen. Einhellig gaben die Befragten an, dass es sich um normale Sportuhren handele. Kann für die meisten sogar zutreffen. Aber nicht für die Champs. Peer ist sicher, dass zumindest der Inner Circle der Running Crew das Stasi-Modell trägt. Tilda besaß eine, Sam auch, wie Peer nach einer Untersuchung seiner Uhr weiß, warum dann nicht auch die anderen Topläufer?

»Unsere FitShit-Chronometer zeichnen auf, was die Nutzer aufzeichnen wollen. Wenn Sie Ihren Puls vierundzwanzig Stunden lang messen, erkennen Sie eine Einheit mit Meister Fu sofort. Der Ruhepuls sinkt auf einen sensationell niedrigen Wert, das Zeichen maximaler Entspannung und nebenbei auch eine hocheffektive Burn-out-Prävention. Hier …« Er drückt an seinem Chronometer herum und reckt den Arm zu Peer. »Sehen Sie das? Sonntagmorgen, zwischen sechs und sieben Uhr. Das ist nicht der Ruhepuls eines Tour-de-France-Gewinners, sondern meiner. Stark, oder?«

»Dürfte ich die Uhr mal haben?«

Lehmann zögert.

»Ist gerade schlecht. Akku ist fast leer. Die Laufzeit beträgt fast drei Tage. Ich denke, sie läuft ewig, und vergesse einfach zu laden. Der Fluch höchster Qualität. Aber ich schicke Ihnen gern das neueste Modell. Natürlich nur zu polizeilichen Recherchezwecken.«

»Wirklich toll, die Dinger. Ich habe auch eine.«

Koslowski ist sich nicht zu blöd, den Schweigebefehl für einen ungebetenen Werbeblock zu missachten.

»Danke für die Information, Herr Kollege.«

Koslowski ist weder Gazelle noch Löwe, sondern Esel. Aber ein hilfreicher. Denn Lehmann fühlt sich wieder sicher. Auch Dr. von Dreiteiler hält den Daumen ruhig. Der perfekte Moment für einen Überraschungsangriff der Löwin.

»Wir haben den Eindruck, dass die Uhren von Sam Welzer und Tilda Burmeister sehr viel mehr aufgezeichnet haben als nur Laufdaten; im Prinzip ihr ganzes Leben, rund um die Uhr.«

Lehmann schluckt. Hilfe suchender Blick zum Dreiteiler, dessen Daumen rotieren.

»Wie ... wie kommen Sie denn darauf?«

Peer zieht ein paar Blätter aus einer dünnen grünen Mappe.

»Hier sehen Sie Protokolle der Uhren von Sam und Tilda.« Koslowskis Kinnlade macht erst kurz vor der Tischkante halt. »In Ihrem Webshop habe ich keine Uhr gefunden, die den Standort der Träger rund um die Uhr festhält, nicht einmal, wenn die Nutzer es wollen.«

Lehmann wird unruhig, beugt sich flüsternd zum Dreiteiler. Dr. von Bardeleben flüstert zurück. Peer strahlt nach innen. Rahmen und Rolle passen. Peer ist stabil. Lehmann wankt. Und der Film ist längst noch nicht vorbei. Nächste Löwinnen-Attacke.

»Warum überwachen Sie Ihre Läufer rund um die Uhr? Und warum verschweigen Sie das?«

»Kurze Auszeit!«, schnarrt Dr. von Bardeleben und will sich erheben, doch Lehmann fasst seinen Unterarm.

Wortlos setzt sich der Dreiteiler.

»Okay, Herr Kommissar, ich bitte um Entschuldigung. Wir wollten offen reden. Das ist für mich nicht ganz einfach. Ja, ich gebe zu, es sind besondere Trainingsuhren, Prototypen der nächsten Generation, die wir mit der Running Crew testen und optimieren. Diese Geräte sind ein technologischer Quantensprung. Sie glauben nicht, wie scharf die Konkurrenz hinter unseren Prototypen her ist. Ich rede von einem globalen Milliardenmarkt. Sie wissen schon, China, USA. Trotz allen berechtigten Stolzes habe ich dem ganzen Team streng verboten, öffentlich darüber zu sprechen.«

Sichtlich geschockt von all den neuen Informationen hat Koslowski zum ersten Mal Mühe, beim Tippen hinterherzukommen. Sein Rennen ist das nicht. Jetzt schickt Peer die Gazelle im Löwenfell.

»Bei allem Respekt vor Ihren Geschäftsgeheimnissen. Aber wir sind die Polizei, nicht Ihre Konkurrenten. Und wir suchen einen Mörder. Sie hätten uns schon bei Sam auf die Uhren aufmerksam machen müssen, allein wegen der Bewegungsdaten. So kann ich Ihr Angebot der Mithilfe nicht ernst nehmen. Die Uhr zeigt nicht nur theoretisch, sondern sehr praktisch den Todeszeitpunkt an.« Peer tippt auf die Stelle, an der Tildas Kurve abrupt gen Nulllinie stürzt. »Oder war das eine Einheit mit Meister Fu?«

»Mein Mandant ...«

Wieder greift Lehmann nach dem Unterarm seines schwächelnden Verteidigers.

»Ihr Mandant hat uns wichtigstes Beweismaterial vorenthalten, Herr Dr. von Bardeleben. Wäre schön, wenn auch Sie die Suche nach einem Mörder mit allen Mitteln unterstützten.« Peer setzt die Pause genüsslich. »Sofern Sie Ihren Mandanten nicht belasten natürlich.«

»Herr Kommissar!« Lehmann ächzt erbärmlich. »Ich bitte nochmals um Entschuldigung. So weit habe ich nicht gedacht, ehrlich nicht. Ich weiß doch nicht mehr, wo mir der Kopf steht. Meinen Sie, es ist angenehm, wenn in einer Woche zwei meiner besten Athleten mitten in der Stadt aufgeknüpft werden? Sie glauben gar nicht, wie viele Irre da draußen frei herumlaufen. Ich bekomme Morddrohungen.«

»Haben Sie die angezeigt?«, fragt Peer ungerührt.

Lehmann schüttelt den Kopf.

»Dr. von Bardeleben wird sich darum kümmern.«

Peer weiß, dass Lehmann lügt. Kein Problem. Das ist im Drehbuch so vorgesehen.

»Prototypen also?«, bohrt Peer.

»Ja, entwickelt von meinen Leuten, bei uns im Haus. Spitzentechnologie made in Germany. Ich zeig's Ihnen gern jederzeit, versprochen.«

»Und mit unausgegorenen Prototypen bereiten Sie große Rennen vor? Klingt mir riskant. Wer ist denn der Trainer?«

Lehmann drückt das Kreuz durch.

»Die Uhr ist der Trainer oder vielmehr das System, unser Algorithmus. Der ist besser als jeder Coach. Herr Pedes, Sie waren in Ihren erfolgreichen Jahren gewohnt, dass da jemand mit Stoppuhr und Klemmbrett an der Laufbahn stand, die Thermoskanne immer in Reichweite, Bütterchen in der Tupperdose. Diese Zeiten sind vorbei, ein für alle Mal. Erstens gibt's kaum noch Trainer, gute erst recht nicht. Zweitens kriegen Sie kaum noch regelmäßige Trainingszeiten organisiert, weil immer alle unterwegs sind. Und drittens sind die Rechentabellen zur Trainingssteigerung heillos veraltet und extrem ungenau. Athleten aber sind Individuen mit ihren ganz eigenen Tagesformen, jedes Training ist entsprechend individuell zu gestalten. Diese Uhr löst alle Probleme gleichzeitig. Sie können immer und überall trainieren, was wichtig ist, weil die Uhr Ihnen die effektivste Tageszeit vorgibt. Das kann an einem Tag morgens um sieben sein, an einem anderen nachmittags um drei. Die App weiß präzise, welche Belastung der Körper braucht, um Über- oder Unterforderung zu vermeiden, aber zugleich das Optimum an Trainingsreizen zu setzen. Ihr Terminkalender wird automatisch angepasst, damit die Ruhezeiten stimmen. Die Ernährung wird ebenso protokolliert wie Toilettengänge und Schlaf. Keine besorgte Mutti mehr, die ihren Hoffnungsträger aus dem Bett und zum Training jagt, obwohl er Ruhe braucht. Wer sich nicht selbst motivieren und kontrollieren kann, der verliert eh. Wie im richtigen Leben. Ich weiß, das ist hart für Traditionalisten, die ihre Erfolge in der guten alten Zeit gefeiert haben. Humbug. Alt ja, gut nein. Die Zukunft tickt hier.«

Er patscht auf seine Uhr. Das Patschen klingt nach Ohrfeige. Und es ist eine. Für Mama, die immer mit ihrer Thermoskanne auf den Platz kam. Und der Tupperdose mit den herrlich matschigen Bananenscheiben. Läufer im Training verschlingen alles. Und müssen manchmal morgens aus dem Bett geprügelt werden. Aber seine Mutter ist ihrem Sohn immerhin nicht zum Kacken hinterhergeschlichen.

»Okay, vielen Dank. Das war's fürs Erste. Zwei Sachen

hätte ich noch. Halten Sie sich bitte bereit, falls es Nachfragen gibt. Und zweitens: Würden Sie uns die Aufzeichnungen aller Uhren der Running Crew zur Verfügung stellen? Wir behandeln die Daten selbstverständlich mit höchster Diskretion. Ich würde gern jegliche Verdachtsmomente für Ihre Leute ausschließen.«

Lehmann lächelt, auch wenn ihm Peers Bitte sichtlich nicht behagt. Dr. von Dreiteiler beginnt, aus der Datenschutzgrundverordnung zu zitieren.

»Wir reden mit unseren Leuten«, unterbricht Lehmann, »so etwas können wir nicht über die Köpfe unserer Athleten hinweg entscheiden.«

Drecksack, denkt Peer, du entscheidest noch ganz andere Schweinereien allein.

»Ich versichere Ihnen, dass wir alle Möglichkeiten ausloten werden«, ergänzt Dr. von Bardeleben.

Lehmann nickt.

»Vielen Dank für Ihr Verständnis«, floskelt Peer.

Alle erheben sich, wollen zur Tür. Aber Lehmann bleibt kurz noch einmal stehen.

»Ich will Ihnen natürlich nicht in die Arbeit reinreden, aber ich gehe davon aus, dass Sie auch bei der Konkurrenz der Running Crew oder früheren Mitgliedern ermitteln. Wäre nicht überraschend, wenn man dort den Täter findet. Oder die Täterin.«

Lehmann gendert nicht. Er hätte auch gleich ein Schild mit »Ann-Kathrin« hochhalten können. Es passt zu seiner Rattenhaftigkeit, den Namen seiner ehemaligen Wunderläuferin fallen zu lassen, ohne ihn auszusprechen.

»Natürlich«, sagt Peer, »das ist naheliegend.«

Er schickt einen Verbrüderungsblick hinterher. Lehmann wirkt hochgradig erleichtert. Er fühlt sich sicher. Ein letztes vertrautes Nicken.

»Herr Koslowski bringt Sie nach draußen.«

Der Protokollant gehorcht wortlos. War wohl alles etwas viel für ihn.

Peer genießt die Stille: Rahmen, Rolle, Macht, durchgehalten bis zur Ziellinie. Und die ist lange noch nicht erreicht. Das war nur der Zehner vor Olympia. Kurz mal die Muskeln spielen lassen, aber bei Weitem nicht alles zeigen. Mama wäre stolz auf ihn, verdammt stolz.

KAPITEL 17

Wenn Tartan sprechen könnte, wovon würde diese Bahn erzählen? Von den Hektolitern Schweiß, die hier verdunsteten? Von Flüchen, Tränen, Lauforgasmen? Von federnden Schritten und tumbem Trampeln? Kein Ort der Welt ist verlassener als eine alte Arena wie das Mommsenstadion am Rande des Grunewalds. Nicht mal Graffiti hier. So zeigt Berlin maximale Missachtung.

Seit seinen allerersten Laufversuchen hat Peer jedes Mal den Eindruck, dass die Welt da draußen untergegangen ist. Nur er hat überlebt und muss für den Rest seiner Tage hier Runden drehen. Jede Laufbahn ist ein Knast. Vierhundert Meter Einsamkeit, zehn Meter breit. Immer wieder dieselben Striche. Kein Ende. Der Zielstrich ist eine tückische Illusion. Vor der Runde ist nach der Runde.

Hirn ausschalten, hat Mama in ihrer praktischen Art gesagt. Am Hirnausschalten versucht sich die Menschheit seit ihrem Bestehen. Am Hirnanschalten allerdings auch. *Frage nie nach dem Sinn,* wiederholte sie. *Sonst wirst du nie wieder eine Bahn betreten.* Ist halt sinnlos, im Kreis zu laufen. Immer um Mama und die Thermoskanne herum.

Uli hüpft wie ein Flummi die Stufen der grauen Tribüne hinab. Ihre zerzausten Haare hüpfen mit.

»Hi«, sagt Uli und blinzelt gegen die trübe Sonne fragend ins weite Rund. »Wir allein?«

Peer nickt.

»Warum hier?«, will sie wissen. »Arsch der Welt.«

Peer flüstert: »Weil geheim. Wir trainieren ein paar Runden, und ich erkläre dir, worum es geht. Deine Mission.«

Er reicht ihr einen prallen blauen Sportbeutel. Uli leert

ihn auf die Tartanbahn. Mit spitzen Fingern angelt sie aus dem Haufen Laufshorts, die Ina nie gemocht hat. Uli schnüffelt an der pinken Kunstfaser.

»Von dir? Du stehst auf Fetisch?«

Geht ja gut los.

»Nix Fetisch«, entgegnet Peer. »Im Gegenteil: von meiner Ex. Anti-Fetisch. So gut wie unbenutzt.«

Uli stöbert weiter, um sich schließlich für ein Set zu entscheiden, das er Ina einst mit großer, aber kurzer Vorfreude geschenkt hat: Bustier und Shorts, scharf geschnitten, in sündigem Schwarz.

»Ziemlich gewagt«, hat Ina gesagt.

Übersetzung: »Zieh ich nicht an. Bin doch keine Nutte.«

Uli streift ihren grauen Hoodie über den Kopf. Peer dreht sich hektisch um. Kann ja keiner ahnen, dass sie nichts darunter trägt.

»Hast du doch schon gesehen«, stellt Uli lachend fest.

Ja, in der verstrahlten Nacht auf dem Weg zur zweiten Runde Berghain, noch enthemmt durch JustKick. Nur zwei Tage her, trotzdem anderes Zeitalter. Peer dreht sich langsam zurück. Die Kombi sitzt perfekt, also etwas zu eng, auf dem schmalen Grat zwischen Sport und Erotik. Ulis Körper ist ein Kunstwerk, muskulös, aber nicht aufgepumpt, ein anmutiges Kraftpaket.

»Lass laufen.«

Uli trabt Richtung Startlinie. Peer fischt seine alte Laufuhr aus dem Rucksack, robustes finnisches Modell, ganz ohne Bewegungsprofile und Stuhlgangaufzeichnung. Ein teuflischer Stresstest steht an: siebenmal tausend Meter, jeweils zehn Sekunden schneller als die vorherigen tausend. Dazwischen neunzig Sekunden Pause, absichtlich zu wenig für vollständiges Erholen. Die Konzentration schwindet, zugleich haben die Athleten die Aufgabe, das Tempo alle zweihundert Meter um je zwei Sekunden zu steigern. Da gibt es kein Entkommen. Ein erbarmungsloser Test, ob Uli bei zunehmender Ermüdung kontrolliert laufen kann. Genauso trainiert die Running Crew. Mal sehen, wann Uli einbricht.

Zumal die Pausen keine Pausen sind. Denn in der ersten, dritten und fünften wird er ihr jeweils einen Teil der Mission erklären. In den anderen drei hat sie Gelegenheit, Fragen zu stellen, wenn sie überhaupt Luft genug hat. Gemein? Ja. Aber zeitsparend. Innerhalb einer Dreiviertelstunde weiß Peer, wie fit dieser Körper, dieser Geist ist, auch unter maximalem Druck. Ist sie allen Anforderungen dieses Irrsinnsplans gewachsen?

Peer reicht Uli die Uhr. Er hat alles voreingestellt und erklärt den Höllenritt. Er hatte schreckgeweitete Augen erwartet, aber in Ulis Nicken scheint eher eine Spur Langeweile mitzuschwingen. Keinerlei Anzeichen von Panik. Naiv oder Supertalent?

Erstes Tausend-Meter-Intervall: sechzig Sekunden auf den ersten zweihundert Metern, dann alle zweihundert Meter um zwei Sekunden beschleunigen, die letzten zweihundert Meter also in zweiundfünfzig Sekunden. Zielzeit 4:40.

Peer stellt den linken Fuß an die Linie, Uli macht es ihm nach.

»Fertig?« Nicken. »Los!«

Uli findet schnell das Tempo, zieht alle zweihundert Meter an, behutsam und präzise. Zielzeit 4:39. Nicht schlecht.

Peer referiert im Stakkato: »Deine Mission: Es gibt eine neue Droge. JustKick. Streng geheim. Illegales weißes Pulver. Wie Kokain. Du findest Beweise, dass die Running Crew das Pulver von Lehmann bekommt. Aber du fragst nicht, sondern stellst dich dumm. Verstehst auch nicht viel.

Lässt dich auf keinen Fall erwischen. Willst nur laufen. Okay?«

Knapp dreißig Sekunden.

»Ukrainisches Mädchen vom Land: schön, schnell, doof. So?«

Uli hat's kapiert.

Zweites Tausend-Meter-Intervall: sechsundfünfzig Sekunden auf den ersten zweihundert Metern, dann alle zweihundert Meter um zwei Sekunden beschleunigen, die letzten zweihundert Meter also in achtundvierzig Sekunden. Zielzeit 4:20.

Fuß an Linie. »Los!« Sie bleiben nebeneinander. Aufrecht. Horizontblick. Gleich lange Schritte. Synchronlaufen, auch beim Beschleunigen. Kein Ziehen, kein Schieben. Mühelose Eleganz. Zwei Menschen, wortlos eins. Sex ohne Berühren. Für genau diese Momente läuft Peer. 4:17.

Peer ist angetan. Diese Harmonie braucht Kraft, Kontrolle und Leichtigkeit.

»Hast du Fragen?«

Uli fixiert ihn mit ausdruckslosem Gesicht.

»Was sind Beweise? Pulver? Fotos? Datenstick?«

Gute Frage. Die Frau denkt mit.

»Alles«, antwortet Peer knapp. Luftvorräte schonen. »Am wichtigsten: null Risiko. Im Zweifel – nein. Lieber langsam. Erst Vertrauen schaffen.«

Uli nickt.

Drittes Tausend-Meter-Intervall: zweiundfünfzig Sekunden auf den ersten zweihundert Metern, dann alle zweihundert Meter um zwei Sekunden beschleunigen, die letzten zweihundert Meter also in vierundvierzig Sekunden. Zielzeit 4:00.

»Los!«

Peer spürt in die Beine. Mangelnder Schlaf, Stress und die Läufe der vergangenen Tage kriechen die Oberschenkel hinauf. Das Leichte ist nicht mehr ganz so leicht. Weniger Spiel, mehr Kampf. Checkblick aus den Augenwinkeln. Uli läuft einfach. Kann nicht sein, dass sie nichts merkt. Gute Schauspielerin. Noch. Uli kommt zwei, drei Meter vor Peer ins Ziel. 3:59.

Uli stoppt sofort. Peer trudelt ein paar Meter weiter und schlenkert die Arme. Den Körper locker kriegen. Atmen, schnell und tief und viel. Schon steht Uli mit forderndem Blick vor ihm. Keine Schwäche zeigen, Pedes.

»Deine Rolle: schön, schnell, doof. Du kannst kaum Deutsch, nur Englisch. Vor dem Krieg geflüchtet. Familie in irgendeinem Dorf. Nicht zu überprüfen. Willst an die Uni, Gartenbau oder Landwirtschaft oder so was. Du bist in der Ukraine gelaufen, aber nicht auf nationalem Level. Suchst einfach ambitionierte Sportsfreunde. Fragen, aber unauffällig. Auf keinen Fall über Doping oder Drogen reden. Geduld ...«

Pause. Peer tut, als ob er nachdenken würde. Dabei will er einfach nur atmen.

»Sie müssen dich wollen. Dann werden sie dich einweihen. Weil du gut bist. Ein Gewinn für die Running Crew.«

Hat sie kapiert?

»›Müssen dich wollen?‹ Was heißt das?«

Peer blickt auf die Uhr. Noch zwanzig Sekunden.

»Sie wollen dich mehr als du sie.«

»Ah. Okay!«

Warum japst sie nicht? Peer schwant Ungemach.

Viertes Tausend-Meter-Intervall: achtundvierzig Sekunden auf den ersten zweihundert Metern, dann alle zweihundert

Meter um zwei Sekunden beschleunigen, die letzten zweihundert Meter also in vierzig Sekunden. Zielzeit 3:40.

»Los!«

Peer beschließt eine Schonrunde. Das eigene Tempo finden, nicht hetzen lassen. Zur Hälfte hat Uli fünf Meter Vorsprung. Zu viel. Unauffälliger Zwischensprint, bis an ihre Hacken. Noch hundertfünfzig Meter. Sie hat spielerisch beschleunigt. Peer kämpft. Uli rennt. 3:39 für sie. Für ihn eine Sekunde mehr, genau genommen fast zwei. Das Biest.

»Keine Lust mehr?«

Ihr Blick, ein bisschen spöttisch und sehr erbarmungslos. Psychokrieg kann sie.

»Sonst noch Fragen?«

Jede Sekunde nutzen, um den Atem zu kontrollieren.

»Wie geht Vertrauen? Kaffee trinken? Von zu Hause erzählen? Sex? Danach quatschen alle. Ich schwöre.«

Scheiße. Sie fragt wirklich. Und viel zu viel.

»Kein Sex, auf gar keinen Fall.«

Noch sieben Sekunden.

»Über das andere denk ich nach.«

Leise meutert der Adductor longus.

Fünftes Tausend-Meter-Intervall: vierundvierzig Sekunden auf den ersten zweihundert Metern, dann alle zweihundert Meter um zwei Sekunden beschleunigen, die letzten zweihundert Meter also in sechsunddreißig Sekunden. Zielzeit 3:20.

»Los!«

Uli stürmt davon, deutlich schneller als vorgegeben. Jetzt dreht sie völlig durch. Nach einer Minute liegt sie gut zwanzig Meter vorn. Wie jeder gute Bahnläufer muss Peer gar nicht rechnen, er weiß: Im Ziel hat sie hundert Meter Vorsprung, was gut zwanzig Sekunden entspricht. Wenn sie das Tempo hält. Tut sie aber nicht. Sie beschleunigt einfach weiter.

»3:01«, kräht sie fröhlich, als Peer noch zehn, zwölf Schritte vor der Ziellinie ist.

Er guckt gar nicht erst auf seine Uhr.

»Was war das denn?«, fragt er.

Uli hüpft.

»Nur Spaß. Tempo macht Spaß.«

Peer ringt mit dem alten Trainerkonflikt: Du kannst deine Athleten nicht dafür kritisieren, dass sie Freude am Laufen haben. Das wäre sehr deutsch.

»Was willst du erklären jetzt?«

Peer hat vergessen, was er ihr in dieser Pause einschärfen wollte. Irgendwas mit Regeln. Auch deutsch.

»Frei rennen jetzt. Flotte Lotte!«, ruft Uli, ohne seine Antwort abzuwarten.

»Volle Lotte«, korrigiert er matt.

Sechstes Tausend-Meter-Intervall: vierzig Sekunden auf den ersten zweihundert Metern, dann alle zweihundert Meter um zwei Sekunden beschleunigen, die letzten zweihundert Meter also in zweiunddreißig Sekunden. Zielzeit 3:00.

»Los!«

Uli läuft nicht, sie rennt nicht, sie sprintet vom Start weg. Mördertempo. Sie macht ihn fertig. Jetzt schon. Eine Frau wie Plutonium – Energie ohne Ende, aber unkontrollierbar. Immerhin: Wenn sie Vorgaben ignoriert, kann er das auch. Peer zockelt gemächlich los, ohne auf die Uhr zu drücken. Seine Mutter würde ihn mit Energieriegeln steinigen.

Peer biegt in die letzte Kurve, als er erneut ein »Los!« hört.

Siebtes Tausend-Meter-Intervall: sechsunddreißig Sekunden auf den ersten zweihundert Metern, dann alle zweihundert Meter um zwei Sekunden beschleunigen, die letzten zweihundert Meter also in achtundzwanzig Sekunden. Zielzeit 2:40.

Offenbar war Uli zwei Minuten vor ihm im Ziel, hat artig neunzig Sekunden Pause gemacht, die sie wahrscheinlich gar nicht gebraucht hätte, und düst jetzt pünktlich wieder los. Mächtig was drauf, das disziplinlose Ding. Peer beschließt, die letzten tausend Meter auszulassen.

Soll er diese lose Kanone wirklich bei der Running Crew einschleusen? Oder sich gleich bei irgendeinem Sicherheitsdienst bewerben? Gibt es eine Alternative?

Von der Ziellinie aus verfolgt er Uli auf der letzten Runde. Eine Maschine. Der deutsche Rekord liegt irgendwo knapp unter 2:15 – für einmal tausend Meter. Immerhin hat Uli einen knallroten Kopf, als sie ins Ziel spurtet. Aber sie hat immer noch genug Luft, um »Zweidreifünfzig« zu brüllen.

»Viel besser: fünfunddreißig.«

Peer applaudiert. Uli trabt locker weiter. Auslaufen. Wie ein Profi. Wie Peer früher.

KAPITEL 18

Verdammt, ein Krampf kriecht in den Oberschenkel. Peer hätte sich vielleicht ein gemütlicheres Plätzchen suchen sollen. »Stadtvögel Berlin« steht auf der Zeltplane, die er als Sichtschutz vor ein Gebüsch gespannt hat. Er wollte vor Jahren ein »n« dazumalen, Hauptstadthumor halt. Von hier aus hat er freien Blick auf die Run Base, ohne selbst gesehen zu werden. Und wenn schon. Einem verrückten Vogelkundler, der eines der seltenen Innercity-Gelege einer Rohrdommel beobachtet, nimmt man Kamera, Fernrohr und die Ohrstöpsel sofort ab.

Die Tarnung hat Peer im Keller gefunden, als er in Inas Klamotten nach der Paillettenjacke suchte. Seine Ex ist eine dieser Teilzeit-Ökos, die die Menschheit mit ihrer doppelten Moral terrorisieren. Radfahren bei gutem Wetter, Vegetarismus, wenn ohnehin kein ordentliches Fleisch zu haben ist, und immer alle Daumen hoch für den Klimaschutz. Aber zum Feueratmen auf die Baja California fliegen oder zum Darmspülen nach Bali.

Die Initiative Stadtvögel war auch mal kurz im Trend. Geblieben ist kiloweise Plastikplane im Keller, die er jetzt immerhin als Tarnzelt recycelt. Leider eng hier im Gebüsch. Peer hat mit Mühe die Beine ins Unterholz gefaltet. Seine Schenkel sind angefressen. Das Training mit Uli hat ihnen gar nicht gefallen. Lieblingsbuch des chronisch steifen Läufers? Mein Krampf.

Peer späht durch das Objektiv. Uli ist auf dem Weg, das weiß er von seinem alten Smartphone, das an ihrem Oberarm klettert. Die Verbindung wird hoffentlich noch besser. Uli, Faszinosum und Rätsel zugleich. Ein Supertalent, womöglich auch im Flunkern. Zum Abschied hat sie heute Morgen eine schier unglaubliche Story zum Besten gegeben. Den russischen Bomben auf Charkiw will sie zu Fuß entkommen sein, fünfzig Kilometer in vier Stunden, mit schwerem Rucksack.

Da kommt sie und sieht in Inas Klamotten besser aus als Ina. Peer hat seiner Ex immer wieder tolle Vintage-Sachen geschenkt, denen er ewig auf eBay nachgejagt ist, zuletzt die Puma Ignite von Usain Bolt. Sammler wären begeistert gewesen. Aber Ina steht auf flatternde Yoga-Fummel und barfuß. So rotteten die Kostbarkeiten im Schrank vor sich hin.

Uli klingelt artig bei der Run Base. Die Tür öffnet sich, verdeckt aber den Türöffner. Durch Geknister und Geraschel ist Ulis »Hi« zu vernehmen, die Stimme des Gegenübers leider nicht. Männlich jedenfalls. Wortfetzen, die bedrückt klingen. Uli scheint englisch zu sprechen. Irgendwer lobt ihre Laufschuhe. Endlich mal Experten. Durch die dezent verspiegelten Fenster ist nichts zu sehen.

Peer ist immer noch unsicher, ob er Uli zu viel oder nicht genug erzählt hat. Er hat versucht, ihr das schöne deutsche Wort »Versuchskaninchen« beizubringen. Sie hat sich kaputtgelacht. Bei »Eichhörnchen« auch. Mit Sams Story hat er sie gar nicht erst belastet. Peer ist sicher, dass Sam Ärger gemacht hat. Vielleicht wollte er Lehmann mit seinem Wissen um JustKick erpressen. Erste tödliche Idee. Tilda hat es mitbekommen und wollte auspacken. Zweite tödliche Idee.

Uli muss für ihren Agentenjob auch nicht wissen, dass Peer elegant eine falsche Spur gelegt hat. Lehmann soll glauben, dass Ann-Kathrin die Hauptverdächtige ist. Stephanie hat die Influencerin längst vernommen. Sie scheint ernsthaft verstört zu sein und in großer Sorge, dass sie ebenfalls auf der mysteriösen Todesliste steht, und zwar ganz oben.

Für Peer, Rusche und die anderen im Revier gilt die Lehmann-Theorie. Mord als Verschleierung von Drogenhandel und Dopingexperimenten. Mit seinem Auftritt im Revier hat der King of Energy ja auch jeden denkbaren Verdacht erhärtet. Gut, dass Koslowski zweifelt. Jeder Skeptiker ist eine Art Theorien-TÜV, weil er unablässig Gegenargumente liefert, die wiederum zu entkräften sind. Eine gute Theorie wird dadurch nur besser. Das größte Problem, wie immer: Zeitdruck. Dennoch darf Peer seine V-Frau keinesfalls anspornen. Macht sie schon von allein.

Mehrfach hat er Uli erklärt, was sie zunächst mal hoch verdächtig macht: Wenn zwei Tage nach Tildas Tod eine unbekannte Läuferin auftaucht und dumme Fragen stellt, glaubt kein Mensch an Zufall. Wenn diese Läuferin allerdings nur Englisch spricht, keine Fragen stellt, aber eine dramatische Fluchtgeschichte bietet, dann wird sie von einer emotional aufgewühlten Truppe herzlich empfangen, die ihre Trauer irgendwie verarbeiten will. Schön, schnell, doof.

Peers Hoffnung: Uli läuft so stark und tut so naiv, dass Lehmann unvorsichtig wird, sie mit einer Stasi-Uhr versorgt und vielleicht sogar mit JustKick. Das wird nicht heute passieren. Zeitdruck hin, Zeitdruck her – Ermitteln ist kein Sprint, sondern ein Marathon.

Knistern in den Kopfhörern. Englische Fetzen. Die Tür öffnet sich. Acht Lehmann-Läufer treten aufs Trottoir, mittendrin Uli. Im Starttrab wird geplaudert und gescherzt. Fünf, sechs Stunden nach ihrem gemeinsamen Morgenprogramm wird Uli keine großartige Vorstellung hinlegen. Peer wickelt das Fernrohr in die Vogelplane und stopft das Bündel in die Satteltasche. Ornithologen im Dienst der Dommel fahren Rad, mit Helm und Warnweste.

Die Crew bahnt sich ihren Weg zwischen Touristen hindurch, die das Schloss Bellevue für eine Attraktion halten. Traurig lappen drei Europaflaggen von den Masten. Paris hat das Élysée, London hat Westminster, Berlin bewahrt sein Staatsoberhaupt in einem unspektakulären Kasten auf, der auch als Landschulheim durchgehen würde. Die Spree schlängelt sich in engen Bögen durch die Hauptstadt; ihr Uferweg bietet ein ideales, kilometerlanges Trainingsterrain, autofrei zwar, aber von Hundehorden bevölkert. Schwer zu sagen, was nerviger ist: Schnappleinen, die perfekte Stolperfallen bilden, oder frei laufende Köter, die Läufer gern als frei laufendes Lebendfutter betrachten.

Peer radelt auf der gegenüberliegenden Seite, weit genug entfernt, um nicht entdeckt zu werden, nah genug, um die Läufertruppe zu observieren. Uli federt locker neben Kati aus dem Inner Circle, die Peer aus dem Berghain kennt. Gleich dahinter, ist das Jonas? Genau. Der Anführer, mit dem Uli im Berghain getanzt hat. Zusammen laufen, schon klar. Dafür starrt er ihr ziemlich unverhohlen auf den Hintern.

Hinter dem S-Bahnhof Bellevue erstrampelt Peer sich einen leichten Vorsprung. Im Schatten der nächsten Brücke wird er stoppen, die Truppe am anderen Ufer vorbeiziehen lassen, die Seite wechseln und den Läufern langsam folgen, bis die Running Crew ihrerseits an einer der kommenden Brücken ans andere Ufer wechselt. Erfahrene Berlin-Läufer kennen den Weg zwar millimetergenau, jedes schmiedeeiserne Geländer, wissen genau, welche der orangefarbenen Mülleimer überquellen und an welcher Parkbank eine dichte THC-Wolke wartet. Aber der Rückweg am anderen Ufer suggeriert zumindest so etwas wie Abwechslung.

Auf Höhe des Westfälischen Viertels mit seinen gediegenen Altbauten sind die Plauderfetzen abgerissen, stattdessen hat Peer nur noch Hecheln auf den Kopfhörern. Klares Zeichen für Tempoverschärfung. Schon der zweite Test für Uli an diesem Tag. Sie wird eingehen, die Arme. Aber jetzt noch nicht. Aus dem Schutz des Brückenpfeilers sieht Peer, wie sie gemeinsam mit Jonas das Feld anführt. Zwei aus der Running Crew haben bereits abreißen lassen. Von Ulis Form hätte Peer gern ein Stück.

Er wuchtet das Rad die Treppen empor. Gemächlich radelt er der Truppe hinterher, deren Vorsprung eigentlich wachsen müsste. Doch plötzlich bremst Peer abrupt. Hundert Meter vor ihm auf dem Hunderasen hat sich die Truppe zur Gymnastikstunde aufgestellt. Uli sitzt locker im Spagat. Was kann die Göre eigentlich nicht? Gleich zieht sie sich wahrscheinlich hoch in den Kopfstand. Wie Lehmann. So entspannend.

Peer täuscht ein Kettenproblem vor und duckt sich hinter einem Müllcontainer. Das olfaktorische Inferno der Großstadt. Jonas protzt mit seinem Job als Anästhesist. Jetzt redet Uli. Um Himmels willen. Das darf doch nicht wahr sein! Sie erzählt von einem Bruder, der im Gefecht verletzt wurde, am Bein, gefährlich weit oben an der Arterie. Die Wunde sei schwer entzündet, ein wichtiges Medikament allenfalls auf dem Schwarzmarkt zu kriegen und unbezahlbar. Weint Uli etwa? Hör auf mit dem Scheiß, Mädel! Peer wünscht sich einen ferngesteuerten Elektroschocker.

Keine Frage: Seine V-Frau steuert mit ihrem Theater stracks auf das Substanzthema zu. Und Jonas schluckt den Köder bereitwillig. »Abendessen« hört Peer und »Lösung finden«. Er wendet wieder, wütendes Treten. So durchsichtig, so daneben, so Uli. Die Agentenausbildung vom Start weg gescheitert. Na warte.

Uli macht sich nicht mal die Mühe, beim Geheimtreffen im schummrigen Tiergarten Schuldbewusstsein vorzutäuschen. Sie stretcht lieber. Das Training mit der Running Crew war ähnlich hart wie die Einheit am Morgen, aber sie hat das linke Bein locker auf die Lehne der Parkbank gelegt, während ihr Kopf das Knie berührt und die Handflächen den staubigen Boden. Peer könnte nicht mal atmen in dieser Stellung.

»Ich hab's geschafft!«, ruft sie.

Nein. Nein. Nein. Nix hat sie geschafft.

»Auf gar keinen Fall gehst du zu Jonas nach Hause. Lehmann ist ein Killer. Eine allein reisende Ukrainerin hängt er gar nicht erst auf, die fliegt direkt in die Spree.«

»Aber ...«

»Und du kannst nur beten, dass Jonas so scharf auf dich ist, dass er diese rührselige Geschichte vom verwundeten Bruder nicht verdächtig findet.«

Uli schluckt ihren Protest herunter. Schmolllippen.

»Wie willst du aus der Nummer überhaupt wieder rauskommen? Date bei ihm zu Hause ... Das weckt doch Erwartungen.«

»Wo denn rauskommen? Jonas ist sexy. Hast du Popo gesehen?«

Peer stöhnt fassungslos. Jonas ist mindestens zehn Jahre älter als Uli. Nein, er wird nicht auch noch zum Zuhälter werden.

»Du sagst ab. Jetzt.«

Uli funkelt ihn an. Zischt einen Fluch auf Ukrainisch. Peer lässt sich nicht beeindrucken. Widerwillig zieht Uli ihr Handy aus dem Bund der Laufshorts, das Bein immer noch auf der Lehne. Sie tippt.

»Zeigen!«

Uli hält ihm den englischen Text hin. *Sorry. Heute geht*

nicht. Lerngruppe vergessen. Bis bald. Sie schickt die Nachricht ab.

»Es ist zu deinem Besten. Glaub mir bitte.«

Uli streckt ihm die offene Hand entgegen.

»Geld zu meinem Besten.«

Peer gerät ins Schwimmen. Uli ist nach wie vor inoffiziell, Peer muss sie einstweilen selbst finanzieren. Er hat siebzig Euro bei sich. Mehr nicht. Uli schnaubt und schiebt das Geld in den Hosenbund.

»Morgen wieder«, entscheidet Peer. »Selbe Zeit. Zweites Training mit der Running Crew.«

»Langweilig!«

Sie federt davon. Peer hofft, dass er mit Superagentin Uli keinen Fehler begangen hat.

KAPITEL 19

Uli hofft, dass sie mit Peer keinen Fehler begangen hat. Der hübsche Kommissar ist zu ängstlich. Wie so viele Männer in Deutschland. Jonas würde sie nicht umbringen, so ein Quatsch. Jonas ist nicht gefährlich. Nein, Jonas ist freundlich, und er ist sexy. Uli hat ihn beim Duschen gesehen, denkt an seinen Popo, während die U-Bahn in die Station einfährt. Hässliche Stationen haben sie in Berlin. Grau, eng, kaltes Licht. Wochenlang auszuharren würde hier sicher noch weniger Spaß machen als in der Kyivska Metro Station mit den Kronleuchtern im Gewölbe. Immerhin sind die U-Bahnen in Berlin leiser. Und sie fahren noch.

Auch wenn Peer ängstlich ist, Uli mag den Kommissar. Diese Mischung aus Unbeholfenheit und Kampf bis zum Letzten. Er kennt seine Schwächen und geht drüber. Vielleicht ein Läuferding. Sexy findet sie ihn nicht. Klar, auch er hat einen schönen Popo, ist groß, sehenswert fit und hat diese funkelnden Augen. Doch er ist auch der älteste Fünfunddreißigjährige, den sie je kennengelernt hat. Für Uli mehr Papa als Popo. Vielleicht ein Fehler, aber er ist der erste Deutsche, dem sie vertraut.

Uli ärgert sich dennoch, dass sie auf den Kommissar hören muss. Nicht nur weil ihr Jonas' Popo entgeht, sondern weil sie gehofft hatte, die Nacht bei Jonas verbringen zu können. Sie braucht eine neue Unterkunft. Die Bleibe bei Lennart hat ihr Verfallsdatum überschritten. Zwei Tage früher, als sie geschätzt hatte.

Uli hat in ihrem halben Jahr Deutschland einen Instinkt dafür entwickelt, wann eine Unterkunft schlecht wird. Wie lange hält ein Typ durch, der versprochen hat, ein Flüchtlingsmädchen aufzunehmen und nichts von ihr zu wollen, bevor er dann doch »Dankbarkeit« erwartet? Lennart schien ein Sieben-Tage-Typ zu sein, was sich leider als übermäßig optimistische Annahme entpuppte. Am Vorabend ist er bereits ins Bad geplatzt, als sie geduscht hat. Aus Versehen natürlich. Und beim Frühstück hat er gejammert, dass er als Student nicht genug Geld hat, um sie mit durchzufüttern. Die nächste Stufe dann: »Wenn du meine Freundin wärst, wäre es natürlich was anderes.« Deutsche Männer sehen Ukrainerinnen offenbar als Mischung aus Spielzeug und Haushaltsroboter.

Uli hat alle möglichen Typen erlebt. Sie sieht sofort, bei wem die Geilheit überwiegt oder wer, genauso schlimm, eine Freundin sucht. Liebe und so, das will sie noch viel weniger. Deswegen pickt sie nur die Kandidaten raus, die sie höchstwahrscheinlich ein paar Tage bei sich wohnen lassen, ohne übergriffig zu werden. Vier, fünf Tage halten die meisten durch, einer hat es mal drei Wochen geschafft. Unvergessen der Familienvater, bei dessen Familie sie fast zwei Monate gewohnt hat. Als Frau und Kinder verreist waren, hat er nachts »etwas Wärme« bei ihr im Bett gesucht. Mit Frauen hat Uli es auch versucht, doch die nehmen sie meistens gar nicht erst mit oder sind totale Psychos. Zwei oder drei Mal wollte Uli selbst mit einem Typen ins Bett, aber die erwarten erst recht, dass sie am nächsten Tag verschwindet.

Dennoch hätte ihr die Nacht bei Jonas gutgetan. Mit den Klamotten, die der hübsche Kommissar ihr gegeben hat, und ihren Qualitäten als Läuferin wird sie zum ersten Mal nicht in die Kategorie traumatisiertes Flüchtlingsmädchen eingeordnet. Das erhöht ihre Chance auf andere Männer als Studenten oder Alkoholiker aus einer heruntergekommenen Kneipe. Dieser Jonas ist Arzt, hat garantiert eine coole Wohnung und vielleicht sogar eine Badewanne. Wie lange hat sie nicht mehr gebadet? Heißes Wasser, Schaum überall, treiben lassen, bis die Haut faltig ist. Sie muss dringend andere Typen finden. Ein reicher Zehn-Tage-Mann, das wäre mal was. Vielleicht klappt es mit Geld und Klamotten vom Kommissar. Wenn er überhaupt weiterzahlt. Uli ahnt, dass er sie in seinem Laden nicht als Agentin anstellen kann. Er hat Schmerzen in den Augen, wenn er ihr Geld gibt. Sein Geld. Immerhin ist sie sich bei ihm sicher. Er will keinen Sex, sondern Informationen. Wie lange wird er sie bezahlen? Hoffentlich lang genug, bis sie die richtigen Klamotten hat, um sich einen Zehn-Tage-Mann zu angeln. Oder gar bis der verdammte Krieg vorbei ist? Träum weiter, Uli.

Lennart ist betrunken. Red Flag. Der sonst so unsichere Zwanzigjährige sitzt breitbeinig in der WG-Küche, eine Flasche Rotwein vor sich, fast leer. Sein dreckiges Lächeln signalisiert, dass er auf sie gewartet hat. Als ob er irgendwelche Rechte an ihr hätte. Sie kennen sich seit fünf Tagen. So lange wohnt Uli in dem vorübergehend freien WG-Zimmer. Altbau, Hinterhaus, erster Stock. Friedrichshain. Uli ist in Berlin viel herumgekommen, aber Jungs-WGs sehen überall gleich aus. Seelenlos. Behausungen, um die sich niemand kümmert, weil niemand lange genug dort wohnt. Zusammengewürfelte Möbel, alle zweckmäßig, meistens schwarz oder weiß, Teppiche, die nach Party riechen, Spielkonsole, verbogene Jalousien, kahle Wände oder Poster von Jungs-Filmen. Hier ist es der *Joker*. Ein bisschen sieht Lennart aus wie der Joker. Der hohe Haaransatz, ungewaschene Haare, rote Nase, das übertriebene Lächeln.

»Hey, ich hab gekocht für …«

Uli hört den Rest des Satzes nicht. Sie ist an der offenen Küchentür vorbei in ihr Zimmer geeilt. Der große Raum lässt die Einrichtung nur noch trostloser erscheinen: eine fleckige Matratze und ein schwarzer Ikea-Tisch. LACK. Dass der Tisch so heißt, weiß Uli, weil es in fast jeder Jungs-WG einen davon gibt.

Die Tür geht auf.

»Hey, ich hab für uns gekocht.«

Lennart kommt ihr zu schnell zu nah. Sie riecht den Wein und seine Vorfreude. Rote Fahne.

»Nudeln mit scharfer Tomatensoße. Magst du doch. Und ich hab Rotwein geholt, war extra in dem Weinladen an der Ecke. Richtig gutes Zeug.«

Uli dreht sich weg, geht in die Hocke und stopft ihre Sachen in den alten Armeerucksack. Ein paar T-Shirts, einen zweiten Hoodie, Slips, Toilettentasche, Ladekabel. Einziger Vorteil, wenn man nicht viel hat: Packen geht schnell.

»Was machst du?«

»Lennart, danke für Unterkunft. Aber ich muss weg.«

»Wieso? Nein, du musst gar nicht weg. Du kannst gerne bleiben. Solange du willst.«

Uli erhebt sich. Sie sieht die Kränkung in seinen Augen. Er hat extra gekocht, extra Wein gekauft, wahrscheinlich sogar extra eine frische Unterhose angezogen.

»Ist besser, wenn ich gehe. Mach's gut.«

Sie will an ihm vorbei, doch er packt sie am Arm. Fester Griff, deutlich zu fest. Das hätte sie nicht erwartet. Nicht bei Lennart. Ihr missbilligender Blick hilft nicht. Er hat zu oft *Joker* gesehen.

»Du schuldest mir was«, raunt Lennart und schiebt sie gegen die Wand.

Hätte Uli wirklich nicht erwartet. Er kam ihr bisher

überhaupt nicht körperlich vor. Aber der Alkohol macht was mit den Menschen.

»Lass mich los!«

Sie bleibt ruhig. Oft genügt es, keine Angst zu zeigen. Doch Lennart lässt nicht los.

»Nur ein Kuss!«

Er lacht. Joker. Dann greift er nach ihrem Kinn. Okay, es reicht. Sie packt Lennarts Hand, ihr Ellbogen rammt sein Kinn, das Knie schnell zwischen seine Beine. Grundtechniken Krav Maga, technisch nicht mal besonders hochwertig ausgeführt. Dmytro hätte ihr das im Training nicht durchgehen lassen. Für Lennart reicht es allemal. Er liegt gekrümmt auf dem Boden und jammert LACK an.

»Danke für Unterkunft.«

Uli zieht ihr Handy hervor und tippt auf Englisch: *Lerngruppe fällt aus. Gilt Einladung zum Essen noch?*

Jonas' Wohnung ist erwachsen, keine Jungshöhle. Geräumiger, sauberer, weil hier ein Mann wohnt, der bleiben will, der es sich mit Vorhängen und Pflanzen schön macht, der gerne aus den bodentiefen Fenstern über die Stadt schaut. Dachgeschoss in Mitte. So bekommt man eine Frau ins Bett. Natürlich weiß Jonas das.

»Ist wirklich schade, dass deine Lerngruppe ausfällt. Lernen ist so wichtig«, sagt Jonas in ziemlich gutem Englisch.

»Klar.«

Ein verschwörerischer Blick. Flirten vom Start weg. Uli fühlt sich wohl. Hier nimmt sie den Rotwein gerne an. Auf dem Barhocker am Küchentresen freut sie sich auf »Penne all'arrabbiata«, dabei sind es am Ende auch nur Nudeln mit scharfer Tomatensoße. Sie hat ihr bestes Kleid an, das kurze, figurbetonte, mit der halb offenen Knopfleiste überm Dekolleté.

Für das Kleid ist Uli rasch noch zu ihrem Spind gefahren, wo sie ihre wertvollsten Sachen aufbewahrt – vieles davon aus der Ukraine. Der schmale Schrank mit dem Vorhängeschloss steht in der Weddinger Flüchtlingsunterkunft, in der sie ab und zu übernachtet, wenn gar nichts anderes geht. Dort ist sie offiziell gemeldet, von dort ist sie wenige Wochen nach ihrer Ankunft in Berlin abgehauen. Ein völlig überfüllter Laden. Anfang 2023 gab es längst nicht mehr so viel Platz und Hilfsbereitschaft wie zu Kriegsbeginn. Uli – damals noch siebzehn – hat sich beschissen gefühlt in dem Gemeindesaal mit den provisorischen Wänden, zwischen unbegleiteten Kindern und Jugendlichen, die weinen oder den Frust wegsaufen, einer traumatisierter als der andere. Wer keine Macke hat, bekommt spätestens dort eine. Alle warten auf das Ende des Krieges. Uli auch, aber nicht zwischen Kindern, die nachts schreiend aus dem Schlaf hochschrecken. Also ist sie gegangen. Die Frau von der Flüchtlingshilfe hat ihr den Schrank gelassen, eigener Schlüssel, damit Uli zumindest theoretisch ein Zuhause hat. Ein Spind im Keller einer Weddinger Kirchengemeinde, dreißig mal dreißig Zentimeter, einen guten Meter hoch – das ist Ulis Zuhause. Nach der Flucht aus Lennarts Bude befinden sich all ihre Sachen wieder dort, außer dem, was sie anhat. Heute Nacht klappt es hoffentlich mit Jonas. Danach guckt sie weiter.

»Wie alt bist du eigentlich?«, fragt Jonas, während er die Nudeln abgießt.

»Alt genug.«

»Davon gehe ich aus.« Sein Lächeln verspricht eine Nacht in einem warmen Bett. »Ich frage wegen der Lauf-Altersklasse.«

»Achtzehn.«

Alles legal, Jonas. Oder geht es wirklich um die Lauf-Altersklasse?

»Du bist in der Ukraine nie in Vereinen gelaufen?«

Er will wirklich reden. Uli redet. Gelaufen ist sie regelmäßig, aber nicht bei Rennen, sondern um fit zu sein für Krav Maga. Sie berichtet von den Kampfkursen, die ihr Bruder gegeben hat, bis er eingezogen wurde. Sie stockt. Ihre Geschichten aus der Heimat landen immer wieder bei Dmytro, seinem zerfetzten Bein, das nicht heilen will, dem Leid, das er durchmacht. Was der hübsche Kommissar für eine ausgedachte Geschichte hält, ist die Wahrheit. Uli hat sie beim Laufen dem Arzt Jonas erzählt, weil sie ein vernünftiges Antibiotikum für Dmytro braucht. Eins gegen die verdammten Krankenhauskeime, die einfach nicht aus seinem Körper verschwinden wollen. Alles, was sie mit Jobs oder Diebstahl verdient, geht direkt an ihren Bruder in Charkiw, damit sein Leben einigermaßen erträglich ist.

»Du bist eine tolle Frau«, sagt Jonas ohne Flirtton.

»Ich erzähle das nicht, damit du mich bewunderst, sondern damit du mir hilfst.«

»Ich kümmere mich darum. So ein Antibiotikum gegen multiresistente Keime liegt bei uns auch nicht einfach rum. Aber ich gucke, was ich bekommen kann. Wollen wir essen?«

Uli nickt dankbar. Sie will Medikamente, aber nicht über das Leid reden. Also stellt sie beim Essen die Fragen. Und wie die meisten Männer erzählt Jonas bereitwillig seine Heldengeschichten. Vom Laufen. Seine Bestzeiten, seine Siege, seine Erfolge durch die harte Arbeit mit der Running Crew. Immerhin gibt er zu, dass noch Luft nach oben ist. Das hat Uli beim Training schon gesehen. Dafür hat Jonas das Talent zur Führung, hält die Gruppe zusammen, organisiert das Training und die Rennen.

»Talente erkennen.«

Es klingelt. Jonas muss lachen.

»Das passt ja. Wir erwarten noch einen Gast.«

Ulis Entspannung verfliegt, als sie hört, wie Jonas im Flur »Kai« begrüßt. Als die feste Stimme eines älteren Mannes erklingt, kommen ihr die Warnungen des Kommissars in den Sinn. *Lehmann ist ein Killer!* Warum taucht der plötzlich hier auf? Wurde sie längst durchschaut?

Der Killer ist ein attraktiver Mann Mitte fünfzig in einem lockeren Anzug, der mehr gekostet hat als Ulis gesamter Besitz.

»Uli, das ist Kai Lehmann, der Mann, der die Running Crew am Laufen hält.«

Lehmann lächelt, als gefalle ihm der lahme Wortwitz.

»Kai, darf ich vorstellen? Unser neues Laufwunder: Ulyana.«

Jonas spricht englisch, Lehmann antwortet akzentfrei und charmant.

»Laufwunder Uli, ich freue mich wirklich, dich kennenzulernen.«

»Hi!«

Lehmann lehnt den Wein ab. Alkohol nur zu besonderen Anlässen, vielleicht wenn Uli mal was gewinnt. Er lacht. Dann preist Jonas Uli an. Er ist nur einen Nachmittag mit ihr gelaufen, hat dabei erstaunlich viel über sie wahrgenommen. Er weiß jede Zeit auswendig, beschreibt ihren Laufstil akkurat, und als er ihren fürs Laufen optimalen Körperbau beschreibt, muss sie aufstehen und sich im Kreis drehen, während die Männer jeden Zentimeter ihres athletischen Körpers mit Blicken vermessen. Ohne Erotik, eher wie auf dem Viehmarkt. Uli fühlt sich nicht mehr wohl. Lehmann sagt kaum etwas, lauscht und mustert Uli kritisch. Hätte sie besser auf den Kommissar gehört? Der weiß noch nicht einmal, dass sie bei Jonas ist. Niemand weiß es. Wenn sie verschwindet, wird man sie erst finden, wenn sie in der Spree treibt oder aufgeknüpft an einer Ampel baumelt. Innerlich hat Uli längst Kampfhaltung angenommen, aber diese zwei gut trainierten Männer sind eine andere Liga als die Lusche Lennart.

»Und du fängst jetzt hier mit dem Studium an?«

Lehmann fragt so leutselig, als ob er längst wüsste, dass das eine Lüge ist.

»Ja. Im Wintersemester.«

»Und wo?«

»An der Universität.«

»Klar. Aber welche? Und welcher Fachbereich?«

»Gartenbau.«

»Gartenbau? Wo kann man das studieren?«

Der Kommissar hat ihr den Namen des Instituts noch gesagt. Weg. Lampenfieber.

Uli lächelt: »Ich studiere in jedem Park, in jedem Wald.«

Lehmann ist nicht überzeugt und mustert sie kritisch. Er steht zwischen ihr und der Wohnungstür. Wenn sie ihn überrascht, kann sie es schaffen. Sie ist schnell. Alle Muskeln spannen sich an.

»Aber du würdest lieber laufen?«

»Was?«

»Du würdest lieber laufen als studieren?«

»Äh, ja. Klar!«

Lehmann nickt und wendet sich an Jonas.

»Lass uns einen Intensivtest machen. Das volle Programm.«

Uli sieht, dass Jonas sich über Lehmanns Ansage freut. Fluchtmodus dimmen.

»Ich müsste noch kurz mit dir allein reden«, sagt Lehmann auf Deutsch.

»Sorry, Uli, ich muss mit Kai was besprechen, wegen Marathon«, übersetzt Jonas.

»Klar«, murmelt Uli. »Ich möchte eh auf Toilette.«

Jonas deutet den Weg, Uli federt davon, während Lehmann ins Wohnzimmer geht. Als sie im Bad das Licht einschaltet und die große Wanne sieht, fällt die Anspannung endgültig ab. Man will sie offenbar nicht umbringen, man will sie testen. Sie ist an Bord. Das war es doch, was sie wollte.

Sie kann den Blick nicht von der Wanne nehmen. Aber sie ahnt zugleich, dass Jonas und Lehmann genau in diesem Moment etwas besprechen, das für den Kommissar wichtig sein könnte. Leise huscht sie in den Flur zurück bis zum Durchgang ins Wohnzimmer. Die Männer reden gedämpft, Uli versteht nur Fetzen. Erst geht es um sie. Lehmann findet sie »spannend«, aber er findet auch »gar nicht so schlecht«, dass sie aus der Ukraine kommt und in Berlin keinen Anschluss hat. Das klingt dann doch eher nach Aufknüpfen. Bald geht es nicht mehr um sie. Lehmann redet leiser, Uli versteht ihn kaum, nur dass er Jonas zu etwas drängt, was bisher jemand anders getan hat. Der Name Sam fällt. Sam! Der Kommissar wird sich freuen.

»Ich brauche dich«, sagt Lehmann gut verstehbar zu Jonas.

Der scheint überhaupt nicht glücklich zu sein, aber willigt schließlich ein.

»Okay, dann sehen wir uns morgen.«

Das ging zu schnell. Uli schafft es nicht bis zum Bad, nur hinter eine Designerkommode im Flur. Herz klopft. Lehmann verabschiedet sich knapp von Jonas und verschwindet. Jonas schließt die Tür hinter ihm, atmet durch. Richtig dicke Kumpel sind die beiden nicht. Eher Hund und Herrchen. Er wendet sich um, als Uli es gerade bis zur Badezimmertür geschafft hat. Irritierter Blick. Hat er mitbekommen, dass sie gelauscht hat? Lasziv rekelt sich Uli im Türrahmen.

»Lust auf ein Bad?«, fragt sie Jonas und knöpft einen weiteren Knopf ihres Kleides auf.

Breites Lächeln. Hat er. Uli hat es wirklich geschafft. Alles, was sie wollte.

KAPITEL 20

Platsch. Peer tropft auf Stephanies Schreibtisch. Volltreffer. Direkt auf die Titelseite der *B.Z.* Lehmanns Foto ist fast lebensgroß, nicht sehr vorteilhaft und trägt jetzt auch noch einen kreisrunden Schuss Schweiß zwischen den Augen. Peer lehnt sich zurück und tropft nun auf seine Hose.

Kennt er den Spree-Henker?, fragt die Schlagzeile. Übersetzung: Ist er etwa selbst der Täter?

Peer war auf einem langen Trainingslauf im Grunewald, als Stephanie anrief. *Ausdauer kommt aus der Dauer,* sagt Mama. Fürs Kilometerfressen gibt es keine Abkürzung. Normalerweise hat Peer kein Mobiltelefon dabei, keine Kopfhörer, gar nichts. Nur Shirt und Hose und Socken und Schuhe und seine Gedanken. Alles ist anders, seit er die Jagd auf einen Menschen anführt, den die Medien in gewohnter Schlichtheit zum »Spree-Henker« aufgegruselt haben. Sobald ein Täter einen furchterregenden Spitznamen verpasst bekommt, wissen die Ermittler, dass ihre Arbeit rund um die Uhr verfolgt wird. Ruhe? Keine Sekunde. Wer die Jagd anführt, muss ständig erreichbar sein, immer alles wissen, sich von den Kollegen verspotten lassen und trotzdem den Kopf hinhalten.

Verantwortung. Dieses Wort klang für Peer sein Leben lang ziemlich esoterisch. Er hatte nie viel davon zu schultern, sondern artig erledigt, was irgendwelche Vorgesetzten sich für ihn ausgedacht haben. Lehrer, Trainer, Ausbilder, Mama. Peers Verantwortung beschränkte sich darauf, dann und wann einen Pokal oder eine Urkunde anzuschleppen. Zur Not konnte er immer noch maulen oder meutern.

Zwei Tote, und Verantwortung ist plötzlich grausam konkret. Tilda, Sam, Lehmann, Uli, Medien, Koslowski, Stasi-Uhren, Ann-Kathrin, Rusche, Berghain, Ina, Marathon, Stephanie, Regeln, das Geschirr, Mama, ein Täter im Nebel und noch tausend Dinge mehr – Peer fühlt sich wie ein Oktopus, der mit Igeln jongliert. Wie soll ein Mensch da den Überblick behalten? Er hat seinen ersten eigenen Fall herbeigesehnt. Aber gleich so einen?

»Lehmann hat geliefert«, hat Stephanie ins Smartphone gejubelt.

»Komme«, hat Peer zurückgeschnauft.

Kehrtwende, kurz vorm Wannsee. Statt zweiundzwanzig Kilometer nur zwölf, dafür im verschärften Tempo. Expressdusche und ab aufs Revier. Der Körper aber braucht eine Weile, bis er wieder im Trockenmodus arbeitet. Nachschwitzen ist normal, das System kühlt sich gemächlich herunter. Doch Peer hat keine Ruhe. Der Schweißfleck auf seinem Hemdrücken hat die Form der Mongolei. Und fast deren Größe.

Stephanie starrt auf Lehmanns Kopfschuss. Mit spitzen Fingern und durchgedrückten Armen, als wäre es eine randvolle Windel, befördert sie die Zeitung in den Müll.

»Ist nur Schweiß«, sagt Peer.

Nur ist relativ. Für Läufer ist Schweiß so normal wie Urin für Urologen. Körperflüssigkeit halt, von der chemischen Zusammensetzung her völlig harmlos, voll bio. Läufer haben jeden Tag damit zu tun, mit eigenem oder fremdem Schweiß. Manchmal mischen sich beide, im Ziel zum Beispiel, wenn das Umarmen der Athleten glitscht wie Spaghetti aglio e olio. Sportler duschen berufsbedingt mehrmals am Tag. Soll er Stephanie den immensen Unterschied zwischen Frischschweiß und Gammelschweiß erklären? Sie hat ein Küchenhandtuch besorgt. Peer wischt sich das

Gesicht, doch sehr bald hat die Baumwolle ihre Aufnahmekapazität erreicht.

Stephanie hat auf dem Bildschirm ein Raster von acht identischen Dateien angeordnet. Acht Dateien, acht Stasi-Uhren, von einstmals zehn. Jonas und vier andere kennt Peer aus dem Berghain, zwei weitere von seinem gescheiterten Anbiedern an die Running Crew, Nummer acht ist am Vortag bei der Runde mit Uli mitgelaufen. Fünf Männer, drei Frauen. Alle unter dreißig, alle mit Potenzial. Der Inner Circle. Lehmann hat via Dr. von Dreiteiler nur die Daten der beiden Mordnächte schicken lassen. Laut Bewegungsdaten ist niemand auch nur in der Nähe der Tat- oder Fundorte gewesen. Sonst hätte Lehmann die Daten auch nicht herausgerückt. Die Informationen decken sich mit den Befragungen. Einzige Überraschung ist, dass zwei Athleten nach dem Berghain am Sonntag gemeinsam nach Hause gegangen sind, aber sicher nicht zum Morden.

»Jonas Fischer, Martin Krösche und Ariane Jordt waren zur Tatzeit zwar auch im Berghain, aber trugen die Uhren nicht«, meldet Stephanie, als sie sich die Pulswerte anschaut.

Dr. von Bardeleben ist das natürlich auch aufgefallen, weshalb er im Begleitschreiben wortreich erläutert, »dass die Athlet*innen« – das Gendersternchen freut Stephanie – »ihre Chronometer während des Aufenthalts in dem Tanzclub in einem Schließfach für Wertsachen hinterlegten«. JK-Puls plus Koks plus Sex – das sollen die Weißkittel von Lehmann offenbar nicht unbedingt sehen. Laut von Bardeleben können die drei gegenseitig bezeugen, den Club nicht verlassen zu haben. Skeptischer Blick von Stephanie zu Peer.

»Entweder stecken alle mit drin oder keiner«, denkt Peer laut. »Hätte die Zeit gereicht?«

Stephanie gleicht die Wegstrecken zu Tat- und Fundorten mit den Uhren im Schließfach ab.

»Nicht unmöglich, aber gerade beim Tilda-Mord nur mit viel, viel Glück und höchster Geschwindigkeit.«

»Alles Marathonläufer.«

»Trotzdem extrem unwahrscheinlich.«

Die gute Nachricht: acht Verdächtige vorerst abgehakt. Ein Oktopusarm darf sich kurz mal erholen.

Die schlechte Nachricht: Lehmanns Auftragskiller stammt anscheinend nicht aus dem Inner Circle. Wäre so schön einfach gewesen. Jetzt sind Lehmanns Mitarbeiter an der Reihe. Stephanie prüft noch, ob die Dateien frisiert sind, als Koslowski plötzlich in der Tür steht.

»Kommen Sie doch bitte mal rüber, Pedes.«

Koslowskis Grienen verheißt nichts Gutes. Raus auf den Flur, zwei Büros weiter. Peer schwitzt immer noch. Oder schon wieder? Aus Koslowskis Büro tönt Schluchzen. Was macht denn Ann-Kathrin hier? Die Influencerin sitzt in sportlicher Designeruniform an Koslowskis Schreibtisch. Peer kann sich einen kurzen Blick auf ihre Waden nicht verkneifen. Prachtstücke.

»Sie hat sich mir anvertraut«, prahlt Koslowski.

»Ich wollte zu Ihnen«, sagt Ann-Kathrin zu Peer.

Tränen. Schweiß der Seele. Kann Influencerinnen-Geheule überhaupt echt sein? Sie hält Peer einen Zettel hin. Eine ausgedruckte E-Mail, anonym natürlich. Hat eine ihrer Mitarbeiterinnen heute Morgen gefunden.

»Wir checken einmal die Woche den Spam-Ordner, falls sich Sponsorenmails verirren.«

Die Mail ist am Abend nach Tildas Ermordung eingegangen, von einer Hotmail-Adresse gesendet, mit Anhang: ein Foto der Kategorie pervers. Tildas offenbar soeben aufgeknüpfte Leiche, aus einiger Distanz aufgenommen. Text:

»Na! Fühlt sich das gut an?« Die Polizei hätte jeden Moment eintreffen können. Wer geht ein solches Risiko ein? Nur Mörder, denen alles andere egal ist, ein Mörder auf irrer Mission.

»Stephanie!«

Sie soll den Absender überprüfen, wobei Peer klar ist, dass die Mail aus irgendeinem Internetcafé geschickt worden ist, Nachverfolgung zwecklos.

»Wir bekommen jeden Tag Drohungen oder Beschimpfungen«, schluchzt Ann-Kathrin durch einen Sprühnebel von Rotz und Tränen. »Irre, Stalker, Moralisten – all die Verrückten, fast immer Männer. Immer in diesem Man-müsste-dich-mal-ordentlich-Sound.« Sie schnäuzt sich. »Hätte nie gedacht, dass ich mich an Dickpics gewöhnen würde. Aber *diese* Mail ... Nee. Ich habe echt Angst, auch um mein Team.«

Koslowski guckt wie Humphrey Bogart.

»Wir kümmern uns drum«, schnarrt er, dann zieht er Peer ein paar Schritte weg vom Schreibtisch zur Seite. »Das ist ja wohl eindeutig.«

»Ach ja?«

Peer blickt zu Ann-Kathrin, die sie nicht hören kann und mit ihrem Handy beschäftigt ist, Instagram checken, Influencer-Sucht.

»Das Phänomen ist bekannt«, flüstert Koslowski. »Der Täter – oder die Täterin – gibt vor, mit der Polizei zu kooperieren.«

»Das Foto ist für Sie ein Beleg, dass Ann-Kathrin hinter den Morden steckt?«

»Natürlich! Stalker bringen nicht willkürlich Freunde oder Feinde ihres Opfers um. Sie hat das Foto, weil sie den Mörder kennt. Wahrscheinlich hat sie ihn beauftragt.«

Ann-Kathrin tippt so eifrig in ihr Handy, als berichte sie

ihren Fans live vom Besuch im Revier. Sie hat viele Gesichter, ja, aber trotzdem: »Das ist ein bisschen weit hergeholt«, raunt Peer in Koslowskis Ohr.

»Ich würde eher sagen, Sie haben sich zu sehr in Lehmann verbissen, Herr Kollege.«

Ich verbeiß mich gleich in dich, denkt Peer.

Arroganz in Koslowskis Blick.

»Machen Sie sich nichts draus. Beim ersten eigenen Fall ist alles ein bisschen viel. Zu viel. Kennen wir alle.«

Vergeblich sucht Peer nach einem schnellen, coolen Konter, als Stephanie hereinkommt. Peer klappt das Kinn herunter. Nicht wegen Stephanie, sondern wegen der Frau auf dem Flur.

»Da übersieht man auch mal Offensichtliches«, blubbert Koslowski weiter. »Gerade bei einer hübschen jungen Frau. Die Besonnenheit kommt erst mit der Zeit, mit der Reife.«

»Was zum Henker ...?«, murmelt Peer und stürmt Richtung Flur, verfolgt von verblüfften Blicken. Mit der Hacke tritt Peer die Tür hinter ihm ins Schloss. Der Flur ist leer bis auf die sportliche junge Frau, die den Kantinenplan an der Wand inspiziert.

»Hi, Peer.«

Freches Grinsen.

»Komm!«

Hektisch schiebt er Uli bis in sein Büro, checkt den Flur, zieht die Tür zu. Auch Angst macht Schweiß.

»Bist du völlig durchgedreht? Was machst du hier? Wie bist du überhaupt reingekommen?«

»Freust du nicht?«, fragt sie provozierend. »Habe von Straße angerufen. Dein Handy im Arsch?«

Peer fischt das Mobiltelefon von seinem Schreibtisch. Tatsache. Drei Anrufe in Abwesenheit.

»Wir waren erst heute Nachmittag verabredet«, raunt er Uli zu. »Diskretion, verstehst du das? Dis-kre-tion.«

Sie lümmelt sich in Peers Bürostuhl, ein Bein über der Lehne.

»Uli Bond liefert. Zeit ist knapp. Hast du gesagt.«

»Aber deswegen musst du doch nicht ...«

»Hab Lehmann getroffen.«

Peer verstummt. Sie verarscht ihn, oder?

»Du hast was?«

Ohne jedes Zeichen von Reue berichtet Uli, dass sie am gestrigen Abend doch noch bei Jonas vorbeigeschaut hat und dabei, zufällig oder nicht, auf Lehmann getroffen ist. Und jetzt gleich ist sie mit den beiden an der Run Base verabredet. Sie wollen gemeinsam in die Zentrale von FitShit, zum Leistungstest. Peer fasst es nicht. Diese Frau ist völlig irre. Aber in zwölf Stunden weiter gekommen als ein gesamtes Revier mit seiner Fleißarbeit.

Die Tür geht auf.

»Jetzt nicht!«

Zum Glück nur Stephanie. Interessiert mustert sie die junge Frau, die sofort aufsteht.

»Äh, Stephanie, tja, also das ist Uli. Wir trainieren zusammen, in der Mittagspause.«

Stephanie kapiert sofort, und zwar alles.

»Sie sind auch Läuferin?«

»Ja. Uli. Guten Tag. Wer sind Sie?«

Stephanie schüttelt ihre Hand.

»Peers Kollegin, aber keine Läuferin.«

»Sieht man.«

Uli kichert, Stephanie nicht.

Peers Augen rollen, sein Arm weist zur Tür.

»Geh schon mal vor, Uli. Ich komm gleich runter.«

Stephanie bleibt im Weg stehen. Uli kommt nicht raus.

»Sie laufen auch den Marathon?«

Uli zuckt mit den Schultern. »Mal sehen.«

Auf dem Flur ziehen Stimmen vorbei. Stephanie macht zwei Schritte zurück, späht in den Flur, keine Kollegen mehr zu sehen, gibt den Weg frei. Sie spielt mit.

»Dann will ich Sie mal nicht länger aufhalten. Peer braucht viel Training. Er hat da noch eine Rechnung offen.«

Uli nickt.

»Er ist gut. Er strengt sehr an.«

Sie salutiert und verschwindet.

»Er strengt sehr an.«

Jetzt kichert Stephanie, während Peer überlegt, ob heute der Welttag des Echos ist. Stephanie wird unvermittelt ernst.

»Peer, die Nummer riecht von hier bis Kyiv. Erst die Fragerei nach V-Leuten. Und jetzt diese blutjunge Ukrainerin. Was läuft da?«

»Bitte! Kein Wort zu den anderen. Und keine Fragen. Uli ist der Schlüssel. Ich erklär's dir später. Versprochen. Ich muss los.«

Peer schnappt sich seine Sporttasche.

»Ach, und noch was: Behalt bitte Koslowski im Auge! Der fährt einen ganz schrägen Film. Hier fliegt gerade alles durcheinander. Zu viele Igel für den Oktopus.«

Stephanie legt den Kopf schief.

»Oktopus?«

Peer schießt durch die Tür. Er kann jetzt nicht. Echt nicht.

KAPITEL 21

Peer schnuppert. Es riecht nach Pommes in diesem Auto. Kohldampf ist der zuverlässigste Begleiter des Läufers. Die Panik um das Wettkampfgewicht auch. Peers Mutter hat gegen Fressattacken gläserweise eingelegte Bohnen serviert. Oder saure Gurken.

Jetzt ein Brett Fritten, rot-weiß.

»Hast du kein Auto?«

Uli fummelt vom Beifahrersitz am Armaturenbrett; sie will Musik. Peer sucht nach dem Off-Knopf. Nix Techno jetzt. Car-Sharing ist ja eine gute Idee, wenn man nicht in jeder Karre jeden Knopf aufs Neue suchen müsste.

Ina fand, dass ein Privatauto in Berlin überflüssig sei. U-Bahn, Rad, der Fuhrpark des LKA und die vielen Sharing-Dienste für Roller und Autos – wenn Berlin was kann, dann öffentliche Mobilität.

»Du bist doch sowieso gut zu Fuß«, hat Ina immer gesagt.

Einer ihrer vielen Denkfehler: Nichts hassen Läufer mehr als die Gänge des Alltags, Spazierengehen oder Wandern. Energieverschwendung. Beine haben im Training genug zu tun. Im Alltag müssen sie so weit wie möglich geschont werden.

Mann ohne Auto – Uli hält ihn für einen Sozialfall.

»Welches Modell fährt Jonas denn?«

Sie zuckt die Schultern und grinst ihr freches Uli-Grinsen.

»Keine Ahnung. Aber im Bett ist er Ferrari.«

War klar. Sein Sexverbot hat Uli als Ansporn begriffen. Das V in V-Frau steht für »Vergiss es«.

»Wie hast du's geschafft, dass sie dich in die Höhle des Löwen lassen?«

»Höhle mit Löwen?«

»In die Firmenzentrale. Ins Allerheiligste. Erzähl mir alles, ganz genau.«

Peer pilotiert den kleinen Audi durch den zähen Verkehr. Uli berichtet stolz von dem Abend bei Jonas, wie cool sie war, wie toll die beiden Männer sie fanden. Wofür genau will Lehmann Jonas gewinnen? Was soll er erledigen, das bislang Sam gemacht hat? Sehr interessant. Dass Uli so eilig getestet wird, kann nur einen Grund haben: Lehmann braucht dringend Ersatz für Tilda, für den Marathon. Mister Energy scheint nervös zu sein. Und nervös macht Fehler. Offenbar hat Uli die Schön-schnell-doof-Rolle überzeugend gespielt.

»Da haben also dein Talent und diese beknackte Geschichte vom Kriegsopfer-Bruder schon gereicht, um alle Türen zu öffnen. Faszinierend. Lehmann erwartet offenbar nicht, dass eine blutjunge Ukrainerin für die Polizei arbeitet.«

Warum auch? Peer kann es ja selbst kaum glauben.

»Es gibt Problem«, sagt Uli mürrisch. »Die wollen meine Daten, Adresse. Was soll ich sagen?«

Mist. Vor Schreck tritt Peer die Bremse. Synchrones Nicken. Der Hintermann hupt. Schnauze. Geht doch eh nichts voran hier. Seine V-Frau braucht eine überzeugende Legende, jetzt sofort.

»Wo wohnst du überhaupt?«

Peer fällt auf, wie wenig er von Uli weiß.

»Nirgendwo«, sagt sie gleichgültig.

»Und wo schläfst du?«

»Jonas.«

»Und davor?«

»Lennart. Arschloch.«

»Wieso suchst du dir nicht eine eigene Wohnung?«

Uli lacht, ohne zu antworten. Peer ahnt, dass nicht nur der absurde Berliner Wohnungsmarkt das Problem ist.

»Kann ich mit dir wohnen?«, fragt Uli.

»Ganz schlecht.«

Peer will keine miese Stimmung erzeugen, nicht jetzt. Die ehrliche Antwort hätte gelautet: Auf gar keinen Fall. Aus sämtlichen Gründen. Außerdem kann sie seine Adresse ja wohl schlecht bei Lehmann angeben.

»Soll ich echten Namen geben? Keine falsche Identität?«

Uli kapiert langsam, dass Peer nicht CIA ist, nur LKA, und nicht mal die Abteilung für V-Personen.

»Geht jetzt nicht anders«, murmelt Peer.

Er grübelt hektisch. Uli braucht sofort eine stabile Story, eine brauchbare Adresse in Berlin. Ina, na klar. Sie hat sich die ersten Wochen nach Putins Überfall für Kriegsgeflüchtete engagiert. Peer meint sich zu erinnern, dass sie ein Studentenwohnheim in Neukölln erwähnt hat, wo junge Frauen untergekommen sind. Einarmiges Googeln während der Fahrt. Was, wenn Uli einfach diese Adresse angibt? Jede Wette, weder Jonas noch Lehmann verkehren in Neukölln. Die Daten werden zumindest einer ersten Überprüfung durch Lehmann standhalten. Er zeigt Uli sein Handy-Display.

»Hier. Merk dir diese Adresse. Da wohnst du. Und sag deinen richtigen Namen. Damit können die eh nicht viel anfangen.«

Peer stoppt in einer verschlafenen Seitenstraße. Näher wagt er sich nicht an die Run Base. Vom Rücksitz schnappt Uli ihre Sporttasche. Der Handy-Halter klettet an ihrem Oberarm.

»Ich bleibe in der Nähe«, verspricht Peer. »Und denk immer dran: schön, schnell, doof, okay?«

Sie nickt. Peer riecht wieder Pommes.

Langsam rollt er los. Er braucht einen besseren Standort, mit Blick auf die Run Base. Das Hauptquartier von Lehmanns Läufern liegt an einer mäßig befahrenen Straße, gegenüber mittelteuren Wohnblöcken, wo überwiegend Menschen aus dem Maschinenraum der Berliner Politik untergekommen sind. In dem kleinen Grünstreifen, der sich bis zum Wasser zieht, hockte er neulich erst mit seiner Ornithologen-Tarnung. Auf der anderen Seite findet er einen unauffälligen Parkplatz.

Die Verbindung zu Ulis Handy steht. Sie ist bereits drinnen. Peer hört Jonas säuseln. Die Nacht mit Uli hat ihm offenbar Appetit gemacht. Was Uli für Jonas, sind Pommes für Peer. Unwiderstehlich.

Ein übermotorisierter Panzer rollt heran, bleibt in zweiter Reihe stehen und versperrt die Straße. Auch wenn es ein Elektro-SUV ist, bleibt das Hauptproblem: Die Dinger machen aggressiv. Das junge Traumpaar klettert auf die Rückbank, zu einem mutmaßlichen Mörder.

Eine Falle, denkt Peer. Oder unverschämtes Glück.

Er entscheidet sich für Zweiteres. Und jetzt noch Pommes.

Lehmann steuert stracks Richtung Osten. Peer folgt dem Geplauder im Panzer. Das Übliche: Berlin, Verkehr, Wetter. Zwei Kerle wollen ein schönes, schnelles, doofes Mädchen in Sicherheit wiegen. Das heikle Thema Ukraine-Krieg wird weiträumig umgangen.

Lehmann pflegt den Fahrstil des Herrenmenschen, der um die Macht seines Furcht einflößenden Gefährts weiß. Kleinere Autos, und das sind fast alle, räumen ängstlich den Weg. Mit Mühe hält Peer vier, fünf Fahrzeuglängen Abstand. Jonas betätigt sich als Touristenführer und weist auf irgendwelche Schinkel-Bauten hin. Uli sagt »aha« und »interessant«.

Lehmanns Führerbunker, ein ziemlich spektakulärer Neubau am Ostkreuz, bietet laut Stephanies Dossier Büros für fünfhundert Mitarbeiter, die sich vor allem ums Marketing kümmern, dazu eine Forschungsabteilung plus hochmoderner Indoor-Sportanlage mit Laufbahn, Pool und einem kompletten Fitnessstudio. Die Rummelsburger Bucht mit ihren Parks und Booten liegt in Laufweite, doch die Gegend ist eher von betriebsamer Tristesse. Das Ostkreuz bildet einen der großen Berliner Verkehrsknotenpunkte, wo U- und S-Bahnen, Trams und Busse, Taxis und Sharing-Autos, Räder und Roller rund um die Uhr Menschen absetzen oder aufnehmen. Auf einer Brache, wo früher eine Bauwagensiedlung für Althippies und andere Gestrandete stand, hat Lehmann seine Zentrale gepflanzt, die er Silicon-Valley-mäßig als ökologisch korrekte und zugleich geheimnisumwitterte Hightech-Bude inszeniert, wo an der Zukunft geschraubt wird. Besucher kommen nicht weiter als bis zur Kantine, weil das ganze Gebäude angeblich voller Betriebsgeheimnisse steckt. Offenbar werden hier die Stasi-Uhren entwickelt. Auch JustKick?

Lehmanns Panzer biegt plötzlich ab; sieht aus, als fahre er direkt in ein gewaltiges Gebüsch, das die gesamte Fit-Shit-Zentrale umringt. Die zwölfgeschossige Immobilie mit dem Namen *Urban Jungle* gilt als städtebauliche Sensation, zumindest in Berlin, wo Neubauten zuverlässig einen ästhetischen Rückschritt bedeuten mit ihren steueroptimierten Schießschartenfassaden. Der *Urban Jungle* sieht aus wie ein senkrecht wachsender Regenwald. Die Holzfassade verschwindet fast vollständig hinter Grünpflanzen aller Art, auf jeder Etage gibt es Gärten oder begrünte Terrassen, die Pflanzen stehen in hauseigenem Kompost und werden mit aufgefangenem Regenwasser gegossen. Hier wachsen Beeren, Pilze und Gemüse, die knackfrisch in der

Kantine verarbeitet werden. Die Abfälle werden wiederum kompostiert.

Lehmann hat die Kreislaufwirtschaft noch um eine Psychokomponente erweitert, die ihm den Gärtner spart. Die Belegschaft hat sich zu mindestens zwei Stunden Gartenarbeit pro Woche verpflichtet, als Burn-out-Prävention, betriebliches Achtsamkeitstraining oder Maßnahme zum Teambuilding.

Der Marketingfuchs hat kapiert, dass ein aufsehenerregender Firmensitz zwar teurer als ein Standardbüroturm ist, aber auch für dauerhafte Reklame sorgt. Eindrucksvoller als jede Imagebroschüre signalisiert der *Urban Jungle* Werte wie Zukunft, Nachhaltigkeit, Zusammenhalt, auch wenn hinter der grünen Fassade Menschen für Pharmaexperimente missbraucht und Gerätschaften für die Totalüberwachung ertüftelt werden. Und die Nummer zieht: Angeblich bewerben sich junge Menschen vor allem deswegen bei FitShit, weil sie unbedingt in Lehmanns grüner Hölle arbeiten wollen. Architekturfreunde aus aller Welt pilgern zum Ostkreuz, der *Urban Jungle* gehört zu den meistfotografierten Bürogebäuden der Welt, vielleicht auch deswegen, weil die Tiefgarageneinfahrt so zugewachsen aussieht, als müsse Indiana Jones erst mal mit der Machete kommen. In Wirklichkeit handelt es sich um eine optische Täuschung mit ein paar Spiegeln und vielen Lianen, die als Vorhang dienen.

Die Verbindung zu Ulis Handy stockt. Dann bricht sie ab. Klar, Lehmann hat eine Firewall um seine Zentrale gezogen. Ihm gefällt die Vorstellung, dass angeblich alle Nachrichtendienste der Welt ihre Lauscher auf die Wunderuhr gerichtet haben.

Und jetzt? Zurück ins Büro? Peer will Uli nicht alleinlassen, auch wenn sie gerade ganz auf sich allein gestellt ist.

Hoffentlich macht sie keinen Blödsinn in ihrem Übermut. Also warten. Fenster halb runter. Seit Ewigkeiten das erste Mal so was wie Ruhe. Peer atmet tief. Noch immer ist da dieser Pommes-Duft, diesmal allerdings deutlich frischer. Peer erspäht den Wurstwagen, eingeklemmt zwischen zwei Baustellen. Jetzt einen Curry-Kraftriegel und dazu ein Brett Fritten – solides Berliner Streetfood. Leider streng verboten. Peer ist noch mindestens drei Kilogramm von seinem Wettkampfgewicht entfernt, eher fünf. Wettkampfgewicht ist ein anderes Wort für temporäre Magersucht. Den Körper zum Start mit maximaler Kraft, aber minimalem Gewicht auszustatten, das ist eine unterschätzte Kunst. *Pro hundert Gramm zu viel sinkt die Wahrscheinlichkeit auf Top-Leistung um ein Prozent*, hat Mama immer gesagt. Wenn er die Mayonnaise weglässt? Und heute noch fünf Kilometer dranhängt? Müssten eher zwanzig sein. Peer schnuppert gierig.

»Wie bitte?«

Stephanie hat nicht verstanden, was Peer mit dem Handy am Ohr und dem Mund voll heißer Pommes gesagt hat.

»Kochlowko«, wiederholt er.

»Ah. Nee, keine Sorge. Ist beschäftigt. Durchkämmt das Team von Ann-Kathrin nach möglichen Helfershelfern.«

Keine Sorge? Stephanie ist gut. Koslowski macht da eine ganz eigene Ermittlungslinie auf. Aber vielleicht hat Stephanie recht: Damit ist er wenigstens beschäftigt.

»Und die Laufuhren scheinen eine Sackgasse zu sein«, fährt sie fort. »Sind nicht manipuliert. Ach, übrigens: Was macht deine Uli? Ich will mich ja nicht einmischen … oder? Doch, will ich: Ich fürchte, dass das Eis sehr, sehr dünn ist, über das wir huschen.«

Wir. Sie hat »wir« gesagt. Zu Beginn des Telefonats hat er

Stephanie in den Spezialauftrag seiner Agentin eingeweiht. Jetzt ist sie ihrer beider Agentin.

»Wör mössn Gedold hobn«, kaut Peer.

Stephanie knurrt. Sie ist nicht überzeugt. Peer beendet das Gespräch. Er hat Geduld. Jedenfalls so lange, bis er auch den letzten dunkelbraunen Pommes-Krümel aus der Pappschale geklaubt hat. Sünderglück. Akribisch fährt Peers Zunge jede Zahnlücke ab. Irgendwo findet sich immer noch ein Rest. Leider. Er ist zu fett, jetzt erst recht.

Abwechselnd späht Peer erst zur Tiefgarageneinfahrt, dann zum Dschungel darüber. Ernstfall, nur mal angenommen: Was, wenn Uli in zwei Stunden immer noch nicht aufgetaucht ist? Vielleicht war die Aussicht auf einen Marathon-Start mit der Running Crew nur Lockstoff. Vielleicht liegt sie längst gefesselt und betäubt in Lehmanns Frankenstein-Labor und bekommt Substanzen injiziert, die bislang nicht mal an Tieren ausprobiert wurden. Wer vermisst eine Ukrainerin ohne Anschluss?

Halblang, Pedes, statt Katastrophismus einen klaren Kopf jetzt.

Fakt ist: Er starrt seit Ewigkeiten wechselweise auf ein begrüntes Architekturwunder, sein Smartphone und am häufigsten auf den Pommeswagen. Noch zehn Minuten hier, und er wird die nächste Ladung Fritten vertilgen. Man kennt sich. Alternativ könnte er auch trainieren und den Kopf frei bekommen. Fokussieren auf das, was jetzt wichtig ist. Uli kommt klar. Sie wird sich melden. Er fährt los. Flucht vor noch mehr Pommes.

Peer umkurvt flanierende Rentner, Kinderwagen und Jugendliche mit Wegbier. Der Volkspark Wilmersdorf ist zu klein zum Trainieren, aber liefert mehr zum Gucken als immer nur Bäume. Der Park liegt nicht weit von zu Hause entfernt, dient Peer als Aufwärmstrecke und Startrampe, entweder zum Wilmersdorfer Stadion gleich neben der Autobahn oder in den Grunewald. Als er am Friedhof vorbeitrabt, ruft Uli an. Sie ist raus aus der Höhle mit Löwen und sitzt nun in der Ringbahn.

Von der S-Bahn-Station Hohenzollerndamm sind es drei Minuten zum Treffpunkt Hoher Bogen, einer blauen Fußgängerbrücke, die sich schüchtern über acht Spuren Autobahn wölbt. Peer starrt auf den endlosen Strom der Fahrzeuge unter ihm. Bei jedem Laster schwankt die zarte Brücke. In der Ferne Funkturm und Fernsehturm, rechts rauscht alle paar Minuten eine S-Bahn vorbei. Einblicke in eine Vene Berlins. In der Ferne, auf Höhe des Hallenbads, entdeckt er Uli. Sie läuft mit ihrer Sporttasche auf dem Rücken. Nein, sie rennt. Diese Frau ist ein permanenter Vorwurf. Sie ist einfach nicht kaputtzukriegen. Peer trabt ihr entgegen.

Debriefing beim Auslaufen. Uli hat zweieinhalb Stunden Leistungstest hinter sich, Laufen auf der Bahn, Strampeln auf dem Ergometer mit Sauerstoffmaske, und immer wieder Blut aus dem Ohrläppchen gespendet. Es gehe nur um Laktat, haben Lehmann und Jonas ihr versichert. Morgen soll sie mit Jonas zehn Kilometer unter Wettkampfbedingungen laufen, also flotte Lotte. Über Tilda und Sam war nicht viel rauszukriegen, außer Lehmanns erwartbarem Katzenjammer.

Und tatsächlich: Sie soll für die Running Crew den Berlin-Marathon laufen. Lehmann hat ihr fix einen Charity-Startplatz gekauft. Warum sie unbedingt dort starten soll? Uli vermutet, dass es darum gehe, die Morde vergessen zu machen und das Sieger-Image der Running Crew und damit Lehmanns wieder zu polieren. Nur fürs Image? Peer ist sich da nicht so sicher. Von JustKick war jedenfalls nicht die Rede. Noch nicht. Was tun? Warten, während Uli täglich tiefer in Lehmanns schmutzige Höhle vordringt.

»Kein Geld. Kein Bett. Keine Dusche. Hunger«, fasst Uli ihre Lage nach dem Rapport zusammen. Peer schweigt. Seine Wohnung ist nur einen Steinwurf entfernt, aber er kann sie unmöglich mit nach Hause nehmen. Aus sämtlichen Gründen.

»Hast du eine Badewanne?«, fragt Uli.

Peer zögert.

»Na gut, komm mit. Aber nur duschen.«

KAPITEL 22

Uli summt unter der Brause ein schwermütiges ukrainisches Volkslied. Das Smartphone klebt an Peers Ohr. Vorläufig ungeduscht tigert er durch die Wohnung. Stephanie ist dran. Im Revier sind weiterhin alle mit seinem Fall beschäftigt, Rusche schnürt halbstündlich über den Flur. Nichts Neues in Sachen Ann-Kathrin. Trotzdem will Quengelkopf Koslowski die Influencerin rund um die Uhr beobachten lassen. Weniger als mögliches nächstes Opfer, sondern als Verdächtige. So oder so Irrsinn. Drei Teams in Acht-Stunden-Schichten – die Mordkommission hätte keine Zeit mehr für irgendwas anderes. Morgen früh ist ein Machtwort fällig. Peer wird ungern laut, sein Talent für strategisches Bürogebrüll ist begrenzt. Aber Koslowski versteht nur Ton, nicht Inhalt. Und Peer geht nach wie vor davon aus, dass Ann-Kathrin sich die Mail mit dem Foto nicht selbst geschickt hat.

»Warum taucht die Mail gerade jetzt auf, Stephanie? Und warum nur eine einzige? Das stinkt.«

Zumal Lehmann schon bei seiner Befragung den Verdacht ziemlich plump auf Ann-Kathrin gelenkt hat. Motive hätte Lehmann genug. Die Demütigung, dass Deutschlands führende Lauf-Influencerin die Running Crew verlassen hat. Rache. Machtdemonstration. Und Ablenken.

Peer hüpft auf einem Bein durch seinen Flur, zwei Finger im Hosenbund, die das widerspenstige elastische Material nach unten zerren. Neue olympische Disziplin: sich ohne Festhalten aus einer hautengen, salzig-feuchten Laufhose pellen, dabei halbwegs sinnvolles Zeug ins Telefon reden, ohne sich auf die Schnauze zu legen. Es klingelt. Ein Paket, was sonst. Psychokrieg wie in jedem Mietshaus. Wer verliert die Nerven und drückt zuerst auf den Türöffner? Eigentlich müsste man auch die Klingeln der anderen hören. Stattdessen dreht sich ein Schlüssel im Schloss.

»Peer?«

Ina steht in der Wohnungstür und starrt auf den ihr wohlbekannten Körper.

»Peer?«, tönt Stephanie aus dem Telefon.

»Peer?«, ruft Uli, die nackt aus dem Bad stolpert. Das große Handtuch, mit dem sie ihre Haare rubbelt, nimmt ihr die Sicht. »Hast du Föhn?«

Jetzt ja.

»Wow!«, sagt Ina.

Ihr schwarzes Businesskostüm verströmt schneidige Autorität, betont aber auch ihre yogagestählte Figur. Die langen, blonden Haare hat sie zu einem hohen Pferdeschwanz zusammengebunden. Das fand Peer immer sexy. Sie erspäht ihre verwurstelten Laufdessous, die mit Socken und Schuhen eine eindeutige Entkleidungsspur bilden wie in richtig schlechten Liebesfilmen. Dummerweise kennt Ina keine anderen.

»Aha«, sagt sie souverän, »meine Sachen werden wohl noch gebraucht. War gerade in der Gegend und wollte den letzten Kram abholen. Hätte ja auch vorher anrufen können. Sorry. Viel Spaß noch.«

Sie will gehen.

Aus dem Smartphone eine irritierte Stephanie: »Peer ... ich mache Feierabend, ja?« Er drückt sie weg.

»Es ist echt nicht so, wie es aussieht«, stammelt er und verflucht sich in derselben Sekunde. Blöder geht's nicht.

»Natürlich«, spottet Ina.

»Uli ...« Peer dreht sich zu der V-Frau in seinem Rücken, die inzwischen immerhin das Handtuch um den Körper geschlungen hat. »Wir laufen zusammen. Sie duscht nur kurz hier. Kein Quatsch.«

Uli nickt von ferne: »Hi.«

Ina winkt ab: »Alles gut. Du bist erwachsen und Single. Kannst machen, was du willst.«

Peer muss plötzlich lachen. Er kann nicht anders. Tiefes Bauchbebenlachen.

»Was genau findest du lustig, Peer?«

»Ina, das ist komplett absurd gerade. Aber es ist echt so: Ich habe einen Fall, und Uli ist meine verdeckte Ermittlerin. Als Läuferin.«

»Ist klar«, ätzt Ina. »Du hast einen eigenen Fall mit einer verdeckten Ermittlerin. Ausgerechnet du?«

Es ist ein hässliches »du«, das Erinnerungen an verletzende Streitereien über seine Arbeit aufsteigen lässt. Ina, die ihn für schwach hält, für einen Mitläufer, der »immer den Weg des geringsten Widerstands geht«. O-Ton Ina.

Peers Lachen versiegt. Uli verschwindet im Bad.

»Warum lügst du?«, legt Ina nach. »Schlechtes Gewissen? Musst du nicht haben. Ein kleines Techtel tut dir gut, wenn ich das so sagen darf. Als Freundin.«

Schöne Freundin. Sie hat ihn verlassen, für einen Yoga-Heini, der ausschließlich Wege ohne Widerstand beschreitet, für einen herabschauenden Hund. Verraten hat sie ihn. Peer sträubt sich erfolglos dagegen, dass Ina bei ihm noch immer wirkt.

»Komm, lass uns deine Sachen zusammensuchen. Das Laufzeug wasche ich dir.«

Ina blickt zur Garderobe.

»Die Laufklamotten sind mir so was von egal.« Piks. »Aber die hier ...« Sie nimmt die arg gerupfte Paillettenbluse von der Garderobe. »Die hätte ich ganz gern zurück. Sauber.« Ihre Nase taucht vorsichtig in die Glitzerplättchen. »Uuuuh.«

Peer windet sich.

»Ich war im Berghain, zum Ermitteln. Verdächtige beschatten.«

»Peer, es reicht. Du im Berghain. Hör auf mit dem Scheiß. Stehe zu dem, was du machst. Das sollte man vor seinem vierzigsten Geburtstag gelernt haben.« Piks. »Ich komme ein andermal wieder, wenn du die Tassen wieder in deinen Schrank geräumt hast. No bad feelings. See you.« Doppelpiks.

Uli taucht aus der Tiefe des Flures auf, in Slip und Hoodie.

»Geh bitte duschen, Peer«, sagt sie in einem Ton, den er von seiner Mutter kennt.

»Und dann?«

Uli steuert ohne Scheu auf Ina zu.

»Hi, ich bin Uli. Hast du kurz Zeit? Kaffee oder so?«

Ina zögert. Dann sieht sie Peers skeptischen Blick und seine abwehrend wedelnden Hände. Das motiviert sie.

»Klar.«

Uli schiebt sich an ihm vorbei, auf körperliche Distanz bedacht.

»Komm, wir gehen in die Küche.«

Die Dusche ist heiß, aber Peer ist kalt. Unrunder Kreislauf, sehr weit weg vom Ruhepuls. Er trocknet erst sich, dann die Glaswände der Duschkabine. Ina mag keine Kalkflecken. Jogginghose überstreifen, keinen Berliner Beutel, sondern eine athletisch stramm geschnittene. Was die Frauen wohl machen? Peer wischt weiter.

Plötzlich steht Ina in der Badezimmertür. Sie lächelt, weder aktiv noch passiv aggressiv, sondern erstmals seit Langem offen und ehrlich. Wie gut man sich kennt.

»Stark«, sagt sie.

»Was?«, fragt Peer.

»Uli hat mir alles erzählt. Charkiw, die Flucht, ihr Bruder.«

Peer rollt die Augen, wenn auch nur innerlich. Wenn der arme Kerl wüsste, wofür er alles herhalten muss. Wenn es ihn überhaupt gibt.

»Und der Fall natürlich. Stark. Ein richtig dickes Ding. Dein Ding. Und jetzt stell dir mal vor, eine Geflüchtete hilft dabei, einen Doppelmord aufzuklären, uneigennützig, höchstes Risiko. Du weißt doch, wie dieses Land tickt. Auf einmal lieben alle wieder Ukrainerinnen. Das Beste, was der Flüchtlingshilfe passieren kann. Stark.«

Hat sie jetzt zum dritten Mal gesagt. Und vor allem gemeint. Stark. Peer macht sich gerade. Und merkt dabei, wie unterwürfig er die ganze Zeit vor Ina gestanden haben muss.

»Ja«, sagt er langsam, »und ziemlich viel Verantwortung. Ist neu für mich.«

Ina drückt ihm einen flüchtigen Kuss auf die Wange.

»Und das ist gut, glaub mir. Die Klamotten sind egal.«

Sie steht schon fast im Treppenhaus.

»Kein Wort über die Undercover-Ermittlungen, Ina, bitte, zu niemandem.« Er schaut ihr hinterher. »Ich wasch deine Sachen auch.«

Sie ist verschwunden.

»Du liebst sie.«

Uli hat ihre Hände von hinten auf seine Schultern gelegt. Keine Frage, sondern eine Feststellung. Uli ist kein Techtel. Eher seine freche kleine Schwester.

»Ich bin romantisch«, flüstert sie. »Ich muss dir helfen.«

Peer ist gerade nicht nach Hollywood, eigentlich nie.
»Ach Ina. Nicht so wichtig.«
Uli überhört ihn.
»Jetzt brauche ich einen Platz zum Schlafen. Am besten länger als eine Nacht. Und Jonas ist ja leider verboten.«
Peer seufzt. Er hat zwar eine Idee. Aber womöglich keine gute.

KAPITEL 23

Lankwitz. Eine dieser Gegenden, die in keinem Reiseführer erwähnt sind. Weder Hipsterhölle noch Brennpunkt. So wie neunzig Prozent der Stadt. Mehrfamilienhäuser, grün, angenehm spießig. Peers Berlin.

Er klingelt. Hochparterre. Die Haustür aus Aluminium und dunklem Holz ist ein Mix aus Bauhaus und Baumarkt. Peer holt tief Luft. Uli, ihren Armeerucksack über der Schulter, steht auf der Stufe hinter ihm. Er spürt ihre Ungeduld. Die Tür wird aufgedrückt, als habe jemand auf sie gewartet.

»Oh«, sagt Stephanie vom ersten Treppenabsatz. »Ich hatte mit Sushi gerechnet.«

Sie ist überrascht, aber offenbar nicht übermäßig erfreut: Was macht ihr Chef nach Dienstschluss hier? Im Revier gilt: Privat ist privat. Waren sie verabredet? Waren sie nicht.

»Können wir reinkommen?«

»Wenn euch die Unordnung nicht stört. Ich bin selbst gerade erst nach Hause gekommen.«

Peer blickt sich um, als er die Wohnung betritt. Welche Unordnung? Stephanies Handtasche steht auf dem Schränkchen aus dunklem Holz, daneben ein Stapel dienstlicher Unterlagen. Ihre Schuhe mit den kleinen Absätzen stehen ordentlich davor. Darüber ein Selbstporträt von Frida Kahlo, der Klassiker mit Schnauz und Monobraue. Holzboden, dunkle Türrahmen, irgendwie kubanisch. An der kolonialgrün gespachtelten Flurwand hängen vier schlichte Vitrinen. Punktstrahler leuchten die Figuren darin dramatisch aus. Peer erkennt Luke Skywalker, Darth Vader, CPdingsda, diesen goldenen Roboter. Yoda meets

Castro. Peer hat sich nie Gedanken gemacht, wie Stephanie wohnt. Ändert sich mit dem Geschlecht der Geschmack? Dabei hat sich das Geschlecht ja gar nicht geändert, korrigiert sich Peer, nur das Äußere. It's complicated.

Peer fällt mit der Baumarkt-Tür ins Haus: »Uli war gestern und heute in Lehmanns Labor. Alle Checks bestanden. Sie ist drin. Und wir sind dran.«

»Und das müsst ihr mir unbedingt persönlich erzählen?«

»Ich brauche eine Unterkunft für Uli.«

Stephanies gemalte Augenbrauen schießen in die Höhe: »Nicht dein Ernst!«

»Du hast mal erzählt, dass du ein Gästezimmer hast.«

»Stimmt. Ja, aber für Gäste. Nicht für ... für ...«

Uli hört gar nicht zu, sie inspiziert die Vitrine mit dem dunklen Lord.

»Dart Vader.«

Stephanie korrigiert: »Darth Vader.«

»Bei uns sagt man ›Dart Vader‹.«

Uli lächelt süß wie ein Welpenmädchen. Funktioniert die Bambi-Nummer bei Stephanie? Peer verstärkt den Mitleidsreflex virtuos: »Uli hangelt sich seit Monaten von einem schmierigen Typen zum nächsten. Jeder macht auf Flüchtlingsfreund, erwartet aber Gegenleistungen. Du kannst dir denken, was das für eine junge kriegstraumatisierte Frau bedeutet, jeden Tag. Das kann nicht so weitergehen.«

Uli blickt stumm auf Luke Skywalker.

»Nur ein, zwei Nächte«, bettelt Peer.

»Und warum nicht bei dir?«

»Polizist zahlt junge Ukrainerin für illegale Dienste. Dann bin ich geliefert. Ich bin Kommissar!«

»Das bin ich auch«, raunt Stephanie »Sogar nur auf Probe!«

»Aber du bist eine Frau.«

Die Selbstverständlichkeit seiner Worte trifft Stephanie mitten ins Herz. *Aber du bist eine Frau.* Kein Zögern, weder Unterton noch Ironie. Wie oft hat sie das in dieser Selbstverständlichkeit gehört? Vielleicht noch nie.

Peer spürt, was sein absichtsloser Satz bewirkt. Dabei hatte er vor lauter Aufregung den Transkram einfach nur vergessen. *Aber du bist eine Frau.* Gedacht, gesagt, gemeint. Eigentlich ganz einfach.

Stephanie wischt die Augenwinkel, rechts, links, rechts.

»Ich hoffe, du bist keine Vegetarierin.«

Uli schüttelt den Kopf. Peer spürt, wie Wärme seinen Körper flutet. Hier geschieht gerade etwas durch und durch Gutes.

Es klingelt.

»Sushi, hoffentlich«, sagt Stephanie, dankbar für die Unterbrechung.

Der Rote wärmt Peer ebenfalls. Erst Pommes, jetzt Wein. Sündentag.

»Schönes Büfett«, sagt Peer mit Blick auf den Küchenschrank aus der Babylon-Berlin-Kollektion. Mama hat auch so einen. »Kaffee, Mehl, Reis – die Steingutschütten noch alle heil?«

»Eine ist geklebt«, erklärt Stephanie, »aber kaum zu sehen. Von meiner Oma. Fast hundert Jahre alt.«

Uli hat sich in die Ecke gezwängt, hinter den kleinen Holztisch mit der karibisch blauen Decke. Typische Single-Küche, aber gemütlich. Holz und Farben. Stephanie hat im Gefrierfach einen Beutel Bolognese gefunden. Das bisschen Sushi ist längst vertilgt. Jetzt dampfen Nudeln. Stephanie ist herzlich, aber unsicher. Sie hat wohl nicht oft Gäste. Entschuldigt sich für die weiche Pasta, die Enge, den sauren Wein, mangelnden Parmesan. Uli hat geschwiegen, als ob das neue Nachtlager immer noch nicht sicher sei.

»Setz dich doch endlich«, sagt sie zu Stephanie, die den Nudeltopf spült. »Das mach ich, später.«

Stephanie fremdelt sichtlich mit der Vorstellung, nicht mehr allein zu wohnen.

»Jede WG braucht einen Putzplan«, sagt Peer.

Er hat schon schlechtere Scherze gemacht. Schweigendes Nudeldrehen. Kollektiver Versuch, Schmatzen, Schlürfen und Schlabbern möglichst leise zu erledigen.

»Wie lange bist du schon in Deutschland?«, fragt Stephanie.

»Februar.«

»Und seitdem schlägst du dich durch?«

Hintergrundrecherche, Stephanies Welt. Uli zuckt mit den Schultern.

»Und was ist dein Plan?«, hakt Stephanie vorsichtig nach. »Ich meine ... das kann ja nicht ewig so gehen.«

»Solange Krieg geht, geht es so.«

»Du wartest auf das Kriegsende? Und willst dann zurück?«

Ulis Nicken ist zart, ihr Blick auf die Nudeln gerichtet. Peer sieht das unsichere Mädchen hinter der coolen Frau. Ein Leben im Durchgangsstadium. Zukunft? Was ist das? Der nächste Tag.

»Darf ich auch fragen?«

Uli blickt Stephanie neugierig an. Gegenoffensive.

»Kommt darauf an«, sagt Stephanie.

»Du bist wie Mann geboren?«

Peer starrt in die Nudeln. Stephanie nickt.

»Wann du hast gemerkt, dass was falsch ist?«

Konzentriert verfolgt Peer die Windungen einer einzelnen Nudel durch die Soße hindurch.

»Mit dreizehn, vierzehn, als die Pubertät so richtig losging.«

»Was haben deine Eltern gesagt?«

Stephanie atmet sehr, sehr lange aus.

»Meine Eltern, die waren begeistert. Ohne Quatsch. Aus Kreuzberg, so links, dass ich als Teenager Depressionen bekommen habe. Die waren total stolz: eine diverse Tochter, wie toll. Haben's überall rumerzählt. Die anderen Eltern hatten ihre Kinder bei der Antifa, Farbbeutel, Graffiti, erster Mai. Hauptsache, irgendwie gegen rechts und gegen die Bullen. Ich war ein Trophäenkind, ein linkes Statussymbol, exotisch und irgendwie ja auch feministisch. Immer wurde Judith Butler zitiert. Aber kapiert haben sie nichts, gar nichts. Ich wollte doch nur ...«

Sie zuckt mit den Schultern.

»Hast du noch Penis?«, fragt Uli mampfend.

»Ich glaube, das reicht erst mal«, unterbricht Peer.

Stephanie wirft ihm einen dankbaren Blick zu.

»Habt ihr das Foto aus Ann-Kathrins Mail analysiert?«, fragt Peer ablenkend.

Erleichtert schaltet Stephanie in den Ermittlerinnenmodus.

»Alles. Vergrößert. Exakten Standort bestimmt. Hintergrund hochaufgelöst. Himmel, Wetter, Autos, Spiegelungen, sogar zwei Krähen, alles bis ins Kleinste gescannt. Aber wir wissen nicht mal sicher, ob der Täter oder die Täterin es gemacht hat. Kann auch ein Ann-Kathrin-Hater gewesen sein, der zufällig vorbeigekommen ist.«

»Oder ein Auftragskiller.«

Uli gähnt.

»Morgen schnelle Zehn«, sagt sie.

»Zeig's ihnen«, sagt Peer.

»Das Bett ist frisch bezogen. Fühl dich zu Hause.«

Uli umarmt Stephanie, nicht flüchtig, sondern richtig.
»Danke.«

Uli nickt Peer zu. »Flotte Lotte.« Sie reckt den Daumen und verschwindet.

»Sehr eigen«, sagt Stephanie nach einer Weile, »sehr besonders. Schwer zu lesen.«

»Wem sagst du das?«, lacht Peer.

Zugleich wird er diesen Eindruck nicht los, dass in der letzten Stunde eine kleine Patchworkfamilie entstanden ist.

»Ich danke dir, ehrlich.« Stephanie winkt ab. »Ich kümmere mich sofort morgen um eine andere Unterkunft. Hab auch schon eine Idee, aber … Weiß noch nicht.«

»Okay.«

Peer stürzt wortlos den Rest Roten. Wenn schon Sündentag, dann flotte Lotte.

An der Tür reicht er Stephanie erst die Hand, breitet dann die Arme aus. Stephanie fasst seine Oberarme. Beide wissen, dass dieser Tag besonders war.

KAPITEL 24

Heiße Phase. Nur noch gut drei Wochen bis zum Marathon. Peer liebt diese Zeit, in der ein Athlet den Lauf seines Lebens vorbereiten oder alles versauen kann. In diesen Tagen wird besonders gnadenlos trainiert. Dummerweise ist das dem Spree-Henker egal. Es wird die Zeit der Zwanzig-Stunden-Tage. Zu nachtschlafender Zeit laufen, am Tag ermitteln. Oder andersherum. Dummerweise hat Peer keine andere heiße Spur als die, die Uli verfolgt. Rusche weiß nichts von Uli. Also hat Peer neben Laufen und Ermitteln auch noch heimliches Ermitteln auf dem Zettel. Balanceakt.

Wie eigentlich jede Marathon-Vorbereitung. Die Kunst des Laufens besteht darin, das letzte harte Training so dicht wie möglich an den Starttag zu zirkeln. Topform hält sich nicht länger als eine Woche. Am Start spürt der Läufer idealerweise beides: die Form seines Lebens und vollständige Erholung. Das feine Gleichgewicht von Fleiß, Geduld und Vertrauen ist für jedes Rennen neu zu justieren. Selbsterfahrung auf höchstem Niveau.

Die letzten zehn Prozent, sagt Mama. Sie kennt ihn halt. Früher hat Peer sogar heimlich trainiert, obgleich ihm seine Mutter längst Ruhe verordnet hatte. Wer, vom schlechten Gewissen getrieben, die Versäumnisse der letzten Monate knapp vor dem Start aufholen will, wird böse bestraft. Peer weiß das natürlich, hält sich aber ungern daran. Sind seine Akkus zu neunzig Prozent gefüllt, wird er unruhig. Sein Körper will einfach rennen. Aber genau diese letzten Prozente Ruhe machen den Unterschied zwischen ziemlich gut und sensationell. Diesmal hört er auf seine Mutter. Vor der letzten Woche alles geben, um dann guten

Gewissens sieben Tage ruhen zu können. Laufen ist Zen. Und manchmal Kot-zen. So wie die nächsten harten Tage.

Donnerstag: fünfundzwanzig Kilometer flott. Gleich am ersten Tag eine ordentliche Belastung. Damit die folgenden Tage nicht zu leicht werden. Der Wecker rasselt um zehn vor sechs. Hirn aus, aufstehen, losrennen. Wer nur eine Sekunde grübelt, hat schon verloren. Kein Frühstück, kein Kaffee, nichts.

Die Stadt erwacht. Volkspark-Slalom durch die Morgen-Jogger, dann durch die Villen zum Grunewald, wo schon die SUV der Notare und Ärzte tuckern, schließlich die große Wannseerunde und zurück. Beine wie die Pleuel eines Schiffsdiesels. Seit Ewigkeiten spürt Peer diese Kraft von früher wieder.

Er will Ina bitten, eine Unterkunft für Uli zu besorgen. Aber welcher Ton, welche Worte? Im Rhythmus der Schritte übt er Varianten; die lustige, die unterwürfige, die distanzierte. *Du bist erwachsen,* hat sie zu ihm gesagt. Aber wie klingt erwachsenes Fragen, wenn man nach drei Jahren Beziehung sitzen gelassen wurde? Ina. Ist sie noch mit diesem Yoga-Heini zugange? Peer dachte, er sei drüber weg.

1:37,17. Nicht sensationell, aber sehr ordentlich.

Um acht Uhr wieder zu Hause. Ankommen, abkühlen, ausschwitzen. Haferflocken mit aufgetautem Beerenschlorz in den Mixer. Kein Honig. Der Magen wird kurzgehalten. Strafe für die Pommes. Den Wein. Und alles andere. Selbstbestrafung ist auch so eine Läufertugend.

Unter der Dusche denkt Peer an Ina. Wie oft standen sie hier im warmen Regen, akrobatisch umschlungen. Er ächzte, sie quiekte, beide glücklich. Starke Oberschenkel sind eben nicht nur zum Laufen gut. Peer schlingt sich ein Handtuch um.

Ina hat angerufen. Na, so was. Gedankenübertragung! Hat sie unter der Dusche auch geträumt? Oder will sie ihre Sachen holen? Shit, die sind noch nicht gewaschen. Peer widersteht dem Drang, sofort zurückzurufen. Dreimal tief atmen. Ihm geht es gut ohne sie. Sehr gut sogar. Er ist viel freier, selbstständiger, ja erwachsener. Das hat sie beeindruckt. Ob sie ihn jetzt anders sieht? Was empfindet sie für den neuen Peer? Vermisst sie ihn auch? Wieso »auch«? Argh! Gedankenschleifen wegen der Ex. Wenn sie wüsste, dass er seit Wochen heillos überfordert ist. Sein Fall, sein Marathon, seine Agentin, seine geschäftige Einsamkeit, alles zu viel. Peer fühlt sich wie ein Fliegengewicht unter Schwergewichtsboxern. Er greift zum Telefon.

»Hallo, guten Morgen, Ina, ich … äh …«

Peer ringt nach Worten. Er hatte sich doch einen guten Text überlegt. Futsch. Aber manchmal ist das Schicksal nett. Ina sprudelt. Uli hat am Vortag von ihrer vergeblichen Suche nach einer Bleibe berichtet. Und Ina hat was gefunden. Ein möbliertes Zimmer ausgerechnet in dem Studentenwohnheim, dessen Adresse Uli bei Lehmann genannt hat. Halleluja. Vier Wochen erst mal, dafür kostenlos. Peer ist baff, und Stephanie hat recht: Uli kann gut für sich selbst sorgen. Ina mahnt an, dass Peer sich Gedanken machen möge, was nach den vier Wochen passiert. Er kann das Mädchen ja nicht nur für seinen Fall benutzen und dann einfach fallen lassen.

»Morgen Vormittag könnt ihr hinfahren, ich habe euch angekündigt. Ach, Peer, und eins noch: Ich find's wirklich großartig, wie du dich für das Mädchen engagierst. Wir hören uns. Mach's gut.«

Weg ist sie. War das nicht ihre Flirtstimme?

Um neun sitzt Peer am Schreibtisch. Zufrieden.

Freitag: morgens in aller Frühe fünfzehn Kilometer regenerativ, am späten Nachmittag 10.000 Meter auf der Bahn im Maximaltempo.

Peer hat Uli bei Stephanie abgeholt und sie zu dem Studentenwohnheim in Neukölln gebracht. Dieses Sharing-Auto roch nicht nach Pommes. Den Verwaltungskram hat Ina elegant aufs Nötigste runterorganisiert. Jetzt stehen sie in einer möblierten Einzimmerwohnung mit dem Fichtenholzcharme eines protestantischen Erholungsheims. Ein Bett, ein Schreibtisch, zwei Stühle, der Boden gefliest. Die Klobrille klappert mit dem schmalen Kleiderschrank um die Wette. Alles billig, praktisch, austauschbar. Nicht schön, dafür eng.

Doch Uli nimmt ihn in die Arme. »Danke! Danke! Danke!« Erst jetzt bemerkt Peer ihre große, echte Freude. Nur ein Moment, aber sie strahlt. Die erste Unterkunft seit ihrer Flucht, die sie sich mit niemandem teilen muss. Vier Wochen lang kein notgeiler Fusselbart, der, ohne anzuklopfen, vor ihr steht. Scham steigt auf. Warum mutet man Geflüchteten die letzten Löcher zu und erwartet auch noch Dankbarkeit?

Peer muss los, Rusche macht Druck. Den Tag über ermitteln, Spuren auswerten, mögliche Zeugen aus den Mordnächten befragen. Die eingerichtete Hotline spült allerlei Wichtigtuer ins Revier. Strohhalme, nicht mehr, die dennoch alle zu begutachten sind. Übersieht Peer einen Hinweis, wird er auf dem Boulevard gegrillt. »Polizeiversagen« – Rusches Lieblingsschlagzeile.

Für Peer zählt nur Agentin Uli. Das Laufwunder aus dem Studentenwohnheim ist sein direkter Weg zu Lehmann. Bei ihm wird sie am späten Nachmittag 10.000 Meter auf der Bahn absolvieren. Peer läuft dieselbe Strecke zeitgleich im Mommsenstadion. Er sagt ihr nichts davon, sonst will sie am Abend beim Italiener die Zeiten vergleichen. Uli hat sich aufs Bett fallen lassen, das gequält quietscht, und guckt aus dem Fenster in eine uninspiriert arrangierte Grünanlage.

»Bis nachher«, sagt er leise.

Sie winkt. Peer zieht die Tür ins Schloss und verharrt einen Moment im Flur. Er hört jemanden im Treppenhaus. Instinktiv huscht er hinter einen Vorsprung. Jonas. Was macht der denn hier? Der Vorläufer der Running Crew klopft bei Uli, die mit einem »Na, was vergessen?« öffnet.

»Du?«

Jonas umarmt sie.

»War gerade in der Nähe und dachte, ich versuch's einfach mal.«

Uli tut so, als ob sie schon länger auf diesen knapp dreißig Quadratmetern wohnte, auch wenn sie nicht einmal weiß, wie der Herd funktioniert. Offensichtlich spioniert Jonas ihr hinterher. Aber sie schafft es, ihn gleich wieder aus der Wohnung zu drängen. Sie schnappt ihre Sporttasche.

»Let's go. Testlauf.«

Peer atmet durch. Ist Jonas ohne Lehmanns Wissen hier aufgekreuzt? Es stinkt.

Das »La Gondola« im angesagten Schillerkiez bietet perfektes gastronomisches Volkstheater. Hier wird Italien gespielt, auch wenn der Mozzarella aus Brandenburg und die Belegschaft aus aller Welt kommt. Die androgyne Kellnerin aus dem Kosovo mit lila-grünem Billie-Eilish-Haar und beidflügeligem Nasenring spricht akzentfreies Englisch, der Koch stammt aus Rumänien, die illegalen Spüler aus Eritrea. Die Karte ist auf die multikulturellen Bedürfnisse der jungen, hippen Kundschaft zugeschnitten. Teurer, saurer Biowein, halbwegs genießbare vegane Kompositionen auf Tofu-Basis, natürlich glutenfreie Pasta, aber auch bewährte Kohlehydratbomben wie Lasagne und Tiramisu, groß genug, um Ulis ewigen Kohldampf vorübergehend zu besiegen.

Sie hat den Zehner in knapp dreiunddreißig Minuten absolviert. Peer hat gut vierunddreißig gebraucht. Lehmann und Jonas waren angetan, auch von Ulis Blutwerten, die offenbar einen sparsamen Gebrauch von Genussgiften belegten. Stolz wie Koslowski zeigt Uli die Wunderuhr an ihrem Handgelenk. App zum Auslesen und Teststreifen gab es auch. Fotos davon an Jonas.

»Nächste Alarmstufe«, mahnt Peer.

Die Wunderuhr an Ulis Arm ist ein Erfolg der Ermittler, aber sie bedeutet auch: Uli ist rund um die Uhr auf Lehmanns Radar. Ab sofort keine Überraschungsbesuche mehr auf dem Revier, weder bei Stephanie noch bei Peer. Kontakt nur über Smartphone. Stephanie hat eine Nummer mit ukrainischer Vorwahl eingerichtet. Falls jemand aus Lehmanns Lager dabei ist, wenn Peer anruft, meldet sie sich auf Ukrainisch. Konspirative Treffen? Werden mitten auf das Tempelhofer Feld verlegt, nicht weit von Ulis Wohnheim. Lauf, Tarn, Lausch – das ist das Motto. Jetzt muss Uli sich nur noch daran halten.

Samstag: nach einem langen Tag im Büro – der Chefermittler kennt kein Wochenende – siebenmal zweitausend Meter. Peer schiebt leichte Panik. Er hasst die zweitausend Meter. An einen schnellen Kilometer kann man sich halbwegs gewöhnen. Aber die doppelte Distanz in ähnlichem Tempo, da streikt der ganze Körper. Leider ein gutes Zeichen. *Erst wenn es ungemütlich wird, beginnt der Trainingseffekt*, sagt Mama. Auf der letzten Runde bekommt Peer fast immer Gummibeine, der schwarze Tunnel verengt sich, Anflüge von Nahtoderfahrung. Der Magen stülpt sich um. Manchmal Lichtblitze.

Peer ist schwummerig, nicht nur wegen seines Trainingslaufs. Zu viel auf einmal. Jede Kleinigkeit hat Sprengkraft. Die Nummer mit Jonas im Treppenhaus war schon heikel genug. Seine neue Rolle seit Sams Tod ist noch immer nicht klar. Geht es nur um die Betreuung der weiblichen Laufhoffnungen? Oder irgendwie auch um JustKick? Stephanie beobachtet Jonas – sogar außerhalb ihrer Arbeitszeit. Doch ein Observieren rund um die Uhr kann selbst sie nicht leisten. Ist Jonas gefährlich? Besteht ein Risiko für Uli?

Zeit für Läufermystik. Bringt Peer die Zweitausender anständig über die Bühne, dann wird alles gut. Die sieben Einheiten à fünf Stadionrunden verlaufen überraschend geschmeidig, nein, sogar fast sensationell, die letzte in 6:24. Peer hat Läufermystik noch nie getraut.

Sonntag: Halbmarathon. Peer startet bei einem attraktionsarmen Volkslauf durch ein Reinickendorfer Industriegebiet, der sich durch unangenehme Leistungsbreite auszeichnet. Hier trampelt alles rum, sogar Nordic Walker. Insofern ein realistischer Test für den Marathon, der auf der ersten Hälfte einem Slalom gleicht, weil sich unzählige lahme Enten regelwidrig in die vorderen Startblöcke mogeln, um während des Laufs durchs ganze Feld gereicht zu werden. Motto heute: flotte Lotte, also geplantes Marathon-Tempo, gern auch etwas schneller.

Knapp einen Kilometer vor dem Ziel, Peer liegt unter den ersten zehn, täuscht er einen Muskelfaserriss vor und humpelt von der Strecke. Entspannt joggt er zur S-Bahn; seine Klamotten für die Arbeit hat er im Schließfach des

Bahnhofs deponiert. Alter Profitrick: laufen, ohne eine offizielle Zeit zu erzeugen, die online für jeden sichtbar wäre. Auch für Koslowski. Aber der muss nicht alles wissen. Erstmals hat Peer ein wenn auch zartes Gefühl, dass der Marathon gelingen kann.

Montag: im Morgengrauen achtzehn Kilometer mit Temposteigerung, die letzten drei im geplanten Renntempo. Das Büro ist wieder voll besetzt. Trotzdem ein Wochenbeginn wie Zahnbelag. Nichts Erhellendes. Keine weiteren Spuren an den Tat- und Fundorten, auch nicht über die Hotline, obgleich sie immer wieder öffentlich zu Zeugenaussagen aufrufen, schon um Tatkraft zu demonstrieren.

Unter Lehmanns Belegschaft findet sich niemand mit nennenswertem Kerbholz. Unter den drei Journalisten, von denen alle anderen abschreiben, hat Rusche gestreut, dass man heiße Spuren verfolge, worüber er aber leider nicht reden könne, um den oder die Täter nicht zu warnen. Die Nummer sorgt zwei, drei Tage für relative Ruhe. Relativ, denn die Staatsanwältin lässt sich jeden Morgen von Rusche auf Stand bringen, bei rapide zunehmender schlechter Laune. Auf beiden Seiten.

Einzige echte Neuigkeit: Die Wissenschaftler aus dem LKA haben sich JustKick genauer angeschaut. Das Zeug ist extrem aufwendig und teuer in der Herstellung. Eher kein Kandidat für eine Massendroge. Es ist mustergültig auf die Bedürfnisse von Läufern abgestimmt, kann auf Dauer und in zu hoher Dosis aber zu abruptem Herzversagen führen. Liegt da der Schlüssel? Hat Sam herausgefunden, dass JK doch nicht so harmlos ist, wie Lehmann seinen Läufern weismachen will? Leider lässt sich bislang nicht mal eine Linie zwischen dem Wunderzeug und Lehmann ziehen.

Koslowski kommt mit seiner Ann-Kathrin-Theorie auch

nicht weiter. Gut, Peer hat ihm die Dauerüberwachung der Influencerin untersagt, zumal er auch sonst nichts gefunden hat, was seine Theorie bestätigt. Das Foto der toten Tilda stammt nicht von Ann-Kathrin selbst. Entweder hat sich einer ihrer Hasser einen sehr üblen Scherz erlaubt, oder, und das hält Peer für wahrscheinlicher, die anonyme Mail war ein Ablenkungsmanöver von Lehmann. Auch das lässt sich bisher nicht beweisen.

Dienstag: vier Kilometer ein, zwölfmal fünfhundert Meter Tempowechsel, vier Kilometer aus. Peer hat diesen Trainingslauf aufs Tempelhofer Feld gelegt, vier Kilometer Hin- und Rückweg passen ziemlich genau. Sechsmal sehr schnell, sechsmal sehr langsam, im Wechsel. Die Größe des ehemaligen Flugfeldes erlaubt, dass Peer einen Kreis läuft und Uli einen anderen. Die langsamen Passagen absolviert Peer auf Ulis Gerade, die ehemalige Startbahn entlang. Schön gedacht. Aber entweder sind fremde Ohren in der Nähe, oder die Synchronisation klappt nicht, weil Uli am anderen Ende der Bahn ist. Sie müssen fast brüllen, trotzdem ist nur die Hälfte verständlich. Doch selbst wenn Peer sie glasklar hören könnte, würde es ihm nichts nützen. Uli berichtet von Trainingserfolgen, von Lehmann, der sehr nett sei, aber unverdächtig, und Jonas, der noch netter sei und noch unverdächtiger.

Zurück im Revier, nimmt sich Peer zum x-ten Mal die Uhren von Sam und Tilda vor. Stephanie und er haben jeden Standort und jede Bewegung analysiert. Mehr als zwei Monate haben die beiden ihre Uhren getragen. Zwei Monate prallvoll mit Leben, dominiert von Training, Running Crew und Clubnächten.

Sam hatte noch Semesterferien und sich dem Feiern ausführlicher hingegeben, bei Clubnächten auch unter der

Woche oder auf Techno-Festivals im Umland. Hinzu kam regelmäßige Lasagne im Fliegerviertel bei Mama, Papa und Ragdoll-Katze. Mittwochs hatte Sam einen festen Termin zum Sundowner im Klunkerkranich – einer angesagten Bar auf dem Dach eines Parkhauses in Neukölln. So ein Leben hätte Peer auch gerne.

Tilda war disziplinierter. Laufen, Laufen, Laufen, Club nur ab und zu. Ansonsten harte Arbeit als Influencerin, viel im Studio ihrer Wohnung, aber auch auf Events von FitShit, mal im Headquarter, mal draußen bei Lehmann in Potsdam. Der Unternehmer schmeißt gerne üppige Empfänge in seinem Garten am Heiligen See. Peer hat Tildas Aufenthalte dort mit ihren Instagram-Bildern abgeglichen. Live vom Barbecue berichten, Lehmann feiern, FitShit promoten, der übliche Netzkram halt. Anders als die durchgestylte Ann-Kathrin war Tilda die Unangepasste, Ungekärcherte, die sich auch verstrubbelt, verschwitzt und mit blätterndem Nagellack vor die Kamera stellte.

Peer hat die Werte von Tilda immer wieder verglichen, Pulswerte und Trainingseinheiten übereinandergelegt, um sie sich beim Laufen vorzustellen. Oder beim Tanzen. Tilda konnte gut tanzen. Beim ziellosen Stöbern durch die Diagramme fällt Peer auf, dass Tildas Puls bei einem Lehmann-Besuch einen ungewöhnlichen Verlauf aufwies. Gleich beim ersten Mal, sie trug die Uhr seit zwei Tagen, sind Belastungsspitzen zu erkennen, die ungewöhnlich sind für einen Grillabend. Sie war früh aufgekreuzt, offenbar vor den anderen Läuferinnen und Läufern der Running Crew. Ihre Instagram-Fotos postete sie erst zwei Stunden später. War sie allein mit Lehmann? Hat sie Schnittchen belegt für die Gäste? Eher unwahrscheinlich. Typen wie Lehmann lassen einen Catering-Dienst auffahren.

Peer wird es schwummerig. Wenn Tilda in Lehmanns

Garten nicht harte Intervalle trainiert hat, dann bleibt nur eine Erklärung für das Kurvenmuster, bei dem erst Puls, dann Blutdruck knapp sechs Minuten kontinuierlich ansteigen, etwa neunzig Sekunden konstant im oberen Bereich bleiben, um dann rapide abzufallen. Klarer Kurvenverlauf von Sex.

Auch Peers Puls geht hoch. *Emotionen sind der Tod jeder Ermittlung,* hatte Koslowski in der Pathologie zu ihm gesagt. Ist es seine Zuneigung für Tilda, dass er Lehmann für ein MeToo-Monster hält? Kann es nicht sein, dass sie schlichtweg Bock auf Sex hatte? Selbstbewusste Athletin neckt an lauem Sommertag einen schwerreichen Unternehmer. Warum nicht?

Peer spürt, dass es nicht so war. Auch wenn sie auf den Instagram-Bildern weder verstört noch ängstlich wirkt: Die Nummer riecht nach Übergriff und Machtgefälle. Aber den Profi darf nur eins interessieren: Hat der Sex in Lehmans Garten mit den Morden zu tun? Heimliche Fotos, Erpressung, Rache? Und wie passt Sam dazu? Eifersucht? Peer sieht Tilda, das Glitzern, ihr Lächeln. So kommt er nicht von der Stelle.

Mittwoch: im Morgengrauen noch einmal zehn Kilometer im maximalen Tempo. Dieses Mal klar unter vierunddreißig. Geht doch. Trotzdem noch nicht so schnell wie Uli, weswegen Peer abends beim konspirativen Treffen im schummrigsten Winkel eines unspektakulären, aber gut besuchten Neuköllner Grillrestaurants über seinen kleinen Erfolg schweigt. Die Speisekarte ist fleckig und verknittert, die Weinauswahl beschränkt sich auf Weiß und Rot, am gewaltigen offenen Holzkohlegrill wenden zwei schwitzende Kerle das Fleisch im Akkord und schauen nur kurz auf, als Stephanie den Laden betritt. Das Leben als Spießrutenlauf, wie muss sich das anfühlen? Uli guckt skeptisch; sie hat wohl mehr Hipness erwartet. Wenig später ist sie versöhnt. Die Fleischplatte, die ihr vom muffeligen Kellner wortlos aufgetischt wird, erweist sich als kulinarische Sensation. Sie kaut sich begeistert durch Köfte, Lammkoteletts und knusprige Hühnerschenkel, die sich auf einem Berg Pommes türmen. Peer foltert sich mit Hühnerfilets und Salat. Von Ulis Teller mopst er drei Pommes, vielleicht vier.

Sie brauchen eine neue Strategie, mehr Aggressivität und vor allem Ergebnisse. Uli schlägt vor, im FitShit-Headquarter einzubrechen oder gleich bei Lehmann zu Hause.

Abgelehnt. Neues von Jonas? Stephanie ist nichts aufgefallen. Wenn er sich nicht um Uli kümmert, arbeitet er im Krankenhaus oder trainiert für sich. Arbeiten und Laufen. Wie Peer. Bleiben die Phasen, in denen Stephanie kein Auge auf ihn hat. Wenn sie seine Wunderuhr in die Finger bekämen, dann wüssten sie wenigstens, wo er sich wann herumtreibt.

»Aussichtslos!«, klagt Peer. »Er trägt das Ding Tag und Nacht.«

»Na ja, bei einer Sache nicht«, korrigiert Uli. »Danach pennt er sofort ein. Und er fragt jeden Tag: Heute Abendessen bei mir?«

»Auf keinen Fall.«

Ja, sie brauchen Ergebnisse, aber Peer trägt auch Verantwortung für Uli. Sagt nicht nur Ina. Eine Ukrainerin für seinen Fall zu prostituieren, das kommt nicht infrage. Peer hat sofort Bilder von Tilda und Lehmann im Kopf, die er gleich wieder wegschiebt. Gehört hier nicht hin. Sicherheitshalber erklärt er Uli, dass der Uhrenklau gar nicht klappen könne. Die Daten müssen aus der Uhr auf einen Stick und der wiederum zu Stephanie. Soll sie etwa mit dem Laptop vor Jonas' Wohnungstür hocken? Nein, dafür reicht ein postkoitales Nickerchen nicht aus. Viel zu gefährlich.

Stephanie nickt. Uli schlenkert mit der Hand, Übersetzung: ihr Lappen.

»Geduld«, sagt Peer, auch wenn er selbst kaum noch welche hat.

Uli schlenkert noch mal.

KAPITEL 25

Jonas küsst gut. Ist Uli schon beim letzten Mal aufgefallen. Er ist nicht so ein Schlabberer. Auch nicht gierig, das mag sie gar nicht, Zunge tief in den Hals stecken, nein, nein! Jonas küsst wie ein Balletttänzer, kleine Bisse, kurze Verzögerungen, er wechselt spielerisch die Intensität, genau wie Uli es braucht. Sie spürt seine Küsse in den Lenden. Er arbeitet sich zum Hals vor. Gut. Guter Mann. Sie freut sich auf seinen Popo. Die ganze Woche hat sie ihn beim Laufen vor sich gesehen. Was für ein Vorspiel.

Der hübsche Kommissar ist viel zu ängstlich. Und so moralisch. Sie prostituiert sich doch nicht. Sie verbindet das Angenehme mit dem Nützlichen. Küssen und Kompromat. Besorgt sie die Daten von Jonas' Uhr, dann können sie ihn unter Druck setzen. Dann wird er Lehmann verraten. Alles, was Peer will. Alles, was Uli will.

Plötzlich stoppt Jonas. Sie stehen bereits in der Tür zum Schlafzimmer, obwohl in der Küche ein Topf Pasta brodelt. Der Ballettküsser zögert, will sich nicht zum Bett ziehen lassen.

»Was ist?«, fragt Uli auf Englisch.

»Sollen wir nicht erst essen?«

Warum sind deutsche Männer so zögerlich? Uli beginnt, sein Hemd aufzuknöpfen.

»Was hast du gesagt?«, fragt sie und öffnet den nächsten Knopf, küsst seine blanke Brust.

Ein leises Stöhnen. Zögerlich, aber leicht entflammbar.

»Vergiss es!«

Jonas packt Uli und wirft sie aufs Bett. So will sie ihn. Während er sich zart über sie beugt, legt er seine Uhr ab.

Kompromat! Jonas sieht, wie Ulis Blick der Uhr bis auf den Nachttisch folgt.

»Keinen Bock, dass Lehmann zuschaut«, erklärt er.

»Dürfen wir denn die Uhr ausziehen?«

»Natürlich. Wir tragen sie doch freiwillig.«

Uli nickt, als ob er sie überzeugt hätte. Er zieht ihre Uhr aus. Und dann den ganzen Rest.

Selbst wenn Jonas schläft, ist sein Popo knallhart. Nur die Haut ist weich. Ein frisch gepflückter Pfirsich. Uli würde am liebsten reinbeißen. Aber dann wacht Jonas auf. Er ist dieses Mal auf dem Bauch eingepennt. Um zu testen, wie tief er schläft, hat sie die Decke vorsichtig zurückgeschlagen. Nein, Quatsch, natürlich um seinen Popo anzuschauen. Ist das schon ein Kink? Jonas wacht selbst dann nicht auf, wenn sie mit den Fingerspitzen sanft über seine Haut streicht. Er ist viel gelaufen heute. Er braucht seinen Schlaf.

Leise greift Uli an ihm vorbei nach seiner Uhr. Lautlos gleitet sie aus dem Bett und verlässt das Schlafzimmer. Nackt ist die beste Tarnung, falls er aufwachen sollte. Die Temperaturen sind angenehm, die Abendluft tut gut auf der Haut. Sie weiß, dass Jonas' Computer im Wohnzimmer steht, das Passwort hat sie sich gleich in der ersten Nacht gemerkt: »RunCrew23«. Mehr braucht sie nicht. Keine Stephanie, die vor der Haustür lauert. Der hübsche Kommissar denkt viel zu umständlich. Der gerade Weg ist der schnellste, nicht nur beim Laufen.

Uli setzt sich auf Jonas' Stuhl, das Leder kühlt ihren erhitzten Hintern. Von hier aus kann sie über die ganze Stadt blicken. Schreibtisch mit Aussicht. Der Computer ist schnell aufgeweckt, die Uhr angeschlossen. Kinderspiel. Schließlich liest sie ihre eigene Uhr täglich aus. Sie erstellt eine Datei. So einfach. Warum will der Kommissar immer abwarten? Angsthase. Die Datenmenge braucht eine Weile. Das Hintergrundbild zeigt Jonas beim Zieleinlauf irgendwo in der Provinz. Trotzdem reißt er die Arme hoch, als ob er gerade bei Olympia gewonnen hätte. Albern, aber so sind Jungs halt.

Uli mag Jonas, nicht nur den Sex, auch seine Ruhe, seine überlegte Art, die Running Crew zu führen, sein Lächeln und seine Hilfsbereitschaft. Er ist dabei, das Antibiotikum für Dmytro zu besorgen. Das richtige, das den Krankenhauskeimen an den Kragen geht.

Die Datei mit seinen Daten ist fertig. Uli öffnet das Mailprogramm, schiebt die Datei in eine Mail an Stephanie, *Versenden*.

»Uli?«

Verdammt. Die Datei ist riesig, das Versenden dauert. Ein Balken schiebt sich schneckenlangsam über den Bildschirm.

»Uli? Wo bist du?«

Sie hört Jonas' feste Schritte nahen, starrt den Bildschirm an. Mach schon, Computer! Daten-Voodoo. Endlich ist der Balken vollgelaufen, die Mail ist unterwegs. Ihre Finger zittern, als sie den Mailausgang aufruft. Mail löschen. Papierkorb leeren.

»Uli?«

Ruhezustand. Aufspringen. Wohin mit der Uhr? Uli zieht sie an.

»Hey! Was machst du?«, fragt Jonas auf Englisch.

Er steht nackt im Durchgang zum Wohnzimmer. Uli hat beide Hände auf den Schreibtisch gestützt, das matte Mondlicht scheint auf ihren Hintern. Gedankenverloren schaut sie über das Flackern der Lichter. Berlin bei Nacht.

»Hier ist Frieden«, sagt sie leise, dreht sich zu ihm, lasziv, ohne aufdringlich zu sein.

Doch Jonas hat keinen Blick für ihren Körper, er mustert seinen Schreibtisch. Was irritiert ihn? Er kommt näher.

»Warum bist du eigentlich letztens bei mir im Wohnheim aufgetaucht?«

Gegenangriff. Er stockt, prüft immer noch das Arrangement auf dem Schreibtisch.

»Schnüffelst du mir hinterher?«

Endlich blickt er sie an. Er hadert kurz.

»Ja, schon, wir überprüfen dich, aber glaub mir, das ist eine gute Sache.«

»Wie kann das gut sein?«

Sie nutzt die Chance, sich aufzuregen. Hauptsache, er vergisst seinen Verdacht.

»Wir planen etwas mit dir, Uli.«

»Interessant, dass ich davon auch schon erfahre.«

»Wir müssen ein bisschen über dich wissen. Um sicher zu sein.«

»Sicher sein?«

»Ja, und das sind wir jetzt.«

Er lächelt sie an, streicht ihr durch das Haar, fehlt nur noch, dass er Verlobungsringe hervorzieht.

»Kai möchte dich am Samstag in seiner Villa sehen. Barbecue. Achtzehn Uhr.«

Uli ist baff.

»Warum?«

»Wird er dir erklären. Ich darf nichts verraten. Aber glaub mir: Es sind richtig gute Nachrichten.«

Verheißungsvoller Blick. Er nimmt ihre Hand, stößt an die Uhr.

»Du hast sie wieder angezogen? Brav!«

Er stockt plötzlich.

»Das ist meine Uhr«, stellt er fest.

Uli hat keine Ahnung, woran er das Ding erkannt hat. Ein Kratzer, eine Einkerbung im Band. Egal.

»Ups. Dann habe ich sie verwechselt. Schlimm?«

Er mustert die Uhr, schaut auch noch einmal zum Computer.

»Ich kann sie auch noch mal ausziehen.«

Sie reicht ihm die Uhr. Als sie ihre Hand sinken lässt, berührt sie wie zufällig seinen Penis, der sich freudig aufrichtet. So einfach. Sie greift danach und zieht Jonas hinter sich her ins Schlafzimmer. Er lacht erregt. Alles andere ist vergessen.

Ein Termin bei Lehmann privat. Die Daten bei Stephanie. Der hübsche Kommissar wird stolz auf Uli sein.

KAPITEL 26

Diese Drohne ist ein Killer. Peer hat sich nie groß für Technik interessiert, allenfalls für die Federung von Laufschuhsohlen. Seit Stephanie zum Team gehört, findet er zunehmend Spaß an elektronischen Spielzeugen. Irgendwie hat sie einen Prototyp an Land gezogen, mit dem das LKA die Personenüberwachung revolutionieren will. Testphase, aber wer könnte besser testen als der Jäger des Spree-Henkers? Durch die Spezialsonnenbrille mit den Vergrößerungslinsen späht Peer dem Flugobjekt hinterher, das zehn Meter über und zwanzig Meter vor ihm durch die Luft gleitet. Mit dem bloßen Auge kaum zu erkennen und erst recht nicht zu hören. Die Bilder sind so scharf, dass wahrscheinlich sogar ein Regenwurm zu erkennen wäre, der kurz mal den Kopf aus dem Steppenboden des Tempelhofer Flugfeldes reckt.

»Foto«, wispert Peer in das Mikrofon seiner Schnurkopfhörer.

Ein leises Klicken bestätigt, dass die Drohne kapiert, eine Luftaufnahme macht und direkt auf Peers Smartphone sendet. Niemand auf dem weiten Feld nimmt Notiz von der kleinen fliegenden Zigarre.

Das Tempelhofer Feld ist weit mehr als ein Flughafen aus der Nazizeit. Die gewaltige Fläche von vierhundertfünfzig Fußballfeldern wird auch »Berliner Freiheit« genannt, ein Symbol des unbändigen Durchhaltewillens dieser Stadt. Hier landeten in den Nachkriegsjahren im Minutentakt die Rosinenbomber, als Berlin von sowjetischen Truppen eingeschlossen war und aus der Luft versorgt werden musste. Per Volksentscheid stimmten die Berliner 2014 dafür, die gigantische Grünfläche mit den breiten Rollbahnen vor der gefräßigen Immobilienbranche in Sicherheit zu bringen, die das Feld zu gern mit renditestarken Wohnkästen vollgestellt hätte. Heute treffen sich hier Jogger und picknickende Großfamilien, Musiker und Skateboarder mit Surfsegel, Drachenfreunde und Hobbygärtner, Freunde des nächtlichen Raves und Yoga-Jüngerinnen. Das Feld ist wie die Stadt: bunt, verrückt und angenehm unökonomisch. Wo in einer dicht bebauten Großstadt ließe sich eine Spezialdrohne unauffälliger testen?

»Idiotensicher«, hat Stephanie gegrient, als sie ihm die Schachtel überreicht hat. »Aber du musst das Steuern üben. Sie verträgt nicht viel Wind. Am besten nimmst du sie mal zum Lauftraining mit.«

Also läuft Peer heute nicht allein, sondern begleitet von einer elektronischen Stubenfliege. Er hat sie »Puck« getauft. Wie ein gut erzogener Hund entfernt Puck sich maximal zweihundert Meter und hört aufs Wort. Aus maximaler Flughöhe erfasst Pucks Linse das komplette Panorama inklusive des kolossalen in einem sanften Viertelkreis geschwungenen Terminals. Wenn in Berlin Wind ist, dann hier, auf dem Flugfeld mitten in der Stadt. Härtetest. Puck schwankt und torkelt, aber hält sich wacker. Die Aufnahmen sind einwandfrei. Ach, Stephanie, du Geschenk des Himmels.

In weiter Ferne erspäht er Uli, die von Neukölln aus gelaufen kommt. Ihr athletisch-leichter Laufstil ist unverwechselbar wie ein Fingerabdruck. Peer läuft ihr entgegen und flüstert: »Zielobjekt zweihundert Meter vor.«

Puck entschwindet, bis sie etwa über Uli schwebt.

»Foto, Foto, Foto«, kommandiert Peer.

Auf einer der Aufnahmen müsste Uli deutlich zu sehen sein.

Peer hätte Lust, seine eigenwillige V-Frau übers Knie zu

legen. Denn Uli hat mal wieder alle Anweisungen ignoriert. Aber zugleich geliefert. Wofür gibt es eigentlich Regeln, wenn nur der Verstoß dagegen zum Erfolg führt?

Seit dem frühen Morgen klickt sich Stephanie durch die Bewegungsmuster von Jonas. Noch kein Hurra-Moment, aber die Aufzeichnungen von fast drei Monaten Totalüberwachung werden ihnen sicher weiterhelfen. Gute Arbeit, Uli. Leider.

Und dann ist da die neueste Grillparty in Lehmanns Villa. Am Samstagabend, ausgerechnet. Samstag ist Mordtag. Dennoch wird Uli hingehen. Warum soll Lehmann seine letzte Hoffnung töten? Viel wahrscheinlicher, dass er Uli in den Kreis der Auserwählten aufnehmen will. Abhängigkeit durch Nähe schaffen. Und Peer wird dabei sein, mit Pucks Augen.

Uli ist ein paar Meter entfernt. Sie werden auch diesmal nicht nebeneinanderlaufen. Zu gefährlich. Lehmann überwacht jeden ihrer Schritte mit der Laufuhr.

»Kein Sex mit Lehmann«, sagt Peer, als sich ihre Blicke begegnen.

Uli schnaubt: »Ekliger alter Mann!«

Dann ist sie vorbei. In etwa sechs Minuten begegnen sie sich wieder. Mit »ekliger alter Mann« meint sie hoffentlich Lehmann. Sie will sich offenbar von ihm fernhalten. Vom möglichen Sex mit Tilda weiß Uli nichts. Nur Stephanie kennt die eindeutigen Pulswerte aus Lehmanns Villa. Und sie hat auch kein gutes Gefühl.

Plötzlich läuft Uli neben Peer. Das Biest. Hat einfach gewendet, entgegen der Absprache.

»Ich bin Samstagabend in der Nähe«, flüstert Peer, als sie ihn überholt.

»Brauche keinen Babysitter«, entgegnet Uli frech und zieht leichtfüßig davon.

»Pass auf dich auf!«, ruft Peer ihr hinterher.

Ein sinnloser Satz.

Peer spürt Angst aufsteigen. Wie lange kann dieser Stunt mit Uli gut gehen?

Sein Handy klingelt. Stephanie. Atemlos.

»Klunkerkranich!«

»Was?«

»Erinnerst du dich, dass Sam jeden Mittwoch im Klunkerkranich war? Immer zur selben Uhrzeit?«

»Ja.«

»Die letzten beiden Mittwoche war Jonas dort. Selbe Uhrzeit. Obwohl er in den Monaten zuvor nie dort gewesen ist. Weder allein noch mit Sam.«

Jonas hat offenbar einen Job übernommen, den Sam bis zu seinem Tod erledigt hat. Das passt zu Ulis Bericht vom ersten Abend bei Jonas, als Lehmann aufkreuzte.

»Er bleibt nur zehn Minuten drin«, fährt Stephanie fort, »in einem Laden, wo man locker eine halbe Stunde ansteht, um reinzukommen.«

»Er bekommt etwas.«

»JustKick?«

Also doch. Drogenkurierdienst. Erst Sam und jetzt Jonas. Aber wer bringt Jonas das Zeug in den Klunkerkranich? Auf keinen Fall Lehmann selbst. Vielleicht ein Scherge, der bei Bedarf auch Zeugen aufknüpft?

»Wir müssen nächste Woche im Klunkerkranich sein«, stellt Stephanie fest.

»Werden wir. Aber erst mal volle Konzentration auf morgen. Auf Uli bei dem Schmierlappen. Wir müssen auf sie aufpassen.«

»Du machst dir Sorgen um Uli?«

»Lehmann wird sie testen, wie auch immer. Und sie ist anfällig für Anmache jeder Art.«

»Aber sie steht doch nicht auf Lehmann.«

»Uli hat Blut geleckt«, entgegnet Peer. »Das ganze Training, die Schufterei. Sie will den Marathon wirklich laufen. Darüber hat Lehmann die Kontrolle.«

Uli ist von diesem magischen Lauffieber befallen, das Peer schon länger nicht mehr verspürt hat. Neid, klar, aber ihr Ehrgeiz macht Peer auch Angst.

»Du bist ja wie ein Papa!«, sagt Stephanie anerkennend.

»Ich habe eine Fürsorgepflicht«, antwortet Peer. »Bis nachher.«

Er schaut zu Puck hoch. Eine Drohne allein reicht nicht, um die V-Frau in Lehmanns Höhle zu beschützen. Nicht bei diesem ungestümen Wesen und einer potenziell gefährlichen Gemengelage. Während Peer der leichtfüßigen Uli nachschaut, wird ihm klar: Er braucht das große Gedeck. Und ein Okay von ganz oben.

Rusche ist baff. Erst saß er abgelenkt von Mails, Telefonklingeln und Kaffeetasse an seinem Schreibtisch und war maximal mit einem halben Ohr bei Peers Beichte. Mit jedem Satz über Uli und Jonas und die Uhren wurde Rusche ruhiger. Jetzt hört er tatsächlich konzentriert zu. Als Peer von Ulis Date bei Lehmann berichtet, starrt der Kommissionsleiter seinen Chefermittler ungläubig an. Peer weiß nicht, ob Rusches Schweigen ein gutes Zeichen ist. Plötzlich erhebt sich der Chef mit breitem Grinsen.

»Teufelskerl«, donnert er. »Sie sind ein Teufelskerl.«

Peers Ohren glühen wie bei einer Siegerehrung. Fürs Protokoll kritisiert der Chef zwar pflichtschuldig Peers illegale Methoden, merkt auch an, dass Ulis Aussagen nicht zu verwenden und weitere Beweise nötig seien. Sonst springt die Staatsanwältin im Dreieck. Andererseits: Was weiß die Dame schon von harter Ermittlerarbeit? Er versetzt Peer einen kumpelhaften Hieb auf die Schulter.

»Mann, Pedes«, ruft er, »das hätte ich Ihnen wirklich nicht zugetraut. Erstklassige Arbeit. Nur so kommen wir weiter.«

Rusche ist wie Uli. Regeln sind zum Übertreten da. Bimst man jahrelang auf der Polizeischule Paragrafen, um zu wissen, wie man sich daran vorbeimogelt? Ist Peer der Einzige, der Gesetze nicht nur für rechtsstaatliches Dekor hält? Na ja, um ehrlich zu sein, ist es damit bei diesem Fall nun endgültig vorbei. Und es fühlt sich besser an als erwartet.

KAPITEL 27

Wie bei *Homeland*, denkt Peer.

Er kauert auf einem schmalen dreibeinigen Hocker und hat die Beine unter sich gefaltet. Stephanie hat Kopfhörer übergestülpt und lauscht angestrengt. Uli muss jeden Moment kommen. Vor einer knappen Stunde haben sie in Lehmanns Straße in der Berliner Vorstadt geparkt, weit genug entfernt, um nicht aufzufallen, nah genug für eine solide Verbindung. Villen, Kopfsteinpflaster, Bullerbü.

Hier an den Potsdamer Seen wohnt die Elite, altes Geld und neues Geld, kreuzbergsatte Start-up-Millionäre, abgehalfterte Modemurkel, verlassene CEO-Gattinnen und einstige TV-Nasen, die ihre Gagen nicht vollständig verkokst haben. Nachbarschaft? Eher nicht, weil jedes Grundstück mit Pool und Gym ausgestattet ist und es keinen Grund gibt, vor die mehrfach gesicherte Tür zu treten. Man ist sich selbst genug und trifft sich allenfalls auf dem Golfplatz.

Eine dichte, hohe Hecke schützt Lehmanns fußballfeldgroßes Wassergrundstück vor neugierigen Blicken. Peers Lieferwagen sieht wie einer der vielen Sharing-Kleinlaster aus, wie sie überall in der Stadt stehen, auch in Potsdam. Und irgendwas wird in dieser feinen Gegend immer geliefert, installiert oder umgestaltet. Die Jungs in der Polizeiwerkstatt haben die Aufkleber auffällig unauffällig über die Karosserie verteilt und Gucklöcher eingebaut. Für Bequemlichkeit war leider kein Platz. Drei weitere Fahrzeuge sind in der Nähe platziert. Rusche hat acht Mann vom SEK spendiert, falls ein Zugriff nötig werden sollte.

Peer starrt auf das Display, das von Puck mustergültig beliefert wird. Die Drohne schnurrt in fünfzehn Metern

Höhe über Lehmanns Anwesen. Peer erkennt den Fünfundzwanzig-Meter-Pool, edle Gartenmöbel aus hundert Prozent naturgeschütztem Edelholz und einen Steingarten, der nach Zen aussehen soll. Irgendein armer Mindestlohnmensch muss den Kies wahrscheinlich täglich in die Form von Lotusblüten-Mandalas harken. Mittendrin ein Deck, wo Lehmann offenbar seine Morgensonnenmeditation absolviert.

»Foto!«, flüstert Peer in das Mikrofon seiner Schnurkopfhörer.

Eine Sekunde später erscheint das Bild auf seinem Tablet. Der Pool, die Liegen, Terrasse aus hellem Sandstein, exakt wie das letzte Bild.

»Der Akku hält etwa vier Stunden«, merkt Stephanie an, »wenn du durchgehend filmst, dann vielleicht die Hälfte.«

Sagte sie bereits, als Peer vor fünf Minuten das letzte Mal »Foto!« gesagt hat.

»Funktionskontrolle«, erklärt Peer.

Die korrekte Antwort lautet: Nervosität.

Zum ersten Mal koordiniert Peer einen solchen Einsatz. Fühlt sich an wie am Start eines großen Rennens. Da nestelt auch jeder unentwegt an Schnürsenkeln oder am Startnummernband. Wenn die Finger etwas zu tun haben, bildet der Kopf sich ein, man bereite sich besonders akribisch vor. Peer hat noch nie ein solch komplexes und auch heikles Unternehmen geleitet. Uli verkabelt. Puck als Luftaufklärung. Eine Horde in Kampfmontur, die Gewehre geladen. Wenn Ina das sehen könnte. Ach Quatsch, Ina. Ist ihm egal. Wenn Papa das sehen könnte.

»An alle: Kathy nähert sich.«

Stephanie hat offenbar Uli im Ohr. »Kathy«, diesen Codenamen hat Peer sich ausgedacht, nach Kathrine Switzer, die als Mann verkleidet den Boston-Marathon lief,

1967, als Frauen noch nicht zugelassen waren. Irgendwelche Kerle wollten sie damals sogar von der Strecke zerren. Eine mutige Pionierin. Wie Uli. Schnallt nur wieder keiner von den ignoranten Kollegen, nicht mal Koslowski. Der sah aus, als müsse er sich umgehend übergeben, nachdem Rusche den Einsatz befohlen hat. Heute kriegen sie Lehmann. Und Koslowski eine Lektion.

Uli klingelt. Sie ist die Erste. Lehmann öffnet.

»Was für eine Freude«, ruft er in seinem eklig überdrehten Musical-Ton.

Er bittet Uli direkt auf die Terrasse.

»Foto!«, wispert Peer.

Puck liefert. Der Pool, die Liegen, Terrasse aus hellem Sandstein und jetzt noch zwei Köpfe. Belastende Bilder sehen anders aus. Diese Schlacht wird auf der Tonspur entschieden. Peer stülpt den Kopfhörer über.

»Wer kommt denn noch?«, hört er Uli auf Englisch fragen.

»Genüge ich nicht?«, entgegnet Lehmann, der Schelm.

Von wegen Party. Das gefällt Peer nicht.

Stephanie dreht vorsichtig an den Knöpfen des kleinen Mischpults, als ließe sich die exzellente Soundqualität noch steigern. Lehmann säuselt vom Grill: »Badest du gern? Wir können nachher in den Pool springen. Oder du jetzt gleich, während ich hier brutzele. Handtücher sind reichlich da. Badesachen braucht man bei mir nicht.«

Alles klar, Herr Weinstein. Grillparty, das ist offenbar Lehmanns Chiffre für lupenreine MeToo-Aktionen. Immerhin hat er Uli nicht im offenen Bademantel begrüßt.

»Vogel fliegt, Fisch schwimmt, Uli läuft«, lautet ihre mustergültige Antwort, mit der sie elegant das Nacktbaden abmoderiert.

Vielleicht hat sie aber auch einfach nur Kohldampf, so

wie immer. Uli hockt eher züchtig auf einer Liege, nah am Grill, ein Bein ausgestreckt, das andere fluchtbereit aufgestellt. Pucks Bilder zeigen, dass sie aus Inas Fundus ein bauchfreies Oberteil mit einem kaum breiteren Laufrock kombiniert hat, der allerdings mit einem Innenslip ausgestattet ist, was Lehmann das Spannen erschwert. Uli gibt sich einsilbig. Lehmann soll reden.

Der Hausherr hat eine große Platte mit Meeresgetier auf gestoßenem Eis an den Grill gestellt. Mit dem Stolz des Platincard-Inhabers zählt er sein Grillgut auf: Shrimps, dick wie ein Babyarm, Filets von handgeangeltem Seewolf und Wild-Dorade, Bio-Jakobsmuscheln satt. Wenig Fett, viel Protein, dazu Salat. Lehmann ist ein Low-Carber, der weder Mehl noch Zucker auf dem Tisch duldet, weder Säfte noch Brot. Uli knabbert schweigend an Karottensticks. Peer schaltet Pucks Videofunktion ein.

»Gefällt es dir bei uns?«, fragt Lehmann.

Uli nickt.

»Super!«, antwortet sie. »Deine Leute wollen nicht nur laufen, die wollen gewinnen.«

»Das ist genau der Punkt. Wir haben genügend Talente in unserem Land. Man muss sie nur konsequent fördern. Deswegen ist der Berlin-Marathon auch so wichtig – für mich, für die Firma, für uns alle. Zum Marathon kommt NoLimit-X auf den Markt, ganz neue Linie mit neuen Produkten. Vor allem ein neuer Energydrink und die High-End-Trainingsuhr. Es wäre eine absolute Sensation, wenn einer von uns im NoLimit-X-Shirt die Olympia-Qualifikation schafft. Oder eine. Du!«

Uli schüttelt den Kopf.

»Reicht nicht. Fehlt eine Viertelstunde, zwanzig Sekunden pro Kilometer. Das schaffe ich nicht.«

Lehmann fixiert sie.

»Du kannst das schaffen, wenn du wirklich willst. Tilda ...«, er macht eine Kunstpause, die nach Trauer klingen soll, »Tilda ist mit schlechteren Zeiten gestartet als du. Du musst dich fragen: Willst du zu den Olympischen Spielen nach Paris nächstes Jahr? Willst du das wirklich?«

Klare Sache. Uli soll als Marketingfigur dienen, um Lehmanns Dosen und eine obszön teure Uhr zu bewerben. Das ist zwar turbokapitalistisch, aber nicht illegal.

»Warum hast du uns das Märchen von der Studentin aufgetischt, wenn du eigentlich eine Geflüchtete bist?«

Lehmann zieht das Tempo an. Doch Uli ist vorbereitet. Jonas hatte ihr bereits klargemacht, dass man sie überprüft. »Gnadenlos ehrlich« ist die Absprache mit Peer. Bis auf die Sache mit der Undercover-Agentin.

»Hättet ihr ein Straßenmädchen genommen?«

Er lächelt milde.

»Okay. Ich verstehe, dass du vorsichtig warst. Ist jetzt nicht mehr nötig. Wir wissen alles über dich.«

Klingt es nach Drohung? Nach Verheißung? Uli wartet, lauert.

»Auch über deinen Bruder.«

Mist. Das Bruder-Märchen. Ulis Schwachpunkt. Was weiß Lehmann? Ist Ulis Tarnung aufgeflogen? Ist sie in Gefahr? Zugriff? Stephanie blickt Peer fragend an. Er hebt beruhigend die Hände. Noch nicht. Lehmann macht keinen aggressiven Eindruck, er redet seelenruhig weiter.

»Wir haben Dmytro in Charkiw gefunden. Ich soll dich ganz herzlich von ihm grüßen.«

Uli flüstert ungläubig: »Dmytro.«

»Ich finde es ausgesprochen nobel, wie du dich um ihn kümmerst. Ist genau der Spirit, der uns von der Running Crew ausmacht.«

Peer schluckt. Wie peinlich. Er hat die Bruder-Story für

ein Melodram gehalten, das Uli sich ausgedacht hat. Mitleid heischen halt. Aber die Geschichte stimmt offenbar. Und Peer hat dumme Bemerkungen gemacht, anstatt einfach mal nachzufragen.

»Was wisst ihr von Dmytro?«, fragt Uli.

Ihr entfährt beim Gedanken an ihren Bruder ein angespannter Seufzer. Das hier ist kein Spiel. Lehmann überlässt nichts dem Zufall. Seine Krakenarme reichen bis ins Kriegsgebiet. Er lacht, genießt diese Momente, wenn er seine Macht bis in die Lenden spürt.

»Entspann dich! Es geht ihm gut. Und er wäre sehr stolz auf seine kleine Schwester, wenn sie beim Berlin-Marathon abräumt, so einfach aus dem Nichts.«

Lehmann schnappt zwei Monstershrimps mit der Zange und bugsiert sie vom Grill auf Ulis Teller. Er winkt sie zum Tisch.

»Wir sind ein Team, wir halten zusammen.«

Uli gehorcht, nimmt ihren Platz ein, zupft an verkohlten Garnelenbeinen. Lehmann setzt sich ihr gegenüber an den Tisch. Plauderhaltung.

»Was willst du mir sagen?«

»Dein Bruder braucht eine erstklassige Klinik, gute Ärzte, Medikamente. Haben wir alles hier. In vierundzwanzig Stunden haben wir ihn da rausgeholt, mein Flugzeug ist jederzeit startklar. Er kann gesund werden. Gesund, verstehst du, richtig gesund, mit zwei Beinen. Nicht irgendwie notdürftig zusammengeflickt. Willst du das?«

Uli zögert keine Sekunde.

»Was soll ich tun?«

Peer sieht Tilda mit Lehmann. Jetzt Uli mit Lehmann. Er spürt Wut. Stopp! Profi. Keine Gefühle, sondern gerichtsfest verwertbare Beweise. Wenn Lehmann von ihr Sex als Gegenleistung verlangt, dann haben sie das Schwein.

»Paris 2024, Olympia«, sagt Lehmann langsam. »Du kannst die Quali schaffen.«

Peer hätte eine schmierige Weinstein-Nummer erwartet. Doch Lehmann stellt wortlos etwas Braunes neben ihren Garnelenteller. Uli starrt erst das Medizinfläschchen, dann Lehmann fragend an.

»Ich weiß, was du sagen willst. Aber keine Sorge. Eine revolutionäre Neuentwicklung. Macht fit, fördert die Regeneration. Keinerlei Risiko, null Nebenwirkung, der Konsum weder illegal noch nachzuweisen. Die Champs aus der Running Crew schätzen dieses Wundermittel.«

JustKick! In Lehmanns Hand. Da ist es endlich. Der Kerl hat recht: Der Konsum ist nicht illegal. Aber die Herstellung und das Inverkehrbringen. Das Gesetz über neue psychoaktive Stoffe sieht bis zu drei Jahre Knast vor. Wenn das kein Druckmittel ist.

Blick zu Stephanie. Sie zeigt den gereckten Daumen. Sie haben noch mehr als ein Druckmittel, sie haben ein Mordmotiv: Lehmann pusht seine Talente mit der Droge zum Sieg, den sie dann werbewirksam als Erfolg seiner neuen NoLimit-X-Produkte verkaufen. Seht her, Amateure schaffen aus dem Stand die Olympiaqualifikation mit einem mystischen Drink. *Auch du kannst das schaffen, für nur 29,99.* Am Ende geht es um Kohle. Viel Kohle, wenn der Bluff klappt. Aber Sam wollte nicht mitmachen. Tilda auch nicht. Und Lehmann, das PR-Schwein, lässt die Morde wie Angriffe auf sein Team aussehen. So wird es sein.

Uli hält das Fläschchen gegen das Sonnenlicht.

»Zwanzig Sekunden pro Kilometer?«

Lehmann grinst.

»Locker, eher mehr. Ich mach dir einen Vorschlag: Du probierst einfach, trainierst zwei, drei Mal mit Jonas und schaust, wie du dich fühlst. Dann sehen wir weiter. Oberste

Regel: Du kannst jederzeit aussteigen. Null Zwang. Null Druck. Nur ein Angebot.«

»Foto«, wispert Peer.

Puck gehorcht. Weder die Luftaufnahme noch ein braunes Fläschchen taugen als Beweismittel. Aber zusammen mit der Tonaufnahme wird ein Fall draus.

Uli schweigt. Ihre Stirn liegt tief in Falten. Peer weiß nicht, wo sie in Gedanken ist. Bei ihrem Bruder? Bei den Morden? Bei dem Pulver? Lehmann hat seine eigene Deutung.

»Du machst dir Sorgen. Du bist unsicher. Das verstehe ich. Komm doch mal her!«

Er streckt ihr onkelhaft seine Hand entgegen. Kein guter Onkel. Doch Uli gehorcht, steht auf, nimmt die Hand, lässt sich zu Lehmann auf den Schoß ziehen. Ekel-Lehmann. Die rechte Hand fährt Ulis Oberschenkel hinauf, die linke tätschelt ihre Wange.

»Ich passe auf dich auf.«

Lehmann kippt den Inhalt des braunen Fläschchens in Ulis Wasserglas. Er scheint die Menge vorher abgemessen zu haben.

»Und gemeinsam passen wir auf deinen Bruder auf, hm? Wir sind doch ein gutes Paar, oder?«

Peer kommt das Müsli hoch. Er sieht Lehmanns Hand gierig wandern. Die rechte.

»Es reicht!«

Peer ist aufgesprungen und hat sich am Autodach den Kopf gestoßen. Stephanie hat ihr Grinsen im Griff.

»Lasst uns noch einen Moment warten«, sagt sie. »Bin nicht sicher, ob wir genug gegen ihn haben.«

Peer schnaubt. Er hat genug. Er kriegt das Schwein dran. Jetzt.

»Zugriff!«, bellt Peer in Stephanies Mikrofon. »Sofort!«

Er reißt die Seitentür des Lieferwagens auf, ist mit einem Satz auf der Straße und mit zwei weiteren an der Hecke. Die SEK-Kollegen haben eine Sturmleiter angelegt.

Keine zwanzig Sekunden später stehen vier Mann in voller Kampfmontur vor Uli und Lehmann. Der hebt reflexartig die Hände und schaut fragend umher. Uli springt auf.

»Nein!«, schreit sie.

Sie hebt das Glas vom Tisch und an den Mund. Ein SEKler reißt es ihr aus der Hand.

»Nein«, brüllt Uli. »Nein!«

Sie geht mit erhobenen Fäusten auf den Mann los. Der weicht aus, während zwei Kollegen ihre Arme humorlos in den Schraubstock nehmen. Uli tritt, Uli schreit, Uli heult. Sie reißt an ihren Armen, die wie festgeschweißt in SEK-Pranken stecken.

»Lass mich!«

Die Kleine dreht völlig durch. Ist das echt? Show? Was ist hier los?

»Sei ruhig, ich regle das«, herrscht Lehmann sie an.

Peer schwankt zwischen Groll und Grinsen. Der Idiot kapiert nicht, dass Uli ihn reingelegt hat. Kann sich nicht vorstellen, dass die Polizei eine junge Ukrainerin gegen ihn einsetzt. Er hat Peer unterschätzt. Wie so viele.

»Guten Abend, Herr Lehmann.«

Lehmann, ausnahmsweise sprachlos.

»Sie sind vorläufig festgenommen wegen des dringenden Tatverdachts des Verstoßes gegen das Gesetz zu neuen psychoaktiven Stoffen.«

Und das ist nur der Anfang. Genüsslich fixiert der stämmigste SEKler Lehmanns Arme. Der wehrt sich leider nicht. Aber auch ohne Handschellen ist es Peer eine Freude, das Zauberwort auszusprechen: »Abführen!«

Traurig zischt der handgeangelte Wolfsbarsch vom Grill.

KAPITEL 28

»Sie kennen sich ja aus hier.«

Der sonst so selbstgewisse Lehmann nickt und sinkt auf den Stuhl im kargen Vernehmungszimmer. Neben ihm der gewohnt verspannte Dr. Dreiteiler, der sich synchron zu seinem Mandanten bewegt, aber mit etwa einer Zehntelsekunde Verzögerung. Beide lugen auf den Tisch, wo sich Mappen mit Fotos und Abschriften stapeln, daneben in einem transparenten Plastikbeutel das braune Fläschchen. Das Labor hat JustKick nachgewiesen, dasselbe Zeug, das sich im Blut der beiden Toten befand.

Wahre Größe zeigt sich im Sieg und in der Niederlage, sagt Mama. Und sie hat recht. Es ist wie im Ziel, wenn man seinen ärgsten, ekligsten, langjährigsten Feind zum ersten Mal besiegt. Hohn ist verlockend. Das Ego steht bereit für jede herablassende Geste. Aber ein wirklich großer Sieger hat das im Griff. Er geht genau jetzt zum Unterlegenen, um sich für den Kampf zu bedanken. Respekt, trotz allem.

Respekt für Lehmann? Dagegen steht das süße Gift der Rachsucht, die Verlockung, diesem arroganten Arsch in denselben zu treten. Peer platzt fast. Sein erster Fall. Seine Theorie, die sich durchgesetzt hat. Seine V-Frau Uli, an die er immer geglaubt hat. Seine Drohne. Sein Zugriff. Und jetzt: seine Vernehmung.

Eben hat ihm Rusche schon wieder anerkennend auf die Schulter gedroschen: »Sehr gut, Peer!« Peer. Vornamen benutzt Rusche nur in Ausnahmefällen. Daneben Koslowskis dämliches Gesicht. Und jetzt der Showdown, wenn er die Schlinge um Lehmanns Hals immer fester zieht. Hilflos steht der Staranwalt mit seinem obszönen Stundensatz von vierhundertfünfzig Euro daneben. Auch das ist soziale Gerechtigkeit.

Peer hat sich Stephanie als Protokollantin erbeten. Koslowski passt ihm nicht, »atmosphärisch«. Rusche hat genickt und der Ausgebootete nicht mal protestiert. Stephanie hat sich den Platz am Tisch verdient – auch wenn sie langsamer als Koslowski tippt.

Peer beginnt mit den Formalien, betont, dass Lehmann dieses Mal als Beschuldigter vernommen wird. Er schiebt die Beweismittel mit dem Unterarm auf die linke Seite des Tischs. Jede Mappe, jeden Zettel, jedes Foto wird er zur Ansicht in der Mitte platzieren und dann nach rechts schieben, wo ein bedrohlicher Stapel wachsen wird.

Peer beginnt mit den Drohnenfotos. Puck hatte ganze Arbeit geleistet.

»Sind Sie das, Herr Lehmann?«

Dieser nickt.

»Auf meiner Terrasse, heute am frühen Abend. Mit einer talentierten Läuferin, die exzellent in unser Team passt. Ich wollte sie näher kennenlernen.«

Dr. von Dreiteiler betrachtet die Bilder.

»Wieso belasten Fotos von einer kleinen Grillparty meinen Mandanten?«

Mit derlei Manövern war zu rechnen.

»Wir haben die talentierte Läuferin verkabelt. Das Gespräch ist überaus aufschlussreich. Hier ist die Abschrift.«

Peer pocht auf eine grüne Mappe. Lehmanns Stirn ist nicht mehr so glatt. Ulis Verrat kommt endlich bei ihm an. Das wird ihn in Wallung bringen. Das kann er nicht wegschweigen.

»Daraus geht hervor, dass Ihr Mandant eine Geflüchtete aus der Ukraine zur Einnahme illegaler Mittel bewegen wollte. Mindestens das.«

Dr. Dreiteiler richtet sich auf.

»Die von Ihnen gefundene Substanz ist weder legal noch illegal, sondern zunächst einmal neu. Sie ist nicht im Betäubungsmittelgesetz gelistet. Und selbst wenn sich herausstellen sollte, dass die Substanz problematisch ist, dann rechtfertigt das keinesfalls Ihren massiven Einsatz auf dem Anwesen meines Mandanten.«

Lehmann nickt schweigend. Wahrscheinlich hat ihm sein Anwalt geraten, möglichst traumatisiert aus der Wäsche zu gucken, weil plötzlich ein Rudel SEK-Männer in Kampfmontur vor seinem Grill stand, das Gewehr auf die Bio-Jakobsmuscheln und seine alberne Grillschürze gerichtet.

»Ich bin mir sicher, Sie kennen das NpSG«, erwidert Peer gelassen. »Und Sie wissen, dass mit Amphetamin verwandte Stoffe auf der Verbotsliste stehen.«

Er deutet auf ein Foto mit einer Vergrößerung des Just-Kick-Fläschchens in Lehmanns Hand.

»Wir werden sehen, ob das ausreicht«, erwidert von Bardeleben trotzig.

»Ja, das werden wir sehen.«

Peer erhebt sich und stützt beide Hände auf den Tisch. Eine Machtgeste, die Lehmann sofort versteht. Langsam zieht Peer ein Beweismittel nach dem anderen hervor: Berichte, Fotos, die Laufuhr, Protokolle.

»Was wir jetzt schon wissen: Spuren desselben Mittels haben wir im Blut der beiden Toten Sam Welzer und Tilda Burmeister gefunden. Wir wissen, dass Herr Lehmann seine Athleten mit dieser illegalen Substanz füttert. Und wir wissen, dass er sie überwacht. Jeden Schritt, jeden Atemzug, jeden Herzschlag, lückenlos und rund um die Uhr. Seit ihrer kleinen Grillparty ...«, Peer malt Anführungszeichen in die Luft, »... wissen wir auch, warum: Er will die

Öffentlichkeit glauben lassen, dass sein NoLimit-X Wunder vollbringt. Es geht um Geld, viel Geld. Millionen Läufer mit Olympia-Träumen werden die Drinks kaufen, die neue Uhr. Was soll sie kosten? Unter tausend geht die nicht raus, oder?«

Er fixiert Lehmann, der hinter verschränkten Armen schweigt. Natürlich ist ihm klar, dass sein Plan gescheitert ist. Was soll er sagen?

»Selbst wenn es so wäre: Das ist alles nicht illegal«, schreitet der Anwalt ein. »Es wurde kein Zwang ausgeübt. All diese vagen Beschuldigungen rechtfertigen nicht den unverhältnismäßigen Einsatz.«

»Es wurden zwei Menschen ermordet.«

Peer hat Lehmann fixiert. Der hält dem Blick stand, während sein Anwalt sich weiter echauffiert. Peer weiß, dass Lehmann darauf brennt, sich zu rechtfertigen.

»Wir wollten doch offen reden, Herr Lehmann.«

Sein spöttisches Lachen wird von einem Klopfen unterbrochen.

Koslowski steckt den Kopf durch die Tür. Nicht sein Ernst jetzt.

»Verzeihen Sie die Störung. Herr Pedes, könnten Sie für einen Moment ...«

Peer winkt unwirsch ab.

»Jetzt nicht, Herr Kollege!«

Koslowski guckt eindringlich, doch Peer fixiert Lehmann. Jagdfieber.

»Sam war Ihr Drogenkurier, der das Team mit JustKick versorgt hat. Mittwochs im Klunkerkranich haben Sie ihn beliefert.«

Kurzes Flattern der Augenlider. Erster Wirkungstreffer.

»Er wusste von Ihrem, sagen wir mal, kühnen Marketingplan mit Olympia und hat Sie damit erpresst. Deswegen musste er weg. Tilda hat davon erfahren, wollte reden und musste deswegen ebenfalls aus dem Weg geräumt werden.«

Lehmann zuckt nicht mal. Eiskalt. Der Dreiteiler holt Luft, doch Lehmann ist schneller: »Das alles gibt es nur in Ihrer Fantasie, Herr Kommissar.«

Lehmann redet, sein Anwalt schweigt verzweifelt. Die Verteidigung ist dahin. Nächster Wirkungstreffer. Rampe zum Sieg.

Erneutes Klopfen. Nicht jetzt! Doch diesmal steht Rusche in der Tür. Was soll das? Wieso versemmelt ihm der Chef das Momentum?

»Entschuldigen Sie mich einen Augenblick«, murmelt Peer widerwillig.

Er folgt Rusche nach draußen. Tür zu. Koslowski lauert im Flur. Alles Amateure.

»Was ist denn? Wir haben ihn gleich.«

»Das glaube ich nicht.«

Rusche guckt besorgt. Koslowski hält Peer ein paar Fotos hin. Ach du Schreck. Da baumelt weder Tilda noch Sam an einem Laternenmast, sondern ein Mann, korpulent, garantiert kein Marathonläufer. Niemand aus der Running Crew.

»Scheunenviertel, eben gefunden. Engländer, fünfundvierzig Jahre alt, Tourist. Dasselbe Muster.«

Koslowskis Stimme schwankt zwischen Vorwurf und Genugtuung. Peer fällt ins Leere.

»Keinerlei Verbindung zu Lehmann oder den Läufern bis jetzt, weder Berghain noch Marathon.«

Scheiße, Scheiße, Scheiße.

»Wir fangen nicht von vorn an, sondern deutlich hinter der Startlinie, Herr Pedes«, sagt Rusche streng.

Herr Pedes. Klar.

Ausgepeert.

KAPITEL 29

Peer jagt in gestrecktem Galopp über den Flur, während seine linke Hand den Weg durch den Ärmel sucht. Die rechte kontrolliert die Taschen. Handy? Dabei. Knarre? Dabei. Marke? Dabei. Gute Läufer werden nicht langsamer, egal, was obenrum passiert. Die Hände können anziehen, ausziehen, umziehen, Wasser fassen, telefonieren oder ein Sudoku lösen. Den Beinen ist das egal. Die marschieren immer weiter.

In Momenten größter Spannung hilft Laufen, selbst auf dem Revier. Noch bevor Rusche explodieren, Lehmann triumphieren und Koslowski dämlich grinsen konnte, ist Peer davongestürmt. Zeit gewinnen. Abstand schaffen, irgendwie stabilisieren. Einfach nur weg hier, raus aus der verdammten Sackgasse, die fünf Minuten zuvor noch wie ein Prachtboulevard zur Lösung des Falls ausgesehen hat.

»Los, Stephanie«, kommandierte Peer in dem kurzen Moment der allgemeinen Sprachlosigkeit. »Jede Minute zählt.«

Gegen Ermittlungsakribie kann nicht mal Rusche was haben. Der Fall muss Peers bleiben. Wer zuerst am Tatort ist, zeigt Engagement und Führungswillen.

Peer erreicht die Milchglastür, die hinaus zum Parkplatz führt. Weit hinten im Flur klappert Stephanie heran. Er will die Klinke drücken, doch sein Arm steckt im falschen Ärmel, das Textil hält ihn umspannt wie eine Zwangsjacke. Mit der Schulter presst Peer sich ins blauschwarze Dunkel der Sommernacht. Vom Parkplatz aus beobachten zwei Kollegen interessiert seine Selbstfessel-Performance. Peer zerrt noch die linke Hand aus dem rechten Ärmel, da steht Uli plötzlich vor ihm, rot vor Wut.

»Idiot!«, zischt sie. »Voller Idiot!«

Peer hebt die Hände, die Jacke flattert ihm ums Gesicht.

»Warum? Was ist denn los?«

Ulis Augen funkeln. Sie will ihm vor die Füße spucken, bremst sich aber im letzten Moment.

»Warum stürmen bei Lehmann? Keine Gefahr. Nichts. Warum?«

Keuchend stolpert Stephanie aus der Tür. Peer will den befreiten Arm um Uli legen, doch sie schlägt seine Hand weg. Besser so. Der Parkplatz ist von zwanzig, dreißig Fenstern aus zu sehen. Offiziell sind sie Fremde. Uli ist von den Kollegen befragt worden, aber weder als Verdächtige noch als V-Frau, sondern als ganz normale Zeugin. Die Legende sollte sein, dass die Polizei sie kurz vor ihrem Besuch bei Lehmann abgefangen und unter Druck gesetzt hatte, um sie, angeblich gegen ihren Willen, verkabeln zu können. So bestand immerhin eine kleine Chance, die V-Frau auch weiterhin in Lehmanns Umfeld benutzen zu können. Peer weiß nicht, ob die Legende überhaupt noch notwendig ist. Eigentlich war er sicher, dass Uli längst verschwunden sei. Aber sie hat ihm geduldig aufgelauert.

»Ich kann verstehen, dass du sauer bist«, sagt Peer unbeholfen.

»Verstehen? Du verstehst gar nichts. Das war erste gute Chance für Dmytro.«

»Es wäre ein Fehler gewesen, Lehmann zu vertrauen.«

»Es war Fehler, dir zu vertrauen!«

»Uli ...«

Stephanie tritt heran.

»Und du kannst mich auch mal!«

Peer ringt den immer heftiger nagenden Gedanken nieder, dass Ulis Zorn berechtigt sein könnte. Seine Sorge allerdings auch. Er drückt das Kreuz durch.

»Du warst emotional völlig aufgelöst. Du warst kurz davor, das Zeug zu trinken. Du wärst mit Lehmann ins Bett gegangen ...«

Uli richtet ihren Zeigefinger wie eine Klinge auf Peer.

»Ich hatte Situation im Griff. Ich entscheide, was ich mache.«

»Nein, in dem Fall nicht. Ich trage die Verantwortung für ...«

»Niemand trägt Verantwortung für Uli!«, schreit sie heraus.

So hat es keinen Sinn, mit ihr zu reden. Peer drängt sich an Uli vorbei Richtung Fahrzeug.

»Ich erkläre dir das in Ruhe. Und um deinen Bruder kümmern wir uns auch, versprochen. Aber nicht jetzt. Es gibt eine neue Leiche.«

»Und was ist mit Lehmann?« Uli braucht einen Moment. »Lehmann ist nicht der Mörder? Wieso dann stürmen? Wieso?«

Peer tut so, als ob er Ulis Tirade überhören würde. Aber er registriert jedes ihrer wütenden Worte. Und eigentlich hat sie recht.

»Uli, bitte! Da draußen läuft immer noch jemand frei herum, der drei Menschenleben auf dem Gewissen hat.«

Er öffnet den Wagen und zwängt sich auf den Fahrersitz. Uli stellt sich in die Tür.

»Gewissen ...«, sagt sie mit bitterem Hohn. »Du hast meinen Bruder auf Gewissen.«

Peer zerrt an der Tür.

»Jetzt ist aber mal gut. Ich melde mich, sobald ich klarer sehe. Versprochen.«

Stephanie hat sich schweigend auf dem Beifahrersitz niedergelassen. Sie versucht ein Lächeln Richtung Uli, die die Tür widerwillig freigibt.

»Versprochen? Ich scheiß auf dein Versprochen. Ruf mich nie wieder an.«

Peer startet den Wagen und registriert erleichtert, dass Uli einen Schritt zur Seite macht. Im Rückspiegel sieht er ihren Stinkefinger.

»Schöne Scheiße.«

Stephanie nickt.

»Kannste wohl sagen.«

Ein 9/11-Moment in Zeitlupe: aus dem Fenster blicken, die unausweichliche Katastrophe nahen sehen, nichts machen können. Schweigend rollen sie durch eine Nacht, die lang und unangenehm wird.

Sorgfältig legt Peer den weißen Schutzanzug über die Kühlerhaube. Jetzt nicht noch ein Ärmeldrama vor den Kollegen und einer Handvoll Schaulustiger, die ihre Smartphones im Anschlag halten. Immerhin ist Peer erstmals an einem Tatort wie ein Kommissar angezogen. Der Wagen parkt in einer schummrigen Seitenstraße des Scheunenviertels, wo passend zu den teuren Altbauwohnungen gusseiserne Laternen für nostalgisch warme Beleuchtung sorgen, falls nicht gerade Blaulichter rotieren. Die Kollegen haben Flatterband gespannt. Eine Spur muss her, ein Indiz, eine Parallele zu den anderen Toten. Irgendwas, das er Rusche sofort präsentieren kann.

»Was wissen wir?«, fragt Peer, um sich die Antwort selbst zu geben. »Offenbar ein typischer Partytourist, ein Wochenende Druckbetankung in Berlin. Kein Läufer, keine ersichtliche Verbindung zu Lehmann.«

Stephanie nickt. Sie hat den Anzug bereits angelegt. Peers Blick ist pures Flehen.

»Das ist doch ein Ablenkungsmanöver von Lehmann, oder?«

Stephanie legt den Kopf zur Seite: »Einen Unbeteiligten umbringen, einfach so?«

Schweigend versucht Peer die weiße Beinröhre zu entern, ohne sich am Auto festzuhalten. Koordinationstraining unter größtem Stress ist besonders effektiv und hilft beim Fokussieren. Zu viele Bilder rotieren, vor allem dieses eine: Rusche steht vor ihm und fordert eine Erklärung für den Zugriff bei Lehmann, als ob er den Einsatz nicht persönlich und sogar freudig genehmigt hätte. Chefscheiße. Peer will das zweite Bein in den Schutzanzug fädeln, schwankt, sucht Halt am Auto. Siegermantras abrufen, so was wie: Gute Läufer sind wie Boxer – angeschlagen sind sie am gefährlichsten. Dranbleiben. Auch wenn's wehtut.

Peer kämpft: »Der Tote wird ausgerechnet dann gefunden, wenn Lehmann bei uns im Revier ist. Mehr Inszenierung von Unschuld geht ja wohl nicht.«

Stephanie grübelt.

»Aber Lehmann wusste nicht, dass wir ihn mitnehmen würden. Wie kann er da was inszenieren? Hat er einen Auftragskiller, der auf Zuruf umgehend irgendwen umbringt?«

Peer sträubt sich gegen den Zweifel, der sich immer weiter in jede Sekunde der vergangenen Wochen frisst. War alles falsch? Hat er wirklich zu früh stürmen lassen? Hat er sich komplett verrannt? Er zieht den Reißverschluss über den Bauch bis an die Gurgel.

Während Peer das Absperrband für Stephanie hebt, ermahnt er die Umstehenden: »Bitte keine Aufnahmen!«

Unbeeindruckt ragen Smartphones in die Luft. Die Bilder vom Tatort, vom Toten, vom ganzen Einsatz und jetzt auch noch von ihm dürften längst im Netz stehen. Sieht fast so aus, als habe der Killer eigens für Instagram eine faszinierend schaurige Ästhetik angerichtet. Wie in einem Thriller von Hitchcock hängt der massige Leib des Briten im fahlen Laternenlicht. Der Strick ist deutlich kürzer als bei den anderen Opfern. Peers Blick fährt über die Platten des Gehwegs, den Bordstein entlang, scannt die umstehenden Autos. Vielleicht haben die Kollegen irgendwas übersehen.

»Herr Kommissar ...«

Peer blickt auf. Eine junge Frau in Uniform der Schutzpolizei.

»Polizeiobermeisterin Fried. Ich war als Erste am Tatort.«

Flattern in der Stimme, eine aufgeknüpfte Leiche sieht man auch in Berlin nicht jeden Tag. Doch Kollegin Fried gibt sich professionell. Braucht Peer jetzt.

»Habt ihr schon was gefunden?«

Fried legt den Zeigefinger kurz auf die Lippen und nickt in Richtung der Smartphones. Zu viele Mikrofone. Sie winkt Peer in einen Durchgang, der von zwei Kollegen bewacht wird, und deutet auf das Pflaster.

»Hier wurde das Opfer entlanggeschleift, aus dem Hinterhof durch die Einfahrt auf die Straße. An den Absätzen des Toten zu erkennen. Wir haben den Durchgang sofort gesperrt, für die SpuSi.«

Die parallelen Linien sehen aus wie Bremsspuren eines Mountainbikes.

»Passanten haben ihn an der Laterne gefunden, vor einer Stunde etwa. Ziemlicher Brocken, bestimmt über hundert Kilo. Keine Abdrücke von Rollen, die auf Sackkarre oder Flaschenzug hinweisen. Der Täter muss sehr kräftig gewesen sein.«

Im Schutz eines Streifenwagens hockt Stephanie auf dem Bordstein, neben ihr eine zusammengefallene Gestalt.

»Das ist David, sein Kumpel«, erklärt Fried leise. »Spricht nur Englisch.«

»Hi, David! *Detective Inspector* Pedes, es tut mir sehr leid, was Sie erlebt haben«, sagt Peer auf Englisch. »Ist es okay, wenn ich Ihnen ein paar Fragen stelle?«

Keine Zeit für Mitgefühl. Manchmal hat die Methode Bülow ihre Vorteile. David blickt aus roten Augen auf.

»Ist alles gesagt«, entgegnet er mit cocktailschwerer Zunge auf Englisch.

»Sie waren gemeinsam unterwegs, seit dem frühen Abend«, erklärt Fried, »die Namen der Bars haben wir von ihm bekommen. Irgendwann haben sie sich aus den Augen verloren.«

Peer beugt sich hinab, bis ihn der Qualm aus Davids Zigarette bremst.

»Kennen Sie einen Mann namens Kai Lehmann?«

In Filmen gibt es diese Momente des kosmischen Zufalls, wenn völlig unerwartet alles zusammenpasst.

»Wen?«, fragt David matt.

»Lehmann«, wiederholt Peer laut und langsam. »Ein deutscher Unternehmer.«

David schüttelt den Kopf.

»Nie gehört. Wer ist das?«

Kein Filmmoment.

Stephanies Augen suchen Peers. Ihr Kopf zuckt kurz Richtung Straße, wo ein schwarzer BMW mit Blaulicht auf dem Dach schwungvoll stoppt. Peer weiß, wer aussteigt. Souverän bleiben. Einfach weiter ermitteln, als wäre nichts.

»Wer hat die Leiche gefunden?«, fragt er Fried.

Sie hebt an, da stürmt Rusche auch schon vom BMW heran.

»Herr Pedes, würden Sie bitte mal kommen?«

In seinem Windschatten Koslowski, der den weißen Schutzanzug offenbar schon im Auto angelegt hat und die Schaulustigen mit weiten Armschwüngen zurückzudrängen vorgibt. Er erteilt Anweisungen, den Toten schleunigst abzuhängen und hinter den Sichtschutz zu legen, um weitere Handyfotos zu verhindern.

»Moment, Herr Kollege …«, ruft Peer und blickt zu Rusche. »Wollen wir Bilder, wie Polizisten eine Leiche von der Laterne pflücken?«

Rusche winkt ungehalten ab.

»Kollege Koslowski weiß, was er tut. Das kann man von Ihnen nicht behaupten.«

Seine Stimme klingt nach Panzerfaust.

»Sie hatten Ihre Chance, Pedes, mehr als einmal. Ich hätte schon viel früher … Egal. Ab sofort übernimmt Kollege Koslowski den Fall.«

Wie durch Watte schallen Koslowskis Kommandos.

»Sichtschutz installieren. Schaulustige zurückdrängen.«

Sein Triumphgesicht taucht hinter Rusche auf.

»Ich sorge hier kurz mal für Ordnung, Chef.«

Der nickt: »Sehr gut, Koslowski.«

Die plötzliche Einsamkeit fühlt sich an wie ein schwarzes Loch. Natürlich hat Rusche sich nach Lehmanns Vernehmung nicht beruhigt.

»Okay«, hört Peer sich sagen, während sein Hirn verzweifelt nach einer letzten halbwegs plausiblen Erklärung fahndet, warum Lehmann seine schmutzigen Finger möglicherweise doch im Spiel hatte. Peer entscheidet sich schließlich zu schweigen. Jedes Wort von ihm würde in diesem Moment nur albern klingen, dickköpfig und verzweifelt.

Akzeptiere die Niederlage, sagt Mama. Cool bleiben, professionell, keine Ausreden, einfach annehmen. Koslowski drängt die Smartphones mit ausgebreiteten Armen zurück. Sein Moment.

Rusche neigt sich zu Peer: »Ich hoffe, Sie kapieren, warum ich so entschieden habe.«

Soll er den Chef ausgerechnet jetzt noch mal an seine vollgedröhnte Tochter im Berghain erinnern? Das wäre die letzte Kugel. Aber Rusche ist vorbereitet.

»Und die alten Geschichten legen wir jetzt auch mal zu den Akten.«

Schnee von gestern. Eh nicht mehr nachweisbar. Rusche, befreit von Angst um seine Karriere. Ohne ein Wort wendet er sich ab. Koslowski ist auf eine Alukiste der Spurensicherung gestiegen und guckt wie Mussolini.

»Kollegen«, schnarrt er, »auf Wunsch von Kommissionsleiter Rusche leite ich ab sofort die Ermittlungen. Der Kollege hat sich leider etwas verrannt, kann passieren. Wir werden uns umgehend neu ausrichten ...«

Koslowskis Ansprache verhallt in der Dunkelheit.

Leer starrt Peer in die Nacht. Uli sauer, Rusche sauer, Fall weg, Lehmann frei, Koslowski obenauf. Eine niederschmetternde Bilanz. Und jetzt?

»Wir sollen die Hausbewohner befragen, sofort.«

Stephanies leise Stimme holt Peer zurück. Also doch wieder Klinkenputzen. Wie in der Achten. *Haltung*, sagt Mama.

»Alles klar. Dann machen wir das.«

Vor dem Hauseingang hat sich Koslowski aufgebaut. Er will sich keine Chance zur Demütigung entgehen lassen.

»Ist doch schön, wenn man sich wieder mehr aufs Laufen konzentrieren kann, oder?«

Peer lächelt eisern.

»Auf gute Zusammenarbeit, Kollege Koslowski.«

KAPITEL 30

Feigling. Der Kommissar ist nicht nur ängstlich. Er ist ein Feigling. Angst versteht Uli. Wenn Bomben auf deine Stadt fallen, hast du Angst. Wenn Soldaten in deiner Straße auftauchen, hast du Angst. Natürlich. Aber dann musst du dich fragen, ob du dich der Angst stellst. Ob du handelst, trotz Angst, mit Angst, gegen die Angst. Oder ob du ein Feigling bist.

In Lehmanns Garten ist Peer ein Feigling gewesen. Dabei hat es dort nicht einmal Bomben oder Soldaten gegeben. Nein, er hatte Angst, einen Fehler zu machen. Es ging um seine Karriere, nicht um Krieg. Er hat stürmen lassen, um kein Risiko einzugehen. Um nicht schlecht dazustehen. Die Einzige, die wirklich etwas riskiert hat, war Uli. Sie hätte alles riskiert. Für Dmytro. Aber sie durfte nicht entscheiden. Der Feigling hat für sie entschieden.

Wütend drückt sie auf die oberste Klingel des modernen Neubaus zwischen sanierten Berliner Altbauten. Teure Gegend. Irgendwo zwei Straßen weiter färben Blaulichter die Nacht. Uli ist gelaufen. Von der Polizei im Westen der Stadt bis nach Mitte. Laufen tut ihr gut. Beim Laufen fühlt sie sich sicher. Noch einmal klingeln. Der Lichtkranz um das Kameraauge springt an.

»Uli?«, hört sie Jonas' Stimme.

»Mach auf.«

Sie hat keine Geduld mehr mit deutschen Männern. Der Türöffner summt.

Als sie in der Dachgeschosswohnung ankommt, sieht Uli schon wieder Angst. In Jonas' Augen. Hört das überhaupt nicht auf?

»Du arbeitest mit der Polizei zusammen?«, fragt Jonas auf Englisch.

Angst vor ihr. Das ist eine neue Variante.

»Was?«, blafft sie ihn an – keine Geduld.

»Du warst verkabelt.«

Er hat mit Lehmann geredet. Mustert ihren Körper, ausnahmsweise nicht lüstern, sondern auf der Suche nach Kabeln oder Mikrofonen. Uli zieht sich aus. Top, Laufrock, Slip. Bis auf die Haut. Keine Kabel, keine Mikrofone.

»Sie haben mich erpresst«, sagt sie dabei mit unterdrückter Wut. »Abschiebung, wenn ich nicht mitmache. Kurz vor Kais Villa haben die Cops mich abgefangen. Ich hatte keine Wahl.«

Mehr muss Jonas nicht wissen.

»Ich habe kein Wort über dich gesagt«, ergänzt sie.

In Kombination mit ihrem nackten Körper funktioniert die Story. Jonas nimmt sie in den Arm.

»Scheiße! Du bist ja komplett durch.«

Uli schmiegt sich an ihn. Sie braucht ihn noch. Aber das ist nicht alles. Die Nähe der Körper tut ihr gut. Ein Moment Wärme in dieser Shitshow. Und der Beweis, dass Jonas sie wirklich mag, wenn er nach ihrem Verrat nicht einmal zögert, sie zu umarmen. Langsam löst sich Jonas wieder, reicht ihr ihre Sachen, zieht sie zum Küchentresen, wo Wein wartet. Pluspunkt für ihn, dass er die Situation nicht ausnutzt.

»Lehmann dreht frei«, sagt er.

Und das macht ihm Angst. Angst frisst Erotik. Kein Pluspunkt. Uli zieht sich wieder an.

»War er hier?«, fragt Uli.

»Er hat angerufen. Ich soll sofort das ganze JK wegkippen.«

Er deutet auf den Tresen, auf dem eine offene Dose Proteinpulver steht. Nur dass darin kein Proteinpulver ist. Jonas hatte das Zeug die ganze Zeit in großen Mengen bei sich in der Wohnung.

»Du weißt Bescheid?«, fragt er.

Lauern im Blick. Aber nicht mehr viel. Er *will* ihr vertrauen.

»Ihr nehmt alle JK, damit einer beim Marathon die Quali für Olympia holt«, stellt Uli fest.

»Das war der Plan. Damit wollte Kai für NoLimit-X werben. Behaupten können, sein neues Wunderzeug hätte aus Amateuren Olympioniken gemacht. Aber das hat der Pisser jetzt abgeblasen.«

Er greift in die Dose, holt kleine Plastiktütchen mit weißem Pulver heraus. Portionen, die er an die anderen aus der Running Crew verteilt. So muss es sein. Uli denkt an den feigen Kommissar. Daran, dass sie sich gestern noch über das gelüftete Geheimnis gefreut hätte. Sich ausgemalt hätte, wie Peer am Abend schaut, wenn seine Agentin ihm Kompromat liefert. Aber das hat der Feigling kaputt gemacht.

»Abgeblasen?«, fragt sie Jonas.

»Die Nummer funktioniert nicht mehr. Jederzeit kann ein Cop der Presse stecken, dass Doping hinter der Nummer steckt und nicht nur das neue NoLimit-X. Das Zeug wäre ein Rohrkrepierer und Kai am Arsch. Also bläst er es ab. Alles.«

»Was heißt ›alles‹?«

Dmytro. Nur seinetwegen spielt Uli das Spiel noch weiter. »In vierundzwanzig Stunden haben wir ihn da rausgeholt, mein Flugzeug ist jederzeit startklar.«

»Was heißt ›alles‹, Jonas?«

Jonas erschrickt. Kann sein, dass Uli geschrien hat.

»Er trennt sich von der Running Crew. Angeblich, weil ihn die Todesfälle so mitnehmen. Pietät, bla, bla, bla. Aber er hat nur Schiss.«

Das macht Jonas wütend. Uli zieht ihr Handy aus dem Laufrock, den sie gerade erst angezogen hat. Sie sucht Lehmanns Kontakt, während Jonas weiterredet.

»Klar, der Plan hat jetzt keinen Sinn mehr. Trotzdem scheiße. Wahrscheinlich nutzt Kai die Situation, verstärkt die Gerüchte heimlich. ›Unbekannte Superdroge, vielleicht auch in NoLimit-X.‹ Alle empören sich, Lehmann streitet ab, die Kids macht es neugierig. Das funktioniert immer.«

»Jetzt halt mal die Klappe.«

Uli hört Lehmanns Mailbox-Ansage.

»Was ist mit meinem Bruder?«, fragt sie auf Englisch nach dem Piep. »Du musst ihn herholen. Ich mache alles, was du willst. Das muss nicht das Ende sein. Ruf mich an.«

Jonas blickt sie betroffen an. Dann nimmt er sie wieder in die Arme. Kann sein, dass sie hysterisch klang.

»Er hat dir Hilfe für Dmytro versprochen?«

Uli nickt. Jonas fühlt mit.

»Lehmann verspricht viel. Aber hält nur das, was ihm nützt.«

»Ich mache alles.«

Gequälter Blick bei Jonas. Ist er auch so einer wie der feige Kommissar? Diese Männer sagen, dass sie dich vor anderen Kerlen schützen wollen, dabei halten sie es nur nicht aus, dass du frei über deinen Körper bestimmst. Und ihn einsetzt, wenn es sein muss.

»Du bist hier echt in eine Scheiße geraten, die du nicht verdient hast.«

Wenn Uli eins weiß: Mit Verdienen hat das alles überhaupt nichts zu tun. Doch bevor sie Jonas das erklären kann, piepst ihr Handy. Nachricht von Lehmann.

Es tut mir leid, Ulyana. Ich stelle jegliche Aktivitäten im Zusammenhang mit der Running Crew und deren Mitgliedern ein. Ich wünsche deinem Bruder alles ...

Uli hat die Nachricht nicht zu Ende gelesen, das Handy fliegt mit einem lauten Knall gegen den Edelstahlkühlschrank.

»Hey, Uli, hey.«

Jonas versucht, sie zu bändigen. Seine Arme umschlingen sie.

»Ich helfe dir.«

»Wie denn?«, herrscht sie ihn an. »Du schaffst es nicht einmal, das Zeug für Dmytro zu besorgen.«

»Weil es verdammt schwierig ist. Wir brauchen ja nicht irgendwelche Pillen. Dieses Antibiotikum ist offiziell noch gar nicht zugelassen und wird noch getestet …«

»Vergiss es. Was mache ich überhaupt noch hier?«

Uli reißt sich los, sammelt ihr Handy auf, Sprung im Display, aber es funktioniert. Sie will aus der Küche, aus der Wohnung, aus der ganzen verdammten Nummer raus. Zurück nach Charkiw? Jonas hält sie.

»Du bekommst das Antibiotikum. Dmytro bekommt es. Ich besorge es und schicke es ihm persönlich.«

Flehen in Jonas' Stimme. Er hängt an Uli. Buchstäblich. Mit aller Kraft hält er sie bei sich.

»Und ich habe noch eine andere Idee.« Verheißungsvoller Blick.

Uli hält inne. Idee? Mieser Trick. Oder? Anhören ist besser als eskalieren lassen.

»Was?«, fragt sie.

Jonas blickt zu der Dose mit JustKick.

»Da drin ist die komplette Ration, die ich am Montag an die Crew verteilt hätte. Genug Zeug, um einen einzelnen Läufer bis zum Marathon damit zu versorgen. Oder eine Läuferin.«

Uli löst sich von ihm, aber sie geht nicht.

»Sprich weiter.«

»Du bist ein Wahnsinnstalent. Du hast alles, was es braucht. Ein paar Monate Training, und du kannst europäische Spitze sein. Mit JK kannst du die Olympia-Quali schaffen, Uli.«

»Lehmann ist raus.«

»Du brauchst Lehmann nicht. Wenn du die Quali schaffst, stehen die Sponsoren auf der Matte. Ich weiß, wie der Laden läuft. Ich kann dich managen. Wir können richtig viel Geld machen. Auf jeden Fall genug, um deinen Bruder nach Berlin zu holen.«

»Wie viel?«

»Das fängt fünfstellig an. Und mit Social Media und Modeln wird's schnell sechsstellig. Du hast riesiges Potenzial. Du bist nicht nur schnell, sondern auch heiß.«

Uli nimmt ein Tütchen JK vom Tresen in die Hand. Ihr macht das Zeug keine Angst. Sie ist nicht Peer. Außerdem weiß sie, dass sie gut ist. Dass sie es schaffen kann.

»Was hast du davon?«

»Dich«, sagt er anzüglich.

Sex. Das macht ihr natürlich auch keine Angst. Mit Jonas noch weniger als mit Lehmann.

»Aber Kai will, dass du JK wegkippst.«

»Ist mir egal.«

Jonas ist also schon mal kein Feigling. Angst ja, aber er handelt. Uli nickt.

»Lass uns das machen.«

Jonas lacht. Er freut sich wie ein Kind. Dann packt er sie und presst seine Lippen auf ihre. Entfesselte Erotik. Uli ist eigentlich nicht danach. Ihre Welt muss sich erst neu ordnen. Jonas wird in dieser neuen Ordnung seinen Platz haben. Und sie kann im Moment nur eines beitragen: ihren Körper. Beim Rennen und beim Sex. Langsam zieht sie ihr Top aus.

KAPITEL 31

Koslowskis Zielfernrohre sind auf Ann-Kathrin gerichtet. Für ihn passt alles zusammen. Wer perfekte Alibis vorweist, macht sich schon mal gleich verdächtig. Er ist sicher, dass sie den Mörder beauftragt hat. Die Hass-Mail mit dem Foto von Tilda hat sie an sich selbst gesendet, als Ablenkung. Ihr Motiv sowohl bei Sam als auch bei Tilda ist offensichtlich. Was den dicken Engländer angeht: Der baumelte an einer Ampel zwei Straßen entfernt von Ann-Kathrins sehr geheim gehaltenen Privatadresse. Und wenn man sich im Loft weit aus dem Fenster lehnt, kann man theoretisch den Fundort der Leiche sogar sehen. Das reicht Koslowski als Indiz, womit er sich sehr weit aus dem Fenster lehnt. Denn für seine Theorien fehlen ihm jegliche Beweise. Und nach denen muss die gesamte erste Mordkommission nun suchen. Peer natürlich auch. Nach einer schnellen, harten Einheit morgens um fünf durchforstet er auf nüchternen Sonntagmorgenmagen die Lebensläufe früherer Athleten der Running Crew. Vorstrafen und so. Gibt es Hinweise auf Helfershelfer der blutrünstigen Ann-Kathrin? Abgesehen davon, dass nicht jeder, der mal eine Runde mit der Crew gedreht hat, irgendwo verzeichnet ist, sind die meisten harmlos. Läufer haben keine Zeit für Vorstrafen.

Auffällig ist allenfalls Bo. Auf den lüsternen Schweden ist Peer schon gestoßen, als er die Ermittlungen noch geleitet hat: Bo aus Stockholm. Ann-Kathrin hat sich nur ungern erinnert, dennoch im Detail. Der Schwede ist vor zwei Jahren mal für ein paar Monate bei der Running Crew mitgelaufen, wo er Ann-Kathrin offenbar ziemlich hemmungslos gestalkt und immer wieder unter dem Deckmantel der Fürsorglichkeit begrapscht hat. Bo wartete morgens vor ihrer Haustür, behelligte sie nachts mit klebrigen SMS aus der Noch-wach-Kategorie und geilte sich an ihrem entsetzten Blick auf, wenn sie wieder mal einen der vielen kleinen Klebezettel fand, die Bo an möglichst privaten Stellen zu hinterlassen versuchte, unter anderem an den Wechselslips in Ann-Kathrins Sporttasche. Einmal schaffte er es sogar an Aufpasser Jean-Luc vorbei bis in ihr Studio, wo sie gerade duschte. Noch bevor der Mann mit dem Flusenpullover erzieherisch tätig werden konnte, kehrte Bo zurück nach Schweden. Peer hatte die Kollegen in Stockholm auf ihn angesetzt, die allerdings meldeten, dass Bo Schweden in den vergangenen Wochen nicht verlassen habe. Als Peer vorgeschlagen hat, sich dennoch genauer mit dem Mann zu beschäftigen, hat Ermittlungsleiter Koslowski nur müde mit dem Kopf geschüttelt. Ein Ex-Stalker ist ja wohl kaum als Auftragsmörder für Ann-Kathrin tätig, scheidet also aus. Koslowski-Logik.

Mitten in Koslowskis Fadenkreuz steht im Moment Fluse, Ann-Kathrins maulfauler Sicherheitsbeauftragter. Sobald der Name Jean-Luc fällt, raunt Koslowski von »neuen Indizien«, die bislang »sträflich übersehen« worden seien. Genauer wird er nicht. Wahrscheinlich hat es etwas mit den Überwachungskameras zu tun. Das Überprüfen aller Kamerabilder, die im Umfeld eines Tatorts entstanden sind, gehört zum Langweiligsten, was die Ermittlungsroutine zu bieten hat, zumal Peer die Gegend rund um Berghain, Oberbaumbrücke und Görlitzer Park bereits hat überprüfen lassen. Doch Koslowski macht eine Wissenschaft daraus. Lässt Bilder maximal vergrößern, setzt Personen, Orte und Zeiten zu kleinen Bewegungsprofilen zusammen, rekonstruiert Laufwege und Aufenthaltszeiten, millisekundengenau. Hängt wohl damit zusammen, dass er auf seinem alten Posten in Leipzig einen spektakulären Mordfall vor allem mit Fotos aus einer Geldautomatenkamera gelöst hat – seine ganz persönliche Schlacht bei Marathon. Die Heldentat aus Leipzig erzählt die Kanzlerrunde sich und allen anderen immer wieder gerne. Mythenbildung.

Welche »neuen Indizien« mag Koslowski meinen? Hat er einen Flusenpullover durch irgendein verpixeltes Bild huschen sehen? Hat er ein Bild von Jean-Luc gefunden, beim anonymen Versenden der ominösen Drohmail samt Leichenbild aus einem Neuköllner Internetcafé?

Training ist eigentlich verboten, weil Koslowski dieses Mal vollen Einsatz befohlen hat, rund um die Uhr. *Dieses Mal.* Die Botschaft haben natürlich alle verstanden: Bei den letzten Malen, also unter Peers Leitung, wurde in den ersten achtundvierzig Stunden nach der Tat alles falsch gemacht.

Stephanie gähnt. Die Gute erträgt stoisch die Sippenhaft, zumal sie Peers Ansicht teilt. Ann-Kathrin ist durchtrieben, aber weniger Täterin als Opfer. Wenn sich einer in die falsche Verdächtige verbeißt, dann Koslowski.

»Klarer Fall von Tunnelblick«, poltert Peer, »jedes Indiz wird passend gemacht, egal, wie plausibel. Das ist doch kurz vor Verschwörungstheorie, was sich dieser Aluhut-Ermittler da zusammenreimt.«

Aluhut-Ermittler! Sehr schön. Aber Stephanie lacht nicht, sondern blickt ihm verdächtig ernst geradewegs in die Augen.

»Auf die Gefahr hin, dass ich mir deinen Zorn auch noch zuziehe«, hebt sie an.

Was kommt denn jetzt? Geduldig sucht Stephanie nach den richtigen Worten.

»Du bist oder warst mit deiner Lehmann-Obsession in

einem ähnlichen Tunnel unterwegs. Vielleicht seid ihr euch gar nicht so unähnlich, wie ihr glaubt.«

Peer schnaubt. Im Lehmann-Tunnel? So ein Unsinn. Er hatte Beweise. Oder zumindest einen begründeten Verdacht. Was fällt dieser Azubine eigentlich ein? Während Stephanie ungerührt all die Theorien aufzählt, die Peer rund um Lehmann gesponnen hat, blinkt das Telefon. Schröder im Auftrag von Koslowski. Der feine Herr Ermittlungsleiter lässt anrufen. Wieder so eine affige Machtdemonstration. Peer möge bitte umgehend im Vernehmungszimmer erscheinen, teilt Koslowskis Zuschläger mit. Protokoll führen.

»Koslowski lässt ausrichten: nur tippen, nicht reden«, äfft Peer die Order nach und knallt den Hörer auf.

Stephanie grinst wieder nicht.

»Vielleicht könnt ihr euch beide mal zusammenreißen«, sagt sie streng. »Dieses Pavianfelsengehabe, das nützt am Ende nur einem: dem Täter.«

»Oder der Täterin«, korrigiert Peer matt.

Ein billiger Triumph. Vielleicht hat Stephanie sogar recht.

Peer hockt sich wortlos an die Tastatur im Vernehmungszimmer. Ann-Kathrin hat ihm immerhin ein Lächeln spendiert, was Koslowski nicht entgangen ist. Schnarrend fragt er den Tatabend ab, Zeiten, Orte, Begleitung. Ann-Kathrin antwortet knapp und cool. Sie klingt anders als sonst, gefasster, kontrollierter, nicht mehr so aufgewühlt wie bei den ersten beiden Morden, eher so, als ob sie sich hinter einer Schutzmauer verstecken würde.

Koslowski drückt aufs Tempo, als wolle er die Frau müde laufen. Mit seinem ungelenken Vier-Finger-System kommt Peer kaum hinterher.

»Moment bitte«, fleht er.

Haifischlächeln von Koslowski: »Training macht den Meister, Kollege Pedes, nicht nur beim Laufen.«

Er erwartet einen zustimmenden Blick von Ann-Kathrin, doch die schaut mitleidsvoll zu Peer.

»Und wo waren Sie dann?«, bohrt Koslowski weiter.

»Kurz im Keyser Soze, mit einer Freundin.«

»Sind Sie das?«

Koslowski zieht triumphierend das körnige Schwarz-Weiß-Bild einer Überwachungskamera hervor: Durch das Fenster ist Ann-Kathrin zu erkennen, mit einer anderen jungen Frau am Tresen einer überfüllten Bar.

»Ja, das bin ich.«

Und jetzt, Kollege Schnürschuh? Das Foto beweist, was Ann-Kathrin zehn Sekunden vorher gesagt hat. Koslowski guckt beleidigt. Wahrscheinlich hatte er damit gerechnet, dass sie ihre Anwesenheit in der Bar bestreiten würde. Ist das sein Knaller? Der krepiert noch vor dem Rohr.

»In dieser Bar war das Mordopfer laut Aussage seines Freundes ebenfalls, ungefähr zur selben Zeit.«

Koslowski hält ihr ein Bild aus der Rechtsmedizin hin: das bläulich angelaufene Gesicht des Engländers, sehr tot, dafür in Großaufnahme. Ann-Kathrin zuckt zusammen.

»Kennen Sie den Mann?«

Billige Masche, denkt Peer beim Hämmern in die Tastatur. Die Schocktherapie soll Ann-Kathrin verunsichern.

»Im Keyser Soze sah er sicher besser aus«, entfährt es ihm.

Laserblick von Koslowski. Ann-Kathrin spendiert Peer ein weiteres Lächeln, dankbar für seinen Anlauf, die Atmosphäre zu entspannen.

»Kennen Sie diesen Mann?«, wiederholt Koslowski so scharf, als sei er mit seinen Ermittlungen auf der Zielgeraden.

»Nein«, antwortet Ann-Kathrin leise.

»Schauen Sie sich das Bild bitte noch mal ganz genau an.«

»Nein, ganz bestimmt nicht.«

Ann-Kathrin schüttelt sich und blickt Hilfe suchend zu Peer. Der brodelt. Am liebsten hätte er im Protokoll vermerkt: »Jeder Polizeischüler kapiert, dass Kommandoton die Zeugin nicht öffnet, sondern immer fester zuschnürt.«

Jetzt versucht Koslowski den hypnotisierenden Blick, mit dem die Königskobra auf ein fiepends Erdhörnchen starrt. Schweigend fixiert er das Opfer. Und was kommt jetzt? Koslowski betrachtet ausgiebig den Kugelschreiber zwischen den Fingern, als kombiniere er letzte Indizien. Dann richtet er den Kobrablick wieder auf Ann-Kathrin.

»Wussten Sie eigentlich, dass Ihr Assistent Jean-Luc Hombacher wegen schwerer Körperverletzung vorbestraft ist? Er hat sogar drei Monate gesessen.«

Aha, das ist also das große Geheimnis. Hatte Peer leider tatsächlich übersehen. Der Vorgang muss verjährt sein, aus den Akten gelöscht. Und beschert Kollege Kommissar endlich seinen Bämm-Moment. Wo er sich diese Strategie wohl abgeguckt hat?

Ann-Kathrin bleibt bemerkenswert gelassen: »Ja, wusste ich. Hat er beim Vorstellungsgespräch erwähnt. Die Sache ist ewig her. Man muss eben aufpassen, wenn man sich mit einem Kampfsportler anlegt. Der Kampfsportler selbst allerdings auch, klar. Jugendsünde halt. Aber ich bin für zweite Chancen. Und Jean-Luc war vom ersten Tag an loyal. Er ist für meine Safety zuständig. Und ganz ehrlich: So jemanden neben mir zu wissen gibt mir einfach ein gutes Gefühl. Sie haben ja gesehen, was für Mails ich bekomme.«

Da ist er, der Bämm-Moment, allerdings zugunsten von Ann-Kathrin. Mit ihrem knappen Vortrag hat sie eine sorgsam aufgebaute Angriffslinie pulverisiert. Und Koslowski guckt wie eine Kobra, der das Erdhörnchen im letzten Moment entwischt ist.

»Bekommt Ihre Fachkraft bisweilen auch Spezialaufträge?«

Ann-Kathrin guckt unsicher: »Spezialaufträge? Was genau meinen Sie?«

Koslowskis Schweigen soll den Eindruck vermitteln, als wisse er mehr. In Wahrheit grübelt er wahrscheinlich fieberhaft, wie er aus der Nummer rauskommt. Unterstellt er Ann-Kathrin eine direkte Verbindung zu den Morden, müsste er sie als Beschuldigte vernehmen, nicht mehr als Zeugin, ihr diesen Umstand mitteilen und sie vor allem darüber informieren, dass sie einen Anwalt zurate ziehen kann. Für das Ringen mit einem Advokaten aus der Dreiteiler-Liga – und Ann-Kathrin würde exakt eine solche Type anschleppen – sind die Beweise allerdings zu dünn. Koslowski weiß das. Er nickt bedächtig.

»Vielen Dank, Sie waren uns eine große Hilfe. Ich würde Sie bitten ...«

»Einen Moment«, geht Peer dazwischen. Dank der langen Pausen hat er beim Protokoll aufgeholt. »Hat sich dieser anonyme Typ noch mal gemeldet, der Ihnen das furchtbare Foto gemailt hat?«

Koslowski blickt missmutig zu Peer, weil er gegen das Schweigegelübde verstoßen hat. Dabei übersieht er das leise Zögern von Ann-Kathrin.

»Nein«, sagt sie schließlich hastig, schüttelt den Kopf, erhebt sich eilig und winkt zum Abschied in den Raum.

Koslowski versucht noch mal die Königskobra.

»Herr Kollege, es mag für Sie noch ungewohnt sein, aber ich mache hier jetzt die Regeln. Und eine lautet: Der Protokollant schweigt.«

Peer will zurückbellen, besinnt sich aber auf Stephanies Worte.

»Wir beide wollen doch dasselbe – einen Mörder zur Strecke bringen. Wenn wir unsere Spielchen einstellen, endlich an einem Strang ziehen, kommen wir dann nicht besser voran?«

Koslowski hat auf Bohrerblick umgestellt.

»Sie sind mir ein Herzchen, Pedes«, sagt er grimmig. »Damit kommen Sie jetzt, wo Ihnen alle Felle weggeschwommen sind. Ein bisschen durchsichtig, oder?«

Er dreht sich zur Tür und lässt Peer allein in jener Tristesse hocken, in der in den letzten Tagen viele Ermittlerträume zerstoben sind.

KAPITEL 32

Peer trabt unwirsch durch den Gleisdreieckpark, schon zum vierten Mal dieselbe Runde. Das Zockeln ähnelt eher Nordic Walking als ernsthaftem Training. Nach Peers erfolglosem Friedensangebot hat Koslowski durch Kollege Brandt mitteilen lassen, dass er ab Montagmorgen die Verdächtige und ihren Leibwächter beschatten dürfe, im Wechsel mit den Kollegen. Der Gipfel der Personalverschwendung und eine klassische Lose-lose-Situation: Finden sie beim Observieren irgendwas Verdächtiges, wird Koslowski durchdrehen vor Ermittlerstolz und mithin unausstehlich. Findet sich nichts, wird Koslowski noch wütender und damit ebenfalls unausstehlich.

Peer späht gelangweilt zu den mächtigen Pfeilern der U-Bahn-Trasse, die mitten durch den Park verläuft. Die hellen Backsteinflächen sind mehrlagig mit halbwegs ansehnlichen Graffiti versehen, vermutlich gesprüht, schon bevor der Fugenzement durchgetrocknet war. Als Kulisse für Foto- und Filmaufnahmen sind die bunten Pfeiler ausgesprochen beliebt, auch bei Ann-Kathrin. Kamerafrau, Lichtheini, Visagistin, Stylistin und Fluse wuseln seit über zwei Stunden um diese Frau herum, die ihres Instagram-Blicks offenbar nie müde wird.

In konzentrischen Vielecken umkreist Peer die Dreharbeiten, nah genug, um die coolnessstrotzende Langeweile am Set immer wieder aufs Neue bestätigt zu bekommen, weit genug entfernt, um nicht in einem Großstadtpark aufzufallen, wo Auffallen zu den Werkseinstellungen der Besucher gehört. Am liebsten würde Peer, rein zufällig, mitten rein in Ann-Kathrins kleines Freiluftstudio rennen, um einfach ein bisschen belanglos zu plaudern. Fluse hätte ihn wahrscheinlich verschont. Aber was, wenn Ann-Kathrin ihn bei Koslowski verpetzt? Dann dürfte er wahrscheinlich zwanzig Nächte lang Ann-Kathrins Haus strafbeschatten.

Peer blickt auf seine Laufuhr – fast achtzehn Kilometer durch den Park getrödelt, aber nicht einen Meter ordentlich trainiert. Danke, Kollege Koslowski. Dann eben abends noch ins Stadion. Tartan ist wieder da. Immer mehr spürt Peer dieses wunderbare Gefühl in seine Beine zurückkehren, die muskuläre Ungeduld. Schenkel wie Wildpferde. *Born to run.*

Beschatten und Laufen. Das neue Leben des Peer Pedes. Ereignislos, ergebnislos, sinnlos. Der neue Chefermittler lässt seine ersten achtundvierzig Stunden ohne nennenswerte Erkenntnisse verstreichen. Und die nächsten Tage gleich mit. Koslowskis Ann-Kathrin-Obsession wird stündlich schlimmer, sein Bedürfnis, Peer zu quälen, hat dagegen abgenommen. Immerhin. Doch vom Spree-Henker keine Spur.

Donnerstag. Noch zehn Tage bis zum Marathon. Eine der letzten Gelegenheiten, die Beine zu fordern. Ungewohnt entspannt läuft Peer durch den Volkspark. Glück ist: den ganzen Tag keine Termine und nachmittags fröhlich laufen. Er nimmt den Anstieg zum Blauen Bogen. Hier hat er sich vor zwei Wochen mit Uli getroffen. Es fühlt sich an wie mehrere Ewigkeiten. Die V-Frau reagiert weder auf Anrufe noch auf WhatsApp. Wie es ihrem Bruder in Charkiw wohl geht?

Peer hat seinen alten Laufkameraden Benny kontaktiert, der es tatsächlich fertiggebracht hat, Chemiestudium und Lauferei in einem einzigen Leben unterzubringen. Benny ist wie Peer bei der Polizei gelandet, natürlich im Labor, wo er sich gerade mit größtem Interesse JustKick anschaut.

»Die einen werden Chemiker, weil sie eines Tages mal den Nobelpreis bekommen wollen«, hat Benny mal erklärt, »und die anderen werden Chemiker, weil sie den Schlüssel zum Giftschrank haben und gern auf geheimen Spielplätzen toben.«

Benny gehört zur zweiten Gruppe. Deswegen weiß er auch beizeiten von Medikamenten, die noch in der letzten Testphase sind, bevor sie auf den Markt kommen, zum Beispiel dieses neue Antibiotikum, das auch gegen multiresistente Keime wirkt. Genau die Dinger, die Ulis Bruder das Leben zur Hölle machen. Jetzt muss Benny das Wunderzeug nur noch in die Finger bekommen.

Peer hat an Ulis Wohnheimtür geklingelt, oft und lange. Aber sie war nicht da. Oder öffnete nicht. Peer wollte sie fragen, ob ihr Bruder, trotz der möglichen Risiken, ein Medikament versuchen würde, das noch nicht genehmigt ist. Er weiß genau, dass Uli und Dmytro jedes Risiko eingehen würden. Die Wahrheit ist, dass Peer einfach mit Uli reden möchte. Weil er gut zu ihr sein will. So langsam könnte sie doch kapieren, dass Lehmann ein rücksichtsloses Schwein ist. Aus Angst um sein verfluchtes Brause-Imperium hat er die Running Crew ausgerechnet vor dem wichtigsten Marathon des Jahres im Stich gelassen und Dmytro in seinem Krankenbett sowieso. Von wegen Privatflugzeug.

Peer hat die Grunewald-Villen hinter sich gelassen, durchquert den Fußgängertunnel am S-Bahnhof Grunewald und taucht in die Stille der Bäume ein. Das Autorauschen von der nahen Avus verdünnt sich mit jedem Schritt. Peer mag den Wald. Kein Koslowski, keine Leichen, kein Stadtlärm. Er kennt jeden Trampelpfad hier. Links geht es tiefer durch die Bäume Richtung Saubucht und Wannsee. Doch Peer hält sich rechts, wo der Wald bald wieder endet und den Blick auf Tennisplätze freigibt. Dahinter die vertrauten Kleingärten und dann – das gute alte Mommsenstadion. Heimat.

Peer hat sich achtmal tausend Meter verordnet, fast wie damals mit Uli. Nur dass sie ihm heute nicht mehr so einfach wegrennen würde. Der Athletenkörper vergisst nicht. Ein bisschen gezieltes Training, schon erinnert sich jede einzelne Muskelfaser an ihre großen Tage und nimmt, schwupp, die Haltung von früher an, fast jedenfalls.

Kaum Autos auf dem Parkplatz. Es sieht so aus, als habe er die Tartanbahn für sich. Mit einer kraftvollen Lockerheit, die er gar nicht von sich erwartet hätte, hüpft Peer die Stufen zur Tribüne einbeinig empor. Acht Stufen auf dem linken, acht auf dem rechten Bein. Die Wadenmuskeln arbeiten am Limit, aber bleiben locker dabei. Und oben umarmt ihn zuverlässig dieses unbeschreibliche Rocky-Gefühl.

Jeder Läufer kennt die Szene, wenn Stallone-Balboa frühmorgens im schmuddelig grauen Jogginganzug durch das erwachende Philadelphia rennt, bejubelt von Händlern, verfolgt von Schulkindern, immer schneller, immer leichter, um dann mit mächtigen Sätzen die zweiundsiebzig Stufen zum Kunstmuseum hinaufzustürmen. »Gonna Fly Now« von Bill Conti dringt in Peers Ohren. Oben dann die legendäre Jubelszene. Rocky reißt die Arme empor, er hüpft und lacht, als habe er soeben einen Schwergewichtskampf über fünfzehn Runden gewonnen. Schöner kann man das Gefühl eines austrainierten Körpers nicht inszenieren. Konfekt für die Seele.

Beseelt blickt Peer ins vertraute Rund. Endlich die Wildpferde von der Leine lassen. Endlich wieder Vorfreude beim Training, dieses Wissen, dass es gut wird, anstrengend zwar, aber gut, richtig gut.

Auf der Bahn tummelt sich ein halbes Dutzend Athleten. Man kennt sich von irgendeinem Brandenburger Dorflauf, man grüßt sich mit kurz erhobener Hand, aber man belauert sich auch, meist freundschaftlich. Ist diese Gurke da etwa schneller als ich? Niemals.

Peer kneift die Augen zusammen. Wer ist denn das dahinten, auf der Gegengeraden? Ein Pärchen trainiert Wechselsprünge, außen auf der Bahn, um den Rundendrehern nicht im Weg zu sein. Peer erkennt den kraftvollen Laufstil. Das ist Uli! Mit Jonas. Ach nee.

Peer ist davon ausgegangen, dass Uli sich enttäuscht von der Lauferei verabschiedet hat. Ohne Running Crew, ohne Lehmann und vor allem ohne JustKick hat der Marathon keinen Sinn mehr. Und Jonas dann sowieso nicht mehr. Hat sie sich wirklich in ihn verliebt? Das würde nicht zu Uli passen. Bei ihr hat alles einen Zweck. Peers Hirn rattert. Hat Jonas Restbestände von JustKick gebunkert, an die Uli will? Oder steckt Lehmann dahinter, der sich öffentlich zwar von der Running Crew distanziert hat, aber das Projekt Uli insgeheim weiterbetreibt?

Uli hat sich an der Zweihundert-Meter-Marke postiert. Jonas hebt beide Arme, Uli duckt sich, er startet mit der linken Hand die Uhr am rechten Arm, brüllt: »Los!«, und lässt den linken Arm wie ein Schwert fallen. Uli wetzt los. Peer blickt auf seine Uhr, vielleicht zwei Sekunden zu spät. Doch Zeitnahme ist gar nicht nötig. Peer erkennt sofort, dass Uli noch stabiler rennt. Die ersten hundert Meter hat sie schätzungsweise in sechzehn, siebzehn Sekunden zurückgelegt. Und sie scheint noch zu beschleunigen. Keinerlei Zeichen von Schwäche, auch nicht auf der zweiten Gerade direkt vor der Tribüne, wo die Beine bei diesem Tempo wie Höllenfeuer brennen. Jonas wedelt mit den Armen, brüllt, guckt immer wieder auf die Uhr und hüpft wie ein Flummi, als Uli die vierhundert Meter vollbracht hat. Auf jeden Fall klar unter siebzig Sekunden. JustKick oder nicht – die Frau ist ein Naturereignis.

Peer hüpft die Stufen hinab. Rocky ist bereit für den Infight. Vielleicht hat Uli sich beruhigt, und er kann sie warnen. JustKick ist kein Spaß, sondern Gift. Peer hat die Bahn erreicht und trabt zu einer Aufwärmrunde locker los. Er hat den Kopf gesenkt, als konzentriere er sich nur auf seine Schritte. Hinter der Kurve stehen Jonas und Uli. Haben sie ihn schon entdeckt? Peer hebt den Kopf und tut überrascht, als sehe er die beiden jetzt erst. Er winkt. Keine Reaktion.

»Hallo, Uli, hi, Jonas, das ist ja ein Zufall!«

Das Paar empfängt ihn mit abweisenden Blicken.

»Uli, ich habe versucht, dich zu erreichen. Ich könnte ein Antibiotikum für Dmytro besorgen, erstklassiges Zeug, ganz neu. Genau das, was du wolltest.«

»Hast du oder hast du nicht?«

»Noch nicht.«

Da ist er wieder, dieser Armschlenker, der mehr sagt als tausend Worte: du Lappen. Peer kapiert. Wenn er nicht liefern kann, braucht er das Thema gar nicht erst anzusprechen. Dann halt anders.

»Kann ich kurz mit dir allein reden?«

»Nein.«

Sie denkt nicht einmal darüber nach, also muss er vor Jonas fragen.

»Was ist dein Plan? Wofür trainiert ihr?«

»Geht dich nichts an.«

Uli weicht zum ersten Mal seinem Blick aus.

»Es sieht mir verdammt danach aus, als wäre das weiße Zauberpulver immer noch mit von der Partie.«

Keine Reaktion.

»Das Zeug ist nicht so harmlos, wie Lehmann behauptet. Hat unser Labor nachgewiesen. Uli, glaubst du wirklich, Dmytro ist geholfen, wenn du tot auf der Bahn liegst?«

»Lass mich in Ruhe«, faucht Uli. »Du bist nicht mein Vater.«

»Jonas, bitte. Was ihr da macht, ist gefährlich. Willst du Uli auf dem Gewissen haben?«

Jonas hat die Arme verschränkt und schweigt beharrlich.

»Scheißgewissen!«, zischt Uli, dreht sich um und rennt los.

»Uli!«

Jonas kommt ihm einen Schritt entgegen, nicht bedrohlich, aber entschlossen.

»Du hast gehört, was Uli gesagt hat«, raunt er, eine Spur zu cool.

Unvermittelt erwacht Ermittler Peer aus seinem Dämmerschlaf, den Koslowskis Beschattungsaufträge mit sich brachten. Beim stumpfen Hinterm-Baum-Stehen gibt man irgendwann das selbstständige Denken auf. Warum hat er die Jonas-Spur so schnell verworfen? Hat er die Morde in Lehmanns Auftrag begangen? Zufall, dass Jonas immer dann seine Uhr angeblich im Spind vom Berghain abgelegt hat, wenn ein Mord geschah? Der scheinbar nette Kerl hat definitiv eine dunkle Seite. Pumpt er Uli mit JustKick voll, damit Lehmann beim Marathon doch noch eine Erfolgsstory präsentieren kann, nicht mit der Running Crew, aber mit einem ukrainischen Flüchtlingsmädchen? Wenn Uli liefert, steht Jonas als ihr Manager im Mittelpunkt. Macht Uli Zicken, landet sie in der Spree. Wenn einer viele Motive und verdammt wenig Alibis hat, dann Jonas.

Peer fixiert seinen neuen Hauptverdächtigen. Der hält dem Blick stand. Keinerlei Anzeichen von Schuldbewusstsein. Jetzt keinen Fehler machen, Pedes. Eine Verhaftung hier und jetzt wäre maximal idiotisch, so ganz ohne Beweise. Peer hat nicht mal Handschellen dabei. Koslowski würde ihn vierteilen.

»Okay«, sagt Peer, »ich lass euch in Ruhe. Kein Problem. Aber richte Uli bitte aus, dass ich an dem Medikament für ihren Bruder dran bin. Ich bräuchte beizeiten eine Adresse.«

Jonas blickt ihn verunsichert an. Er hat offenbar alles erwartet: eine Machtdemonstration oder Gebrüll. Aber kein empathisches Einlenken.

»Sag ich ihr.«

Uli hat sich am anderen Ende des Stadions auf den Rasen gehockt, den Kopf mit den verwuschelten Haaren zwischen den Knien. Peer hätte viele Fragen, sehr viele. Aber womöglich ist es schlauer, die beiden in Sicherheit zu wiegen. Na ja, Sicherheit. Was bedeutet das im Reiche Lehmann?

Auf dem Rückweg durch den Grunewald Anruf bei Stephanie. Sie ist noch im Büro. Klar. Sie soll sich die Daten von Jonas' Uhr noch einmal ganz genau anschauen, ohne dass Koslowski etwas merkt.

»Jetzt also wieder Jonas?«

Euphorie klingt anders.

»Es war immer verdächtig, dass er die Uhr im Berghain abgelegt hat.«

»Ja, aber die Motivlage ist äußerst dünn.«

»Geld. Eins der ältesten Motive.«

»Jonas als Auftragskiller? Von Lehmann?«

Klingt nach Tunnelblick-Vorwurf. Natürlich ist Jonas nicht der Prototyp eines gedungenen Mörders. Aber es wäre leichtfertig, ihn auszuschließen.

»Ich weiß es doch auch nicht, Stephanie«, seufzt Peer.

Aber er weiß, dass er diesen Fall nicht einfach aufgeben kann. Aufgeben, das war nie seins.

»Außerdem«, fügt Stephanie hinzu. »Was nützt es, die Daten von der Uhr noch einmal zu checken, wenn Jonas sie im Berghain eh nicht getragen hat?«

Stephanie hat leider recht. Und Peer eine Idee.

»Wir müssen das Berghain auf den Kopf stellen. Geheime Ausgänge, Personal, Laufwege, alles.«

»Lässt Koslowski niemals zu.«

»Deswegen gehen wir am Samstag hin. Ganz privat. Freier Abend, da kann Koslowski nichts sagen.«

Stille am anderen Ende der Leitung. Dann, zaghaft: »Wir?«

»Du und ich.«

»Ich ... ich war noch nie im Berghain«, stammelt Stephanie.

»Keine Sorge, ich bring uns da rein.«

KAPITEL 33

Er hat sie an die Hand genommen, weil er sie im Gedränge nicht verlieren, aber auch verhindern will, dass sie im letzten Moment doch noch Reißaus nimmt. Er zieht leicht, sie scheint unmerklich zu bremsen.

»Komm«, sagt Peer.

»Ich kann nicht so schnell«, ächzt Stephanie unter ihrer Marie-Antoinette-Perücke. Das Klackern ihrer Absätze wird von vielen Lagen Rüschen gedämpft.

Stephanie muss den ganzen Tag damit zugebracht haben, sich in eine Rokoko-Königin zu verwandeln. Sie trägt ein Ballkleid aus der Sonnenkönig-Kollektion in Beige, hat die Perückenhaare zu einem Bienenkorb aufgetürmt und das Gesicht weiß geschminkt, inklusive Schönheitsfleck über dem rechten Mundwinkel. Peer wirkt dagegen wie ein Langweiler: Er hat das Ledergeschirr desinfiziert und die Brustwarzen erneut mit Tape bekreuzigt. *Never change a winning dress.*

Peer staunte sprachlos, als Stephanie sich vor ihrem Haus mit eingezogenem Kopf auf den Beifahrersitz faltete. Ihr wuchtiger Haarberg kam Peers Gesicht so nah, dass er eine eigenwillige Mischung aus Babypuder, Kölnischwasser und Theaterstaub zu erschnuppern meinte.

»Wow!«, staunte er, während Stephanie ihren gewaltigen Rüschenhaufen in den Fußraum hob. Kleinwagen sind nicht für Barockkostüme gemacht.

»Ist das okay so?«, fragte sie, zog abwechselnd an der Tür und ihren Röcken und blickte unsicher die erleuchteten Fenster ihres Lankwitzer Mehrfamilienhauses empor.

Stephanies Spaß am Rollenspiel duellierte sich offenbar

mit der Panik, von den Nachbarn in diesem Pompkostüm gesehen zu werden.

»Sensationell«, antwortete Peer wahrheitsgemäß.

Dankbarer Blick zurück. »Aus dem Fundus der Komischen Oper.«

»Die Schöne und das Laufbiest«, sagte Peer grinsend.

»Traumpaar«, erwiderte sie, und es klang nicht mal ironisch.

Ein Raunen begleitet das Traumpaar, das sich nun an der Schlange vorbeischiebt, weniger feindselig als anerkennend. Nachtschwärmer wissen ein aufwendiges Outfit zu würdigen. Peer müht sich um den lässigen Blick desjenigen, der praktisch jeden Abend auf irgendeiner queeren Party abhängt.

»Juri«, murmelt er, als die Tür in Sichtweite kommt.

Harte Nuss, die Peer heute knacken muss. Alex wäre ihm lieber gewesen. In der Schlange entdeckt er Sophia. Sie starrt ihn erschrocken an, doch Peer nickt der Tochter des Chefs verschwörerisch zu: heute keine Gefahr. Die lauert woanders, am Eingang, bei Zerberus Juri, der Peer bisher zuverlässig hat abblitzen lassen. Sowohl als Ermittler als auch als Gast. Heute muss Peer eine überzeugende Mischung aus Bulle und Partyhengst gelingen. Deswegen hat er die Schlange links liegen lassen, selbstbewusst und natürlich superentspannt. Wenn das überhaupt geht.

»Hi, Juri.«

»Der Herr Kommissar mal wieder. Sie wollen sich Stammgast-Status erarbeiten, hm?«

»Und ich bringe neue Kundschaft mit«, entgegnet Peer. »Meine wunderbare Kollegin Stephanie.«

Juri lässt sich zu einem Lächeln hinreißen: »Atemberaubendes Outfit.«

Stephanies Erröten mischt sich mit der fingerdicken weißen Schminke zu einem unwirklichen Rosa. Juri beugt sich zu ihr.

»Normalerweise würde der Kommissar hier nicht reinkommen«, flüstert er so laut, dass Peer mithören muss. »Aber mit so einer Begleitung …«

Das kommt unerwartet. Stephanie als Einlassgarantie.

»Ein bisschen sind wir auch dienstlich hier«, erklärt Peer. »Wir wollen uns Not- und Hintereingänge anschauen. Können wir irgendwo in Ruhe reden?«

»Klar.« Juri zieht sein Smartphone hervor. »Fast Mitternacht. Da ist sowieso Wachablösung.«

Das war einfach. Hätte Peer nicht gedacht. Warum ist die Macht plötzlich so handzahm? Kurzer Seitenblick zu Stephanie. Hat sie Juri verzaubert? Wenn, dann hat sie es offenbar nicht mal mitbekommen. Genauso wenig wie ihr Kunststück, problemlos die härteste Tür der Welt zu passieren. Stephanie blickt sich unsicher um, während Juri sich an drei Kollegen wendet, die plaudernd und rauchend an der Backsteinwand lehnen.

»Murat, Schichtwechsel.«

Zwei gigantische Bizepse mit einem bärtigen Männchen dazwischen lösen sich aus der Gruppe.

»Aye, Chef!«

Muskel-Murat tippt sich an die Schiebermütze.

»Darf ich bitten, schöne Frau.«

Juri reicht Stephanie galant seinen Arm.

»So schnell ist man abgemeldet«, mault Peer.

»Immerhin nicht abgewiesen«, entgegnet Juri.

Stephanie schwebt. Dieses Flirt-Spiel kennt sie bislang nur aus den Serien, mit denen sie ihre Einsamkeit bekämpft. Plötzlich ist das Spiel real. Und Juri wirklich attraktiv. Sie genießt das unbekannte Kribbeln am ganzen

Körper. Und Peer genießt, dass sie genießt. Ermitteln am Limit.

Juri lotst sie gleich hinter dem Eingang durch eine Tür mit der Aufschrift »Staff«. Sie erklimmen eine steile Treppe, die in einen grauen Gang führt, an dessen Ende eine Eisentür mit industrieller Vergangenheit liegt.

»Willkommen im Allerheiligsten.«

Juri hält ihnen die schwere Tür auf und genießt ihr Staunen.

»Hier kommen nur DJs und VIPs rein.«

Ehrfürchtig blicken Peer und Stephanie in den turnhallengroßen Raum mit den rohen Betonwänden, über die großen, alten Perserteppiche, die schweren Ledersofas und verharren auf der Glasfront, die eine unerwartete Live-Übertragung bietet. Atemberaubend, dieser Blick. Die Scheibe ist groß wie ein Fußballtor und neigt sich leicht über die Tanzfläche. Die Menschen dort unten tanzen, aber vom Wummern der Musik ist kaum etwas zu hören.

»Panzerglas mit spezieller Dämpfung im Rahmen«, erklärt Juri. »Sieht von unten aus wie ein großer Spiegel. Und wehrt die härtesten Bässe ab.«

Peer inspiziert die Tafel mit den Notausgängen, die neben der Tür hängt, während Stephanie gebannt vor der Scheibe verharrt, fasziniert vom Wimmelbild mit all seinen Tanzenden, Knutschenden, Fummelnden, Trinkenden. Das Leben hat mehr zu bieten als Serien.

»Juri, ich sag jetzt einfach mal ›Du‹. Ist doch albern, wenn wir die Einzigen im gesamten Gebäude sind, die sich siezen.«

»Alles klar, Peer.«

Die Gunst des gut gelaunten Türstehers nutzen.

»Also, Juri, du kennst Jonas Fischer? Von der Running Crew?«

»Der Anführer, klar. Bin vor Ewigkeiten ja auch mal mit denen gelaufen.«

Peer nickt. Ist bekannt. War aber nur ein kurzes Intermezzo. Zu viele Muskeln, zu wenig Ausdauer, würde Peer mal tippen.

»Okay, Jonas war zu den Tatzeiten von zwei der untersuchten Morde hier im Club. Zumindest theoretisch.«

Er will Juri nicht mit den Laufuhren behelligen, zumal es sich um Polizeiinterna handelt. Vor diesem jetzt schon legendären Clubabend hat Stephanie die möglichen Zeitfenster von Jonas an den Tatabenden auf die Minute genau zusammengetragen: In der Mordnacht von Sam befand sich Jonas sechs Stunden und achtzehn Minuten ohne Aufzeichnung im Club, auch zum Todeszeitpunkt von Sam gegen fünf Uhr. In der Nacht, in der Tilda starb, dasselbe: fünf Stunden und zwölf Minuten keine Aufzeichnung. Als Jonas die Uhr wieder eingeschaltet hat und nach Hause gegangen ist, hing Tilda bereits eine halbe Stunde an der Ampel. Angeblich bestätigen Zeugen aus der Running Crew für beide Nächte, dass Jonas den Club nicht verlassen hat. Aber bei deren Drogenkonsum würden sie wahrscheinlich auch schwören, Elon Musk auf der Tanzfläche gesehen zu haben. Die Alibis sind nicht wasserdicht. Was Jonas getrieben hat, als der Engländer getötet wurde, hat niemand überprüft. Bisher.

»Könnte er den Club verlassen und wieder betreten haben, ohne dass es jemand gemerkt hat?«

Juri überlegt nicht lange.

»Jonas kommt seit Jahren in den Club, der dürfte hier jeden Notausgang kennen. An manchen sind Alarmanlagen, aber mit etwas Geschick oder Hilfe lassen die sich austricksen.«

Sehr gut. Das wollte Peer hören. Notausgänge, Lieferantenwege, das ganze Wegenetz, das normalen Gästen verborgen bleibt, kann Jonas in den Mordnächten genutzt haben. Jetzt wird es spannend, so spannend, dass unbedingt vier Ohren gespitzt sein sollten. Stephanie steht noch immer schweigend vor der Glasfront. Peer räuspert sich. Keine Regung.

Juri grinst: »Die Scheibe ist ein Trip für sich. Da standen schon die berühmtesten Techno-DJs der Welt und konnten sich nicht losreißen.«

Stephanie richtet den Zeigfinger in das untere rechte Viertel der Scheibe.

»Uli.«

Peer eilt zu ihr: »Was? Wo?«

»Da! Mit Jonas. An der Tanzfläche.«

Peer sieht nur Gewimmel.

»Die Einzigen, die nicht tanzen. Er redet auf sie ein.«

Tatsächlich. Peer hat die beiden entdeckt. Alles wiegt sich im Rhythmus, nur Uli und Jonas nicht. Sie gestikuliert. Er fasst sie am Arm, will sie Richtung Ausgang ziehen.

»Vielleicht hat Jonas uns gesehen und schiebt jetzt Panik?«

Ob Stephanie nickt oder mit den Schultern zuckt, ist unter der Perücke kaum auszumachen. Juri schweigt. Und Jonas zerrt an Uli.

»Wir müssen da runter«, befiehlt Peer.

Wieder Gänge, Treppen, eine weitere Tür, die sich leicht zu wölben scheint, weil der Bass von der anderen Seite wie ein Rammbock drückt. Juri greift die Klinke und hebt warnend den Finger. Kaum öffnet er die Tür einen Spalt, da rumst der Bass auch schon brutal in ihre Mägen, während ihnen Lichtblitze in die Augen jagen. Wortlos weist Juri die Richtung und bahnt wie ein Schneepflug den Pfad durch eine wogende Menge Mensch. Peer entdeckt Uli. Jonas hält ihren Arm noch immer, als wolle er sie wegziehen, nach draußen, nur weg. Stephanies Rokoko-Outfit ist das exakte Gegenteil einer Tarnung. Wie der ganze Club starrt auch Uli auf die Rüschenwolke und erblickt gleich daneben Peer. Irritiert taxiert Jonas das merkwürdige Trio aus Türsteher, Baronin und Leder-Peer. Dann gibt er ruckartig Ulis Arm frei und taucht ab.

»Nicht abhauen lassen«, brüllt Peer in Juris Ohr.

Der nickt, pflügt hart nach rechts und tippt in sein Smartphone. Peer taumelt durch die Wummerblitze, während sein linker Arm hinter ihm nach Stephanies Hand sucht. Juri hat die Wand erreicht und wenig später eine weitere Staff-Tür. Sie schlüpfen hindurch, die Tür fällt ins Schloss, schlagartig legt sich der Lärm. Juri hält ihnen triumphierend sein Smartphone entgegen.

»Murat hat ihn.«

Zwei Ecken später, am Ende eines langen Ganges, steht Juris kräftiger Kollege in einer halb offenen Tür, die offenbar ins Freie führt. Zu Murats Füßen, im mattgrünen Leuchten des Notausgangschilds, krümmt sich Jonas.

»Unglücklich gefallen«, erklärt Murat trocken und knetet seine rechte Hand.

Jonas rappelt sich ächzend auf und hebt die Arme, als müsse er seine Lungen belüften.

»Sorry«, murmelt er, »sorry, ich hab den Verstand verloren.«

»Und das hier offenbar auch ...«

Stephanie wedelt mit einem Tütchen, das sie vom Boden gefischt hat. Jonas' Blick ist Schuld und Sehnsucht zugleich. Der Mann braucht seinen Stoff. Und muss notgedrungen auf JustKick verzichten. Weil er es an Uli weitergibt?

»Meins«, gesteht Jonas matt. »Koks. Aber schlechtes. Hier auf dem Klo gekauft.«

»Das Labor wird die Qualität sicher präzise beurteilen können«, sagt Stephanie und lässt das Tütchen in einen Klarsichtbeutel gleiten, den sie mit einem Griff aus ihrer Handtasche gezogen hat. Peer nickt anerkennend. Die Queen ist immer im Dienst.

»Ich geh dann mal wieder auf Posten.«

Murat salutiert lässig.

»Danke, Digga«, sagt Juri.

Jonas lehnt an der Wand. Er sieht bedröppelt aus, aber nicht wie ein Serienkiller. Juri hat sich in die Tür gestellt. Von draußen ist das Geplapper der Warteschlange zu hören. Über diesen Weg ist man blitzschnell im Freien. Und Jonas wusste das. Peer späht um Juri herum nach draußen.

»Ist diese Tür immer offen?«

Juri nickt: »Von innen ja. Fluchtweg. Aber nicht von außen.«

Er macht einen Schritt ins Freie und deutet auf ein Kästchen an der Wand. »PIN. Vierstellig.«

»Und wenn jemand unauffällig was in die Tür stellt, Holzkeil, Stein, Feuerzeug? Wie lange bleibt das unbemerkt?«

Juri wiegt den Kopf.

»Möglich, aber nicht lange. Hier kommen immer mal wieder Leute vom Staff durch. Rauchen. Schichtende, so was.«

Peer fixiert Jonas.

»Dir ist schon klar, dass du so richtig in der Scheiße steckst, oder?«

Stephanies Perücke wippt leicht. Der Queen behagt Peers Tonfall offenbar nicht. Aber Peer vertraut der harten Tour. Jonas ist in die Enge getrieben. Steilvorlage.

»Wo warst du letzten Samstagabend?«

Jonas überlegt.

»Ja?«, bellt Peer.

»Hm, zu Hause, ja, zu Hause. Den ganzen Abend.«

»Allein vermutlich?«, spottet Peer.

Jonas nickt. Auch im fahlen Notausgangslicht ist seine Verunsicherung nicht zu übersehen.

»Fassen wir mal zusammen: Kein Alibi. Gerade eben wolltest du abhauen, als du uns gesehen hast. Du arbeitest für Lehmann als Drogenkurier. Du würdest uns allen das Leben leichter machen, wenn du hier und jetzt ein Geständnis ablegst.«

»Geständnis? Wegen dem Tütchen Koks? Habe ich doch zugegeben.«

Doch nicht verunsichert? Besserer Schauspieler als gedacht?

»Ich rede über das Geständnis, dass du im Auftrag von Kai Lehmann drei Menschen umgebracht hast.« Peer versucht den Tiefschlag.

»Was?« Jonas scheint wirklich verblüfft zu sein. »Ich? Für Lehmann?«

Er lacht. Es klingt bitter, es klingt hysterisch, aber es klingt nicht gespielt.

»Dass du für ihn arbeitest, ist Fakt. Du bist sein Dealer. Der Ersatzmann für Sam.«

»Das ist doch Schnee von gestern. *Literally*. Lehmann hat die Running Crew fallen lassen. Und ganz ehrlich: Ich fand ihn vorher schon scheiße!«

»Trotzdem hast du sein Geld genommen.«

»Die Getränkeproben und den kostenlosen Fitnessraum? Alles, was er mir gegeben hat, ist diese bescheuerte Hoffnung auf den Durchbruch. Vorn mitlaufen. Das wollte ich. Ja, ich habe ein paarmal was erledigt. Aber nicht für Lehmann, sondern für die Running Crew. Warum in aller Welt sollte ich eine Superläuferin wie Tilda ermorden?

Oder Sam? Und den anderen kannte ich überhaupt nicht. Ich hätte schon damals aussteigen sollen.«

»Damals?«

»Als das losging mit den Frauen.«

»Was ging los?«

»Muss ich das ausbuchstabieren?«

Wut steigt in Jonas auf. Auf sich? Auf Lehmann? Peer schaut an ihm vorbei zum Ende des Gangs, aus dem die Bässe dringen. Uli ist dort aufgetaucht. Schweigend hört sie mit an, was Jonas auskotzt.

»Lehmann ist der Harvey Weinstein des Marathons. Was der mit Uli abziehen wollte, das hat er mit fast allen Läuferinnen der Running Crew gemacht, mit Tilda, mit Kati, mit Ann-Kathrin.«

»Und das wusstest du die ganze Zeit?«

Uli soll es hören. Wenn es nicht reicht, dass Jonas sie stehen lässt und wegrennt, sobald die Polizei auftaucht, dann muss ihr dieser Moment endgültig die Augen öffnen: Ihr vermeintlicher Beschützer hat sie dem Lüstling Lehmann ausgeliefert.

»Wissen ist zu viel gesagt. Keine der Frauen hat darüber geredet. Zumindest nicht mit mir. Aber ich habe Ann-Kathrin gesehen, wie sie in einer Ecke von Lehmanns Garten Rotz und Wasser geheult hat. Da war nichts freiwillig.«

Peer schaut zu Uli.

»Er hat dich hingeschickt, obwohl er wusste, was dir drohte.«

Jonas wirbelt herum, sieht Uli. Schuld und Sehnsucht. Doch Uli reagiert nicht, blickt nur zu Jonas.

»Wollen wir gehen?«

Jonas ist mindestens so überrascht wie Peer.

»Ich glaube, das darf ich nicht.«

Er schaut fragend zu Peer, den Uli bereits fixiert.

»Warum? Ist er verhaftet? Glaube ich nicht. Ohne Beweise verhaftet der Kommissar nicht. Dafür ist er zu feige.«

»Nicht dein Ernst, Uli. Hast du gehört, was er gesagt hat?«

»War meine Entscheidung, zu Lehmann zu gehen. Und Jonas, er hilft mir. Du nicht.«

Sie legt ihren Arm um Jonas' Hüfte. Peer spürt Stefanies und Juris Blicke. Kann er das zulassen? Leider hat Uli recht: Beweise sehen anders aus. Und wenn Peer Jonas wegen des Gramms Koks aufs Revier schleppt, hat er Koslowski am Hals.

»Uli«, versucht es Peer im väterlichen Ton. »Es ist ein Fehler, diesem Mann zu vertrauen.«

»Ach ja? Du weißt besser?«

»In dem Fall schon. Du siehst das Gesamtbild nicht ...«

»Gesamtbild?«, unterbricht Uli, die Stimme voller Spott. »Gesamtbild ist: Du willst Vorschriften machen. Uli soll brav sein, soll nicht Leute beklauen, soll nicht Sex haben mit Männern, soll Job suchen, Wohnung, deutscher Roboter werden.«

»Aber Uli!« Stephanie meldet sich mitfühlend zu Wort. »Darum geht es doch jetzt gar nicht.«

»Du auch!« Uli fixiert Stephanie. »›Das kann nicht ewig so gehen.‹ Hast du gesagt. Warum nicht? Was ist dein Problem? Dass ich Männer nutze? Männer sind glücklich.«

Sie deutet auf Jonas, der alles andere als glücklich neben ihr steht und nicht weiß, ob Ulis Ausbruch ihm nützt oder schadet.

»Dass ich klaue? Ich brauche Geld für meinen Bruder. Viel Geld. Mindestlohn ist nicht viel Geld. Also suche ich andere Wege. Nicht eure Wege, okay. Wartet, bis Raketen auf euer Haus fallen! Dann vielleicht auch eure Wege. Bis dann: Lasst mich in Ruhe!«

Sie baut sich vor Peer auf.

»Du weißt nicht besser. Du weißt gar nichts. Nicht über mich. Nicht mal über deinen Fall. Du bist zu feige, um Mörder zu fangen.«

Uli zieht Jonas durch den Notausgang nach draußen. Sie verschwinden in der Nacht. Peer lässt sie gehen. Was soll er anderes machen? Juri blickt ihnen hinterher, als ob er sie im Dunkeln noch sehen könnte. Wäre er der Kommissar, hätte er kurzen Prozess mit Jonas gemacht. Ohne Beweise. Ohne Feigheit.

»Sie ist verletzt wegen der Sache mit ihrem Bruder.« Stephanie übernimmt die emotionale Erstversorgung. »Und sie weiß, wie sie dich treffen kann.«

»Ich will dem Bruder doch helfen.«

Sie zuckt irgendwo unter ihrem Kleid mit den Schultern.

»Es geht jetzt nicht um Uli«, erklärt Rokoko-Stephanie sanft. »Es geht darum, ob wir Jonas diese Morde zutrauen. Und nach diesem Auftritt muss ich sagen: eher nicht.«

Peer seufzt aus tiefstem Herzen. Der Abend im Berghain eine Nullnummer? Auch darauf hat Stephanie eine Antwort: »Herr Kollege, warum habe ich mich eigentlich in diesen Fummel gezwängt? Weil es hieß, dass wir ausgehen. Also los.«

Und zu Juri gewandt: »Würdest du uns zur Tanzfläche begleiten, Bester?«

»Nichts lieber als das, meine Königin«, gurrt Juri und hält den Arm hin. »Wenn ich bitten darf.«

Peer starrt in die Nacht. Tanzen? Er könnte kotzen.

KAPITEL 34

Peer hockt an seinem Schreibtisch, am Sonntagmorgen, kurz vor acht. Zufällig vorbildlich. Und ziemlich zerschossen. Auch der dritte doppelte Espresso ist wirkungslos geblieben. Die endlosen Schwarz-Weiß-Filme aus den Überwachungskameras zerren an seinen Augenlidern. Sekundenschlaf droht in Minutenschlaf umzuschlagen. Noch niemand da außer Koslowski. Die drei Kanzler beschatten Ann-Kathrin.

In der Nacht hat Stephanie glücklich und ausdauernd zugelassen, dass immer neue Männer an ihrem Rock zupften. Sie war die Sonne in einer kosmischen Wolke aus Lachen, Flirten, Schubbern, die unumstrittene Königin einer Berghain-Nacht. Peer lächelt still. Mein Berlin. Wo sonst haben Menschen wie Stephanie die Chance, in ein Meer aus Wohlwollen zu tauchen? *In Berlin findet jede Pflanze ihren Topf,* sagt Mama immer. Stephanie winkte nur kurz, als Peer ging. Mal sehen, in welchem Zustand Frau Majestät heute im Revier einläuft. Und wenn sie sich direkt unter ihrem Schreibtisch einrollt und schläft – egal. Niemandem gönnt Peer diese Eruption der Lebensfreude mehr als Stephanie.

Überraschend gut gelaunt hat er das Berghain gegen drei Uhr morgens verlassen, hundemüde zwar, aber zu aufgekratzt, um sich ins Bett zu legen. Er wollte nachdenken, über Jonas, über Uli, über Lehmann. Warum passt nichts zusammen? Ja, viele Verdachtsmomente rund um Jonas. Und die löchrigen Alibis. Stephanie findet auch, dass der Kerl kein Serienmörder ist. Vom Fehlen handfester Beweise ganz zu schweigen. Jagt Peer Phantome? Oder fehlt nur ein letztes klitzekleines Puzzleteil, damit alles Sinn ergibt?

Weil Laufen und Nachdenken kompatibel sind, hat er sich daheim aus dem Ledergeschirr geschält und ist in die Laufschuhe gestiegen. Die Magie des frühen Morgens, wenn die Sonne noch hinter dem Horizont chillt, ist Verlockung und Fluch zugleich. Denn unweigerlich naht dieser Moment, wenn die ersten Strahlen unbarmherzig wie Laser durch die Stadt schießen. Zur Abwehr der Sonnenschmerzen hat Peer die extragroße Brille mit den regenbogenbunt verspiegelten Gläsern aufgesetzt.

»Scheißhausbrummer«, hatte Ina lachend gesagt.

Ina. Manchmal war sie ja doch ganz lustig gewesen.

Nach fünfundzwanzig trödeligen Kilometern stand Peer tropfend auf dem Parkplatz des Reviers und ließ sich von der Sonne antrocknen. Das Nachdenken hatte nicht so richtig funktioniert. Alibihalber simulierte er eine Art Rumpfbeuge und dehnte an der Bordsteinkante seine Waden, die mit dem Tanzen offenbar heftiger zu kämpfen hatten als mit dem langen Lauf. Während Peer gewohnt verzweifelt versuchte, mit den Fingerspitzen seine Schuhe zu berühren, zumindest die Schnürsenkel, sah er zwischen seinen Beinen Koslowski, der in Anzug und blütenweißem Hemd aus seinem schwarzen SUV stieg.

»Vorbildlich, Herr Kollege«, hat er geschnarrt.

»Gummorn.«

Bücken, Atmen und Reden geht nicht gleichzeitig.

»Ich hatte auch schon eine stramme Einheit auf dem Programm«, hat Koslowski geprahlt, der sein Training normalerweise streng geheim hält.

Peer wollte diesen seltenen Moment relativer Nähe verlängern.

»Gelenkig wie ein Amboss«, scherzte er in entwaffnender Selbstironie.

So beginnt normalerweise ein Plausch unter Läufern,

die nichts lieber tun, als über den Zustand der Achillessehnen, ihren aktuellen Fersensporn oder den umstrittenen Nutzen des Stretchens zu philosophieren. Doch Koslowski ist wortlos davongeeilt.

»Die Filme«, hat er in der Tür gerufen, »ganz wichtig.«

Ganz wichtig? Von wegen. Eher Doofmannsbeschäftigung. Peer hat jetzt schätzungsweise dreißig Stunden Überwachungsfilme geguckt, Material aus allen Kameras, die in zwei Kilometern Umkreis vom toten Engländer liefen. Ausbeute: ein ziemlich schamloses Liebespaar, zwei Füchse und drei Wildpinkler. Leider liegt das maximale Abspieltempo bei dreifacher Geschwindigkeit. Es gibt nur eine einzige Aufnahme, die eventuell mit dem Fall zu tun haben könnte: ein Mann, der von draußen ins Keyser Soze schaut, während Ann-Kathrin und ihre Freundin an der Bar sitzen. Er scheint sie zu beobachten. Ein vorbeifahrender Tesla hat das aufgezeichnet – wie auch immer Koslowski das Fahrzeug ausfindig gemacht hat. Doch der Mann ist nur für eine Sekunde zu sehen, unscharf, verpixelt, hat die Kapuze seines Hoodies über den Kopf gezogen und wird dann auch noch von Passanten verdeckt. Identifikation unmöglich. Und am Ende war es dann vielleicht nur ein Mann, der geschaut hat, ob noch ein Platz an der Bar frei ist.

Während Peer das Standbild des Unbekannten anstarrt, legt er unauffällig den Kopf auf die linke Schulter und schnuppert Richtung Armbeuge. Nichts. Also fast nichts. Frischschweiß ist weitgehend geruchsneutral, sofern kein übermäßiger Konsum von Zwiebeln oder Knoblauch vorliegt. Wobei sein Schweiß in Wirklichkeit gar nicht so frisch ist. Denn unter der Morgenschicht liegt wie eine Grundierung die Berghain-Nacht. Egal. Großzügig aufgetragenes Deo und ein frisches T-Shirt sollten für den Tag am Schreibtisch reichen. In seinem Spind lagert Peer einen Stapel Wechselleibchen, alle dunkelblau mit V-Ausschnitt. Geht immer.

Sein Blick wandert vom Bildschirm zu seinem Laufshirt an der Garderobe, das aufgehört hat zu tropfen. Wäre mal spannend zu erfahren, was da biochemisch gerade abläuft. Warum verschwindet die Feuchtigkeit, aber der Geruch bleibt? Manche Gedanken macht man sich nur, um Zeit rumzukriegen.

Seit Koslowski von Ann-Kathrin besessen ist, herrscht aufgeregter Stillstand. Vielleicht auch, weil der Ermittlungsleiter seine Energie im Training verpulvert? Stramme Einheit am frühen Sonntagmorgen und gleichzeitig Nachtschichten am Schreibtisch – das geht nicht dauerhaft zusammen. Ernsthaftes Laufen ist mit einem fordernden Restleben kaum kompatibel. Oder ist die »stramme Einheit« ein Bluff, der das notorisch schlechte Läufergewissen überspielen soll, weil am Ende keiner das Gefühl hat, genug trainiert zu haben? Welche Zeiten ist Koslowski in diesem Jahr eigentlich gelaufen? Daraus ließe sich seine Marathon-Form halbwegs ablesen.

Peer klickt den Unbekannten weg und macht mit der schwarz-weißen Monotonie einer Überwachungskamera an der Neuen Synagoge weiter. Passanten, Autos, Passanten, Autos. Während er dieses großstädtische Einerlei aus den Augenwinkeln verfolgt, gibt Peer das K-Wort bei Google ein, dazu »Ergebnisse« und »Marathon«. Aha. Koslowski hat dieses Jahr ein halbes Dutzend Wettkämpfe mit Zeitnahme absolviert, keiner länger als zehn Kilometer, aber alle deutlich unter vierzig Minuten. Nicht schlecht, aber schwer zu interpretieren. Hält er das Tempo halbwegs über die vierfache Distanz? Oder ist nach zehn Kilometern die Flasche leer? Normalerweise gönnt sich der erfahrene Läufer einen Halbmarathon sechs bis acht Wochen vor dem Saisonhöhepunkt, einfach um die Form unter Wettkampfbedingungen zu testen und notfalls das Training zu verschärfen. Koslowski hat auf den Halben verzichtet. Das kann zwei Gründe haben. Entweder ist er in mäßiger Form, und es soll keiner merken. Oder er ist in Topform, und keiner soll es merken.

Peer studiert Koslowskis Zwischenzeiten. Oft lassen sich Muster erkennen. Der Space-X-Läufer startet schnell, will von vorn führen, bricht aber auf der Hälfte ein und wird durchgereicht.

Der Schlawiner hält sich im Windschatten der Spitzenläufer, lässt sich auf keinerlei Scharmützel ein, um Kraft zu sparen, und setzt auf den Endspurt.

Der Trickser zettelt Tempowechsel an, lässt sich auch mal zurückfallen, um die Rivalen zu verwirren, beschleunigt dann aber überraschend. Er ist stets auf diesen einen Moment erpicht, wenn die anderen träumen oder Schwäche zeigen, um auszubüxen.

Koslowski entspricht am ehesten dem Typus Schlawiner, der seine Kräfte fürs Finale schont.

Sicherheitshalber gibt Peer auch »Koslowsky« ein. Alter Trick, um die Suche der Konkurrenz zu sabotieren. Und siehe da: »Koslowsky« hat eine ganz frische Halbmarathonzeit, aus diesem September: 1:18:23. Macht auf den Marathon gut 2:40. Nicht schlecht. Der Kollege ist bei der »Mulde-Runde« anlässlich der Bad Dübener Kürbiswochen gestartet. Bad Düben, das ist Koslowskis Heimatstadt. Nie und nimmer schreiben die Sportsfreunde seinen Namen falsch. Er wollte wirklich nicht gefunden werden, was kein gutes Zeichen ist. Da bereitet sich einer akribisch vor.

Heftiges Rumpeln reißt Peer aus seiner Konkurrenzbeobachtung. Stephanie, offenbar unzureichend ausgenüchtert, ist mit dem Garderobenständer kollidiert. Peers Laufleibchen liegt glitschig wie eine Qualle auf den altgrauen Teppichfliesen. Leicht wankend presst Stephanie sich die Hand vor den Mund. Ist sie wirklich so bleich oder noch voller Schminke?

»*Good morning, Queen of the Night*«, ruft Peer. »Ging die Audienz noch lange?«

Stephanie winkt ab.

»Ich besorg uns mal Kaffee, okay?«

Stephanie wedelt mit der freien Hand, was alles bedeuten kann.

Als er mit zwei Tassen extrastarken Kaffees zurückkehrt, liegt sie leblos in ihrem Stuhl, beide Hände pressen ein Taschentuch vor Mund und Nase. Peer berichtet von Koslowskis Ausflug zu den Kürbiswochen. Stephanie bröselt zwei Kopfschmerztabletten in einen Pappbecher mit Wasser und scheint sich auf maximal flaches Atmen zu konzentrieren. Die Überwachungsfilme laufen derweil ungebremst weiter.

»Koslowski ist doch so ein alberner Trickser, der die Mulde-Runde mit falsch geschriebenem Namen läuft, damit ich seine aktuellen Zeiten nicht finde.«

Stephanie versteht kein Wort.

»Mullerunne?«, fragt sie in ihr Taschentuch.

»Ja, während der Kürbiswochen von Bad Düben. Ich ahne, was der Sieger als Prämie bekommt.«

»Lehmann!«, ruft sie.

»Lehmann? Als Prämie?«

Stephanie tippt sich wortlos an die Schläfe. Unerwartet flink haut sie plötzlich in ihre Tastatur. Lehmann und die Mulde-Runde – da war doch was? Na klar. Lehmann hat das Rennen früher gesponsert, und Koslowski hat den

Kontakt eingefädelt. Diese Info hatte Peer diskret an Rusche geliefert, als Munition, um Koslowski den Fall wegen Befangenheit zu entziehen. Peers letzter Triumph in diesem Gebäude.

»Oha! Guck mal!«

Stephanie dreht ihren Bildschirm zu Peer. Lehmann, im Leinenanzug. Daneben Koslowski im Rennhemd, Aufschrift: »Sachsenpower«. Keinerlei Ironie. Lehmann sponsert also noch immer die Mulde-Runde. Und Koslowski hat kein Problem, neben dem Ekel zu posieren.

»Von wann genau ist das Foto?«

Die Tastatur klackert. Die Aussicht auf Recherche weckt Stephanies Lebensgeister zuverlässiger als drei Liter Kaffee.

»Direkt nach dem Rennen vor exakt zwei Wochen.«

»Das war zwar vor Lehmanns Verhaftung, aber nach seiner ersten Befragung. Er war längst verdächtig. Koslowski hält es nicht für nötig, uns davon zu erzählen? Oder bin ich schon wieder im Tunnel?«

Stephanie zuckt mit den Schultern. Die Berichte über die Mulde-Runde sind spannender als Peers Koketterien.

»Ich verstehe sowieso nicht, warum Lehmann so ein Rennen sponsert«, sagt sie. »Der Wettkampf wird nur in der Lokalzeitung erwähnt. Der Werbewert für einen Konzern wie FitShit ist völlig unbedeutend.«

»Vielleicht ein Gefallen für Kriminalkommissar Koslowski.«

Stephanie klimpert mit den Augenlidern. Kann Zustimmung bedeuten oder Kater.

»Moment!« Peer senkt die Stimme. »Nur mal ganz theoretisch: Koslowski deckt Lehmann, informiert ihn über den Stand der Ermittlungen, lenkt den Verdacht auf Ann-Kathrin. Im Gegenzug sponsert Lehmann das Heimatrennen von Koslowski und legt vielleicht noch ein Tütchen JK obendrauf. Das würde erklären, warum der Kerl so schnell ist. Wenn das stimmt, ist er seine Bestzeit vom letzten Jahr los ...«

Stephanie tippt sich an die Stirn.

»Drehst du jetzt völlig durch? Okay, ja, Jonas ist als Mörder fraglich. Aber deswegen jetzt auf einen Kollegen schwenken? In deinem Wahn wirst du in spätestens drei Tagen lückenlos nachweisen, dass ich die Leichen an Ampelmasten geknotet habe.«

Gelassen überhört Peer die Frechheiten.

»Er muss ja nicht gleich der Mörder sein. Reicht doch vollkommen, wenn er Infos liefert und die Ermittlungen sabotiert.«

Stephanie reißt plötzlich die verquollenen Augen auf und nickt ein paarmal mit dem Kopf.

»Alles okay?«, fragt Peer. »Harte Nacht, hm?«

»Herr Kollege ...«

Ach du Scheiße. Peer weiß jetzt, was Stephanie sagen wollte. Auf den leisen Sohlen desjenigen, der etwas verbergen will, hat sich Koslowski hinterrücks angeschlichen. Er schnuppert an seiner Achsel.

»Also, ich bin das nicht.«

Blitzartig lässt Peer die Seite der Mulde-Runde verschwinden. Die Bilder der Überwachungskameras laufen wieder über den Bildschirm.

»Herr Kollege«, wiederholt Koslowski, »nachdem Sie hier ein wenig gelüftet haben, konzentrieren Sie sich bitte auf das Videomaterial. Manchmal fehlt mir exakt in diesem Teil des Reviers ...«, er deutet auf Peers Schreibtisch, »... die nötige Akribie. Sie wissen, welchen Druck Presse und Staatsanwältin machen.«

Peer nickt: »Deswegen war ich ja auch schon um acht Uhr heute Morgen hier.«

»Ich auch, Herr Kollege, ich auch. Das ist nicht die Kür, sondern Pflicht. Im Gegensatz zu Ihnen verbringe ich meine Arbeitszeit allerdings nicht mit dem Studium von Laufzeiten. Nur ganz nebenbei: Ich hätte die Mulde-Runde noch etwas zügiger beenden können. Aber ich lag so weit vorn, da dachte ich mir: lieber für den Marathon schonen.«

Peer ist sprachlos. Koslowski hat offenbar sofort kapiert, wo er unterwegs war, lässt aber nicht das geringste Anzeichen von Schuldbewusstsein oder gar Rechtfertigungsdruck erkennen. Kein Wort über den Handshake mit Lehmann. Entweder ist Koslowski ein gnadenlos abgebrühter Hund. Oder? Ja, oder was? Blitzschnell schaltet Peer in den Sportskameradenmodus.

»Starke Zeit.«

Koslowski lächelt huldvoll.

»Haben Sie denselben Trainingsplan wie im vergangenen Jahr?«

»Sie haben Angst, Pedes. Das spüre ich.«

»Angst nicht, aber Respekt auf jeden Fall.«

Stephanie wühlt hoch konzentriert in irgendwelchen Papieren.

»Warum trainieren Sie eigentlich immer heimlich? Arbeiten Sie auf der Bahn mit einem Trainer?«

»Pedes, Pedes«, sagt Koslowski und lässt es natürlich wieder anders klingen. »Sie müssen an Ihrer Fragetechnik feilen. So einfach kriegen Sie mich nicht.«

»Reines Interesse. Ich lerne immer gern dazu.«

Koslowski winkt ab: »Ich habe keine Geheimnisse. Heute Abend gehe ich auf drei schnelle Runden um den Schlachtensee. Letzte harte Einheit. Kommen Sie doch vorbei, gucken Sie zu, laufen Sie mit, und staunen Sie. Gegen sieben.«

Peer nickt. »Nach Feierabend, klar.«

»Wobei Ihr Feierabend erst beginnt, wenn Sie mit den Überwachungsfilmen durch sind.«

Peer nickt.

»Klar doch, Chef.«

Koslowski verlässt das Büro.

Stephanie mustert Peer wie einen Fremden.

»Klar doch, Chef?«

Peer grinst.

»In Sicherheit wiegen.«

»Du wiegst Koslowski in Sicherheit, um genau was zu tun?«

KAPITEL 35

Im fahlen blauen Licht fühlt sich Peer wie im Innern einer Plastikflasche WC-Reiniger. Der Geruch dagegen ist weniger eindeutig. Der lieblich aromatisierte Chemiedunst kämpft erbittert gegen eine olfaktorische Wand menschlicher Hinterlassenschaften. Überdosis Magnesium, zu viel Kaffee oder schlicht Nervosität vor dem Start – der Verdauungsapparat des Läufers hat immer was zu meckern. Magen und Blase sind die Hooligans des Athletenkörpers: Sie lassen sich nicht abrichten wie Muskeln, sondern randalieren zuverlässig im falschen Moment, bevorzugt dann, wenn keine sanitären Anlagen in der Nähe sind.

Wie soll man mit dieser internistischen Schicksalsfrage umgehen? Die einen ergeben sich und hoffen, unterwegs einen Baum, einen Strauch oder notfalls zwei eng stehende Altglascontainer zu finden, die für notdürftigen Sichtschutz sorgen. Die anderen pressen vor dem Start mit ferrariroter Birne die Gedärme leer, um dem anschwellenden Druckstress auf der Strecke zu entgehen. Es ist ein ewiges Glücksspiel. Entweder verreckt man unterwegs, weil sich beim besten Willen keine geschützte Ecke findet. Oder man erblindet in einem mobilen Toilettenhäuschen, dessen lichtes äußeres Blau eine Reinheit verspricht, die der Innenraum nicht annähernd zu halten vermag.

Der Parkplatz an der Fischerhütte ist ein beliebter Startpunkt für Berlins Läufer. Zwischen Bahngleisen, Villen, Autobahn und Sprengplatz simulieren Bäume und Seen so was wie Natur. Anfänger machen die kleine Runde um die Krumme Lanke, Fortgeschrittene die größere um den Schlachtensee, Angeber beide zusammen. Profis allerdings meiden den Laufsteg am See mit all den Hundeleinen, Walkingstöcken und jugendlichen Komatrinkern, sondern streben stracks in den einsamen Grunewald hinein, mit Sandwegen und giftigen Steigungen. In den laubarmen Jahreszeiten gewähren die Anhöhen einen grandiosen Ausblick über den Wannsee; sobald es wärmer wird, dienen die Sandkuhlen im Wald als mäßig diskreter Männertreff.

Am hinteren Ende des Parkplatzes stehen drei weißblaue Mobilklos. Im mittleren hat Peer sich eingeschlossen. Der Kenner sieht sofort: ein modernes Exemplar, das neben dem garstigen dunklen Loch auch über ein seitliches Urinal verfügt. Peer hat die schwarzen Einmalhandschuhe aus dem Erste-Hilfe-Kasten seines Sharing-Autos gemopst. Einen hat er über die rechte Hand gestreift, mit der er die Rohrmutter knapp über dem sandigen Plastikboden zu lösen versucht. Knirschend gibt das blaue Plastikgewinde nach. Glück muss man haben.

Aus dem Hahn über dem Handwaschbecken fließt tatsächlich Wasser, das Peer jetzt mit einem To-go-Kaffeebecher ins Urinal schöpft. Die Probe darf nicht übermäßig durch fremden Urin verunreinigt sein, hat Benny gemahnt. Peer zieht den zweiten Latexhandschuh wie ein Kondom über das offene Rohr. Sieht aus wie ein schwarzer Hahn, der einen Kopfstand macht. Dopingfahnder mussten schon immer kreativ sein. Wenn alles gut geht, uriniert Koslowski stracks in diesen Handschuh, den Peer jetzt mit einem blauen Müllsack und reichlich silbernem Panzerklebeband umwickelt. In Berlin ist alles unauffällig, was nach Provisorium aussieht.

Peer saugt gierig Frischluft ein, als er ins Freie tritt. Die Häuschen links und rechts hat er mit rot-weißem Flatterband umwickelt. Die Zettel mit dem Hinweis »Außer Betrieb! Der Bezirk!!« hat er im Büro gedruckt, gleich nachdem Koslowski das Revier verlassen und offenbar mit Genugtuung registriert hat, dass Peer wortlos auf Schwarz-Weiß-Filme starrte. Doch kaum war Koslowskis SUV vom Parkplatz gerollt, ist Peer aufgesprungen, hat das inzwischen getrocknete Laufleibchen von der Garderobe gepflückt, dazu ein paar Blätter aus dem Drucker und den Kaffeebecher vom Schreibtisch.

»Schönen Feierabend«, hat er Stephanie zugeraunt, die apathisch hinter ihrem Schreibtisch kauerte, zu schwach, um irgendwelche Fragen zu stellen.

Das nächste Sharing-Auto stand keine drei Minuten vom Revier entfernt. Zu den Spezialdisziplinen des fortgeschrittenen Läufers gehört das Umziehen während der Fahrt. Eine lange Rotphase genügt, um das blaue T-Shirt ab- und das muffige Laufshirt überzustreifen. Hosenwechsel gestaltet sich schon komplizierter. Verheddert sich ein Fuß im Textil, während die Ampel auf Grün springt, wird Gasgeben zur Akrobatik und Bremsen Glückssache. Ruhe ist gefragt, wenn ein Bein bis zum Knie in den Laufshorts steckt, das andere noch in der Bürohose und sich irgendwelche Krümel in den halb nackten Hintern bohren. Zwei rote Ampeln später war der Kampf fast gewonnen, die Laufshorts bedeckten immerhin beide Oberschenkel. Jahrelanges Training zahlt sich eben aus.

Auf dem Parkplatz ist nicht viel los. Die Sonne geht bald unter. Peers Plan könnte tatsächlich funktionieren. Wenn Koslowski hier für eine späte Trainingsrunde aufkreuzt, wird er sich zuvor entleeren wollen. Ein gesetzestreuer Kommissar pinkelt nicht wild. Wenn von drei Klohäuschen nun zwei mit Flatterband gesperrt sind, bleibt nur das mittlere. Benny ist vorgewarnt, er wird den goldenen Handschuh im Labor auf Spuren von JustKick untersuchen. Ist die Probe positiv, bekommt der Fall eine ganz neue Wendung.

Peer hat sich ins Gebüsch geduckt. Ein treudoof dreinblickender Retriever kommt aus dem Wald gedackelt, dahinter sein korpulentes Herrchen. Der Mann strebt stracks auf die blauen Häuschen zu, betrachtet kopfschüttelnd Flatterband und Schilder, um schließlich das mittlere Klo zu betreten. Die gute Nachricht: Die Kundenführung funktioniert. Die schlechte: Im Handschuh schwappt nicht Koslowskis Urin.

Und jetzt? Peer gibt seine Deckung auf, hastet zum Auto und reißt den Kofferraum auf, wo das Erste-Hilfe-Sortiment noch ausgebreitet liegt. Verdammt, wo ist das zweite Paar Handschuhe? Peer hört, wie sich die Tür des mittleren Häuschens öffnet. Der Retriever jault freudig, Herrchen nestelt an der Hose, guckt sich erleichtert um und geht zu seinem Wagen. Von der Straße rollt ein schwarzer SUV auf den Parkplatz.

Hektisch reißt Peer zwei Mullbinden aus ihrer Plastikverpackung, greift das Panzerklebeband und wirft die Kofferraumhaube zu. *Lass dir Zeit, Koslowski.* Peer stürmt geduckt hinter parkenden Autos zum mittleren Häuschen zurück. Verriegeln, Klebeband abreißen, blauen Müllsack entwirren, den prallen warmen Handschuh ins schwarze Loch befördern. Dann den Mullbindenbeutel mit viel Klebeband am Rohrende fixieren, Müllsack drumrum, irgendwie verkleben. Beten.

Peer öffnet die leichte Plastiktür einen Spalt weit.

»Na, trauen Sie sich nicht raus?«

Koslowski hat sich in seinem schwarz-weiß-roten Laufdress vor den Dixis aufgebaut. Wie viele von diesen Sachsenpower-Shirts er wohl besitzt?

»Mein Magen ist heute etwas in Unordnung«, klagt Peer.

»Ich werde mir das Training sparen und den Rest der Überwachungsvideos durchschauen.«

Koslowski grinst.

»Schon klar. Panikdurchfall, was?«

Peer guckt wie ein Blinddarmpatient und hält Koslowski die Tür auf. Der nickt, tritt in die blaue Grotte des Grauens und riegelt sich ein. Überglücklich lauscht Peer dem sanften Tröpfeln. Bingo. Die Tür öffnet sich.

»Dann wollen wir mal.«

Peer erhascht einen Blick auf den blauen Müllsack. Die Tarnung hat offenbar gehalten.

»Sie wollen die Chance auf eine gemeinsame kleine Temporunde wirklich sausen lassen?«

Peer nickt und presst seine linke Hand auf die Nabelgegend.

»Daran hätten wir beide keinen Spaß. Viel Erfolg.«

Koslowski hebt die Hand zum Abschied und federt locker Richtung Schlachtensee, das Becken vorschriftsmäßig, fast übertrieben aufgerichtet, die Ellbogen im amtlichen Neunzig-Grad-Winkel. Man kann über den Kerl sagen, was man will, aber Stil hat er, wenn auch nur Laufstil.

Kaum ist Koslowski ins Grün getaucht, schlüpft Peer ins blaue Häuschen. Vorsichtig löst er das Klebeband vom Müllbeutel. Puh. Die Behelfskonstruktion hat tatsächlich gehalten. Mit spitzen Fingern verknotet er den Beutel, der sein Leben verändern könnte. Am Kofferraum füllt er die flüssige Beute in eine leere Plastikflasche, deren Etikett »Apfelschorle« verspricht.

Peer rollt vom Parkplatz und parkt ein paar Hundert Meter weiter in einer unbeleuchteten Seitenstraße. Es wird langsam dunkel.

»Ich hab's«, ruft er ins Smartphone. »Bist du im Labor?«

Bennys Begeisterung hält sich in Grenzen.

»Ich schaffe das erst morgen«, sagt er. »So lange stellst du deine Beute einfach kühl.«

Peer schluckt. Koslowski im Kühlschrank, über Nacht?

»Ach, und noch was: Das Schicksal war gnädig und hat mir eine Packung Dynobactin vor die Füße gelegt. Du weißt schon, dieses neue Antibiotikum gegen multiresistente Keime. Für deine Ukrainerin. Hat mich eine Flasche Single Malt gekostet. Machen wir alles morgen. Ich muss ans Mikroskop zurück, hier brennt mal wieder die Luft. Kennste ja.«

Peer triumphiert, weil er Uli helfen kann. Aber er kapiert auch, dass jetzt nicht der Moment für weitere Wünsche ist.

»Danke, Benny.«

Peer blickt amüsiert bis euphorisch auf seine Hände. Links das Smartphone, das noch Bennys Nummer zeigt, rechts eine Plastikflasche, deren Schraubverschluss so großzügig mit Klebeband umwickelt ist, als handele es sich um Polonium. Das Medikament für Ulis Bruder zum Greifen nah. Peer drückt die Flasche in den Halter der Mittelkonsole und wählt Ulis Nummer. Diesmal wird sie ihn nicht abwimmeln.

Wieder nur Mailbox. Nach wie vor nimmt sie seine Anrufe nicht an.

Stephanie meldet sich mit leisem Stöhnen. Offenbar zu schwach, ihre Planstelle zu verlassen, hängt sie trotz später Stunde nach wie vor am Schreibtisch und glotzt Schwarz-Weiß-Filme.

»Ist Ulis Uhr noch in Betrieb? Kannst du sehen, wo sie ist?«

»Moment ...«

Keine Fragen. Untypisch für Stephanie. So wie Tanzen bis zum Morgengrauen. Peer hört das Klackern der Tastatur.

»Merkwürdig.«

»Was denn?«

»Uli ist heute Mittag zu Lehmann gefahren, nach Potsdam.«

»Also doch! Die stecken immer noch zusammen. Jonas hat gelogen und ...«

»Die Uhr hat sich seit sechs Stunden nicht bewegt«, geht Stephanie dazwischen.

»Was?«

»Die Uhr befindet sich seit sechs Stunden an exakt derselben Stelle auf Lehmanns Anwesen.«

Kopfbildersalat. Tilda, die an der Ampel baumelt. Tilda bei Lehmanns Grillparty. Uli bei Lehmanns Grillparty. Uli, die an der Ampel baumelt.

»Zeichnet die Uhr auf? Puls?«

»Nee, gar nix. Vermutlich hat Uli sie abgelegt. Kann alles Mögliche bedeuten, zum Beispiel, dass sie die Uhr zurückgegeben ...« Stephanie unterbricht ihren Beschwichtigungsschwall. »Peer? Was hast du vor? Peer!«

Ihre Rufe gehen im Geräusch eines startenden Carsharing-Wagens unter.

KAPITEL 36

Alles dunkel. Schon mal verdächtig. Ein Typ wie Lehmann illuminiert sein Angeberanwesen dramatisch. An den beiden Überwachungskameras über der Haustür leuchten rote Punkte. Aktiv. Peer hält sich im toten Winkel. Mit Bildausschnitten kennt er sich inzwischen aus. Einfach klingeln, ganz auf doof, und nach Uli fragen? Keine gute Idee. Lehmann wird ihm die Hölle heißmachen.

Peer späht die Straße entlang. Die dezente Totenstille eines Villenvororts. Gilt es noch als Nachbarschaft, wenn das nächste Anwesen fast außer Hörweite liegt? Peer schiebt die hohen Zweige der Hecke auseinander. Im Dunkeln ist kaum etwas zu erkennen. Luft anhalten und lauschen. In der Ferne eine nervige Nachtigall. Sonst nichts außer dem Brummen der Poolpumpe. Wenn Uli hier gefangen gehalten wird, dann sicher nicht stilvoll im Wohnzimmer, mit Schirmchengetränk und Blick durch die Panoramascheibe auf das Feng-Shui-Gedöns im Garten.

Peer hat zwei Dutzend Mal Ulis Nummer gewählt und ist genauso häufig auf der Mailbox gelandet, zuletzt vor einer Minute. Hätte er drinnen ein Klingeln gehört, wäre die Sache eindeutig.

Stephanie hat mehrere Warn-WhatsApps geschickt: kein Einbruch, auf gar keinen Fall. Aber gilt es als Einbruch, wenn er eine junge Frau aus den Fängen eines Perversen befreit? Die Sache stinkt. Und zwar gewaltig. Hier ist Gefahr im Verzug, Alarmstufe Dunkelrot. Was hat Uli heute Mittag hier gemacht? Die Uhr hätte sie auch in die Post stecken oder im FitShit-Hauptquartier abliefern können. Hat Lehmann sie hergelockt, vielleicht sogar mit der

Aussicht auf ein Medikament für Dmytro? Und wo ist Uli jetzt?

Er könnte Koslowski anrufen oder Rusche. Aber die Wahrscheinlichkeit, dass sie ihm erstens glauben und zweitens in Windeseile einen Durchsuchungsbeschluss besorgen, ist gleich null. Bis dahin ist Uli dreimal gehäutet.

Worst-Case-Analyse – was kann im schlimmsten Fall passieren, wenn er sich rein interessehalber in der Villa umschaut? Er findet Lehmann mit Uli beim einvernehmlichen Liebesspiel vor. Mit einem »Sorry, hab mich wohl in der Tür geirrt« wird er da kaum rauskommen. Lehmann würde toben, seine blutrünstigen Advokaten loshetzen, und Peer wäre endgültig erledigt. Einerseits.

Andererseits kann er sich jetzt wohl kaum verkrümeln, während das Monster Lehmann sich womöglich nur ein paar Meter entfernt an Uli vergeht. Ob ihr noch Schlimmeres zugestoßen ist?

Peer tastet sich an der Hecke entlang, bis zum Ende des Grundstücks. Keine Kameras zu sehen. Versteckt in der Hecke wartet ein Zaun mit unfreundlichen Spitzen, bestimmt zweieinhalb Meter hoch. Das SEK hat eine Sturmleiter, Peer den Kindersitz aus dem Sharing-Auto. Er nimmt Anlauf und springt ab. Wie ein Basketballer beim Dunking pfropft er den Kindersitz mit beiden Händen von oben auf die metallenen Zaunspitzen. Maßarbeit. Mühsam schiebt er den rechten Laufschuh zwischen die Streben, der Zwischenraum reicht gerade mal für drei Zehen, was wiederum für maximal eine Viertelsekunde Halt reicht. Er greift nach den Streben, drückt sich mit dem linken Bein ab und rutscht mit dem Oberkörper über den Kindersitz, der die Spitzen mit letzter Mühe abhält. Kopfüber purzelt er in Lehmanns Garten. Nebenan kläfft ein Hund. Im Baum leuchtet ein kleines rotes Licht. Wenn diese Kameras ihre

Bilder live an einen Sicherheitsdienst übertragen, hat er etwa zehn Minuten.

Peer hastet am Pool vorbei zur Terrasse. Der Grill des Grauens steht unter einer Haube. Die Shrimps-Nummer hat Lehmann heute offenbar nicht abgezogen. Die Terrassentür ist verschlossen. Peer schleicht an der Hauswand entlang und eine schmale Treppe hinab. Der Feldstein aus der Rabatte liegt gut in der Hand. Ein zertrümmertes Kellerfenster sieht weniger nach Einbruch aus als eine geborstene Panoramascheibe. Routinemäßig checkt Peer die Klinke der Kellertür. Offen. Halleluja. Süffiger Fichtennadelduft umströmt ihn. Offenbar die Saunalandschaft mit direktem Weg zum Innenpool. Peer tastet sich im Licht seines Smartphones durch die Katakomben, vorbei an Liegen, Handtuchstapeln und einem quadratischen Tauchbecken. Keine Uli. Noch fünf Minuten, höchstens.

Als er die Treppe zum Erdgeschoss entdeckt, löscht Peer das Handylicht und nimmt Stufe um Stufe, ohne zu atmen. Immer wieder lauschen. Irgendwelche Liebesgeräusche aus Richtung der Wohnzimmersofas? Nichts. Das Haus scheint leer zu sein. Aber die Alarmanlage ist nicht scharf gestellt. Seltsam.

Im Halbdunkel tastet sich Peer durch Lehmanns Wohnzimmer, das größer als Peers gesamte Wohnung und unnatürlich aufgeräumt ist. Wohnen im Showroom. Links Ziegenfellliegen, rechts zwei Designerstühle mit rundem Glastisch. Nichts sieht nach Kampf oder Flucht aus. Peer wählt erneut Ulis Nummer. Wenn sie in der Nähe ist, müsste ein Klingelton zu hören sein. Nichts.

Am Fenster steht Lehmanns Schreibtisch, natürlich Stahlrohr. Und siehe da, rechts unter der Schreibtischplatte, auf der Ablage über den drei Schubfächern, liegen vier, fünf FitShit-Uhren. Ein Exemplar ist mit blau-gelbem

Armband versehen. Eindeutig Ulis. Offenbar sammelt Lehmann die Prototypen ein, aus Angst, dass ein rachsüchtiger Athlet aus der Running Crew das Wundergerät direkt dem chinesischen Geheimdienst übergibt. Uhr da, aber Uli nicht. Erleichterung, Enttäuschung. Und jetzt? Vielleicht noch drei Minuten. Peer überlegt, den halbwegs geordneten Rückzug anzutreten, bevor der Sicherheitsdienst eintrifft. Die Bilder der Kameras dürften kaum verwertbares Belastungsmaterial liefern.

Peer hat die Treppe zur Kellersauna fast erreicht, als ihn ein metallisches Klirren zusammenfahren lässt, begleitet von leisem Stöhnen, eher einer Art Würgen. Der Sicherheitsdienst? Klingt anders. Peer lauscht angestrengt. Wenn Papa damals von seinen wenigen spannenden Einsätzen erzählt hat, dann ging es immer laut zu. »Hände hoch! Keine Bewegung!« Je weniger Polizist, desto verbissener die Darstellung von Ordnungsmacht. Da, schon wieder. Dieses Klirren, nicht laut, nicht nah, diesmal ohne gestöhntes Würgen. Klassischer Clash-Moment: *Should I stay or should I go?*

Auf Läufersohlen schleicht Peer durch Lehmanns Designhölle Richtung Eingangstür. Die Geräusche kommen näher, aber bleiben undefinierbar. Peer späht in die Eingangshalle. Gleich links neben der Haustür steht eine weitere Tür offen, wahrscheinlich der Zugang zur Garage. Ein leises Rumpeln. Lehmann? Warum sollte er in seinem eigenen Haus im Dunkeln rumoren?

Vergeblich tastet Peer an der Wand nach einem Lichtschalter. Erneutes Rumpeln, aber keinerlei Stimmen. Ein Einbrecher, der einen Einbrecher überrascht? Peer hechtet auf den glatten Marmorboden. Mit Schwimmbewegungen robbt er zur offenen Garagentür.

»Stehen bleiben, Polizei! Ich bin bewaffnet. Keine Bewegung.«

Sein linker Arm tastet die Wand empor und findet tatsächlich einen Schalter. Widerwillig zuckend nehmen die Leuchtstoffröhren den Betrieb auf. Peer sucht den Schutz eines Hinterreifens. Immerhin bietet Lehmanns Angeberkarre ausreichend Deckung.

Was ist das? Die Heckklappe steht offen, zwei Unterschenkel hängen schlapp heraus. Daneben baumelt ein Seil. Verdammt. Lehmann. Und er sieht nicht sehr lebendig aus. Die Leiche war offenbar kurz davor, irgendwo gut sichtbar aufgeknüpft zu werden. Der Spree-Henker ist da, nur ein paar Meter entfernt, wird sich aber garantiert nicht kampflos ergeben.

Peer scannt die riesige Garage. Vor Lehmanns SUV parkt ein Porsche Cabrio, dahinter eine antike Mercedes-Limousine. Er duckt sich und späht unter dem SUV hindurch. Da hinten, am rechten Vorderrad des Mercedes, blitzt für einen Moment eine trainierte Wade mit zwei überaus wuchtigen Venen. Ein Läuferbein? Kann sein. Aber nicht das von Ann-Kathrin. Jonas? Fluse vielleicht? Peer späht angestrengt zwischen den Reifen hindurch. Die Wade ist verschwunden.

»Kommen Sie mit erhobenen Händen heraus!«

Keine Reaktion, natürlich nicht. Wer drei Morde auf dem Gewissen hat, hält den Kopf lieber unten. Wo steckt der Kerl? Peer robbt unter Lehmanns Füßen hindurch Richtung Mercedes.

»Ergeben Sie sich!«

Reißfeste Stille. Wenn der Unbekannte halbwegs normal tickt, will er nur eines: abhauen, um jeden Preis. Peer überlegt rasch. Er hat zwei Möglichkeiten. Entweder verharrt er in aller Stille im Schutz des SUV in der Hoffnung, dass der Täter nervös wird und sich verrät ... Allerdings bietet er ihm damit eine Verschnaufpause, in der sich der

Mörder sortieren kann. Auf keinen Fall. Also Druck erhöhen.

»Kommen Sie raus! Sofort! Meine Waffe ist auf Sie gerichtet!«, brüllt Peer wahrheitswidrig, hechtet Richtung Mercedes und hält Ausschau nach den Füßen des Phantoms. Nichts zu sehen. Kann der Kerl fliegen?

Noch bevor Peer das Geräusch hinter sich identifizieren kann, verschwimmt die Welt. Er strampelt, will sich aufrappeln, taumelt, kann nur ahnen, dass eine dunkle Gestalt an ihm vorbei Richtung Hauseingang türmt. Er will sich am Mercedes hochziehen, doch seine Hand findet keinen Halt auf dem polierten Lack. Peer schlägt der Länge nach auf den grauen, kalten Garagenboden.

KAPITEL 37

Wenn nichts mehr bleibt, wenn alles sinnlos ist, wenn das ganze Leben auf einen Ort, einen endlosen Moment tiefer Verzweiflung zusammenschnurrt, dann ist es jetzt und hier passiert, auf dem Kuhfellschemel im Flur. Peer hat den Blick starr auf das Regal gerichtet, aus dem ihn ein Dutzend Paar Laufschuhe frech fragend angrinsen. Jahrelang durch die Gegend gerannt – wofür? Polizeischule – wofür? Endlose Tage mit Bildern von Überwachungskameras – wofür? Ina – wofür? Uli – wofür? Und diese Plastikflasche auf dem Boden, deren Inhalt nicht die Apfelschorle ist, die das Etikett verspricht – wofür?

Warum müssen diese Treter immer so schrecklich bunte Farben haben? So muss die Hölle aussehen. Inmitten eines Ozeans von gut gelaunten Laufschuhen treibt eine verzweifelte Seele, dazu verdammt, bis in alle Ewigkeit auf die Pisse ihres ärgsten Konkurrenten zu starren, während im Kopf dieses eine Mantra rotiert: Du bist ein schlechter Polizist. Du bist ein schlechter Polizist. Du bist ein schlechter Polizist. Sisyphos hat es leicht dagegen.

Peer fühlt sich wie ein Amboss. Er wollte loslaufen, einfach so, ohne Plan und Ziel, raus aus dem Grübeln, Kopf frei, für ein paar Momente jedenfalls. Aber seine Beine gehorchen nicht. Er hat versucht zu heulen. Gefühle sind leichter zu handhaben, wenn sie körperlich zu spüren sind, hat Ina gesagt. Klappt auch nicht. Liegt wohl daran, dass er gar nicht genau weiß, was er fühlt. Wut? Eine Spur. Einsamkeit? Wie so oft. Versagen? Ja, aber nicht nur. Traurigkeit? So eine Art. Aber in Wirklichkeit herrscht da vor allem diese grenzenlose Leere, das Nichtfühlen von irgendwas. Kaum kriecht die Wut hoch, saugt die Leere sie auf. Sogar den Hass. Und die Scham.

Die Nummer mit Koslowski war leider wirklich daneben. Peer hätte sich umgehend entschuldigen sollen, Affekt, Adrenalin, irgend so was. Vielleicht wäre Rusches Tirade dann eine Spur sanfter ausgefallen, mit der er ihn vor versammelter Mannschaft zur Sau gemacht hat. Der Hall aus Lehmanns Garage schneidet Peer noch immer durch den Schädel.

Als Rusche und Koslowski eintrafen, hockte er auf dem grauen Estrich zwischen den antiken Luxuskarren, immer noch benommen von dem Hieb, der seinen Schädel durchgerüttelt hatte. Aber da war auch der Stolz: Fast hätte er einen Mord verhindert, fast den Täter geschnappt, den ganz Berlin seit Wochen vergeblich jagte. Leider nur fast.

Alles, was er in der Hand hielt, war ein tropfender Eisbeutel, den ihm die Sanis gegeben hatten. Peer hatte sie selbst gerufen, kaum dass er nach seinem Niederschlag wieder ein Handy bedienen konnte. »Glück gehabt«, sagte einer und deutete auf Lehmanns Leiche, deren Beine immer noch aus dem Kofferraum hingen. Hatte Peer sich in Lebensgefahr begeben? Fühlte sich vor lauter Jagdfieber gar nicht so an. Hätte ihn der Täter töten wollen, hätte er kräftiger zugeschlagen und häufiger. Die Beule war zu einem Prachtexemplar angeschwollen, aber kein Indiz für einen Mordversuch.

Dann kam Rusche hereingestürmt, stracks auf ihn zu, ohne jeden Gruß, und bellte sofort die dümmste aller Fragen: »Was haben Sie sich dabei gedacht, Pedes?«

Was soll man da Sinnvolles entgegnen? Zum Denken war überhaupt keine Zeit, weshalb Peer wahrheitsgemäß antwortete: »Ich habe meinen Job gemacht. Und fast hätte ich den Kerl gehabt.«

»Fast. Fast. Fast. Hören Sie doch auf mit dem Unsinn. Fast wäre uns allen der Arsch aufgerissen worden. Die

Staatsanwältin ist außer sich und nicht nur fast. Sie sind widerrechtlich in ein Privathaus eingedrungen.«

»Ich hätte um ein Haar einen Vierfachmörder gestellt, auf frischer Tat.«

»Sie haben ihn nicht gestellt, aber gewarnt. Das macht uns die Ermittlungsarbeit nicht leichter«, ätzte Koslowski aus der zweiten Reihe.

Peer schnappte nach Luft. Ausgerechnet Koslowski.

»Wer hat Lehmann denn gewarnt?«

»Was wollen Sie damit sagen?«, blaffte Koslowski zurück.

»Dass ein Lehmann-Fan vielleicht nicht in alle Richtungen ermitteln lässt. Hat er Sie mit seiner Wunderdroge bezahlt?«

Rusche blickte fragend zu Koslowski, dann zu Peer, dann wieder zu Koslowski, der sich, tiefrot angelaufen, offenbar zusammenreißen musste, um Peer nicht an den Kragen zu gehen. Aber Peer ließ nicht locker. *Wenn du einen Gegner bis an die Klippe gejagt hast, dann stoß ihn auch runter*, sagt Mama.

»Wer lässt sich denn von Lehmann sponsern? Gibt's JustKick als Bonus?«

»Was?«

»Sie laufen gedopt. Von Lehmanns Gnaden!«

Koslowski kochte und zog sein Smartphone hervor.

»Was immer hier an miesen Unterstellungen läuft«, japste er. »Beim Halbmarathon in Bad Düben bin ich zur Dopingkontrolle ausgelost worden.« Er hielt sein Display in die Runde. »Das Protokoll aus dem Labor, hier, ganz frisch und eindeutig sauber.«

Peer schnaubte verächtlich.

»Dopingproben im Osten, unter Freunden. Die Nummer kennt man doch zur Genüge. Seit Jahren sponsert Lehmann Ihre Mulde-Runde!«

»Lange vor unserem Fall habe ich einen Kontakt zwischen Lehmann und meinem Heimatverein hergestellt. Nichts weiter. Alles transparent, sogar in den Akten.«

»Ach ja? Auch das Foto, wo Sie mitten in unserem Fall mit dem Hauptverdächtigen für ein Siegerfoto posiert haben?«

»Wenn Sie mich eines Vergehens verdächtigen, dann bringen Sie Beweise!«

»Der beste Zeuge hat sich leider verabschiedet.«

Peer deutete auf Lehmanns tote Beine.

»Schluss jetzt, Pedes! Es reicht.« Rusche war zum Generalston übergegangen. »Sie machen ab sofort Urlaub.«

»Aber ...«

»Nichts aber, Pedes. Wir erwarten Ihren Bericht, gern mit allen belastbaren Details zu Lehmann und diesem Kürbislauf. Ansonsten sind Sie seit fünf Minuten beurlaubt. Jede andere Lösung wäre deutlich unangenehmer, glauben Sie mir.«

Entgeistert starrte Peer auf Rusche. Schräg dahinter Koslowski, pure Wut, aber schlau genug, die Klappe zu halten. Peer kapitulierte. Dieses Rennen war gelaufen. Er deutete ein soldatisches Salutieren an.

»Wir hören uns.«

»Kommen Sie erst mal zur Ruhe, Pedes. Und dann sind Sie sowieso wieder zurück in der Achten.«

Bei Bülow. Dritte Reihe. Nie wieder ein eigener Fall. Das war's dann wohl.

Peer sitzt gebeugt auf dem Kuhfellschemel, die Ellbogen auf die Knie gestützt. Er starrt auf die Plastikflasche, in der mal Apfelschorle war. Das Zeug muss dringend zu Benny, auch wenn das Ergebnis der Laboruntersuchung jetzt schon feststehen dürfte. Koslowski ist sauber. Warum ist er den Kollegen direkt in der Garage so dumm angegangen, vor aller Augen und Ohren? Er ist nicht nur ein schlechter Polizist, sondern auch noch ein Kollegenschwein. Zu spät. Wird sich einrenken, nach dem Urlaub, dem ungewolltesten Urlaub aller Zeiten.

Woher kommt dieser Zorn auf Koslowski? Rumort da immer noch die Niederlage vom letzten Jahr? Wie toxisch, wie irre, wie mächtig ist dieses Hirngespinst, von der Ossi-Connection Koslowski/Lehmann aufs Kreuz gelegt worden zu sein? Bleibt jetzt, nach Lehmanns Tod, auch nur ein Hauch von dieser Idee übrig? Hat Koslowski Lehmann auf dem Gewissen? Erpressung? Rache? Panik?

Das Handy vibriert. Mama. Als ob sie wittert, wenn ihr Sohn massiven Ärger hat. Aber was soll er ihr erzählen? Die Wahrheit? Dass er den Fall los ist und in Zwangsurlaub geschickt wurde? Wie mag die alte Dame in ihrer gelegentlichen Verwirrung damit umgehen? Warum soll er Mama belasten? Wahrscheinlich will sie nur wissen, wie das Training läuft. Dass er zum Marathon antritt, hat sie sich gemerkt. Sie wird all die Fragen stellen, die er sich erspart. Wie fühlst du dich? Alles gut? Brauchst du was? Ja, er braucht was. Einen Täter. Neue Kollegen. Einen zugewandten Rusche. Eine Welt, die sich nicht gegen ihn verschworen hat. Jemanden, der ihn versteht.

Mama ist ausdauernd. Sie will einfach nicht auflegen. Und Peer nicht drangehen. Das Ergebnis dieses Telefonats steht doch jetzt schon fest, sofern er sie nicht anlügt. Er ist am Ende. Er hat Mama enttäuscht. Und Papa auch. Das Klingeln verstummt. Danke, Mama.

Von wegen. Es klingelt schon wieder. Wahrscheinlich denkt sie, dass sie beim ersten Mal die falsche Nummer gewählt hat. Erleichtert sieht Peer die Nummer von Stephanie auf dem Display. Auch ignorieren? Besser nicht.

»Ja?«

»Hey, Peer. Ich wollte nur mal hören ...«

»Alles super«, sagt Peer matt. Es klingt nicht mal lustig.

»Haben sie dich am Leben gelassen?«

»Ich soll in der Ersten bleiben. Kontinuität und so.«

»Und? Sind sich alle einig, dass ich der Superloser bin, der alles vermasselt hat?«

»Ach Quatsch. Dreht sich gerade alles um Lehmann. Die Medien hyperventilieren. Ist halt was anderes, wenn ein Vorzeigeunternehmer ermordet wird«, wispert sie, als wolle sie jegliches Aufsehen im Büro vermeiden. »Koslowski kriegt Druck von allen Seiten. Deswegen hat er sich Ann-Kathrin noch mal vorgenommen.«

»Lass mich raten: Sie hat ein Alibi.«

»Schlaumeier. Aber Koslowski hat sie so lange gegrillt, bis sie zugegeben hat, dass sie damals wirklich bei Weinstein-Lehmann war, und zwar nicht, um Trainingspläne zu besprechen. Und ja, sie hat ihn dafür gehasst.«

»Und damit hat Ann-Kathrin in Koslowskis Augen auch für diesen Mord ein Motiv.«

»Nützt nichts ohne Täter. Ihr Assistent Jean-Luc war zur Tatzeit im Kino mit dem Kollegen Schröder zwei Reihen hinter ihm. Das stimmt alles hinten und vorn nicht.«

Peer weiß nicht mehr, was er glauben soll. Er vermeidet den Blick auf seine grinsenden Laufschuhe.

»Da steckt was anderes dahinter.«

Peer weiß, dass sie jetzt ihren Stephanie-Blick aufgesetzt hat, vordergründig amtlich, aber gleich dahinter diese leise Genugtuung, etwas herausgefunden zu haben. Normalerweise ein Moment, der Peer hellhörig werden lässt. Heute entlockt es ihm nur ein müdes »Nun sag schon«.

Stephanie atmet tief ein, wie immer, wenn sie Bedeutsames loswerden will.

»Ich habe mich noch mal in Sachen Stalking schlaugemacht. Es gibt da den seltenen Typus des Sadisten. Immer männlich, Opfer immer weiblich. Hat in der Regel eine Persönlichkeitsstörung, also ist anders als die meisten Stalker wirklich psychisch krank. Der will zunehmend Kontrolle über sein Opfer gewinnen, es aus der Fassung bringen und seine Lebensenergie rauben. Das macht er subtil, ohne direkt in Erscheinung zu treten. Er hinterlässt die wenigsten polizeilich verwertbaren Spuren. Interventionen bleiben oft wirkungslos oder führen zu einer Intensivierung der Stalkinghandlungen.«

»Und werden solche Typen auch zu Serienmördern?«

»In der Regel nicht. Aber bei jeder Persönlichkeitsstörung gibt es Extreme. Und ein Extrem mordet.«

»Mag sein. Aber dann wird das Stalkingopfer ermordet. Nicht vier andere Leute. Haben wir das nicht alles schon durch?«

Peer schnauft gequält.

»Es könnte ein extremes Stalking sein. Ja, Ann-Kathrin hat Motive für die Morde. Das weiß auch der wahre Mörder. Und mordet quasi für sie. So hat er das Gefühl, ihr einen Gefallen nach dem anderen zu tun. Und schickt Fotos von seinem Opfer, als wolle er eine Belobigung. Am Ende aber kontrolliert er sie. Zeigt seine Macht.«

»Du steigerst dich da in was hinein.«

Peer steigert sich hinein, Koslowski steigert sich hinein, warum nicht auch Stephanie?

»Dich interessiert das alles gar nicht mehr?«

»Doch, schon, aber ich muss los«, behauptet Peer.

Dann legt er auf. Vielleicht hat sie recht. Vielleicht interessiert ihn das alles nicht mehr. Vielleicht war es eine Schnapsidee gewesen, Polizist zu werdem. Sorry, Papa. Und vielleicht sollte Peer sich auf das konzentrieren, was er wirklich kann. Fisch schwimmt, Vogel fliegt, Peer läuft.

Die Beine fühlen sich gut an, verdammt gut. Peer wollte nur eine lockere Runde durch den Volkspark drehen, knapp fünf Kilometer, frische Abendluft, vielleicht kommen ja tatsächlich andere Gedanken.

Auf der ersten Runde zieht Peer sich die Schirmmütze so tief ins Gesicht, dass er den Kopf leicht in den Nacken legen muss, um überhaupt den Weg zu sehen. Er hasst dieses Gefühl, beobachtet zu werden. Peer ist sicher, dass die Spaziergänger die neuesten Schlagzeilen kennen, ihn genau beobachten und zu tuscheln beginnen, sobald er sie überholt hat. Da! Das ist doch dieser peinliche Kommissar, der alles vermasselt.

Du kennst die Antwort, sagt Mama immer. Ja, er kennt die Antwort. Anziehen, und zwar lange und stetig. Das Tempo immer weiter hochfahren, bis auch der letzte Skeptiker vor Staunen die Klappe hält: Wow, ist der schnell.

Jetzt, auf der dritten Runde, ist Peer so zügig unterwegs, dass das Tuscheln untergeht, einfach wegfliegt. Seine Beine fühlen sich wie Rassehengste beim Pferderennen an, die selbst bei Maximaltempo noch zu spielen scheinen. Längst ist das Gebrüll der Vernunft verhallt, die ihn vergeblich daran erinnern wollte, dass in der Woche vor dem Marathon jegliche Tempoläufe strengstens verboten sind, weil sie seine ohnehin fragile Form gefährden. Egal. Alles egal.

»Scheiß drauf«, ist alles, was Peer auf der vierten Runde zu denken imstande ist. Gegen maximales Tempo hat keine Grübelei eine Chance. Da gehen nur kurze, harte Gedanken, die dem Rhythmus seiner Schritte folgen. Scheiß drauf. Scheiß auf Rusche. Scheiß auf Koslowski. Scheiß auf den ganzen elenden Marathon. Peer verliert am Ende doch eh. Immer.

KAPITEL 38

Pass, Täuschung, Wurf, wieder zwei Punkte. Ulis Team zockt das Team aus der vierten Etage ab. Eigentlich ist Basketball nicht Ulis Ding, aber der Käfig auf dem Dach ihres Studentenwohnheims besitzt eine magische Anziehungskraft. In der milden Mittagssonne mit Blick über die halbe Stadt drei gegen drei, das hat was. Drei Jungs aus der vierten Etage, Studenten aus Indien, Italien und Kamerun, die dachten, sie werden locker gewinnen, weil beim Gegner eine Frau mitspielt, die nicht mal grundlegende Wurftechniken beherrscht. Doch Uli ist schnell, schlau, unerbittlich. Sie klaut den Gegnern einen Ball nach dem anderen, passt zu Jorge aus der zweiten Etage, und *der* beherrscht die Wurftechnik perfekt. Steal, Pass, Schritt zurück, Wurf. Neunzehn zu vierzehn. Noch zwei Punkte bis zum Sieg.

Der Italiener mit dem sexy Grübchen wirft zu dem Kameruner mit dem Achselshirt ein, das er wirklich tragen kann. Schon ein paarmal ist Uli »unabsichtlich« an seine verschwitzten Muskeln gekommen. Sport ist immer auch Erotik. Am besten gefällt ihr der Inder, sonst gar nicht ihr Beuteschema, aber sie steht nun mal auf schöne Popos. Und der indische kann sich sehen lassen. Deswegen lässt sie ihn auch vorbeilaufen und kommt dann von hinten. Fast knackiger als der von Jonas.

Jonas. Schwieriges Thema. Natürlich gefällt es Uli, dass er sich in ihr Training reinhängt, alles gibt, immer für sie da ist. Und ja, er hat Dmytro endlich auch die versprochenen Antibiotika schicken lassen. Anders als Peer hat er geliefert. So weit, so gut. Doch Jonas wird immer anhänglicher, macht auf Pärchen, will ständig etwas »unternehmen«. Berghain, Essen gehen, Tralala. Am Vortag waren sie in einem Museum, und für später am Tag hat er auch schon wieder was geplant. Gleichzeitig soll Uli sich beim Laufen zurückhalten, sie sind kaum noch auf der Bahn. Die letzten Tage vor dem Marathon dienen der Regeneration, hat Jonas erklärt. Dabei hat Uli Kraft für Bäume-Ausreißen, für flotte Lotte, für Sprints quer durch den Käfig. Basketball hat Jonas ihr natürlich verboten, schon wegen der Verletzungsgefahr.

Der Inder ist kurz unaufmerksam, Uli sprintet von hinten heran. Ball stehlen und Po streifen sind eine Bewegung, Sprint in die andere Richtung, selbst Jorge kommt nicht hinterher, und einen Korbleger ohne Gegenwehr bekommt Uli auch ohne Wurftechnik hin. Einundzwanzig zu vierzehn. Gewonnen.

Nach High five und reichlich Wasser aus herumgereichten Flaschen sitzt Uli allein am Rand des Käfigs und schaut durch das Gitternetz rüber zum Tempelhofer Feld. Wochentags ist dort nicht viel los, doch die üblichen Protagonisten kann Uli auch aus der Ferne ausmachen: Läufer, Radfahrer, Skater, Hundehalter, Kinderwagenhalter. Bunte Kites ziehen Asphaltsurfer über die Startbahn, die Großfamilien beim Grillen erkennt man an den Rauchsäulen. So richtig hübsch ist das Feld nicht, viel Asphalt zwischen den großen Wiesen, verbranntes Grün nach einem heißen Sommer. Trotzdem gefällt es Uli. Auch in dem Studentenwohnheim. Überhaupt in dieser Ecke von Berlin. Mehr als im reichen, stromlinienförmigen Mitte bei Jonas. Hier in Neukölln wohnen bodenständige Leute. Wie in Saltiwka, dem Arbeiterviertel in Charkiw, in dem Uli aufgewachsen ist. Natürlich sah es dort anders aus, Plattenbauten statt Altbauten, doch zwischendrin und drum herum gab es viel Grün, die Leute haben aus der Hässlichkeit was gemacht.

Bis dann alles von Putin zerbombt wurde. Auch Haus 91A mit Ulis Mutter darin.

»Wusste ich's doch.«

Plötzlich steht Stephanie hinter Uli, wie auch immer die Kommissarin den Weg hoch aufs Dach gefunden hat.

»Du hast mal erzählt, wie cool du das Sportfeld hier oben findest.«

Trotz geblümtem Kleid setzt sie sich zu Uli auf den Tartanboden. Eigentlich schrillen bei Uli alle Alarmglocken, wenn ihr der feige Kommissar zu nahe kommt. Doch erstens fühlt Uli sich an diesem Ort zu wohl, um wegzulaufen. Und zweitens ist Stephanie eine Gute, die Uli bei sich aufgenommen hat.

»Was willst du?«, fragt Uli vergleichsweise freundlich.

»Wie geht's dir?«

Ist das die Antwort auf Ulis Frage?

»Gut. Hier oben geht immer gut.«

»Wirklich schöner Ausblick.«

Stephanie lässt den Blick über das Feld gleiten.

»Du bist nicht gekommen wegen Ausblick.«

»Nein, deswegen.«

Sie holt eine Schachtel aus ihrer Handtasche. Uli erkennt sie sofort, hat sie oft genug im Internet angestarrt, damals unerreichbar. Das einzig hilfreiche Antibiotikum für Dmytro.

»Schöne Grüße von Peer.«

Feigling.

»Jonas hat schon Medikamente an Dmytro geschickt.«

Stephanie blickt Uli kritisch an. Ein Blick, den sonst nur Ulis Mutter hinbekommen hat. Auf der einen Seite klarstellen, dass man etwas falsch macht, auf der anderen Seite vermitteln, dass man trotzdem für einen da ist.

»Was?«, fragt Uli.

»Jonas' Pillen werden irgendwann alle sein. Und keiner weiß, ob es deinem Bruder bis dahin besser geht. Stolz hin, Trotz her. Aber willst du diese Hilfe wirklich ablehnen?«

Nein, will Uli natürlich nicht. Aber sie will Peer auch nichts schuldig sein. Jonas nervt schon genug. Und Peer will etwas, das viel schwieriger zu liefern ist als Pärchengetue und Sex: Vergebung für seine Feigheit.

»Lehmann ist tot«, sagt Stephanie in die Stille.

»Was?«

Ulis Sinne schärfen sich.

»Ermordet vom Spree-Henker. In seiner Garage. Peer war dort und hätte den Typen fast geschnappt. Hat er aber nicht, und jetzt ist er beurlaubt.«

»Warum?«

»Er war bei Lehmann eingebrochen.«

»Peer?«

Der Feigling?

»Ja, er hat gesehen, dass deine Laufuhr bei Lehmann ist, und hat gedacht, er hätte dich entführt.«

Stephanie macht offenkundig Reklame für den heldenhaften Peer. Und dennoch kann Uli sich nicht dagegen wehren, von der Aktion beeindruckt zu sein. Doch nicht immer feige, der hübsche Kommissar.

Ulis Handy klingelt. »Jonas« steht auf dem gesprungenen Display, das Stephanie aus den Augenwinkeln erspäht.

»Ich wollte eh wieder los«, sagt Stephanie und erhebt sich. »Eins noch: Pass auf bei Jonas. Kann gut sein, dass er ein ganz falsches Spiel spielt.«

Uli schweigt und sieht dem Handy beim Klingeln zu.

Stephanie stapft über das Basketballfeld zum Treppenhaus.

»Hey«, sagt Uli ins Handy.

»Hey, was machst du?«, fragt Jonas auf Englisch.

Er hat permanent gute Laune, aber unechte. So als ob er *wollte*, dass sie gut ist. Wahrscheinlich um zu kompensieren, dass er kein JK mehr konsumieren kann. Das Zeug hat ihm nicht nur beim Laufen geholfen.

»Ich spaziere.«

»Ich hoffe, schön gemütlich!«

Er lacht.

»Klar.«

»Okay, cool. Ich hab eine Überraschung für dich. Heute wirst du tiefenentspannt: Massage, Sauna, Whirlpool, lecker Essen. In einem Wellnesstempel. Mehr Relaxen geht nicht in Berlin!«

Verheißung pur in seiner Stimme. Uli weiß nicht, wovon er redet. Nur dass er sie in einer halben Stunde abholt. Dann fahren sie gemeinsam an einen Ort, dessen Name nach Wasabi klingt. Hat sie eine Wahl?

Uli nimmt Peers Medikamente und macht sich auf den Weg zur Dusche.

Vabali heißt die Pärchenhölle, in der sich Uli am späten Nachmittag mit Jonas wiederfindet. Wie die anderen Gäste laufen sie durch eine Trutzburg der Entspannung. Holz, Bambus, Tuch und steinerne Buddhafiguren simulieren Bali. Uli weiß nicht mal genau, wo Bali liegt. Saunen, Schwimmbecken, bequeme Liegen, so weit das Auge reicht. Und Paare in Bademänteln. Unter denen alle nackt sind. Das weiß Uli deswegen, weil sich ständig alle überall ausziehen, um unter Duschen, in Saunen oder Whirlpools zu entspannen. Aber auch, weil Jonas und sie unter den Dingern ebenfalls nackt sind. Textilfrei heißt das Stichwort. Mehr als ein Handtuch um den Körper ist nicht erlaubt. Und selbst darauf verzichten die meisten. Vor allem die, die etwas zu zeigen haben. Aber leider auch manch andere.

Ulis Bedarf an Popos jeglicher Art ist noch vor dem Abend gedeckt.

Jonas hat großen Spaß an der Nacktheit. Weniger an der der anderen. Er schleppt Uli von einer Anwendung zur nächsten, damit sie sich auszieht, er mit ihr angeben kann beziehungsweise mit ihnen als knackigem, topfittem Paar. Das macht ihn richtig an. So sehr, dass er immer wieder an ihr herumfummelt. Obwohl laut Aushang »Zärtlichkeiten« verboten sind. Überhaupt ist ziemlich viel verboten im Wasabi. Ohne Verbote können sich Deutsche nicht entspannen.

Ebenfalls verboten ist es, sein Handy mit in den textilfreien Bereich zu nehmen. Smartphones sind im Spind einzusperren. Uli hat ihr geschundenes Gerät trotzdem in die Tasche ihres Bademantels gesteckt. Dmytro hat geschrieben, dass er sich am Abend melden will. Das zu verpassen wäre alles andere als entspannend, also muss das Handy doch ganz im Sinne der Wasabi-Leute sein.

»Lehmann ist tot«, sagt Uli auf Englisch, als sie sich in der Kräutersauna niederlassen.

Nicht einmal richtig heiß, aber wenigstens nicht so vollgepackt mit Nackedeis wie die anderen Wellness-Verschläge.

»Ich weiß«, entgegnet Jonas trocken.

»Warum erzählst du mir das nicht?«

»Ist doch erst gestern passiert.«

Ja, und sie laufen nun schon seit zwei Stunden als schwitzende Bademäntel herum. Aber Jonas hat nur über aktive Erholung und Marathon-Strategien geredet.

»Lässt dich das kalt?«, fragt Uli. »Ihr wart Partner.«

»Partner? Er hat mir den Scheiß mit JK aufgedrängt. Und er hat dich hängen lassen. Ich heul dem keine Träne nach.«

Mit so viel Kälte hat Uli nicht gerechnet. Und auch nicht mit so viel Hass.

»Gehen wir noch mal ins Tauchbecken?«

Thema erledigt. Aber Uli will nicht tauchen, will auch nicht mehr nackt sein.

»Ich habe Hunger.«

Wenig später sitzen sie im großen und bis auf den letzten Platz gefüllten Restaurant. Abendessenszeit. Natürlich tragen auch hier alle Bademäntel, bezahlt wird mit einem Chip am Armband. Uniformierte Entspannung bis in die ordnungsgemäß relaxten Gesichter der Paare. Aber viel zu kleine Portionen. Kaum ist Ulis maximal entspannter Wasabi-Burger angekommen, klingelt dummerweise ihr Handy. Der Blondine am Nebentisch fällt fast der Pak Choi aus dem Mund, als Uli ihr Gerät aus der Bademanteltasche fischt. Zahlreiche um ihre Entspannung bangende Bademäntel drehen sich empört in Ulis Richtung. Sogar Jonas blickt sie streng an.

»Dmytro«, ruft Uli unbeirrt.

»Hey, Große!«, erklingt die tiefe Stimme. »Sag mir, dass es dir gut geht.«

So meldet er sich immer. Und da es Uli immer gut geht, wenn sie mit ihrem Bruder redet, kann sie natürlich nur Ja sagen und ein Lächeln nicht verhindern. Ihn zu hören erfüllt sie mit Herzenswärme und Traurigkeit zugleich. Dmytro ist eine Achterbahn für sie. Das war er früher schon, in Saltiwka, wenn ihrer Mutter alles zu viel war und er auf sie aufgepasst hat, mal streng, mal cool. Das ist er noch viel mehr, jetzt, wo er so weit weg ist, der einzige Mensch, für den sie Liebe empfindet, der Stärke ausstrahlt, obwohl er durch den Scheißkrieg zum Krüppel gemacht wurde. In seiner Stimme kann sie den Schmerz hören. Achterbahn.

»Würden Sie bitte das Telefonat beenden und das Gerät in Ihren Spind bringen.«

Ein gar nicht entspannter Kellner ist erschienen, während Uli seelenruhig die Fragen ihres Bruders nach dem Leben in Berlin beantwortet. Uli ignoriert den Mann nicht einmal. Jonas versucht mit Gesten zu vermitteln. Doch Uli schaut demonstrativ zur Fensterfront. Die Pak-Choi-Blondine empört sich derweil darüber, dass Uli die kollektive Entspannung auch noch auf Russisch torpediert, dabei spricht Uli ukrainisch mit ihrem Bruder.

»Hör mal«, sagt Dmytro plötzlich ernst, »dieser Mann, der die Tabletten besorgt hat. Was ist das für einer?«

»Wieso?«

Sie hat nicht viel von Jonas erzählt. Schon gar nicht, dass sie mit ihm ins Bett geht oder sich eben noch in einer öffentlichen Saunalandschaft von ihm hat anfassen lassen. Nicht weil Dmytro ein Problem damit hätte – ihr Leben ist ihr Leben –, sondern weil sie über Gefühls- und Beziehungskram einfach nicht reden.

»Das Zeug war Fake.«

»Was?«

»Ein Arzt hier hat sich die Tabletten angeschaut. Sind die falschen. Irgendein simples Antibiotikum in der falschen Verpackung. Der hat dich verarscht.«

Jonas flüstert zum Kellner etwas von einem Familiennotfall, was den Entspannungswärter nur geringfügig besänftigt. Familiennotfälle sind in einer relaxten Welt nicht vorgesehen. Mit Ulis Entspannung ist es sowieso dahin.

»Typisch Russen«, zischt die Blondine. »Meinen, sie können sich alles herausnehmen.«

»Hat es gewirkt?«, fragt Uli ihren Bruder.

»Nein.«

Jonas ist überzeugt, dass er die heikle Situation mit Kellner und meckernden Bademänteln gut im Griff hat, als Uli das Gespräch beendet und ihn anstarrt. Eine Welle wortloser Wut rollt auf ihn zu.

»Und wenn Sie jetzt bitte noch das Handy ...«

Weiter kommt der Kellner nicht. Als er Uli die Hand auf die bebademantelte Schulter legt, um sie aus dem Restaurant zu schieben, trifft ihn ein gezielter Schlag vor den Kehlkopf. Die Pak-Choi-Blondine schreit. Der Kellner röchelt.

»Feigling!«, zischt Uli auf Englisch in Richtung Jonas. »Du hast Dmytro und mich verarscht.«

»Uli!«, ruft Jonas.

Fassungslos starrt er auf das ungesunde Rot im Gesicht des Kellners. Wenigstens ist er jetzt still. Und die Bademäntel auch.

Uli fixiert Jonas.

»Du bist das Letzte.«

Wütend stapft sie aus dem Restaurant.

Jonas stürzt hinterher und stellt sie am Pool. Volle Defensive, fast schon unterwürfig.

»Okay, sorry, ich ... das Zeug, was du suchst, das bekommt man nicht so leicht ...«

»Wieder gelogen! Sogar Pedes hat es bekommen.«

»Was?«

Jonas versteht gar nichts mehr, schaut zurück zum Tumult im Restaurant, wo sich Kollegen um Ulis Opfer kümmern. Jemand hat ein Funkgerät am Mund.

»Uli, es tut mir leid. Ich hatte Angst, dich zu verlieren.«

»Das hast du jetzt.«

»Nein, das ist doch ... Wir sind auf dem richtigen Weg. Wir sind so kurz davor. Und, meine Güte, ich mache das doch alles, *damit* wir deinem Bruder helfen können.«

»Du machst alles, um mich zu ficken. Aber: vorbei.«

»Uli, bitte ... Das ist doch ...«

Sie strebt zum Ausgang. Zwei Security-Leute kommen ihr entgegen. Einer nimmt eine lächerliche Kampfpose ein.

Sein Kollege ist noch dümmer, denn er greift einfach nach Uli. Kurz darauf liegt er auf dem Boden neben dem Kneippbecken und japst. Basisgriffe Krav Maga reichen aus. Bademäntel stieben auseinander, Nackte laufen davon. Uli schaut den spargeligen Kerl an, der seiner eigenen Kampfpose offenbar misstraut und hektisch in ein Funkgerät redet.

»Ich gehe sowieso«, sagt Uli und winkt ihm zu.

Er ist muskelarm und klug genug, Uli ziehen zu lassen. Anstatt sich Schläge abzuholen, beugt er sich zu seinem Kollegen am Kneippbecken. Diese Security-Heinis scheinen auf das achtsame Trennen von Paaren spezialisiert zu sein, die verbotenerweise Zärtlichkeiten austauschen. Hoffentlich kriegt der Laden nie ein echtes Sicherheitsproblem.

Uli setzt ihren Weg zu den Umkleiden unbeirrt fort. Hinter ihr dackelt Jonas. Er redet auf sie ein, aber sie hört kaum zu. Jonas zählt all seine Wohltaten auf, wie sehr er sich den Arsch für ihr Training aufreißt, welche Gefahren er eingeht, wie viel Zeit er aufwendet. Fehlt nur noch, dass er sagt, er hat extra für sie gekocht.

Als Uli die Tasche mit ihren Sachen aus dem Spind nimmt, hat Jonas den Gipfel der Vorwürfe erklommen: »Du schuldest mir was!«

Am Ende ist Jonas dann doch nicht mehr als ein Drei-Wochen-Mann. Sexy, schöne Wohnung, sogar mit Badewanne, aber eigentlich auch nicht anders als Lennart und all die anderen, die von einer geflüchteten Frau für ihre Hilfe vor allem Dankbarkeit erwarten. Und einen Freifahrtschein für jegliche Unverschämtheiten.

»Fick dich«, sagt Uli, schmeißt ihm den flauschigen Bademantel vor die Füße und geht nackt davon. Soll er ein letztes Mal sehen, was er nie wieder haben wird. Endlich stellt sich auch bei Uli Entspannung ein.

KAPITEL 39

Peer winkt hinüber zu Mama. Vergeblich. Er sieht nur ihren Zopf hinter einem Berg T-Shirts wippen. Am Morgen waren die Leibchen nach Größen sortiert. Dann kam seine Mutter. Und hat im Alleingang Tausende T-Shirts so gründlich durcheinandergewühlt, dass die Suche nach S, M, L und XL zu einem zeitraubenden Glücksspiel geworden ist. Anstatt die geforderte Größe zügig auszuliefern, verplaudert sie sich immer wieder, während die Warteschlange immer länger wird. Zum Glück tragen die meisten Läufer am Tag vor dem Start ein demonstratives Toleranzgesicht, als wollten sie die Götter des Marathons nicht durch Ungehaltenheit erzürnen. Fast wie in der Berghain-Schlange.

Geduldig betrachten sie Mamas offenkundige Konfusion als Berliner Unterhaltungsfolklore. Sie genießt Legendenschutz, weil sie seit Jahrzehnten eine Institution bei der Startnummernausgabe ist. Alle kennen sie, fast alle mögen sie, mindestens die Hälfte grüßt, winkt und bleibt stehen. Dann die üblichen leeren Sprüche, über Wehwehchen, die schlechte Form in diesem Jahr, das ewig falsche Wetter. Wer nichts zu klagen hat, der überlegt sich was. Läufersein heißt: Irgendwas ist immer, und wenn es sich ums Warten aufs T-Shirt handelt.

Zweimal ist Peer schon von seinem Posten bei der Nummernausgabe zu ihr rübergegangen, um unauffällig vier Haufen anzulegen.

»Lass das«, hat sie ihn mit gespielter Empörung angefahren. »Ich habe mein eigenes System.«

Die anderen Helfer guckten amüsiert, was sie leider als Anfeuerung verstand.

»Der Junge hat immer noch nicht kapiert, wie das hier abläuft«, sagte sie und erntete höfliches Lachen.

Klassische Täter-Opfer-Umkehr. Aber Mama zuliebe setzte Peer sein Schuljungengesicht auf. Sie weiß immer noch nicht, dass Peer seinen ersten Mordfall verloren hat. Vielleicht hat er Glück, und sie erinnert sich nicht einmal daran, dass er überhaupt jemals Ermittlungen geleitet hat.

Wonder Silver heißt dieses Jahr die T-Shirt-Farbe. Jeder Läufer, jede Läuferin bekommt zur Startnummer eine Wundertüte mit dem üblichen Gerümpel der Sponsoren: Energieriegel, Energiedrink, Energieschwamm und – wenn man es bestellt und extra bezahlt hat – auch ein Energie-T-Shirt in Wonder Silver.

Mit Unbehagen sieht Peer, dass schon wieder Heiko naht, die Ordnungsmacht des Marathon-Veranstalters, um sich über seine Mutter aufzuregen. Ein Drei-Zentner-Athlet hat sich gerade erst lautstark über ein S beschwert, obgleich er XL bestellt hatte. Dummerweise war ihm die Verwechslung erst im Hotel aufgefallen, und er musste den ganzen Weg nach Tempelhof noch mal zurücklegen. Die Marathon-Touristen kommen bereits am Donnerstag zur Startnummernausgabe in das alte Flughafengebäude, um die drei Tage bis zum Start in ebendiesem Shirt, in meist zu knappen Leggings und Laufschuhen durch die Stadt zu schlurfen und an jeder Ecke demonstrativ herumzustretchen. Ja, schreit ihre Athletenkostümierung, ja, ja, ja, wir laufen Marathon, und jeder soll es sehen. Heute, am Samstag, kommen überwiegend Läufer, die sich nicht die ganze Woche freigenommen haben, und die Routiniers, die es eher peinlich fänden, tagelang in Kunstfaserkorsett und eigenem Saft zu kleben. Also die meisten. Aber sie bekommen ihre Startnummer nicht von Mama wie in früheren Jahren.

Sie hat ihre Verbitterung tapfer verborgen, als Heiko sie degradiert hat zum T-Shirt-Dienst. Er hielt sie für überfordert mit dem Job am Computer, der Kontrolle der Zeitnahmechips. Und er hat leider recht. Seit über dreißig Jahren dient seine Mutter stolz beim Berlin-Marathon, so wie Hunderte Freiwillige, ohne deren selbstlosen Einsatz das Multimillionen-Business keinen Gewinn abwerfen würde. Über die Jahre hat sie sich von einfachen Schlepp- und Anweiserdiensten bis zur Startnummernausgabe hochgearbeitet. Leider blieb auch Heiko nicht verborgen, dass sie ziemlich tüdelig geworden ist. Mittlerweile bereut er sogar, sie zu den T-Shirts versetzt zu haben.

»Wenn fünftausend Athleten jeweils nur eine Minute länger an der T-Shirt-Ausgabe warten, dann ist hier Teufels Küche«, rechnet er vor.

Peer nickt eilfertig. In Berlin reicht es, ein Problem zu benennen. Mit einer Lösung rechnet ohnehin keiner. Peer hat sich freiwillig zum Helfen gemeldet, schon um ein Auge auf Mama zu haben. Vor allem aber braucht der gescheiterte Kommissar Ablenkung. Die Leere vor dem Start ist dieses Jahr noch leerer als sonst. Wenn das überhaupt geht. Für Ablenkung ist das Panoptikum rund um die Startnummern immer gut.

Der Marathon ist eine Maschine, die seit Jahrzehnten läuft, trotz Mamas gut gemeinter Sabotage. Politik, Polizei, Behörden, Anwohner, Vereine, die ganze Stadt weiß, was zu tun ist. Dabei geht es nur am Rande um Sport. Der neue Regierende Bürgermeister ist scharf darauf, den Start-Buzzer zu drücken, was internationale Sendezeit bedeutet. Hoteliers, Gaststätten und Geschäfte machen fette Umsätze, weil die Athleten aus allen Teilen der Welt anreisen und ihre Nervosität mit Shopping bekämpfen. Um die halbe Welt fliegen, um zweiundvierzig Kilometer durch eine

Stadt zu wackeln in der Hoffnung, das Sozialprestige daheim aufzumöbeln – nur das Prinzip Kreuzfahrt erklärt den Zusammenhang zwischen Wohlstand und Klimakrise noch eindrücklicher.

Der Mythos Marathon wirkt weltweit, wohl auch deswegen, weil gleich der erste Absolvent im Ziel verstarb. Der legendäre Bote soll 490 vor Christus von Marathon nach Athen gelaufen sein, um die Nachricht vom Sieg über die Perser zu überbringen. Als guter Soldat bricht er erst nach vollzogener Meldung tot zusammen. Die historische Strecke betrug rund vierzig Kilometer. Erst bei den Olympischen Spielen 1908 in London wurde auf jene krumme Zahl von 42,195 Kilometern erhöht, die exakte Distanz von Schloss Windsor bis zum Olympiastadion in Shepherd's Bush. Nur weil die Royals das Startspektakel vom eigenen Balkon aus gucken wollten, haben bis heute unzählige Athleten zwei Kilometer länger zu leiden.

Marathon ist Sozialismus, weil vierzigtausend einheitlich knapp bekleidete Menschen vor derselben Aufgabe stehen. Marathon ist knallharter Kapitalismus, weil es nur um Leistung geht, ohne jede soziale Abfederung für Alte oder Schwache. Marathon ist inklusiv, weil Superstars und Anonyme auf derselben Strecke unterwegs sind. Sogar Blinde sind am Start und natürlich die Rollis, die vorneweg brausen, nur mit Armkraft angetrieben. Marathon ist furchtbar exklusiv, weil man Zeit und Geld braucht. Allein das Startgeld beträgt über zweihundert Euro, plus Reise, Hotel, Höhentrainingslager, Kryo-Kammer, Physio, Trainer und Hektoliter Proteindrinks. Die Zahl der mitlaufenden Mindestlohnempfänger dürfte im Promillebereich liegen. Marathon ist ein Sport gehobener weißer Mittelklassemenschen, die sich zum Golfen zu jung fühlen und kein Talent für Tennis haben. Nur Triathlon ist elitärer. Marathon ist aber auch sozial gerecht, weil trotz der weißen Mehrheit immer nur Afrikaner die großen Rennen gewinnen.

Vor allem aber ist Marathon ein kollektives Volkstheater, weil vorher alle ihre Angst zu überspielen versuchen, die Angst vor dem Schmerz, vor dem Einbruch, vor dem Spott der anderen, vor der Schmach, wieder langsamer gewesen zu sein als in endlosen Excel-Nächten vorausberechnet. Seit Monaten kreisen die Gedanken um nichts anderes als diese verdammten zweiundvierzig Kilometer. Kein Wunder, dass Schmerztabletten ebenso zum Speiseplan vieler Athleten gehören wie Muntermacher, Amphetamine oder eben JustKick. Nichts ist wahrer und zugleich verlogener als Marathon.

Plötzlich steht Koslowski am Tresen. Seine Miene verfinstert sich schlagartig, als er sieht, wer ihm seine Startnummer aushändigt. Rusche hat Peer ja auch deswegen beurlaubt, weil er Koslowski ziemlich kühn des Dopings verdächtigte. Vor lauter Selbstmitleid hat Peer völlig vergessen, sich zu entschuldigen. Bleibt nur die Vorwärtsverteidigung.

»Ich hatte gehofft, dass wir uns heute sehen«, flunkert Peer.

»Ich nicht«, entgegnet Koslowski knapp.

»Es tut mir leid, was ich Ihnen da unterstellt habe. Das war ... Überforderung. Tunnelblick. Panik. Alles zusammen. Kurzum: Es war doof. Und es war falsch. Ich würde mich freuen, wenn Sie meine Entschuldigung annehmen.«

Koslowski guckt irritiert. Diese offene und halbwegs ehrlich klingende Kapitulation hat er nicht erwartet.

»Wir sind Profis«, antwortet er. »Guten Lauf morgen.«

Profis? Aber in was? Verdrängen? Verdammen? Vergessen? Verzeihen?

Koslowski klaubt Startnummer und Zeitmesschip vom Tresen, tippt sich an die Schläfe und verschwindet.

Koslowski bleibt nicht das einzige vertraute Gesicht, das durch die ehemalige Abfertigungshalle läuft. Peer entdeckt mehr oder weniger alle Mitglieder der Running Crew im Getümmel. Auch Jonas, allerdings ohne Uli unterwegs. Wo hat er sie gelassen? Reflexartig versucht Peer, einen Blick auf Jonas' Waden zu erhaschen. Abgleich mit den Venenhügeln aus Lehmanns Garage. Aber Jonas trägt unsportlich Jeans. Eigentlich geht Peer der Fall nichts mehr an. Aber er wundert sich, wie griesgrämig Jonas dreinschaut. Ignoriert er Peer? Warum?

Ganz anders als Juri. Die Macht vom Berghain wartet drei Schalter weiter auf seine Startnummer, winkt aber fröhlich zu Peer. Für einen Türsteher geradezu ein Ausbruch an Euphorie. Dann kommt Juri sogar rüber.

»Marie-Antoinette auch hier?«

»Nee, Marathon ist nicht ihrs«, plaudert Peer. »Außerdem muss sie sich noch vom Tanzen erholen.«

Juri deutet ein Lachen an. Sieht so aus, als würde er die Dancing Queen gern wiedertreffen. Peer hatte angenommen, dass Juri eher aus Sportsgeist oder Höflichkeit mit Stephanie geflirtet hat. Aber vielleicht ist das auch wieder nur ein Vorurteil. Peer hat die Kollegin zwar als Frau akzeptiert, aber das Thema Erotik einfach ausgeblendet. Was weiß man schon über das Beuteschema Berliner Türsteher?

»Grüß sie mal.«

»Gerne. Sie wird sich freuen.«

Juri lächelt verschmitzt. Echt jetzt? Peer würde es der Kollegin gönnen. In ungewohnter Plauderlaune erzählt Juri, dass er zwar nicht seinen ersten Marathon läuft, aber kein größeres Ziel hat, als ohne zu kotzen über die Ziellinie zu kommen. Der Spirit des Mitläufers. Bald taucht er in der Menge unter.

Peer späht nach Mama. Offenbar hat Heiko ihr eine Helferin zur Seite gestellt, die das Kunststück fertigbringt, seine Mutter mit sinnlosen Debatten über die optimale Anordnung von T-Shirt-Haufen abzulenken, um gleichzeitig die gewünschten Größen für die wartenden Starter herauszufischen. Läuft.

Plötzlich kommt es mitten in der Halle zu einem kleinen Tumult. Läuferinnen und Läufer knubbeln sich zu einer Traube, Smartphones werden in die Luft gehalten, Startnummern aus Beuteln gefischt, um sie signieren zu lassen. Hat sich etwa einer der Spitzenläufer nach Tempelhof verirrt? Höchst ungewöhnlich. Die Stars wollen ihre Ruhe im Hotel und lassen ihre Unterlagen von irgendwelchen Betreuern abholen.

Der Menschenknubbel bewegt sich weiter, aber gibt hin und wieder den Blick auf sein Inneres frei. Ach nee! Ist das nicht Ann-Kathrin? Peer wird nie kapieren, warum eine Influencerin die Menschen derart elektrisiert. Sie entdeckt Peer, zögert kurz, schlägt dann aber einen Haken, direkt auf ihn zu.

»Guten Tag, Herr Kommissar.«

Peer lacht sie an und fragt sich zugleich, was mit dieser Frau los ist. Das nervöse Zucken um ihre Mundwinkel passt nicht zum stählernen Instagram-Lächeln. Sie zieht ihr Smartphone hervor, nimmt sich und Peer am Tresen ins Visier und startet die Aufnahme.

»Ihr werdet nicht glauben, wer mir meine Startnummer aushändigt ... Peer Pedes, Berlins schnellster Polizist.«

Peer blickt in die Kamera, hebt die Hand zum Gruß. Soll er was sagen?

»Ihr kennt mein Motto: Von den Besten lernen. Deswegen die Frage an den Marathon-Experten: Können wir nach der Ausgabe ein paar Minuten über Tricks und Taktiken fürs Rennen reden, ganz geheim, ohne Kamera?«

Peer versteht nicht ganz, lächelt trotzdem tapfer in die Linse.

»Aber gern.«

Ann-Kathrin rückt noch etwas näher, um besser ins Bild zu passen.

»Leute, ich habe echtes Läuferglück: ein exklusives Q&A mit dem Meister persönlich. Bleibt dran. Nachher verrate ich euch, wie das Private Coaching gelaufen ist. Aber meine Taktik bleibt natürlich topsecret. Lasst euch überraschen.«

Klick. Fertig.

»Und was passiert jetzt mit dem Filmchen?«, will Peer wissen.

»Schon live. Gucken gerade über zehntausend Menschen«, erklärt Ann-Kathrin. »Gibt es hier irgendeine Ecke, wo wir ungestört reden können?«

Die Fans halten ihre Handykameras unverdrossen auf die beiden. Jedes gesprochene Wort wird dutzendfach aufgezeichnet. Peer versteht den Wunsch nach Privatsphäre. Auch wenn er nicht versteht, warum Ann-Kathrin plötzlich so zutraulich ist. Geht es um Peers Fall? Peers Ex-Fall? Egal, der Frau geht es nicht gut, sie bittet um Hilfe, also kann Peer auch mal seine Vorurteile gegen Influencer vergessen.

»Ich mache die Unterlagen fertig«, sagt er wie ein guter Betreuer. »Dann ziehen wir uns zurück.«

Zehn Minuten später hat sich die selbstbewusste Influencerin in reines Elend verwandelt. In einem Kabuff aus

Stellwänden, wo Helfer ihre Pausen verbringen, zerfließt Ann-Kathrin in Tränen. Peer wartet ab. Einfach da sein.

Es klopft an der Tür.

»Alles okay?«, fragt eine Frauenstimme.

»Ja«, sagt Peer beschwichtigend.

»Alles okay«, schluchzt Ann-Kathrin, »geht schon wieder.«

Stumm schaut sie Peer an, der sich fragt, welche Ann-Kathrin die echte ist: die Medienerprobte, die Verzweifelte oder noch eine ganz andere, eine, die spielerisch die Rollen wechselt.

»Was ist los?«, fragt er mit gedämpfter Stimme.

»Er hat sich wieder gemeldet. Er läuft morgen mit und will auf mich aufpassen, sagt er.«

Sie macht Anführungsstriche in die Luft.

»Wer?«

»Der Typ, der ...«

Sie verstummt. Peer versteht: Der Stalker, der das Foto von der toten Tilda geschickt hat, ist zurück.

»Ich weiß überhaupt nicht, ob ich laufen soll.«

Ihre Verzweiflung ist echt. Peer ist sich ausnahmsweise sicher. Um nichts in der Welt würde sich die nun wieder erfolgreichste Lauf-Influencerin Deutschlands den Marathon entgehen lassen. Der Typ macht ihr ernsthaft Angst.

»Wie hat er sich gemeldet?«

Ann-Kathrin schließt die Augen und sitzt für ein paar Sekunden unbeweglich da, als denke sie angestrengt nach.

»Okay«, sagt sie schließlich zu sich selbst, »es geht nicht anders.« Sie öffnet die Augen und flüstert: »Das, was ich jetzt sage, darf nicht beim LKA die Runde machen. Kann ich dir vertrauen?«

Plötzlich Läufer-Du? Egal, Peer nickt.

»Ich habe mit dem Fall nichts mehr zu tun. Du redest mit mir als ... Sportsfreund.«

Peer öffnet vorsichtig die Tür, späht nach links und rechts, checkt die benachbarten Kabuffs, die leer sind oder verschlossen. Keine Ohrenzeugen. Tür zu.

Ann-Kathrin flüstert stockend.

»Der Kerl ... Er hat ein Foto von dem toten Engländer in mein Loft gelegt; keine Ahnung, wie er da reingekommen ist. Mitten auf den Tisch. Der Tote ... er hing an ... dieser Lampe. Sonst war niemand auf dem Bild zu sehen. Keine Schaulustigen. Das war ... das muss direkt nach dem Mord gewesen sein.«

»Wieso hast du uns nichts davon gesagt?«

Peer erinnert sich an das Gespräch einen Tag nach dem Mord. Nach dem Führungswechsel. Koslowski als Terrier. Hätte Peer die Wahrheit aus Ann-Kathrin herausbekommen?

»Es lag eine Nachricht dabei. Wenn ich mit dem Bild zur Polizei gehe, dann war's das mit mir. Klingt wie eine Morddrohung, oder?«

»Deswegen hätten wir davon auch gern gewusst.«

»Da war nur Panik«, erklärt Ann-Kathrin, und Peer versteht sie sogar.

Zumal die Bilder nur vom Mörder stammen können. Dass jemand gleich zweimal zufällig vor allen anderen am Tatort vorbeikommt, kann man ausschließen.

»Und ich kannte den Toten«, flüstert Ann-Kathrin.

»Was?«

Sie nickt.

»Aber ich durfte nichts sagen.«

»Woher kanntest du ihn?«

»Kennen ist übertrieben. Ich ... An dem Abend im Keyser Soze. Er war komplett betrunken. Hat mich und meine

Freundin angelabert. Als ich ihm den Rücken zugedreht habe, hat er mir an den Po gefasst. Richtig unangenehm … Aber kein Grund, ihn umzubringen.«

Den letzten Satz haucht sie nur.

»Der Mörder hat das in der Bar beobachtet?«

Peer denkt an den Mann mit dem Hoodie, draußen vor der Bar. Ann-Kathrin nickt. Horror in den Augen.

»Und mich gerächt. Das hat er geschrieben. Anonyme Mails kommen jetzt immer öfter. Er passt auf mich auf. Er rächt mich. Er ist für mich da.«

Stephanie hat schon wieder recht gehabt. Ein sadistischer Stalker, der weit über das hinausgeht, was man sonst von solchen Typen gewohnt ist. Peer ist die ganze Zeit in die falsche Richtung gelaufen. Koslowski aber auch.

»Beim Mord an Lehmann?«

Wieder das horrorinfizierte Nicken.

»Kam auch eine Nachricht. Überschrift: HimToo. Mit Hashtag. Er hat meinen Vergewaltiger für mich ermordet. Unten drunter stand noch: ›Ich habe heute leider kein Foto für dich.‹«

Tonfall Heidi Klum. Immerhin wird klar, aus welcher Generation der Täter stammt. Wobei das fehlende Foto weniger an Ann-Kathrins Versagen auf dem Laufsteg liegt als an Peers Intervention in Lehmanns Garage.

»Den konnte er natürlich auch nirgends aufhängen«, erklärt Ann-Kathrin. »Aber die anderen … das war alles für mich.«

»Wieso Oberbaumbrücke?«

»Ich arbeite ab und zu für Universal. Das ist mein alter Job. Musikmanagerin. Vom Besprechungsraum aus guckt man direkt auf die Brücke.«

»Tilda hing an deiner regelmäßigen Laufstrecke.«

Ann-Kathrin nickt.

»Und den toten Typen aus der Bar konnte ich von meinem Loft aus sehen.«

Peer ist versucht, seine Hand auf Ann-Kathrins Schulter zu legen, zum Trost, zur Beruhigung. Im Achtsamkeitstraining hieß es allerdings, dass derlei Berührungen unangemessen seien, sofern die betroffene Person nicht eindeutig ihre Zustimmung gegeben habe. Peer hält Ann-Kathrin seine offene Hand hin. Sie zögert, dann legt sie ihre in die seine. Er vermeidet jeden Druck, will einfach nur den Kontakt stärken.

»Ich erklär dir jetzt genauso offen meine Situation. Und die ist ziemlich beschissen. Mein Chef hat mich beurlaubt, weil ich Mist gebaut habe bei dem Versuch, den Täter zu fangen. Ich glaube dir, aber ich kann nichts für dich tun. Ich bin raus. Der einzige Weg führt über Koslowski.«

»Ausgerechnet der?«, seufzt Ann-Kathrin. »Der glaubt mir kein Wort. Im Gegenteil: Der verdächtigt mich.«

Peer nickt. Ja, so ist es. Genau so. Sie entzieht ihm ihre Hand.

»Ich check das nicht. Der einzige Polizist, der was taugt, ist beurlaubt, und der größte Idiot leitet den Fall. Warum lässt du dir das gefallen? Du weißt doch, was Durststrecken sind und was Durchhalten bedeutet.«

Sie klingt wie in ihren Motivationsvideos.

»Das liegt alles nicht mehr in meiner Hand.«

»Ausgerechnet jetzt, wo du echt mal gebraucht wirst, ist dir alles egal. Wieso bist du überhaupt Polizist geworden, wenn du einfach so aufgibst?«

Bämm.

Sie stürmt aus dem Kabuff.

So viel dazu, dass er für sie da sein kann. Doch kann er das wirklich nicht? Ann-Kathrins Worte hallen in ihm nach. Und fühlen sich plötzlich an wie eine Frühlingsbrise.

Der einzige Polizist, der was taugt ... Durststrecke ... Gebraucht werden ... Peer spürt, wie sehr und wie vergeblich er sich nach solchen Sätzen gesehnt hat. Ann-Kathrin mag nur eine oberflächliche Internet-Tante sein. Aber sie ist der erste Mensch seit Langem, der seine Seele berührt. Und sie hat recht: Er kann diesen Fall nicht einfach so aufgeben. Seinen Fall.

KAPITEL 40

»Was grübelst du denn, Junge?«
»Ach, nichts, Mama.«
»Ich sehe doch, wie dein Kopf rattert. Wegen morgen?«
Der Strom der Anmelder ist abgeebbt, die Warteschlange hat sich aufgelöst, sogar Heiko sieht jetzt halbwegs entspannt aus. »Ohne dich hätten wir das nie geschafft«, hat er wahrheitswidrig zu Mama gesagt und ihr einen Klappstuhl besorgt. Ohne Anzeichen von Erschöpfung thront sie inmitten des silbernen Resthaufens.
»Man kann das Adrenalin riechen«, sagt sie schnuppernd, »und den Angstschweiß. Herrlich.«
Noch fünfzehn Stunden bis zum Start. Und niemand weiß besser als seine Mutter, was gerade in den Athleten vor sich geht. Im Kopf werden alle möglichen Strategien für das Rennen durchgespielt. Das kleinste Körpersignal wird interpretiert. Was hat das leichte Piken in der rechten Wade zu bedeuten? Kündigt sich da ein Muskelfaserriss an? Warten, das ist alles, was die Athleten jetzt tun können. Das Aushalten der Leere vor dem Start ist eine unterschätzte Teildisziplin des Marathons. Nicht verrückt machen. Keine Extraportion Magnesium aus Angst vor Krämpfen. Keine letzte Trainingsrunde um den Block. Das Nichts umarmen wie ein Zen-Mönch, lächeln, wenn der Magen jegliche Nahrungszufuhr verweigert, auch wenn der Kopf Kohlehydrate bunkern will. Verstohlene Blicke auf die Beine ringsum, die allesamt durchtrainierter aussehen als die eigenen. Nein, keine Panik. Noch nicht. Die Nacht wird schlimm genug, wenn in der dunklen Stille die Dämonen wispern: Du kannst nichts. Deine Vorbereitung war lausig.

Eigentlich hast du gar keinen Bock. Es wird wehtun. Im Ziel lachen dich alle aus. Der Magen rumpelt. Nein, nicht schon wieder aufs Klo. Doch. Zum fünften oder sechsten Mal schon. Kommt aber nichts. Dem Drang widerstehen, den Schlaf mit einem großen Glas Rotwein herbeizuzwingen. Stattdessen ein Glas Wasser, das leider direkt in die Blase schießt. Nein, nicht schon wieder aufs Klo. Doch.

Mama lässt ihren Blick durch die weite Halle gleiten.

»Die kochen auch nur mit Wasser.«

Bei ihr klingt selbst der platteste Spruch nach großer Philosophie.

»Was ist los, Junge?«

Sie legt ihre Hand auf seine Schulter, nicht außen, sondern ganz dicht an den Hals, dorthin, wo er die Schlagader pochen spürt. Peer schmiegt sich sanft in ihre warme Hand, die tiefe Gelassenheit überträgt, wie immer sie das auch anstellt.

»Mach den Kopf leer. Dann rennt es sich leichter.«

Peer nickt. Sie ahnt nicht mal, dass das Rennen in diesem Moment ganz weit weg ist. Dafür ist der Fall wieder da, ganz nah. Spree-Henker. Seit Ann-Kathrins Geständnis ist die Lage klarer als je zuvor. Niemand weiß, wer der psychopathische Stalker ist. Jemand, den sie längst kennen? Oder der große Unbekannte?

»Du«, sagt Mama und schiebt ihre Hand vom Hals auf Peers linke Brust. »Du weißt doch alles. Da drin.« Sie tätschelt seine Herzgegend mit ihrer warmen faltigen Hand. »Da drin ist alles.«

Peer schließt die Augen und spürt dorthin, wo Mamas Hand liegt. Wärme breitet sich aus.

»Vertrauen«, sagt sie leise. »Du kannst dir vertrauen. Weißt du das?«

»Manchmal ja. Aber nicht immer.«

»Du kannst dir immer vertrauen, Junge, immer. Ich tu's doch auch.«

Er spürt, wie mit der Wärme ein Gefühl von Klarheit aufsteigt, eine Klarheit, die das Wichtige erkennen und Nebensächliches im Nebel verschwinden lässt. Peer seufzt. Mama nickt ganz leicht.

»Nimm dir, was du brauchst, Junge.«

Besonders konzentriert ist der Angstschweiß der Läufer auf der Pasta-Party am späten Samstagnachmittag zu riechen, die ungefähr so ausgelassen ist wie ein Bankett beim Bundespräsidenten. Nervöse Debütanten schaufeln im Akkord matschige Nudeln mit Glutamat-Soße in sich hinein in der Hoffnung, Energie fürs Rennen zu bunkern. Die Routiniers wiederum gucken mit einer Flasche Wasser in der Hand belustigt bis mitleidig auf die Spaghetti-Orgie.

Peer schnürt durch die Bänke, wo sich Menschen dicht gedrängt unsinnige Mengen in die murrenden Eingeweide pressen, als gäbe es ab morgen nichts mehr zu essen. Er grüßt nach links und rechts, hier ein Fistbump, da ein Schulterklopfen. Seine Prominenz hat keine kenianischen Dimensionen, reicht aber aus, um keine drei Meter weit unerkannt durch die Reihen zu marschieren. Am anstrengendsten findet Peer jene Sportsfreunde, die ihn mit einem »Und?« begrüßen. Und was? Und die Form? Und die Pläne für morgen? Und, und, und.

Zwischen den Bottichen an der Nudelausgabe entdeckt er Ann-Kathrin. Offenbar führt sie mit Heiko ein Fachgespräch über die amouröse Liaison von Nudel und Marathon. Heiko hat einige Rigatoni auf seine hölzerne Gabel gespießt. Sein hochroter Kopf signalisiert nackte Aufregung – die berühmteste Influencerin Deutschlands sendet ausgerechnet seine Expertise um den Globus. Zur tropfenden Tomatensoße doziert er über Carboloading, also das Vollpumpen der Speicher mit kohlehydrathaltigem Treibstoff. Nichts ist schlimmer als eine Carbomangellage. Wahrscheinlich stellt Heiko sich gerade vor, wie Millionen Menschen in Äthiopien, Taiwan, Ecuador und Sachsen-Anhalt atemlos seinen Worten lauschen. Er spricht nicht mehr, er predigt. Heiliger Heiko. Amüsiert sucht Peer Ann-Kathrins Blick und bewegt den Kopf zwei, drei Mal in Richtung der Kabuffs. Ann-Kathrin zögert, nickt dann aber zurück.

Peer geht schon mal vor, nicht leicht geknickt wie am Morgen, sondern aus alter Gewohnheit aufrecht. Irgendwas ist passiert. Er weiß nicht was, aber es fühlt sich gut an. Mamas Hände. Vorsichtig lugt er in die benachbarten Verschläge. Nicht auszuschließen, dass sich ein Pärchen hierhin zurückgezogen hat, um die PMT (Pre-Marathon-Tension) mit einer flotten Nummer zu dämpfen. Alles schon erlebt. Doch über den Verschlägen liegt Ruhe. Peer hält die Tür auf, als Ann-Kathrin herbeihuscht. Leise schließt er die Tür hinter ihr. Sie blickt ihn angespannt an. Was ist los? Peer lächelt.

»Ich werde alles tun, um dir zu helfen.«

»Soll heißen?«

»Ich passe morgen auf dich auf.«

»Das sagt er auch.«

»Er meint es anders.«

»Ich weiß.«

Sie wird weicher, lächelt.

»Manchmal fühle ich mich einfach scheiße allein.«

Peer nickt. Ist bekannt. Die Verbindung steht. Eine Verbindung, die sie am nächsten Tag benötigen werden.

»Ann-Kathrin, ich finde diesen Kerl. Und wenn ich morgen den ganzen Tag neben dir herlaufen muss.«

Sie nickt. Und Peer wird endlich wieder zum Bullen.

»Aber zuerst ... Auch auf die Gefahr hin, dass du das schon Millionen Male gefragt wurdest: Wer kommt als Stalker infrage? Hast du irgendeinen Verdacht?«

»Das habe ich mich doch selbst schon Millionen Male gefragt. Theoretisch können es Dutzende sein. Du hast die Bekloppten unter meinen Followern selbst gesehen. Aber konkret, ganz konkret, habe ich keinen Schimmer. Echt nicht. Der weiß verdammt viel über mich. Das ist *spooky*.«

»Passt ins Bild. Diese Spielchen sind ein Fest für Psychopathen. Solche Stalker verbringen jeden Tag Stunden damit, ihr Opfer auszuspionieren, zu beobachten. Heißt aber nicht unbedingt, dass du ihn kennst.«

»Trotzdem habe ich das Gefühl, er weiß noch viel mehr über mich. Er ist näher an mir dran.«

»Dein Assistent?«

»Jean-Luc? Auf keinen Fall.«

Fluse hat mittlerweile für drei von vier Morden Alibis. Und jemand anderen zu beauftragen, das kann man sich bei den Lehmanns dieser Welt vorstellen, aber nicht bei einem Stalker. Dem geht es um die eigene Macht. Peer hat sowieso einen anderen Favoriten als Fluse. Einen ohne Alibis.

»Was ist mit Jonas? Lief da mal was zwischen euch?«

»Nee. Also ... natürlich hat Jonas mich angebaggert. So wie fast jeder aus der Running Crew. Aber die Jungs sind durchweg harmlos. Die sind alle gleich. Laufen, feiern und oft ziemlich *horny*, vor allem auf Koks oder JK. Aber sie respektieren ein Nein. Wer in der Running Crew läuft, findet immer was zu spielen. Jonas ist komisch, sehr anhänglich, sehr besitzergreifend. Stalker? Ja, kann sein. Aber kein Killer. Dann schon eher der Schwede.«

»Bo?«

Der ausscheidet, weil er seit Ewigkeiten nicht in Berlin war.

»Der war superlästig und manchmal hart übergriffig. Konnte seine Flossen nicht bei sich behalten. Und immer diese Zettel überall.«

»Wie genau hat das eigentlich aufgehört? Was hat ihn gestoppt?«

Oder wer.

»Eines Tages kam er nicht mehr zum Training. Hatte wohl Schiss. Als er beim Duschen mal wieder anzüglich geworden ist, hat Jonas Tilda und mir zugeflüstert, dass er mal ein ernstes Wort mit dem Kerl reden würde. Wenig später hat jemand aus der Crew Bo mit eingegipstem Arm in der Stadt getroffen. Muss ziemlich verstört gewesen sein. Ist ja dann auch bald zurück nach Schweden.«

»Du meinst, Jonas hat ihn vermöbelt?«

Ann-Kathrin zuckt mit den Schultern.

»Passt zwar nicht zu Jonas. Aber wir sind davon ausgegangen.«

Der Mörder behauptet ebenfalls, Ann-Kathrin schützen zu wollen. Und übt zugleich blutige Rache. Hat sich Jonas im Berghain nicht empört, dass Lehmann mit Ann-Kathrin die Weinstein-Nummer abgezogen habe? Einen Tag später lag Lehmann tot im Kofferraum.

»Gibt es noch irgendwas zu Jonas, vielleicht Kleinigkeiten, Bemerkungen, Nachrichten?«

»Seit ich aus der Running Crew raus bin, sind wir uns alle paar Wochen mal im Club begegnet. Nicken, Grüßen. Das war's aber auch.«

Trotzdem: Ab sofort führt Jonas das Feld der Verdächtigen wieder an, mit großem Vorsprung.

»Okay, das reicht erst einmal. Wir sehen uns morgen

früh. Lass dein Handy eingeschaltet. Und ruf mich sofort an, wenn dir irgendwas auffällt. Hast du jemanden, der heute Nacht bei dir ist?«

»Jean-Luc.«

Sie lächelt unsicher.

»Vielleicht wäre es doch besser, wenn ...«, sie macht eine Pause und gibt sich dann einen Ruck, »wenn du deine Kollegen informierst.«

»Ist das wirklich okay für dich?«

Sie nickt. Peer nickt.

»Danke für alles«, sagt Ann-Kathrin.

Das Kabuff-Date ist beendet.

Peer dreht seine Abschlussrunde. Er will Mama verabschieden und dann nach Zehlendorf, zu Koslowski. Der Leiter der Ermittlungen muss vor dem Start auf Stand gebracht werden. Sogar mit Erlaubnis von Ann-Kathrin. Gut möglich, dass Koslowski ihn abwimmelt. Egal. Beurlaubt oder nicht, Peer hat seine Pflichten zu erfüllen. Die Zeit der eitlen Spielchen ist vorbei. Denn Stephanie hat auch in diesem Fall recht: Die Paviannummer hilft nur einem – dem Täter.

Heiko kommt herangestürmt, wegen seines globalen Auftritts noch immer freudig erregt. Kaum war sein markanter Schädel auf Instagram zu sehen, prasselten Herzchen, Glückwünsche und die üblichen Boshaftigkeiten auf sein Smartphone ein, seine fünfzehn Minuten Ruhm.

»Deine Mutter ist nach Hause gegangen. Sie war müde. Ich soll dir ausrichten, dass sie immer an deiner Seite ist. Keine Ahnung, was sie damit sagen wollte.«

»Das ist eine gute und eine schlechte Nachricht«, juxt Peer.

Er weiß Mamas Nachricht zu entschlüsseln, aber das geht Heiko nichts an. Der grinst.

»Manchmal ist die alte Dame ganz schön anstrengend, oder?«

»Wer nicht?«, sagt Peer. »Wer nicht? Ich haue auch langsam ab, wenn's okay ist.«

Während Heiko Luft holt, um seinen Instagram-Ruhm ein weiteres Mal auszubreiten, entdeckt Peer einen vertrauten wuscheligen Schopf an der Nudeltheke. Uli. Sie nimmt gerade Platz, um sich über einen gefährlich hoch getürmten Nudelberg herzumachen.

»Ist hier frei?«

Uli blickt kauend auf.

»Na, so was. Der Kommissar.«

Sie protestiert nicht, als Peer sich neben sie setzt. Seit ihrer letzten Begegnung in den Fluren des Berghains hat sich etwas getan.

»Wie sieht es mit morgen aus? Hast du mit Jonas einen Matchplan gemacht?«

»Jonas ... Vollidiot.«

Das hat sich also getan.

»Ach. Was ist passiert?«

»Hat mich verarscht. Idiot hat Fake-Pillen für Dmytro besorgt. Helfen nicht. Habe ihn angeschossen.«

»Äh, abgeschossen, hoffe ich, oder?«

»Ja, Herr Kommissar ...«

Sie mampft und schaut dabei lauernd zu ihm auf.

»Du hast richtige Medikament besorgt. Danke.«

Und das ist passiert! Peer nickt wie selbstverständlich. Schmatzend inhaliert Uli die nächste Gabel voll glitschiger Nudeln. Sie wirkt vergnügt. Essen und Uli, eine Liebesgeschichte. Der optimale Zeitpunkt für eine epische Versöhnung: die V-Frau und der Kommissar.

Doch etwas anderes drückt im Moment deutlich härter.

»Uli, ich arbeite immer noch ... oder wieder an der Mordreihe.«

»Kein Urlaub?«

»Urlaub? Abstellgleis wäre passender. Aber da bleibe ich nicht.«

»Comeback?«, fragt sie kauend.

»Peer Ali. Muhammad Pedes.«

Uli lacht mit Nudel im Mundwinkel.

»Was willst du wissen?«

»Hat dich irgendjemand vom Revier gefragt, wie deine Uhr zu Lehmann gekommen ist?«

Sie schüttelt den Kopf. Peer innerlich auch. Schon klar, wieso sie ein ums andere Mal die ersten achtundvierzig Stunden versemmeln.

»Hast du sie ihm gebracht? Vielleicht zusammen mit Jonas?«

»Fahrer hat sie abgeholt. Lehmann ist Feigling.«

»Oh, okay.«

Uli war also überhaupt nicht in Potsdam. Aber das muss nicht automatisch heißen, dass Jonas nicht bei Lehmann gewesen ist.

»Und am Sonntagabend? Warst du da mit Jonas zusammen?«

Uli starrt ihn unverwandt an.

»Wir waren verabredet. Aber er hat abgesagt, kurz vorher. Berufliche Geschichte, angeblich. Sonntagabend! Wahrscheinlich auch Fake, wie alles. Immer hat er gesagt, große Karriere zusammen, wir beide laufen gegen den Rest der Welt. Alles Fake, Beschiss, Lüge. Wollte Sex. Und besitzen.«

Peer nickt. Hat er ja immer gesagt. Egal. Tut jetzt nichts zur Sache.

»Glaubst du, dass Jonas gefährlich ist? Ist er handgreiflich geworden?«

Uli lacht.

»Schwanzschlapp. Der traut sich gar nichts.«

»Sonst irgendetwas Auffälliges?«

»Er saß nachts oft am Computer. Arbeiten, hat er gesagt. Hab ich nie geglaubt. Eher, dass er mit andere Frau schreibt. Hat mal schnell ein Foto weggeklickt.«

Sie zuckt mit den Schultern. Peer hat genug gehört. Gut möglich, dass Jonas Ann-Kathrin digital auf Schritt und Tritt verfolgt.

»Danke, Uli ... Vielleicht können wir nach dem Marathon ja noch mal in Ruhe reden.«

Sie zuckt mit den Schultern. Es herrscht Waffenstillstand. Aber Frieden ist noch lange nicht.

»Ciao!«, sagt Peer, während er sich erhebt.

Wortlos hebt Uli die Linke zum Abschied und spult mit der Gabel in der Rechten ein Nudelknäuel auf.

»Koslowski«. Schnörkellose Schrift auf matt gebürstetem Alu. Hinter dem Zaun der passende schnörkellose Bungalow, der zwischen anderen unspektakulären Einfamilienhäusern liegt. Zehlendorf ist vielleicht der typischste aller Berliner Außenbezirke, nicht Stadt, nicht Land. Hier wohnen Familien, die der Enge der City entfliehen und ein neues Leben beginnen wollen, in dieser Simulation von heiler Welt. Gemessen an der Mordquote ist das Leben hier tatsächlich ruhig und sicher. Und genauso langweilig wie in Osnabrück.

Was mag den Ossi Koslowski getrieben haben, sich im Westen der Hauptstadt anzusiedeln? Lass den Quatsch, ermahnt sich Peer in Gedanken. Wir können den Täter nur zusammen schnappen. Wenn Koslowski morgen eine neue

Bestzeit rennt, dann hat er es verdient. Und Peer wird sich für ihn freuen. Zumindest hat er sich das fest vorgenommen.

»Ja, bitte ...?«

Die Stimme aus der Gegensprechanlage klingt bekannt und nicht sonderlich freundlich.

»Peer hier, Peer Pedes. Sorry für die späte Störung. Aber ich habe neue Informationen, auch wegen des Marathons morgen. Kann leider nicht warten.«

»Moment ...«

Ein Schnarren, das kleine Tor springt auf, Koslowski erscheint in einem blütenweißen Trainingsanzug aus echter Ballonseide in der Tür. Peer kommt bis auf drei Meter heran.

»Ist Ihr Telefon auch beurlaubt?«

Peer hat einen Hauch mehr Anerkennung erwartet, weil er den weiten Weg nach Osnabrück II auf sich genommen hat.

»Ich will nicht lange stören. Aber heute bei der Startnummernausgabe habe ich einiges erfahren, was unseren Fall in ein neues Licht rückt. Es geht um Jonas Fischer.«

Koslowski macht keine Anstalten, den späten Besucher ins Haus zu bitten, auch wenn Peer sich demonstrativ umguckt. Na gut, dann eben auf dem Treppenabsatz. Knapp, sortiert und messerscharf trägt Peer alle Verdachtsmomente gegen Jonas vor, das Stalker-Muster, die fehlenden Alibis und die anonymen Drohungen gegen Ann-Kathrin. Bei letzterer Information zucken immerhin Koslowskis Augenbrauen, denn das wusste er nicht. Doch alles in allem scheint er unbeeindruckt.

»Ich bin mir nicht ganz sicher, was diese Aktion am Vorabend des Berlin-Marathons soll«, erklärt er schließlich ungerührt. »Entweder wollen Sie Ihren Rivalen verunsichern, oder Sie sind einer zweifellos attraktiven Dame auf den Leim gegangen, deren Motive mehr als eindeutig sind. Am Montag nehme ich mir sie und die angeblichen Drohungen noch einmal vor. Bis dahin: Niemand hält Sie davon ab, morgen als Bodyguard neben der Frau herzulaufen. Und jetzt würde ich vorschlagen, dass wir beide uns ein paar Stunden Schlaf gönnen. Wir sehen uns morgen. Sport frei.«

»Sport frei«, erwidert Peer matt.

Er hebt die Hand zum Abschied, während der blütenweiße Koslowski zu seiner Frau zurückkehrt. Wahrscheinlich scrabbeln die beiden. Oder gucken eine heitere Netflix-Serie, bei hochverdünnter Weinschorle und veganen Linsen-Chips.

Stopp. Peer unterbricht seine eigenen Gedanken. Ja, Koslowski ist verbohrt und vernagelt. Aber war er selbst das nicht auch? *Du kannst dir vertrauen!* Peer hört Mamas Stimme. *Nimm dir, was du brauchst, Junge.* Immerhin hat Koslowski ihm eben eine Art Erlaubnis erteilt, Ann-Kathrin beim Rennen zu begleiten.

Während Peer den kleinen schwarzen Sharing-Audi über die schnurgerade Clayallee zurück in die Stadt steuert, ruft er Stephanie an. Sie ist zu Hause. Koslowski hat für den Marathon-Tag keinerlei Überwachungsmaßnahmen angeordnet. Die ersten achtundvierzig Stunden sind zum vierten Mal ergebnislos verstrichen. Und alle brauchen eine Pause, zumindest die, die nicht mitlaufen.

»Hast du ein Fahrrad?«

Stephanie stutzt.

»Ja, im Keller. So ein Faltrad, zum Mitnehmen, noch originalverpackt. Klassischer Fehlkauf.«

»Kriegst du das bis morgen früh flott?«

»Das Rad schon. Aber mich wahrscheinlich nicht. Mein erster freier Tag seit gefühlt hundert Jahren. Was hast du vor?«

Peer bringt Stephanie auf Stand. Berichtet von Ann-Kathrin, von Uli, von den erdrückenden Indizien gegen Jonas.

»Du fährst einfach locker neben uns her, als Fan. Zieh dir irgendwelche Papageien-Klamotten an und mal ein Schild, so was wie ›Go, Ann-Kathrin‹, mit Herzchen. Aber vergiss die Waffe nicht.«

»Du spinnst. Wie viel Kilometer sind das?«

»Nicht so viele. Wir schaffen das.«

»Und du rennst die ganze Zeit neben Jonas her?«

»Ich werde ihn in die Mangel nehmen. Auf allen Ebenen.«

»Aber du willst dir doch deinen Rekord zurückholen?«

»Scheiß drauf«, entgegnet Peer fröhlich. »Nach dem Rekord ist vor dem Rekord. Nächstes Jahr ist auch noch eine Gelegenheit.«

Und er meint es zum ersten Mal ernst. Stephanie ist kurz sprachlos.

»Bist du dabei?«, fragt Peer.

»Das würde ich mir niemals entgehen lassen.«

Peer legt zufrieden auf, fährt weiter. Nie war er am Vorabend eines großen Laufs so sehr bei sich. Es wird ein harter Tag werden. Aber der laufende Ermittler vertraut sich und seinen Fähigkeiten.

KAPITEL 41

»Santa Maria ... Insel, die aus Träumen geboren ... ich hab meine Sinne verloren ... in dem Fieber, das wie Feuer ...« – patsch. Mit der flachen Hand bringt Peer das Smartphone zum Schweigen. Punkt sechs Uhr. An einem normalen Morgen gönnt er sich die Snooze-Phase, gern auch zwei- oder dreimal. Aber dies ist kein normaler Morgen. Deswegen donnert heute auch keine normale Aufwachmusik wie Coldplay oder Amelie Lens. Sondern Roland Kaiser, Peers ganz spezielle Wettkampftagmusik. Mit Mama hat er »Santa Maria« einst umgedichtet, um die Unruhe am Morgen davor mit heiterem Unsinn zu dämpfen. »Marathon-Morgen ... eine ganze Nacht voller Sorgen ... ich hab meine Form grad verloren ... Fieber, Panik – ich geh nicht zum Start.«

Peer muss grinsen, wie jedes Mal. Funktioniert. Alles wie immer. Auch die letzten acht Stunden. Gewohnt unruhig, mit langen Wälzphasen, kurz unterbrochen von Minutenkomata. Anfänger wollen in der Nacht vor dem großen Tag unbedingt lange und tief schlafen. Klappt natürlich nie. Und schon herrscht Stress, weil das Hirn, dieser miese Manipulator, den Tag mit Selbstzweifeln pflastert: zu wenig Schlaf, nicht ausgeruht, schlechte Voraussetzungen. Peer hat diesen Automatismus ausgeschaltet. Er weiß, dass die Nacht davor unruhig wird. Ganz normal. Muss so. Haken dran. Schon sind die Zweifel verschwunden. Stattdessen Blödeln mit Roland Kaiser. Und einen Ohrwurm für den Tag implantieren. Er wird den Song im Rhythmus seiner Schritte vor sich hin summen, immer und immer wieder. Das Hirn muss abgelenkt werden, bevor es auf dumme Gedanken kommt.

Peer hat das nächtliche Wälzen konstruktiv genutzt. Bei normalen Rennen hätte er sich einen Matchplan zurechtgelegt, je nach Konkurrenz und Strecke. Gibt es eine leichte Steigung, an der sich ein Ausreißversuch lohnt? Welcher Rivale ist dafür bekannt, stumpf im Windschatten der Führenden zu lutschen, um auf den letzten paar Hundert Metern abzuhauen?

Diesmal ist alles anders, alles egal. Zeit egal, Koslowski egal, sogar der Zielstrich egal. Heute läuft nicht Peer, der Athlet, sondern Peer, der Polizist. Er wird in Sichtweite von Ann-Kathrin bleiben, und wenn er zwei Stunden nach Koslowski durchs Ziel hinterm Brandenburger Tor stolpert. Es gibt nur einen Erfolg, der zählt: den Killer zur Strecke bringen, notfalls auch auf halber.

Peer schält sich aus der dünnen Decke, leicht feucht vom Nachtschweiß. Er gönnt sich eine kurze, kalte Dusche, was eigentlich unsinnig ist, weil das Geschwitze gleich wieder losgeht. Allerdings gibt es wenig Ekligeres als Altschweiß im Startblock, wo sich Athleten in ärmellosen Leibchen und knapp geschnittenen Shorts drängeln. Unmöglich, die Wassersparfüchse zu überriechen. Als wäre der Blick in tausend Achselhöhlen nicht Prüfung genug.

Die zweite große Nervensäge neben dem Hirn ist der Magen. Er wird zickig, wenn die gesamte Energie des Körpers an den Eingeweiden vorbei in die Beine fließt. Also keinerlei Verdauungsprozesse provozieren, auf keinen Fall Müsli oder Vollkornbrot, nicht mal Milch. Stattdessen leichte Kost, die direkt ins Blut geht. Viel Zucker in den schwarzen Kaffee, dazu eine extragroße Tüte Gummibärchen.

Peer schaufelt eine Handvoll der klebrigen Dinger in den Mund, während er sein Smartphone checkt. Koslowski hat sich nicht zu einer Nachricht herabgelassen. Stephanie hat ein Foto von ihrem Klapprad geschickt, zusammen mit einem Heul-Emoji. Sprachnachricht von Mama. Sie bietet sich an, seinen Beutel mit den Wechselklamotten abzugeben. Alle Athleten deponieren vor dem Start frische Klamotten in einem Plastiksack mit ihrer Nummer darauf. Die Säcke werden während des Rennens zum Ziel gebracht. So hat jeder am Ende des Rennens was Trockenes zum Anziehen. Nett von Mama, dass sie ihm die Beutelabgabe abnimmt, allerdings nicht ganz ohne Eigeninteresse, denn so hat sie einen Grund, im Startbereich herumzustreunen. Sie genießt es, mit den anderen Trainern, Betreuern und Funktionären zu fachsimpeln. Noch in den Juniorenjahren hatte sie ihn bis zum Startschuss mit guten Ratschlägen bombardiert, bis er ihr liebevoll, aber glasklar mitgeteilt hat, dass das Gerede eher nervt als anspornt.

Ann-Kathrin hat bereits um kurz nach sechs ein Video für ihre Fans gepostet, wahrscheinlich das übliche Ach-ich-bin-so-aufgeregt-Zeug. Peer hatte ihr nach dem Besuch bei Koslowski in Osnabrück II noch eine Nachricht geschickt, in der er diplomatisch ausgedrückt hat, dass der Schutz während des Marathons sich auf ihn und seine hoch motivierte Kollegin beschränken würde. Es sei klüger, den Stalker nicht mit einem Großaufgebot zu provozieren.

Peer greift noch mal in die goldene Tüte und startet das Video. Ann-Kathrin sieht mitgenommen aus, ungeschminkt, das Licht ist ungewohnt fahl.

»Hallo, ihr Lieben. Es ist sechs Uhr morgens, noch drei Stunden bis zum Start. Bitte bleibt dran, denn ich habe ein Problem, das an die Öffentlichkeit gehört: Die Polizei will mich nicht schützen. Abgesehen von Kommissar Pedes glaubt mir niemand, dass ich bedroht werde. Seit Wochen verfolgt mich ein Stalker, er beobachtet mich, er bedroht mich. Und er hat angekündigt, mich beim Marathon heute begleiten zu wollen, was immer das bedeutet. Wie ihr wisst, gibt es eine ganze Reihe von Verrückten, die mir ekelhafte Nachrichten schicken. Aber dieser Typ ist anders, härter, bedrohlicher ...« Sie stockt, schluckt, holt Luft. »Ja, ich habe Angst. Aber ich werde deswegen nicht auf diesen Marathon verzichten. Denn dort sind sehr viele Menschen unterwegs, auf die ich mich verlassen kann.«

Ann-Kathrin schaut wütend in die Kamera: »Typ, wer immer du bist. Lass mich in Ruhe! Ich habe dir nichts getan. Spar dir deine Machtspielchen und lass mich einfach laufen. Kann sein, dass du dich über deinen kleinen Schwanz ärgerst. Aber das ist nicht mein Problem. Und wird es auch nie werden. Wage nicht, mir zu nahe zu kommen.«

Sie hält ein Fläschchen Reizgas in die Kamera. Schlussbild. Puh. Harte Nummer. Immerhin hat sie nicht öffentlich behauptet, dass der Spree-Henker hinter ihr her ist.

WhatsApp an Stephanie: »Video von Ann-Kathrin gesehen?«

Im selben Moment ein Ping. WhatsApp von Stephanie, mit dem Link zum Video und einem Totenkopf-Emoji. Klassischer Fall von Überkreuzkommunikation. Da hilft nur Telefonieren.

»Guten Morgen. Ist das Video schon überall rum?«

»Morgen. Was denkst du denn? Koslowski ist auf der Zinne. Er glaubt, dass du dahintersteckst.«

»Ich?«

»Er ist fest davon überzeugt, dass du sie zu dem Video angestiftet hast, um seinen Lauf heute zu sabotieren. Die ersten Medienheinis haben schon nachgefragt, warum die Polizei nichts tut. Rusche ist auch wach und fragt, was da los ist. Die übliche Thermik. Koslowski hat immerhin ein paar Zivilfahnder angefordert, die beim Start und im Ziel die Augen aufhalten sollen. Botschaft: Wir haben den Stalker auf dem Schirm, auch wenn keine Uniformen zu sehen sind. Damit hat er Rusche und die Bluthunde erst mal vom Hals.«

Peer schweigt und denkt bewusst langsam: Was genau verändert sich durch das Video?

»Verändert sich für uns was?«, fragt Stephanie in die Stille.

Peer muss schmunzeln. Zwei Doofe.

»Wir bleiben bei unserem Plan. Ann-Kathrin läuft als Köder. Und wir behalten sie im Auge. Wenn was passiert, sind wir da. Bleibt alles ruhig, gewinnt Koslowski gegen mich und hat gute Laune. Win-win, bis auf meine Zeit. Die wird mies.«

»Klingt wie eine Strategie«, sagt Stephanie. »Ich stehe hinter der Siegessäule, einen guten Kilometer nach dem Start. Da sind keine Absperrungen mehr, und ich kann ziemlich unauffällig nebenherradeln.«

»Du wirst es lieben.«

»Du mich auch.«

Zeit für die Marathon-Meditation. Im Flur hat Peer alles ausgelegt, was er für die nächsten Stunden braucht, in chronologischer Reihenfolge. Äußere Ordnung schafft innere Ordnung. Und damit einen festen Halt gegen die Nervosität. Ganz am Anfang das Wichtigste, die Startnummer: »123 Peer«. Daneben das elastische Startnummernband mit den Magneten, die die Nummer halten. Das Klettband mit Zeitnahmechip, das er am linken Knöchel tragen wird. Laufhemd mit SCC-Berlin-Logo und zwei kleinen Rückentaschen. Seine Lieblingshose mit Innenslip. Die Dose Hirschtalg. Ein paar kurze Socken, die weißesten, die er finden konnte. Die extraleichten, ziemlich runtergelaufenen Rennschlappen, die ihren letzten Wettkampf erleben werden. Nur Anfänger laufen in nagelneuen Schuhen. Die mögen sich beim Lauf im Laden großartig anfühlen, aber auf halber Strecke drückt der Schuh dann. Blutblasen sind ein Kollateralschaden des Marathons, der sich vermeiden lässt. Durch eingelaufene Schuhe.

Dann die Pulsuhr. Vier kleine Aufreißbeutel mit Kohlehydratgel, Geschmacksrichtung Limette plus Koffein, für den kleinen Extraschub unterwegs. Ein transparentes Tütchen. Ein grauer Müllsack, dazu die Schere. Handy, bis zum Anschlag geladen, und das Halfter für den Oberarm. Zwei mittlere Tüten Gummibärchen. Das Mäppchen mit Wohnungsschlüssel, Zwanzig-Euro-Schein und Dienstausweis.

Manche Hobbyläufer schleppen drei, vier Trinkflaschen mit, Brieftaschen, Autoschlüssel, Ladegeräte, Sonnencreme, Hausapotheke, Bananen. Und wundern sich, dass sie ewig brauchen. Peer ist Vertreter des radikalen Marathon-Minimalismus. Versonnen schreitet er die Reihe ab. Was ist zu viel? Und was fehlt? Ein Stirnband vielleicht, mit Schirm, gegen die Sonne? Kopfhörer? Irgendeine Waffe? Nein. Nichts davon. Wie am Mount Everest gilt: Jedes Gramm zu viel belastet, an diesem Tag erst recht. Heute geht es nicht um ein paar Sekunden mehr oder weniger, sondern um sein ganzes Leben. In ein paar Stunden wird feststehen, ob er Kommissar Pedes ist oder der ewige Donald. Adrenalin hämmert durch seine Adern, so hart wie damals, bei der Europameisterschaft. Geiler, unbarmherziger Druck. Keine Ausflüchte mehr.

Mit zwei Fingern fährt er in die Talgdose, während er leicht in die Hocke geht. Die abgeheilten Wundstellen werden heute Abend wieder blühen. Er fährt in die Laufhose und bindet sorgfältig eine Schleife unter seinem Nabel. Nichts ist lästiger als ein Killerknoten, der sich unterwegs nicht öffnen lässt. Pinkeln ist nicht das Problem, das klappt halbwegs unfallfrei auch durchs Hosenbein. Peer streift das Hemd über, stopft Gummibären und Gelbeutel in die linke Rückentasche, Wertsachen und Smartphone in die rechte. Handyhalfter am Arm sind peinlich. Aber diesmal nicht zu vermeiden. Mit der Schere schneidet Peer ein handballgroßes Loch in die Unterkante des Müllbeutels und zwei weitere links und rechts, gleich unterhalb der Ecken. Dann hält er das transparente Tütchen gegen das Licht.

Peer zwingt sich zum gemächlichen Trab. Seine Beine fühlen sich prächtig an, wie Rennpferde in der Box. Den Weg zum Start läuft er bewusst in Zeitlupe, langsamer als langsam, was die Gäule mächtig provoziert. Wenn Beine schnauben könnten, dann würden sie es jetzt tun, ungeduldig, fast ungehalten. Peer zelebriert die Zeitlupe. Er verschlingt die Gummibärchen jetzt nicht mehr klumpenweise, sondern isst sie Stück für Stück. Erst wenn sich eines vollständig aufgelöst hat, folgt das nächste. Jedes einzelne Zuckermolekül wird aktiviert, aufgesogen und gebunkert für später.

Peer fällt mit seinem Müllsackpulli kaum auf im Strom von Athleten, Begleitern und Schaulustigen, der sich immer breiter Richtung Tiergarten wälzt. Marathon ist Sport, aber auch Karneval, Laufsteg, Kundgebung. Bettlaken mit »Vati ist der Beste« neben Palästina-Flaggen, aufgespritzte Fitnessqueens neben Opis in baumwollenen Laufhemden aus der Nurmi-Kollektion von 1924, Masochisten, die zweiundvierzig Kilometer in einer warzigen Riesengewürzgurke aus Pappmaschee absolvieren, verschreckte Asiaten, die aussehen, als hätten sie der ungewohnten europäischen Küche einen heftigen Stressdurchfall zu verdanken. Wer wissen will, wie Angst riecht, muss nur mit offener Nase an der Batterie Dutzender Dixi-Klos entlanggehen. Drinnen in den blauen Boxen erbärmliche Körpergeräusche, draußen eine endlose Schlange von Sportskameraden, die hüpfend, betend oder mit krampfhaft zusammengepressten Knien darauf warten, dass ein durchsichtiges Wesen aus einer der Boxen wankt. Slowfox und Quickstepp im Dixi-Land.

Das Startfeld zieht sich fast einen Kilometer lang über die Straße des 17. Juni. Die Läufer sind nach ihren voraussichtlichen Zielzeiten in Blöcke eingeteilt. Ganz vorn die Weltrekordkandidaten, dahinter der Rest der Weltspitze und ein wenig weiter auch schon Peer. Das erste Startsignal gilt nur den vorderen Blöcken. Die weiteren Blöcke starten zeitversetzt. Wenn die letzte Gurke auf die Strecke taumelt, hat die Spitze fast die Hälfte absolviert. In gut zwei Stunden wird hier der Sieger gefeiert. Der Zielbogen wird aufgeblasen, sobald der letzte Starter unterwegs ist, kurz vor zehn.

In Block drei werden Semiprominente aller Güteklassen gepfercht, Journalisten im Selbstversuch, Berliner Größen, Influencer, frühere Dschungelcamp-Insassen, andere Halb- bis Viertelwichtige sowie die relativ Schnellen wie Peer, Koslowski, die Besten der Running Crew und Ann-Kathrin. Bevor sie von den Ordnern ins Gatter gescheucht werden, vollführen sie auf einem abgesperrten Schotterweg des Tiergartens ihre Vorstartrituale, jede und jeder für sich. Aus den Boxen krächzt der aufgekratzte Ansager, der die Minuten herunterzählt, Namen und Titel der Topstars aufzählt, die Sponsoren preist und das Wetter, immer wieder unterbrochen von »Eye of the Tiger«. Als Nächstes wird »The Final Countdown« ertönen. Die ewige fürchterliche wie wunderbare Playlist des Marathons, die Peer ebenso überhört wie das Gequatsche des Ansagers. Er hält die letzten Gummibärchen in der linken Hand, während die rechte die Tüte und seinen Müllsackumhang in den nahen Container stopft. Nie ist der Mensch freigiebiger als in der Phase akuter Startpanik. Praktisch sind jetzt alle nackt. Die unter dem Plastik angestaute Körperwärme verflüchtigt sich. Sie wird bald zurückkommen.

Die Theorie von der Übersprungshandlung hat Konrad Lorenz mithilfe von Hühnern entdeckt. Naht der Fuchs, beginnen die Tiere, hektisch zu picken, anstatt gackernd davonzuflattern. Massiver Stress führt bisweilen zu unsinnigem Verhalten. Hätte Lorenz auch an Marathon-Startern beweisen können. Typen wie Koslowski stärken ihr Selbstbewusstsein, indem sie merkwürdige Stretchübungen vollführen oder kurze Sprints, zwischendrin an verschiedenen Flaschen nippen oder einfach dreißig Sekunden mit geschlossenen Augen stehen. Die Botschaft ist klar: Ich habe ein geheimes Aufwärmprogramm, das ich superakribisch absolviere. Und ihr nicht. Die Psychospielchen des Spießers.

»Guten Morgen.« Peer winkt zu Koslowski. »Alles Gute!«

Sichtlich genervt unterbricht der Leiter der Ermittlungen sein Ritual und trabt ein paar Schritte auf Peer zu.

»Heute wird gelaufen«, zischt er, »gelaufen, gelaufen, gelaufen. Machen Sie mit Ihrer Influencerin, was Sie wollen. Aber abgerechnet wird auf der Straße. Und hier.«

Er patscht auf seine Laufuhr.

»Alles klar, Herr Kommissar.«

Peer versucht Koslowski-Humor. Vergeblich.

Ganz hinten am Zaun entdeckt er Strähnen des vertrauten Wuschels. Uli trägt die Mehrheit ihrer Haare unter einer großen Wollmütze, darüber Kopfhörer, und tanzt entspannt vor sich hin. Peer winkt. Aber sie hält die Augen geschlossen, will offenbar nichts hören, nichts sehen, nichts sagen.

Jonas und ein paar Läufer der Running Crew vollführen gemeinschaftlich ihr Lauf-ABC: kleine Wechselsprünge, Kniehebeläufe, die Fersen an den Hintern. Alle schweigen. Peer entdeckt Juri. Er trägt eine wuchtige Sonnenbrille sowie Trainingshose und -jacke und ist auf dem Weg in einen der hintersten Blöcke. Mit ein bisschen Glück läuft er unterwegs Stephanie in die Arme.

Ann-Kathrin spricht in ihr Smartphone, das sie mit der ausgestreckten Hand hält. Offenbar eine letzte Live-Schalte für die Fans. Sie blickt rüber. Peer reckt vor dem Bauch ganz kurz den Daumen. Das muss reichen als Signal, dass alles nach Plan läuft. Bis jetzt. Das Smartphone vibriert in der Rückentasche. Stephanie meldet, dass sie ihren Posten bezogen hat. Peinlich hin oder her – Peer klettet das Handyhalfter samt Smartphone an den linken Oberarm.

»Alle Athleten bitte umgehend in den abgesperrten Bereich«, schnarrt ein Startblockwart.

Koslowski fummelt an seiner Uhr und drängelt sich nach vorn.

Peer schlendert gemächlich zum Gatter, hinter ihm Uli. Sie erkennt ihn, deutet eine flüchtige Umarmung an, lächelt kurz und ballt beide Fäuste. Selten hat Peer sie so konzentriert gesehen. Sie will etwas schaffen.

Peer späht nach Jonas, der zwei, drei Reihen weiter vorn im Pferch tänzelt. Ihn und Ann-Kathrin gleichzeitig im Blick zu behalten, das ist die Aufgabe des Tages.

Der Ansager zählt den Countdown runter. »Drei ... zwei ... eins.«

Der Buzzer dröhnt.

Die Jagd beginnt.

KAPITEL 42

KILOMETER 1

00:03:37

Es nervt, jedes Mal wieder, dieses Abbremsen, Ausweichen, die kleinen scharfen Antritte beim Überholen. Auf dem ersten Kilometer sortiert sich das Feld. Die Langsamen starten in der Euphorie zu schnell, japsen noch vor der Siegessäule und werden nach hinten durchgereicht. Dabei zwingen sie die Schnelleren zu einem unentwegten Slalom durch die Lücken in der Luschen-Abwehrkette. Von Rhythmus keine Spur.

Marathon ist wie eine Magnumflasche Champagner, sagt Mama. Die Klugen öffnen die Flasche behutsam, um den Inhalt gleichmäßig auf zweiundvierzig Gläser zu verteilen, ohne dass ein Tropfen danebengeht. Die Gurken dagegen lassen gleich am Start übermütig den Korken knallen, eine Fontäne schießt aus der Flasche, und für die letzten Gläser ist nicht mehr genug übrig.

Koslowski war schlau genug, sich in die erste Startreihe hinter den Profis zu drängen, um dieser kraftraubenden Sortiererei möglichst bald zu entkommen. Uli ist auch zügig verschwunden. Peer spürt ein Stechen in der Herzgegend. Es schmerzt, unter seinen Möglichkeiten bleiben und Konkurrenten ziehen lassen zu müssen, gegen die man eine Chance gehabt hätte. Sein erster Marathon, bei dem es nicht um den Marathon geht.

Stattdessen rumeiern bei den Gurken. Fühlt sich an wie mit einem Maserati in der Verkehrsschule. Im Promiblock stehen ja nicht die Schnellen vorn, sondern die Bekannten, als Kamerafutter für die Medien, eher Marathondarsteller als Marathonläufer. Da ist die Radiomoderatorin in der Midlife-Crisis, die auf den ersten Metern unablässig in ihr Mikrofon quatscht, von wegen unbeschreibliches Gefühl, bla, bla, bla, um dabei immer langsamer zu werden, weil Quatschen und ernsthaftes Laufen nun mal nicht zusammenpassen. Oder der schmierige Fernsehkoch, der nicht gerade austrainiert aussieht und nur läuft, weil er irgendeine Show-Wette verloren hat. Er ist die ersten zweihundert Meter, also ziemlich genau für den Schwenkbereich der Kameras, losgewetzt wie Usain Bolt, pumpt jetzt erbärmlich und wird sich spätestens bei Kilometer drei eine sehr schlimme Verletzung holen und leider, leider aufgeben müssen. Oder der verkopfte Feuilleton-Journalist, der Murakami nachspielen will, sich mit seinen Kopfhörern demonstrativ abschottet, aber eher hüpft als rennt. Oder die hartblonde Rapperin, die Schlangenlinien läuft, weil sie unablässig an ihrem Nichts von Mikro-Oberteil nestelt, das gegen die wippende Wucht des großzügig verpressten Silikons chancenlos bleibt. Und natürlich Ann-Kathrin, die mit ihrem morgendlichen Video die Kamerateams angelockt hat, vor allem aber Fans, die sie jetzt wie eine laufende Leibgarde umgeben. Jonas ist auch dabei. Sie hat ihn mehrfach angelächelt. Peer taxiert immer wieder seine Waden. Ziemlich mager, nicht so geädert wie die in Lehmanns Garage. Andererseits verändern sich Waden beim Laufen. Vielleicht auch beim Morden?

Das Smartphone vibriert. Peer hat das Halfter knapp oberhalb seines linken Ellbogens fixiert, sodass er Nachrichten lesen kann. *Bin rechts neben dir!* Peer blickt durch die Reihe der Zuschauer, die klatschen und gut gemeinte, aber sinnlose Dinge brüllen wie »Los jetzt!« oder »Auf geht's!«. Dahinter auf dem Gehsteig radelt ein Wesen in einem viel zu großen Hertha-Trikot. Das hatten die Kollegen

Stephanie zum Einstand geschenkt. Offenbar ihre einzige Sportbekleidung. Peer hebt den Arm. Sie winkt zurück. Nur noch vierzig Kilometer auf dem Klapprad.

Das Handy vibriert erneut. *App funktioniert!*

Peer reckt den Daumen. Gute Nachricht. Jeder Läufer trägt einen Chip, der die Zeit misst und zugleich ein GPS-Signal sendet. Mit der App weiß Stephanie jederzeit, wo sich welcher Athlet gerade auf der Strecke befindet. Wo mag Koslowski sein?

KILOMETER 10

00:36:42

»Marathon-Fieber, kühles Bier, das wär mir jetzt lieber ...« Peer hat eine weitere Textversion für »Santa Maria« erdichtet. Wer nicht am Limit läuft, hat ein paar Moleküle Sauerstoff fürs Hirn übrig. Zugleich schießen die ersten Endorphine ins Blut und erzeugen dieses wunderbare Gefühl leichter Albernheit, das die Zuschauer in der Torstraße noch fördern. Die Bewohner mögen selbstverliebte Spinner mit Hafermilchhintergrund sein, aber anfeuern, das können sie. Bands spielen, aus jedem zweiten Wohnungsfenster hängen Menschen, überall Boxen, aus denen Musik donnert. Mehr Rio geht nicht.

In diesem Cocktail der Rhythmen ist nur einer wirklich wichtig – der eigene. Peer hat seinen Tritt gefunden, etwa zehn, fünfzehn Prozent unter seiner Leistungsgrenze, Trainingskategorie »angenehm fordernd«. Er hält sich drei bis fünf Meter hinter dem Läuferklumpen, in dessen Mitte Ann-Kathrin traben dürfte. Die ersten Begleiter sind zurückgefallen, dafür haben andere aufgeschlossen. Dank der App ist sie leicht zu finden im bunten Feld. Einen besseren Schutz hätte die Berliner Polizei auch nicht hinbekommen. Faszinierend, wie sich mit einem kleinen Video aus einer anonymen digitalen Masse eine sehr konkrete analoge Privatarmee rekrutieren lässt. Peer beschließt, seine Haltung zur Influencer-Kultur zu überdenken. Aber nicht jetzt.

Jonas hält sich tapfer an Ann-Kathrins Seite. Kleine weiße Krümel in seinen Mundwinkeln signalisieren, dass er kämpft. Normalerweise läuft Ann-Kathrin den Marathon eine Viertelstunde schneller als er. Jonas rennt also pro Kilometer gut zwanzig Sekunden über seinem Limit. Komischer Vogel. Die fehlenden Alibis, sein seltsames Verhalten damals bei Ann-Kathrin, dann bei Uli und jetzt wieder dieses demonstrative Beschützerding. Wie passt das alles zusammen? Wird sich herausstellen. Aber jetzt noch nicht. Peer wird Jonas erst in die Mangel nehmen, wenn sein bester Mitarbeiter ihn weichgeklopft hat – der Mann mit dem Hammer.

Der Hammermann ist eine mythologische Figur, unsichtbar zwar, aber jedem Marathonläufer schrecklich vertraut. Der menschliche Körper ist für eine Strecke von zweiundvierzig Kilometern nicht gemacht. Irgendwann auf der zweiten Hälfte sind die Glykogenvorräte in Muskeln und Leber aufgebraucht, der Magen weigert sich, die Kohlehydrate von Matschbananen oder Isodrinks in den Körper zu liefern. Muskeln meutern, der Kopf sowieso.

Der Hammermann schlägt nicht unversehens zu, sondern schleicht sich an. Plötzlich sinkt das Tempo, nur ganz leicht. Blick auf die Uhr. Die letzten hundert Meter waren eine halbe Sekunde langsamer, ohne Grund: keine Steigung, kein Gegenwind, kein Getränkestand. Also behutsames Beschleunigen. Aber die nächsten hundert Meter geraten noch langsamer, obgleich der Athlet schon überm

Limit kämpft. Reicht jetzt echt, sagt der Kopf. Die ersten Schritte werden unrund. Beine wie Blei. Und dann spricht der Kopf den furchtbaren Verdacht einfach aus: Scheiße, der Hammermann. Die Prophezeiung erfüllt sich gnadenlos. Die Beine gehorchen nicht mehr, Schmerzen überall, Menschen ziehen davon, die die letzte Stunde in schweigender Eintracht nebenherliefen. So wie Jonas aussieht, wird er den Hammer zu spüren bekommen. Er wird weich sein, butterzart, vielleicht heulen. Aber er wird reden, weil ihm jegliche Kraft zur Gegenwehr fehlen wird. Streng genommen ist es ein Verhör unter Folter. Hammerboarding.

KILOMETER 21,1

01:15:13

Piep. Piep, piep, piep. Jeder Piep meldet, dass ein weiterer Läufer die Zeitnahmematte überquert hat. Halbzeit. Kreuzberg liegt hinter ihnen, soeben haben sie die dusteren Yorckbrücken unterquert, wo die Trommeln der Sambatruppe besonders schön dröhnen. Sie biegen auf die Hauptstraße. Auf nach Schöneberg. Dann Wilmersdorf, Ku'damm, Potsdamer Platz und die letzten vier Kilometer.

Bis zur Hälfte ist Kindergeburtstag, sagt Mama. Eigentlich beginnt das Rennen erst jetzt. Wer hier schon schwächelt, wird nicht viel Freude auf der zweiten Hälfte haben. Genüsslich beobachtet Peer, wie Jonas immer wieder auf seine Uhr späht. Ann-Kathrin und ihre Bewacher laufen wie ein Uhrwerk auf eine Zielzeit von 2:35 hin. Peer fühlt sich großartig. Dann und wann eine WhatsApp von Stephanie, die allerdings zunehmend schlechter gelaunt klingen. Die Arme. Sobald Peer das Hertha-Trikot erspäht, reckt er den Daumen. Vor ein paar Minuten hat er ihr mit beiden Händen ein Herz geformt und »Du schaffst das!« gerufen. Zum Glück hat er ihre Antwort nicht gehört.

KILOMETER 26

01:33:58

Hier vor der Bäckerei hat Ina früher immer gestanden, kurz vorm Südwestkorso, unweit der gemeinsamen Wohnung. Im ersten Jahr hat sie gejohlt und mit einem Bettlaken gewedelt, auf das sie mit dickem schwarzem Edding »Peerfekte Peerformance, meine Peerle« geschrieben hat. Sehr süß.

Mit leiser Wehmut nähert Peer sich der vertrauten Bäckerei. Was ist das? Ina? Tatsächlich. Er läuft ganz dicht an der Absperrung.

»Peer, du siehst gut aus!«, brüllt sie ihm fast ins Gesicht.

Er hebt die Hand, reckt den Daumen, rennt weiter. Ina. Nur eine Sekundenbegegnung. Aber die tut gut.

KILOMETER 30

01:47:11

Peer fühlt sich prächtig. Er spürt, wie ihn die Trommeln tragen. Jeder Schritt ein kleiner Flug, leicht und locker. Wenn dieser elende Kampf um die Endzeit wegfällt, kann ein Marathon richtig lustig sein.

Jonas sieht das offenbar anders. So langsam scheint er reif für den Hammermann. Er hat sich vor ein paar Minuten aus der Spitze der Gruppe um Ann-Kathrin zurückfallen lassen in der vergeblichen Hoffnung, im Windschatten der anderen ein wenig Kraft zu schöpfen. Unbarmherzig ziehen die anderen Bewacher an ihm vorbei. »Gnadenlos ... Marathon ...«, summt Peer zu Helene Fischers ewigem Hit. Da. Jetzt ist es so weit. Der Hammermann schlägt zu, in Zeitlupe, dafür umso fester. Jonas taumelt leicht, er lässt abreißen. Peer kennt diesen Moment, wenn nur noch leere Verzweiflung im Körper ist. Er läuft einen leichten Bogen zum Getränkestand und schnappt im Galopp elegant nach Cola und Wasser.

Jonas stutzt, als zwei Pappbecher neben ihm auftauchen.

»Ich dachte, du könntest einen Schluck vertragen.«

»Danke«, sagt Jonas matt.

Er kippt Wasser in die Cola, leert den Becher mit einem Schluck, schüttet sich das restliche Wasser über den Kopf. Er blickt zu Peer, der ihn aufreizend entspannt anlächelt.

»Was wollen Sie?«, hechelt Jonas.

»Eigentlich könnte ich dich festnehmen.«

Jonas starrt ihn an.

»Was? Warum?«

Lufthoheit Peer. Jonas presst trotz des gedrosselten Tempos bestenfalls Kurzsätze hervor, während Peer seinen lieblichsten Plauderton anschlägt.

»Weil du keine Alibis hast. Für alle vier Morde des Spree-Henkers. Und das weißt du auch.«

»Herr Kommissar!«, japst Jonas.

»Peer«, sagt Peer.

»Scheiße«, flucht Jonas.

»Nein, Peer. Und jetzt raus mit der Sprache: Was ist an diesen Abenden wirklich passiert?«

Jonas wird langsamer, aus Trab wird Gehen. Ein No-Go eigentlich. Aber für diesen Wettkampf gelten eigene Regeln. Peer schiebt den Erschöpften behutsam an den Rand der Strecke, wo schon andere geschlagene Sportsfreunde marschieren. Jonas blickt ihn unsicher an, Schweiß tropft von seinem Kinn.

»Sie kennen doch Rusche ...«

»Besser, als mir lieb ist. Mein Chef.«

Stoisch wie zwei Nordic Walker lassen Peer und Jonas die Läufer vorbeiziehen.

»In der Nacht im Berghain, als Sam ...«

Peer nickt.

»Da war eine junge Frau, die Sie erkannt haben.«

Rusches Tochter, na klar.

»Sophia.«

»Genau – Sophia. Wir haben uns an dem Abend kennengelernt. Sie hat mich angequatscht, ob ich irgendwelche Spaßmacher für sie hätte. Hatte ich natürlich. Und dann waren wir im Darkroom, exakt zur Tatzeit. Sie hat mich angefleht, kein Wort zu sagen.«

Peer schweigt angeekelt. Erst Drogen verteilen und dann Sex als Schweigegeld kassieren. Aber zehn Jahre jünger darf die Frau schon sein. Langsam wird ein Muster draus. Aber jetzt ist nicht der Moment für Moral.

»Sophia hat tierischen Ärger mit ihrem Vater gekriegt. Sie ahnte natürlich, dass Sie Rusche alles erzählt haben ...«

»... nicht alles«, korrigiert Peer.

»Sophia hat jedenfalls einen eigenen Kopf. In der Nacht von Tildas Tod ist sie ausgebüxt und war wieder im Berghain. Wir haben uns getroffen. Wir ... wir haben wieder rumgemacht. Und danach ... Sophia hat mir eiskalt gedroht, mich und meine Geschäfte auffliegen zu lassen, wenn ich sie verrate. Ich hab's ihr versprochen.«

»Der edle Beschützer«, höhnt Peer.

»Deswegen habe ich nichts gesagt auf dem Revier ... Aber ich bin doch kein Killer. Warum sollte ich Tilda oder Sam umbringen? Das waren Freunde.«

Widerwillig spielt Peer das Szenario durch. Wenn Sophia bestätigt, was Jonas ihm da gerade erzählt hat, dann ist er raus als Tatverdächtiger.

»Am Abend, als Lehmann gestorben ist?«

»War ich wieder bei Sophia.«

Es ist ihm peinlich, denn offiziell war er mit Uli zusammen. Das zweigleisige Schwert. Sympathisch wird Jonas nicht mehr. Aber als Verdächtigen muss Peer ihn wohl verabschieden. Auch Waden und Gewaltpotenzial passen nicht. Und jetzt? Peer kramt in seinem Gedächtnis.

»Was war mit dem Schweden damals? Bo? Hast du den vermöbelt?«

»Ich? Um Gottes willen. Ich hatte noch nie eine Schlägerei ... Das war Juri, der ist da schmerzfrei.«

»Juri? Der Türsteher?«

»Ja, der war damals kurze Zeit in der Running Crew. Bos Grapscherei hat ihm gewaltig gestunken. Ich glaube, der stand selbst auf Ann-Kathrin. Wie wir alle. Aber er ist dann ja raus aus der Crew. Zu wenig Talent.«

Peer bleibt abrupt stehen, exakt am Schild mit der Kilometerangabe zweiunddreißig, Höhe Fehrbelliner Platz. Er zerrt sein Smartphone aus dem Halfter.

»Stephanie, wo ist Juri gerade?«

»Juri? Der Türsteher?«

»Ja.«

Erbärmliches Stöhnen: »Der Sattel bringt mich um. Moment.«

Leises Scheppern. Offenbar haben sich Rad und Pilotin unsanft getrennt.

»Stephanie?«

»Ich versteh das nicht. Juri steht am Wittenbergplatz, Höhe U-Bahn. Bewegt sich nicht. Aber da kann er noch gar nicht sein. So schnell ist er doch nicht.«

Peer kapiert sofort – die Marathon-Strategie für Trainingsfaule. Juri ist nach ein paar Laufkilometern abgebogen, hat die U-Bahn genommen, das Feld überholt und wartet jetzt auf die Gruppe von Ann-Kathrin.

»Was ist denn mit Juri?«, kommt es aus dem Handy.

Ja, was ist mit Juri? Er befand sich nie im Kreis der Verdächtigen. Aber natürlich war er zur Tatzeit der ersten beiden Morde im Berghain. Wenn sich dort jemand unbemerkt davonschleichen kann, dann ja wohl der Cheftürsteher. Und wenn jemand Kraft genug hat, Menschen aufzuknüpfen, dann erst recht Juri. Kann das wirklich sein?

Wenn es so wäre, dann hätte Juri einen Plan: Er wartet auf Ann-Kathrin und hängt sich für das Finale einfach dran. Die paar Kilometer bis ins Ziel kann er das Tempo halten. Ann-Kathrin fühlt sich sicher zwischen ihren Wachen. Und dann schlägt er zu, auf der ganz großen Bühne: Potsdamer Platz, Unter den Linden oder gleich am Brandenburger Tor. Typisch für stalkende Psychopathen, die am Morgen auch noch provoziert wurden.

Scheiße. Peer sortiert Gedanken. Kopfrechnen. Es bleibt eine gute halbe Stunde, maximal. Ann-Kathrin müsste in gut fünf Minuten am Wittenbergplatz sein und in etwa zwanzig Minuten am Potsdamer Platz. Das ist zu schaffen.

»Stephanie, du fährst auf dem schnellsten Weg zum Potsdamer Platz. U-Bahn, Taxi, egal wie«, ordnet er an. »Aber nimm dein Klapprad mit. Am Potsdamer Platz müsstest du die Gruppe von Ann-Kathrin erwischen. Achte drauf, wo sich Juri gerade befindet. Er darf nicht in Ann-Kathrins Nähe.«

»Juri? Sicher?«

Der verblüffte Jonas versucht, die Fragmente zu etwas Sinnvollem zusammenzufügen. Ein kleiner Trost: Es hatte wirklich niemand den Türsteher auf der Rechnung.

»Vertrau mir.«

»Okay. Wir halten Kontakt.«

Stephanie ist eine Gigantin. Wenn's wirklich zählt, sind alle Schmerzen vergessen. Totale Fokussierung. Peer fischt das transparente Tütchen aus der Handyhülle. Jonas bleibt erschlagen zurück, seine Kraft reicht gerade noch, um sich zu wundern: über den Täter Juri, aber auch über Peers plötzliches Tempo.

KILOMETER 32 BIS 38

»Marathon-Fieber ...« Peer läuft nicht. Seine Beine laufen ihn, in weichen, lockeren, raumgreifenden Schritten. Zweiunddreißig, dreiunddreißig, vierunddreißig – die Kilometerschilder fliegen vorbei. Eine Welle des Raunens erfasst die Zuschauer am Bordstein. Peer guckt verdutzt. Feuern sie ihn an? Nein, Eliud Kipchoge ist soeben als Erster durchs Ziel gerannt, mal wieder. Drei Schritte lang verflucht Peer sein ermittelndes Laufen.

»Platz«, ruft er immer wieder, um auf der blau markierten Ideallinie bleiben zu können. »Platz!«

Die entkräfteten Gestalten vor ihm quälen sich mühsam zur Seite, manche missmutig, andere raunen voller Bewunderung.

»Rakete!« – »Unglaublich.« – »Wer ist das?«

Peer kurvt durch das Getümmel am Ende des Ku'damms, links der Bahnhof Zoo, weiter vorn das KaDeWe. Hier ballen sich Kameras, Zuschauer und leider auch Läufer, die einfach stehen bleiben, um Selfies mit Angehörigen zu machen, mit der Gedächtniskirche im Hintergrund. Hier muss Juri gelauert haben. Dass Ann-Kathrin von einer Gruppe Bodyguards bewacht wird, dürfte seine Pläne allerdings durcheinandergebracht haben.

Juri. Jetzt ergibt alles Sinn. Er war zufällig dabei, leise im unscharfen Hintergrund, als Jonas erzählt hat, was Lehmann mit Ann-Kathrin angestellt hat. Tags drauf war Lehmann tot. Fehlt nur noch ein Blick auf die Wade, diesen unverwechselbaren Kraftklotz mit den dicken Adern. Gegenüberstellung mit einer Wade – wo, wenn nicht beim Marathon?

Nur am Rande bekommt Peer das erneute Raunen im Publikum mit. Tigist Assefa aus Äthiopien ist mit neuem Fabelweltrekord ins Ziel gestürmt. Wichtiger: Stephanie hat den Potsdamer Platz offenbar erreicht. Ann-Kathrins Gruppe braucht noch einige Minuten. Läufer sind brillante Kopfrechner. Nach dem Spaziergang mit Jonas hatte Ann-Kathrin etwa vier Minuten Vorsprung. Ist Peer eine halbe Minute pro Kilometer schneller, müsste er sie etwa bei Kilometer vierzig eingeholt haben, ungefähr dort, wo die massiven Absperrungen beginnen und auch Klapprad-Cops nicht weiterkommen. Bis dahin muss er Ann-Kathrin eingeholt haben. Könnte funktionieren. Peer ist jetzt sicher: Wenn Juri zuschlagen will, dann auf der Schlussgeraden, zwischen Brandenburger Tor und Ziel, dort, wo die Tribünen für Zuschauer, Kameras und Weltpresse aufgebaut sind. Dort, wo Ann-Kathrin wahrscheinlich niemanden mehr hat, der sie beschützt.

WhatsApp von Stephanie.

AK *am PoPla. J 30 m dahinter. Du 600.*

»Platz!«, brüllt Peer.

Die Rechenmaschine im Kopf rattert. Dreihundert Meter pro Kilometer aufholen – das ist kein Marathon mehr, das ist verschärftes Intervalltraining. Peer hebt den Oberkörper und schiebt die Hüften vorschriftsmäßig nach vorn. Seine Lungen gieren nach Sauerstoff.

»Platz!«

Die entkräfteten Gestalten vor ihm quälen sich mühsam zur Seite, manche missmutig, andere raunen voller Bewunderung. Unvorstellbar, auf den letzten Kilometern noch einmal das Tempo derart zu verschärfen. Aber sie jagen auch keinen Mörder.

Hirn aus. Ab in den Tunnel. Du schaffst das. Die innere Jukebox auf volle Pulle: Queen – *Don't Stop Me Now*.

Peer rennt wie seit seinen besten Tagen nicht. Die Häuser links und rechts verschwimmen mit den Zuschauern zu bunten Wänden, die sich zu einem endlosen Tunnel verengen. Augen nach vorn. Schultern zurück. Frequenz halten. Fokus, Pedes. *Don't Stop Me Now*. Der rote Bereich ist längst überwunden, erste schwarze Blitze zucken durch sein Blickfeld. Peer fliegt durch die Kurve an der Philharmonie. Eintauchen in die Schlucht zwischen den Hochhäusern. Der nächste Tunnel. Am Potsdamer Platz die letzten jubelnden Menschen.

»Gib alles!«, brüllt einer.

WhatsApp von Stephanie: *250 m.*

Stephanie sollte Trainerin werden. Ihr Timing ist so gut wie Mamas. Zweihundertfünfzig Meter sind keine Entfernung, sondern Ansporn.

Das Brennen im Schritt ist wieder da. Glut in den Lungen. Die Messer in den Beinen. Gut so. Die Theorie vom Gegenschmerz besagt, dass mehrere Schmerzherde besser sind als einer, weil sie voneinander ablenken. *Das ist kein Schmerz*, sagt Mama. *Nur eine Rückmeldung des Körpers, dass du in der Lage bist, im Spitzenbereich zu funktionieren.*

»Platz!«

Peer fegt an weiteren Läufern vorbei in die Leipziger Straße.

Plötzlich eine vertraute Stimme: »Bleib dran, Rakete!« Stephanie im Hertha-Trikot auf dem Klapprad, irgendwo hinter der Absperrung. Die Kollegin radelt mit hochrotem Kopf. Peer nickt knapp. Jetzt keine Mätzchen. Blick nach vorn.

Ganz hinten, am Ende der langen Geraden, läuft eine kleine Gruppe. Da muss Ann-Kathrin sein. Jetzt nicht durchdrehen. Tempo halten, Rhythmus stabilisieren. Atmen. Blitze im Blickfeld ignorieren. Du stirbst nicht. Konzentriert und kontinuierlich heranlaufen. Der Abstand verringert sich. Knapp hinter der Gruppe läuft ein Sportsfreund im langen weißen Trainingsanzug. Jeder ernst zu nehmende Athlet hat sich längst aller überflüssigen Textilien entledigt. Das kann nur der U-Bahn-Fahrer Juri sein.

Im vollen Galopp schnappt Peer sich am letzten Getränkestand vor dem Ziel einen Becher Wasser. Noch zwanzig Meter bis zu Juri, noch zehn, noch fünf, noch drei. Platsch! Peer hat den Becher in vollem Galopp auf Juris rechtem Unterschenkel entleert. Die weiße Trainingshose wird durchsichtig. Jetzt ist alles klar: Das ist sie – die Wade aus Lehmanns Garage. Der endgültige Beweis.

Juri fährt erschrocken herum, überlegt eine Millisekunde, ob er stehen bleiben soll, entscheidet sich aber für das Gegenteil. Er zieht an. Sein Blick geht hinüber zu Ann-Kathrin, die nichts ahnend zwanzig Meter schräg vor ihm läuft. Allein, ihre letzten Beschützer haben erschöpft abreißen lassen. Juri steuert auf sie zu.

»Denk ... nicht ... mal ... dran«, brüllt Peer direkt an seinen Fersen.

Was, wenn Juri mitten im Rennen ein Blutbad anrichtet?

Und jetzt? Soll er zum Tackling ansetzen wie beim American Football? Droht überhaupt Gefahr? Oder verrennt Peer sich wieder? Er oszilliert zwischen Erschöpfung, Euphorie und Zweifeln. Fokus, Pedes, Fokus. Höchste Priorität hat der Schutz von Ann-Kathrin.

Sie hat ihn gehört und blickt sich um zu ihren beiden Verfolgern. Peer signalisiert ihr mit fuchtelnden Armen, dass sie sich in Sicherheit bringen soll. Ihr Blick gleicht Peers vor einer halben Stunde. Juri? Echt?

»Gib auf, Juri!«, japst Peer.

Er weiß, dass seine Worte verhallen. Juri liegt unerreichbare drei, vier Meter vor ihm. Panik in vollem Galopp.

Ann-Kathrin biegt Richtung Absperrgitter ab, Peer steuert sie an. Juri muss sich entscheiden: Nahkampf mit Peer und Ann-Kathrin. Oder abhauen.

»Fuck!«, zischt er und rennt weiter.

Ann-Kathrin wankt fassungslos auf der Stelle, während Juri mit bösem Sehnsuchtsblick an ihr vorbeiläuft. Peers Augen fragen Ann-Kathrin, ob sie okay ist. Ihr Nicken ist Bestätigung und Dankbarkeit zugleich. Doch dieses Rennen ist noch nicht zu Ende. Peer kann die Erschöpfung kaum mehr ignorieren. Ann-Kathrin ist sicher. Aber ein Psychopath läuft immer noch frei herum. Peer sieht den jovialen Trickser Rusche vor sich, Koslowskis Grinsen, Ulis Zorn. Du kannst nicht mehr, aber du musst. Peer zieht an und heftet sich an die markanten Waden. Keine Kraft zum Rufen, Warnen, Drohen. Dranbleiben. Kopf aus und einfach dranbleiben. Der Spree-Henker wird hier und heute gefasst.

Juri beschleunigt ebenfalls, deutlich müheloser als Peer, dem schweißige Haarsträhnen im Rhythmus der Schritte ins Gesicht klatschen. Juri biegt im großen Bogen auf die Schlussgerade Unter den Linden. Vor ihnen das Brandenburger Tor. Hundertfünfundneunzig Meter dahinter das Ziel. Was für ein bizarres Finale. Kein Donald-Moment jetzt. Diese Sekunden entscheiden über sein Leben, so oder so. Juri dreht sich nicht mehr um, sondern rennt in mörderischem Tempo weiter. Flucht nach vorn. Irgendwo im Publikum steht Mama. Peer spürt ihre Hand auf der schweißnassen Brust. Und Papa, wie er von oben zuguckt.

Das Schlimmste an Wettkämpfen ist der Glaube, am Ziel zu sein. Peer ist davon ausgegangen, dass die Rennerei beendet sei, sobald Ann-Kathrin in Sicherheit ist. Sein Körper hat sich auf eine Verschnaufpause eingestellt. Und jetzt der Rückschlag. Es geht weiter, schneller als zuvor. Reserven mobilisieren, auch wenn keine mehr da sind. Rhythmus, Pedes. *Don't Stop Me Now. Don't Stop Me Now. Don't Stop Me Now.*

KILOMETER 42

02:28:40

Juri hat das Brandenburger Tor erreicht, mit zehn, zwölf Metern Vorsprung. Peers Kopf läuft im Sparbetrieb des roten Bereichs, ganz knapp vor dem Tunnel mit seinen Blitzen. Wenn er könnte, würde er brüllen: »Halt, stopp, Polizei!« Aber die anderen Marathonis würden das für einen Witz halten und stumpf weitertraben. Im Finale ist jeder für sich allein. Peer spurtet durch das Brandenburger Tor, während Juri keinerlei Anzeichen von Schwäche zeigt. Da links, ist das nicht Koslowski, der Juri erstaunt hinterherblickt?

»Halt!«, brüllt Peer.

Koslowski dreht sich um, erkennt Peer, aber nicht die Lage. Selten hat Peer seinen Kollegen so bescheuert aus der Wäsche schauen sehen. Lauf eine gigantische Bestzeit, Koslowski, aber lauf. Bleib dem Kerl auf den Fersen.

»Juri«, japst Peer und fliegt an Koslowski vorbei, der mit leeren Augen zu beschleunigen versucht. Leider vergeblich.

Noch hundertfünfundneunzig Meter bis zum Ziel. Sprintende, wankende, stampfende Gestalten, bereit, direkt hinter dem finalen Piep der Zeitnahmematte grußlos umzufallen. Manche schaffen noch Faxen im Ziel, bekreuzigen sich, küssen den Asphalt oder machen Selfies. Juri rempelt sich durch, schießt über die Matte, rennt einfach weiter, schlägt der Medaillen-Verteilerin den Blechorden aus der Hand, der ihm hingehalten wird. Ungläubige Blicke der Helfer. Wie kann man eine Marathon-Medaille verschmähen?

Peer hört den Jubel auf der Zieltribüne. Dass er die magische Linie überquert hat, nimmt er nur am Rande wahr. Die Zeit schon gar nicht. Denn das Rennen ist immer noch nicht vorbei.

Juri stürmt durch den Zielbereich auf die endlosen Getränkestände zu.

»Festhalten!«, brüllt Peer und zeigt auf ihn. »Halt!«

Doch alle denken, er vollführe ein skurriles Zielritual. Niemand in dieser Parallelgesellschaft Marathon kapiert, dass dies gerade brutale Realität ist. Kollektive Laufblöde. Alles muss man selbst machen. Juri ist zwischen Finishern abgetaucht, die sich in Plastikplanen gewickelt haben, becherweise Isodrinks in sich hineinschütten oder einfach nur zusammengesunken am Zaun vor sich hin starren. Manche krallen sich ins Gitter und übergeben sich. Ein Lazarett.

»Platz!«

Wie ein Tour-de-France-Profi am Tourmalet rennt Peer auf die Menge zu, im blinden Vertrauen, dass sich im letzten Moment eine Gasse bilden wird.

»Platz!«

Juri rennt durch den hinteren Teil des Zielbereichs, wo nur noch wenige Läufer kauern. Der große Ansturm kommt erst. Er schießt an den Ständen mit Getränken, Kuchen, Bananen und versteinerten Helfern vorbei und auf den Ordner zu, der den Ausgang zur Straße hin bewacht. Hier dürfen nur Techniker und Offizielle durch. Der Ordner ahnt, dass Ungemach droht, und geht wie ein Sumoringer leicht in die Hocke, bereit, diese Person ohne Durchgangsberechtigung aufzuhalten. Türsteher gegen Türsteher.

Plötzlich zieht Juri etwas metallisch Blinkendes aus dem Ärmel. Deswegen der Trainingsanzug. Die Klinge, fast so lang wie ein Unterarm, war für Ann-Kathrin gedacht. Jetzt rennt Juri damit auf den perplexen Ordner los. Und Peer ist mindestens zehn Meter entfernt. Die Beine wollen nicht mehr. Verzweiflung macht sich breit. Nicht noch ein Opfer. Geh weg, Mann! Hau ab! Doch der Ordner steht starr vor Schreck.

Da schießt eine Gestalt zwischen den Ständen hervor und fällt Juri in den Arm. Uli! Sie erwischt seinen Arm nicht richtig, rutscht aus, das Messer trifft ihre Schulter. Juri weicht aus, strauchelt, sticht mit der Klinge Richtung Uli. Doch ein gezielter Tritt der Undercover-Agentin lässt das Messer durch die Luft fliegen. Uli geht zu Boden. Juri hingegen fängt sich wieder, rennt weiter. Wo soll das enden? Der Ordner steht immer noch wie versteinert da.

Juri stößt die Nottür im Absperrgitter auf und spurtet auf die Straße des 17. Juni, vorbei an Lastern, Gittern, Gabelstaplern, direkt auf die Siegessäule zu. Peer hat die tiefste Stelle des Tunnels fast erreicht. Nichts als Blitze, ein Gewitter im Kopf, das immer stärker wird. Unscharfer Blick. Füße, die sich dem Rhythmus immer frecher entziehen. Peer richtet sich ein letztes Mal auf, zerrt die Schultern zurück. *It ain't over 'til it's over.* Juri hält das Tempo, Peer wankt. Seine Beine gehorchen nicht mehr, die Blitze werden schwarz, das Hirn setzt aus. Radiergummis, Bleistifte, Radierstifte, Bleigummis. Knickende Knie, keine Blitze mehr, alles schwarz. Peer strauchelt und schlägt der Länge nach auf den Asphalt.

Uli hat sich aufgerappelt und nimmt Tempo auf. Sie sieht das Blut am zerfetzten Laufshirt, aber sie spürt es nicht. Sie spürt sowieso kaum noch etwas nach gut zwei Stunden in der Todeszone. Dafür funktioniert ihr Hirn noch halbwegs. Der Türsteher muss der Spree-Henker sein. Sonst würde er nicht wie ein Wahnsinniger über das Ziel hinausschießen. Sonst hätte der hübsche Kommissar ihn bei diesem Unsinn nicht auch noch gejagt. Warum liegt der Kommissar jetzt mitten auf der Straße? Ohnmächtig von seiner übermenschlichen Leistung? Eiskalt wägt Uli Prioritäten ab: Was ist wichtiger? Stehen bleiben und sich um Peer kümmern? Oder die Verfolgung fortsetzen? Klare Sache: Peer ist ein harter Hund. Er wird überleben. Man wird sich um ihn kümmern. Aber der Täter, der darf nicht entkommen.

Uli rennt. Das ist sie Peer schuldig. Sie war nicht nett zu ihm. Er hat sich um sie gesorgt, aufrichtig und ernsthaft. Und was ist so schlimm daran, wenn er sich wie ihr Vater aufgeführt hat? Ein Vater hat Uli ihr Leben lang gefehlt. Jetzt ist es Zeit, was für ihn zu tun. Juri hat hundert Meter Vorsprung. Mehr nicht. Den kriegt sie. Auch wenn er wie besessen rennt.

Plötzlich taucht Ann-Kathrin hinter Uli auf, mit Wut und Entschlossenheit im Blick. Sie hat auch noch eine

Rechnung mit dem Türsteher offen. Die Frauen nicken sich zu. Schulter an Schulter jagen sie auf die Siegessäule zu. Juri hat den Kreisverkehr erreicht, will Richtung Schloss Bellevue abbiegen. Doch von dort kommt ihm ein Polizeiwagen mit Blaulicht entgegen. Andere Richtung? Nein, von dort laufen aus dem Tiergarten uniformierte Beamte herbei. Angeführt von einem wild gewordenen Hertha-Fan auf einem Klapprad.

Juri bleibt keine Wahl. Er überquert die sechsspurige Fahrbahn des Kreisverkehrs, der wegen des Marathons vollständig gesperrt ist. Helfer rupfen Werbebanner von den Barrieren. Juri sprintet über den schmalen Rasen direkt auf die Siegessäule zu. Uli und Ann-Kathrin bleiben dran. Juri nimmt die Stufen zum Eingang, rempelt sich durch Touristen, die am Ticketschalter warten, verschwindet unter vielstimmigen Protestrufen im schmalen Treppenhaus.

Uli und Ann-Kathrin tauschen fragende Blicke aus. Wohin will der Kerl? Da oben ist Sackgasse. Kein Entkommen. Uli schwant das Schlimmste. Sie nimmt drei Stufen auf einmal, hört Juris Keuchen über sich. Zweihundertfünfundachtzig Stufen, die Wendeltreppe wird immer enger, die Beine immer schwerer. Selbst Uli muss das Tempo drosseln, nimmt die Stufen nun wie eine Bergsteigerin, die Hände auf die Oberschenkel gestemmt. Ann-Kathrin ist nicht mehr zu sehen. Alles dreht sich. Uli blickt nach oben. Noch fünf, sechs Absätze bis zur Plattform. Juri muss fast oben sein.

Endlich. Uli stößt die Tür zur Plattform auf, das grelle Sonnenlicht blendet sie. Durch die Gitterstäbe bietet sich ein grandioses Panorama über die ganze Stadt, das Marathon-Ziel, die Läufer. Eine Handvoll Touristen drängt sich verstört an die Wandgemälde, jemand kreischt. Alle blicken empor. Juri hat sich zwischen zwei Eisenstangen emporgezogen, steht nun schwankend auf dem Gitter.

»Lass den Scheiß!«, brüllt Uli.

Hinter ihr öffnet sich die Tür, Ann-Kathrin stolpert keuchend auf die Plattform, fällt auf die Knie.

Juri entdeckt sie und stutzt. Er hat Peer erwartet. Nun darf er die Angebetete noch einmal sehen. Er lächelt sie an.

»Ich habe das alles nur für dich getan.«

Er breitet die Arme aus.

»Juri! Nein!«

Touristen schreien, jemand filmt. Uli springt wie eine Basketballerin empor, schnappt nach Juris Knöchel.

Ann-Kathrin schließt die Augen.

Als sie sie öffnet, ist Juri verschwunden.

Uli hält das leere Bein einer weißen, feuchten Trainingshose in der Hand.

Peer schlägt die Augen auf. Stechender Schmerz im linken Knie. Über ihm das Gesicht von Koslowski. Ist er tot und umgehend in der Hölle gelandet?

»Peer ...«, haucht Koslowski. »Alles okay?«

Peer schließt die Augen. Sein Herz rast. Er will sich aufrichten, aber der linke Arm knickt einfach weg. Er erwartet einen harten Aufprall, aber landet unerwartet weich.

Als Peer erneut die Augen öffnet, ist Koslowskis Gesicht noch näher. Er hält ihn im Arm.

»Alles gut, Peer. Wir haben den Kerl. Es ist vorbei.«

KAPITEL 42,195

»Aufnahme läuft!«

Peer späht unauffällig in den Rückspiegel. Ist er drin? Ann-Kathrin ist von ihrem Smartphone fast verdeckt. Sie sitzt links auf der Rückbank direkt hinter ihm und filmt, was von seinem Gesicht im Rückspiegel zu sehen ist. Sie hat den Sharing-Audi in ein rollendes TV-Studio verwandelt. Eine weitere Kamera ist vorn auf dem Armaturenbrett befestigt, alle Insassen sind mit Ansteckmikros verkabelt. Das Auto riecht, als habe der Vormieter ein Stück Thunfischpizza unter seinem Sitz vergessen.

»Und hier ist er, mein Lebensretter: Kriminalkommissar Peer Pedes. Hält das Steuer wie immer fest in der Hand. Gleich wird er uns exklusiv von der Jagd auf den Spree-Henker berichten, die heute vor genau einem Monat beim Berlin-Marathon einen dramatischen Höhepunkt gefunden hat ...«

Peers Zwinkern ist im Rückspiegel gut zu erkennen. Schwenk zum Beifahrersitz.

»Mit dabei: Kriminalkommissarin Stephanie Kramer, die den Mörder auf einem Klapprad verfolgte. Dabei ist Sport gar nicht so ihr Ding. Sie ist die Königin der Recherche und weiß alles über die Hintergründe der brutalen Mordserie ...«

Stephanie errötet pflichtgemäß, was für einen hübschen Kontrast zu ihrer strengen weißen Bluse mit dem hohen Kragen sorgt.

Schwenk zur Rückbank rechts.

»Und die Dritte im Team, Ulyana Boyko aus der Ukraine. Zuerst rettete sie im Zielbereich des Marathons einem

Helfer das Leben. Obwohl sie von seinem Messer verletzt wurde, haben wir den Spree-Henker dann gemeinsam verfolgt, bis auf die Siegessäule. Uli, ich bin dir so unendlich dankbar. Ich werde diese Minuten niemals vergessen. Wie fühlst du dich?«

»Ich fühle Druck, ganz stark. Muss aufs Klo.«

Peer und Stephanie müssen gleichzeitig lachen. Unwirsch stoppt Ann-Kathrin die Aufzeichnung. Sie schaut Uli kritisch an, die mit den Schultern zuckt.

»Das schneiden wir vielleicht besser. Ich setze noch mal an. Achtung.« Wieder richtet Ann-Kathrin das Handy auf Uli. »Und die Dritte im Team, Ulyana Boyko aus der Ukraine. Sie rettete einem Helfer das Leben und hat den Spree-Henker gemeinsam mit mir bis hoch auf die Siegessäule verfolgt. Uli, ich bin dir so unendlich dankbar. Wir sind auf dem Weg zum Flughafen, wo dein größter Wunsch in Erfüllung geht. Ich könnte schon beim Gedanken an die dramatischen Szenen losheulen, die wir gleich erleben werden. Und ihr werdet exklusiv dabei sein. Bleibt dran!«

Stephanie wirft Peer einen schnellen fragenden Seitenblick zu. Er weiß genau, was sie sagen will: Es war eine Scheißidee, Ann-Kathrin mitzunehmen. Aber Uli hat ihnen keine Wahl gelassen. Sie hat einen Deal mit der Influencerin, und Uli hält sich an Deals. Deswegen müssen sie nun alle drei bei Ann-Kathrins Getue vor ihren zweihundertfünfzigtausend Followern mitspielen. Immerhin darf sie nicht live senden, sondern muss die Filmchen von der Presseabteilung des Polizeipräsidenten abnehmen lassen. So lassen sich allzu große Peinlichkeiten hoffentlich verhindern. Wenn sie Glück haben, vielleicht sogar die Veröffentlichung des gesamten Videos.

Seit der Abfahrt hat Peer mehr über die Kunst des Influencens gelernt, als ihm lieb ist. Das oberste Gebot scheint zu sein: Schaffe eine Endlosschleife von Herz und Schmerz. Drama, Drama, Drama. Peer sehnt sich nach der *Tagesschau*. Und nach Thunfischpizza. Warum riechen Sharing-Autos eigentlich immer nach Essen?

»Jetzt du, Peer, dein Solo«, befiehlt Ann-Kathrin. »Bist du so weit? Immer mal wieder in den Rückspiegel gucken, okay?«

Peer nickt, während er den Wagen auf der Mittelspur hält, zwischen den Böen, die zwei furchterregend wuchtige Laster vor und neben ihnen erzeugen.

»Ja, Leute, hier ist er, der Held, mein Held – Peer Pedes. Ausnahmsweise mal im Auto unterwegs, obwohl er ein brillanter Läufer ist. Peer, du hast den Spree-Henker verfolgt. Du hast geahnt, dass er bewaffnet war. Du hast ihn mir kurz vor dem Ziel sogar vom Leib gehalten, als er mich umbringen wollte. Und dann hast du, fast nebenbei, auch noch die Berliner Polizeimeisterschaft gewonnen, sogar gegen den starken Kollegen Koslowski, mit – Achtung, Leute – neuer Bestzeit! Unglaublich.«

Peer nickt huldvoll in den Rückspiegel. Endlich sagt's mal jemand.

»Woher hast du diese schier übermenschliche Kraft genommen, Peer? Verrätst du meinen Follower*innen dein Geheimnis?«

Peer antwortet nicht gleich. Irgendwo hat er gelesen, dass eine kurze Pause beim Publikum für Kompetenzvermutung sorgt. Die Leute glauben, man denke nach und wäge erst mal die Worte.

»Nun«, sagt Peer bedächtig, »zunächst einmal gilt die alte Läuferweisheit: Training hilft.«

Kurzer Blick in den Rückspiegel. Ann-Kathrin dreht ihre freie Hand, als wickele sie Garn auf. Das Zeichen, er möge schneller reden. Doch Peer lässt sich nicht hetzen. Tagelang hat er an diesen Sätzen herumgefeilt, die so klingen sollen, als wären sie ihm jetzt gerade eingefallen.

»Ich war ja in dieser ungewöhnlichen Doppelrolle: einerseits Athlet, andererseits Polizist. Für den Läufer Peer war es ein Marathon, für den Kommissar Pedes ein Verfolgungsrennen. Und es war ja nicht klar, was passieren würde. Als sich die Situation zuspitzte, da hat der Ermittler übernommen. Plötzlich sind Zeitpläne und Rennstrategien egal. Du spürst diese Verantwortung für die Sicherheit der Bürger*innen unserer Stadt, und der ordnest du alles andere unter, auch Polizeimeisterschaften oder persönliche Bestzeiten. Es klingt vielleicht etwas pathetisch, aber es ging mir um meine gesellschaftliche Pflicht. Und das hat natürlich noch mal ganz andere Kräfte freigesetzt. Irgendwann denkst du nicht mehr, sondern rennst einfach nur noch ...«

Andacht im Audi. Peer blickt stoisch auf die Fahrbahn. Er lässt seine staatstragenden Worte wirken. Ein Räuspern von der Rückbank unterbricht die feierliche Stille: »Und manchmal kickt auch noch was anderes, oder?«

Peer straft Uli via Rückspiegel mit einem Blick wie Blausäure. Uli grinst frech.

Ann-Kathrin kapiert es: »Waren da Hilfsmittel im Spiel?«

Auch Stephanie blickt kritisch zu Peer: »Hattest du noch was vom JustKick?«

Peer stöhnt.

»Mach mal die Kamera aus.«

Ann-Kathrin gehorcht widerwillig.

»Echt jetzt?«, hakt Stephanie nach.

»Doch nur für die Ermittlungen. Um den Mörder zu fangen. Um Ann-Kathrin zu schützen.«

Noch ein böser Blick zu Uli, die ihn so nebenbei hat auffliegen lassen. Sie grinst wie ein unartiges Töchterlein. Peer kann ihr tatsächlich nicht böse sein.

»Aber dann ist der Rekord …«, beginnt Ann-Kathrin.

»Willst du deinem Lebensretter jetzt moralische Vorträge halten?«, geht Peer dazwischen. »Was hätte ich denn nach dem Rennen tun sollen? Einfach rausblöken, dass ich gedopt war? Darum ging's doch gar nicht.«

Stille im Auto.

»Ulis Satz wirst du besser löschen«, befiehlt Stephanie nüchtern.

Halleluja, Absolution von der Kollegin. Uli hat sowieso kein Problem mit Regelüberschreitungen. Ann-Kathrin schweigt, ihre Finger fliegen über das Display ihrer Kamera.

»Eine Botschaft hätte ich noch«, sagt Peer.

»Äh, ja klar, okay. Moment … Läuft.«

Das Handy wird wieder via Spiegel auf Peers Gesicht gerichtet. Er räuspert sich.

»Ich bin unendlich froh über die Mordkommission, in der ich arbeiten durfte. Stephanie natürlich.« Peer wirft einen süßlichen Blick Richtung Beifahrersitz. »Aber auch so ein großartiger Kollege und Sportsmann wie Falk Koslowski, der wirklich alles gegeben hat …«

Reichte nur leider nicht. Den hämischen Gedanken versteckt Peer hinter einem kollegialen Lächeln. Damit sind die drei Frauen zufrieden. Koslowski hat bei niemandem übermäßige Sympathien.

»Vielen Dank, Peer Pedes«, tönt Ann-Kathrin von der Rückbank. »Und jetzt zum Spree-Henker selbst. Juri Meurer.« Sie macht eine bedeutungsvolle Pause. »Stephanie, was kannst du uns über ihn sagen?«

»Nun, es ist ja schon sehr viel über ihn in der Presse

breitgetreten worden. Ein Mann mit narzisstischer und dissozialer Persönlichkeitsstörung, der sich in den krankhaften Wahn gesteigert hat, er könne dich erobern und kontrollieren, indem er für dich mordet.«

»Krass, ja. Aber was treibt jemanden dazu? Schon in seiner Kindheit ist hier doch alles schiefgelaufen, oder?«

Ann-Kathrin schaut Stephanie gespannt an. Die Recherchekönigin zögert.

»Mach mal Pause.«

Ann-Kathrin stutzt, schaltet die Kamera aus.

»Spürst du eigentlich noch was?«, fragt Stephanie.

»Was?«

Ann-Kathrin schwankt zwischen Empörung und Verunsicherung. Ein paar flotte Filmchen zur Wadenkräftigung drehen sich deutlich einfacher.

»Der Mann wollte dich umbringen, hat für dich vier Menschen ermordet. Und du moderierst das hier, als ob du die nächste True-Crime-Serie an Netflix verkaufen wolltest.«

»Das ... das interessiert meine Follower«, stammelt Ann-Kathrin.

So kleinlaut hat Peer sie noch nie erlebt.

»Und den Mob.«

Ann-Kathrin seufzt, sagt nichts. Sie ahnt, was kommt.

»Der Kerl ist doch schon durch sämtliche Berichterstattungen geschleift worden«, erklärt Stephanie mit ruhiger Stimme. »Und was sie mit seiner Mutter angestellt haben, das ...«

Sie schüttelt den Kopf. Die Medienmeute hat Juris Mutter gehetzt. Sie konnte über Wochen ihre Einzimmerwohnung auf St. Pauli nicht verlassen. Schließlich ist sie in der Psychiatrie gelandet. Peer und Stephanie haben sie mehrfach zu Befragungen getroffen und wurden unfreiwillig

Zeugen, wie eine unschuldige Frau in Trauer vom öffentlichen Druck kontinuierlich in den Wahnsinn getrieben wurde. Stephanie ist das zu Herzen gegangen.

Ann-Kathrin ist still. Für einen Moment hört man nur das Rauschen des Fahrtwinds.

»Mich interessiert es natürlich auch«, sagt sie ganz leise. »Ich würde echt gerne von euch hören, was genau passiert ist.«

»Ohne Kamera?«, befiehlt Stephanie eher, als dass sie fragt.

Ann-Kathrin nickt. Und Peer ist wieder stolz auf seine außergewöhnliche Kollegin.

»Okay«, sagt Stephanie und setzt zu einem ihrer berühmten Vorträge an. »Wir wissen, dass Juri allein mit seiner Mutter aufwuchs, eine Garderobiere in Tanztheatern auf der Reeperbahn, tief verwurzelt im Milieu. Und offenbar mit einer Neigung zu toxischen Beziehungen. Gewalttätige Männer, Alkoholiker, Halbkriminelle. Vor diesen Kerlen musste der Junge sie im viel zu jungen Alter ein paarmal beschützen. Irgendwann hat er die Männer sogar beschattet, bedroht, verletzt. Sie hat es ihm aber nicht gedankt, sondern ihn dafür bestraft. Klassischer Fall von unsicherer Bindungserfahrung.«

So richtig verstanden hat die Mutter das bis heute nicht. Zumindest hatte Peer bei den Gesprächen mit ihr diesen Eindruck. Sie war vom frühen Tod ihres Sohnes getroffen, aber noch viel mehr davon, was er mit dieser Mordserie zerstört hat – ihren Ruf oder das, was davon übrig war.

»Juri hat sich sein Leben lang überschätzt«, referiert Stephanie weiter. »Er wollte hoch hinaus, hat aber zugleich Ausbildungen abgebrochen und über seine Vita geflunkert, immer den Helden markiert, aber nie geliefert. Beziehungen hielten nie lange. Anfangs haben die Frauen seine Beschützernummer durchaus geschätzt, aber dann ziemlich schnell kapiert, was er als Gegenleistung verlangte: bedingungslose Zuneigung, die er von seiner Mutter nie bekommen hat. Juri war krankhaft eifersüchtig, was dieser übergriffige Schwede ...«

»Bo!«, ergänzt Ann-Kathrin.

»... zu spüren bekommen hat. Als Türsteher hat er dann seine Berufung gefunden. Tür ist Macht, und ein paar Muckis schaden nie. Außerdem bekommt man Frauen ab. Juri konnte gezielt die toxischen Typen rausfischen. Gut fürs Klima im Club, gut für die Begleiterinnen. Denn die hat er hofiert. Und manche sind direkt in seinen Armen gelandet. Ich weiß, wovon ich rede.«

Nicht ohne Grusel erinnert Peer sich an den Abend, als Stephanie im Marie-Antoinette-Kostüm auftrat. Juri konnte vor Beflissenheit kaum noch atmen und schwänzelte unablässig um sie herum. Und seine Kollegin befand sich offenbar in sehr viel größerer Gefahr, als Peer damals annahm.

»Das nächste Mal verlassen wir das Berghain gemeinsam, egal, was ist«, verspricht Peer.

Stephanie spendiert ihm einen milden Blick.

»Konnte ja keiner ahnen. Aber ein wenig kann ich auch auf mich selbst aufpassen.«

Peer nickt zustimmend. Unruhe auf der Rückbank.

»Aber wenn ich Vollkontakt recherchiere, ist es verboten«, mault Uli.

Sie deutet das Schweigen von Peer und Stephanie als Eingeständnis.

»Du bist gleich dran«, beschwichtigt Ann-Kathrin.

Stephanie fährt fort.

»In seiner Selbstüberschätzung ist Juri vor zwei Jahren zur Running Crew gestoßen, wahrscheinlich angezogen von Ann-Kathrin. Eine elfenhafte Influencerin, die vor der bösen Internetwelt beschützt werden musste – exakt sein Beuteschema.«

»Bah!« Ann-Kathrin schüttelt sich. »Dabei hatte er null Talent zum Laufen.«

»Dass er leistungsmäßig nicht mithalten konnte, hat ihn frustriert. Du hast ihn offenbar ignoriert, oder?«

Ann-Kathrin nickt.

»Ich kann mich kaum an ihn erinnern.«

»Genau das war sein Problem. Du hast ihn nicht als etwas Besonderes wahrgenommen, obwohl er sich wie ein Gentleman verhalten hat, nicht so grob wie Bo oder andere. Obwohl er für dich gekämpft hat.«

»Wusste ich ja nicht. Und ich hab echt gegrübelt, was ich mal zu ihm gesagt haben könnte. Ja, kann sein, dass ich ihn irgendwann ausgelacht habe ... Aber hey, ständig hat mich einer angebaggert. Abblitzen lassen ist Routine. Manchmal bin ich dabei auch fies. In meinem Job bin ich permanent im Selbstverteidigungsmodus.«

»Und genau das muss zu Beginn der Mordserie noch einmal passiert sein. Als er die Running Crew verlassen hat, war ja erst einmal Ruhe. Über Jahre. Aber dann hat er als Türsteher dich immer wieder gesehen. Und du hast ihn wahrscheinlich erneut ignoriert.«

»Was mir heute echt leidtut«, haucht Ann-Kathrin. »Wenn ich netter gewesen wäre ...«

»Sorry«, mischt sich Peer ein. »Dir muss gar nichts leidtun. Selbst wenn du ätzend zu ihm warst, rechtfertigt das nicht mal im Ansatz, was der Kerl getan hat.«

Ann-Kathrin nickt dankbar. Peer wieder. Ihr Held.

»Nein, das tut es nicht«, fährt Stephanie fort. »Ich beschreibe hier nur analytisch, was passiert ist. Dein Ignorieren hat ihn auf jeden Fall herausgefordert. Er wollte dich kontrollieren. Er wollte dir beweisen, dass er der Richtige ist. Und er wollte dir zeigen, dass er Macht über dich hat. Als er das Video von Sam auf Instagram gesehen hat und deine Reaktion darauf, da war ihm klar: Sam hat seine Angebetete gedemütigt. Dafür muss er büßen. Als Sam dann gut gelaunt ins Berghain kam, entstand ein Plan. Juri ist ihm gefolgt, hat ihn am Mietauto überwältigt, erwürgt und für dich gut sichtbar aufgehängt – wie eine Katze ihre Beute zu ihrem Besitzer bringt. Mitbekommen hat es niemand. Juri kannte die Ein- und Ausgänge vom Club, er hatte die Schichten im Blick und konnte sich darauf verlassen, dass die anderen vom Staff schwören, dass er die ganze Zeit im Club war. Das Muster hat sich dann wiederholt: Er hat dich von deiner Rivalin Tilda befreit. Und er hat den Engländer getötet, der dich angegrapscht hat.«

Schweigend hat Ann-Kathrin zugehört. Tränen steigen auf, die echt zu sein scheinen.

»Und Lehmann?«, fragt sie leise.

»Besonders viel Spaß muss Juri gehabt haben, als Peer und ich im Berghain waren. Stellt euch mal vor, wie er seine Macht an diesem Abend genossen hat. Er hat uns die geheimen Ausgänge gezeigt, die er selbst benutzt hat. Er hat gesehen, wie wir Jonas in Verdacht hatten. Und dann flirtet er auch noch hemmungslos mit einer Polizistin, nämlich mir. Er hat uns gezeigt, dass er gerissener ist als wir und nicht zu schnappen. Er hat sein Machtspiel gespielt. Und als er dann von Jonas erfahren hat, dass Ann-Kathrin von Lehmann ebenfalls missbraucht worden ist, stand natürlich fest: nächstes Opfer! Peer, du kannst von Glück reden, dass er das Versteckspiel in der Garage auch genossen hat. Sonst wärst du jetzt nicht hier.«

»Wer leben will, muss freundlich sein«, philosophiert

Peer und setzt den Blinker. Abfahrt zum internationalen Flughafen Berlin-Brandenburg. Die Terminals sind bereits zu sehen.

»Der Rest erklärt sich fast von selbst«, fährt Stephanie fort. »Weil du auf seine Mails und den Einbruch nicht reagiert hast, hat er dir geschrieben, dass er beim Marathon auf dich aufpassen würde. Er hat wohl gedacht, dass du ihn erhörst, wenn er neben dir herläuft und dir Stück für Stück erzählt, was er alles für dich getan hat, aus Liebe oder vielmehr dem, was er darunter verstand.«

»Und dann kam am Marathon-Morgen mein Video ...«, ergänzt Ann-Kathrin.

»Kleiner Schwanz«, tönt es von der Rückbank.

»Ja, genau der, wie damals bei Greta Thunberg und Andrew Tate. Das fanden viele stark und witzig, Juri allerdings nicht. Für ihn hat das Video alles schlagartig umgedreht: Jetzt musste er diejenige bestrafen, die seine Liebe nicht erhören wollte, und zwar so richtig dramatisch, mit einem spektakulären Messermord unterm Brandenburger Tor. Und dann trotzdem entkommen – das war seine Machtfantasie. Er fühlte sich unbesiegbar. Na ja, wie das ausgegangen ist, wissen wir.«

Schweigen im Auto. Stephanies Zusammenfassung lässt keine Fragen offen. Peer rollt an die Schranke, die sich automatisch öffnet. Uli blickt unruhig zum Terminal. Peer lässt den Audi auf einen der vielen freien Parkplätze rollen.

»Die Maschine landet in acht Minuten«, meldet er nach einem Blick auf sein Smartphone.

Peer inhaliert noch einmal den Thunfischpizzaduft und steigt aus, um sich gemächlich zu stretchen.

»Komm, Uli, das schaffen wir. Hier draußen vor dem Terminal.«

Ann-Kathrin postiert Uli vor der gewaltigen Glasfront und dem Schild »Arrival«, nestelt am Smartphone und checkt das Ansteckmikro am schwarzen Hoodie.

»Bist du aufgeregt, Uli?«

Uli guckt wie ein Kind, das in die Fänge seiner garstigen Erbtante geraten ist. Man lässt die feuchten Küsse über sich ergehen in der Hoffnung, dass es sich lohnt.

»Ich bin aufgeregt«, sagt Uli diszipliniert.

Keine feuchten Augen, kein Beben in der Stimme, eindeutig zu wenig Drama. Ann-Kathrin stemmt sich gegen den emotionalen Spannungsabfall.

»Uli und ich haben Juri bis zur Spitze der Siegessäule verfolgt. Zweihundertfünfundachtzig Stufen, am Ende eines Marathons. Und dann wurden wir gemeinsam ...« Kurzes professionelles Schluchzen. »... gemeinsam Zeuginnen, wie sich der Spree-Henker ... wie er sich das Leben nahm. Hast du diesen Schock schon verarbeitet, Uli?«

Uli guckt an der Kamera vorbei und sagt langsam: »Ja.«

Ann-Kathrin wartet vergeblich auf weitere Ausführungen. Uli verweigert sich stoisch dem Drama. Dafür sorgt Ann-Kathrin.

»Du hast im Krieg in der Ukraine natürlich ganz andere Sachen erlebt, Uli. Und wie wir jetzt wissen: Du bist den Marathon nicht für dich gelaufen. Du wolltest die Olympia-Qualifikation schaffen, um Sponsoren anzulocken, die deinem Bruder helfen, der schwer verletzt in einem Krankenhaus in Kiew liegt, also lag ...«

»Ja«, sagt Uli, »aber hat nicht gereicht. Und dann kamst du.«

Dankbar für die unerwartete Vorlage spricht Ann-Kathrin direkt in die Kamera: »Ja, das stimmt, ich habe zum Spenden aufgerufen. Dank euch, dank meiner wunderbaren Followerinnen und Follower haben wir Großartiges geleistet: Wir haben über zwanzigtausend Euro gesammelt, für dich, Uli, für deinen Bruder.«

Was wiederum der einzige Grund ist, warum Uli überhaupt mit Ann-Kathrin redet und sie zum Flughafen hat mitkommen lassen. Bisher hat Uli sich vor der Kamera gedrückt. Anonym wollte sie bleiben. Aber die Spenden haben sie gerührt. Noch dazu hat Ann-Kathrin über ihr Netzwerk sowohl eine kleine Wohnung als auch Jobs in einem Fitnessstudio besorgt – für Uli und auch für Dmytro. Entenschnute hat geliefert. Und Uli fühlt sich nun verpflichtet, etwas zurückzugeben. Auch wenn sie nicht gerne gefilmt wird.

»Ja, ist großartig. Ich bin echt gerührt. Sehr großer Dank an alle Spender da draußen. Ihr bedeutet mir sehr viel.«

Peer ist beeindruckt, wie schnell seine V-Frau das Dramaspiel begriffen hat. Und wie schnell sie umschaltet.

»Wir müssen da jetzt rein«, sagt Uli und späht unruhig durch die Glasfront.

»Uli ist nervös«, erklärt Ann-Kathrin ungerührt und schwenkt Richtung Drehtür. »Ihr seid live dabei, wenn in wenigen Momenten Ulis Bruder hier erscheint. Die Maschine ist gelandet. Ein Wiedersehen der Geschwister, zum ersten Mal seit fast einem Jahr. Uli, was macht das mit dir, in diesem Moment? Magst du über deine Gefühle sprechen?«

»Waschmaschine«, sagt Uli langsam. »Freude, Anspannung, Angst, Ungeduld – emotionale Waschmaschine.«

Uli nickt kurz. Dann geht sie wortlos durch die Drehtür. Peer, der bereits drinnen wartet, macht mit beiden Handflächen eine dämpfende Bewegung. Signal an Ann-Kathrin: Jetzt ist mal gut. Uli flieht in die ausgebreiteten Arme von Stephanie. Weint sie? Kurz hält Ann-Kathrin auf die beiden, bis Peer sich ins Bild schiebt. In einem Anfall von

Restanstand schwenkt Ann-Kathrin aufwärts zur Anzeigetafel und plaudert eisern weiter.

»Uli ist überwältigt. Und ich auch. Dank eurer Spenden! Ihr seid die besten Follower*innen der Welt. Und jetzt warten wir auf den großen Moment, das Wiedersehen.«

Unbeeindruckt vom Geplapper in ihren Rücken haben Peer und Stephanie Uli in ihre Mitte genommen. Sie sehen wie eine kleine Familie aus. Die automatische Tür öffnet sich, entlässt die ersten Fluggäste ins Freie und erlaubt einen kurzen Blick Richtung Gepäckbänder. Uli hüpft und winkt, als habe sie ihren Bruder bereits entdeckt. Ann-Kathrins Schwenk kommt zu spät, sie erwischt nur noch die Tür, die sich wieder schließt.

Quälende Minuten, die Ann-Kathrin zwanghaft voll emotionalisiert mit Banalitäten über die Grausamkeit des Krieges, die Macht der Geschwisterliebe und allen anderen naheliegenden Gefühlereien, denen Menschen mit Anstand einfach nur still nachspüren würden.

Wieder öffnet sich die Tür. Hinter einem Schwung Reisender schiebt ein Bediensteter des Flughafens einen Trolley mit Gepäck. Daneben humpelt ein junger Mann an Krücken. Ein gut aussehender Kerl mit markantem Gesicht und stoppelkurzen Haaren.

»*Brat*«, ruft Uli. Bruder.

Er entdeckt sie und hebt eine Gehhilfe zum Gruß.

»Hey, Große!«

»Es ist so herzzerreißend«, schluchzt Ann-Kathrin.

Peer und Stephanie schieben Uli vor und verhindern mit einem entschlossenen Schulterschluss, dass Ann-Kathrin durchbricht, um auch diesen Moment zu banalisieren.

Uli und Dmytro stehen jetzt still voreinander. Sie hält ihn vorsichtig an den Schultern, er deutet mit seinen Krücken eine Umarmung an. Seine Verletzung, geschützt von einer weiten Trainingshose, ist offenbar schwerwiegender als eine Bänderdehnung. Endlich umschlingt Uli ihn innig. Peer und Stephanie halten den Atem an und mit ihnen alle Menschen ringsum. Die Welt steht still. Allerdings nicht lange. Denn Ann-Kathrin hat die beiden erreicht und hält mit der Smartphone-Kamera drauf auf diese Skulptur der Innigkeit.

»Ja, das ist er nun, dieser unvergleichliche, dieser einzigartige Moment des Wiedersehens. Ich bin so gerührt, Leute, ich weiß gar nicht, was ich sagen soll.«

Was sie allerdings nicht davon abhält, immer neue Worte zu verlieren. Als Dmytro erneut seinen Namen hört, löst er sich vorsichtig aus Ulis Umarmung und blickt in die Kamera.

»So schön, dass du da bist«, schluchzt Ann-Kathrin auf Englisch. »Du hast eine wunderbare Schwester. Sie hat so viel von dir erzählt. Bist du auch so ein begeisterter Läufer wie sie?«

Dmytro schaut Ann-Kathrin stumm an, dann hinunter an seinem Bein, hebt seine Krücke.

»Was denkst du?«, fragt er trocken.

»Äh, natürlich, also ich meine nicht im Moment, sondern eher so, also ...«

Peer schiebt die stammelnde Ann-Kathrin zur Seite, nickt dem stummen Trolleyfahrer zu und übernimmt den Gepäckwagen. Dmytro mustert die Runde.

»Der hübsche Kommissar«, sagt er schmunzelnd, »und die falsche Frau.«

Tapfer widersteht Stephanie ihrem Korrekturreflex und sagt lächelnd: »Falsch ist falsch. Ich bin die richtige Frau.«

»Familienbild!«

Ann-Kathrin hat ihre Fassung wiedererlangt und will die kleine Gruppe instagrammable arrangieren. Da plötzlich klingelt ein Handy. Peer zieht sein Smartphone hervor und blickt aufs Display.

»Da muss ich ran.«

Er dreht sich zur Seite und macht ein paar Schritte, um der Reichweite von Ann-Kathrins Mikrofonen zu entfliehen. Sie filmt und fotografiert derweil das vereinte Geschwisterpaar.

Das Gespräch dauert kaum eine Minute, aber verwandelt Peer schlagartig in Kommissar Pedes.

»Stephanie. Wir haben eine Leiche!«

Ähnlich wie Peer hat sie Mühe zu verbergen, dass ihr ein neuer Fall in dieser Situation sehr gelegen kommt.

»Und die Achte hat heute Bereitschaft«, ergänzt sie in Richtung von Ann-Kathrin. »Unsere Mordkommission.«

Peer ist endlich der Polizist, der Papa stolz machen würde.

Souverän wendet er sich zu Ann-Kathrin.

»Du kümmerst dich bestimmt weiter so rührend um Uli und Dmytro. Nimmst du dir ein anderes Auto und fährst sie in die Stadt?«

»Aber dann kann ich gar nicht filmen.«

Strenger Zangenblick von Stephanie und Peer.

»Na klar fahr ich sie. Und wir machen ein anderes Mal ...«

»Genau, ein anderes Mal.«

Peer drückt Uli und schüttelt Dmytro die Hand, der nicht so ganz versteht, was plötzlich los ist.

Peer nickt Stephanie zu. Sie läuft los, Richtung Ausgang, bahnt eine Schneise für die laufenden Ermittler*innen durch den Pulk der Wartenden.

»Platz!«, ruft sie. »Platz!«

DANKSAGUNG

Hajo Schumachers Dank geht an:

Suse aka »Mona« für ihre Geduld, Paul und Fritz für fortwährende Inspiration, Jan Frodeno und Micky Beisenherz für ihre Hilfe, Michael Illner für »Peer Pedes«, Michael Haentjes für das perfekte Schreibquartier, Jochen Schmitz für Expertise, Christoph Mestmacher für wohlwollendes Lesen, Horst und Mark Milde, Tom Bellartz, Ted Lasso, Jost Wiebelhaus und den Lauftreff Bad Westernkotten.

Michael Meisheit dankt vor allem einer: Andrea.

Und beide Autoren zusammen danken ganz besonders:

Felix Rudloff und Vanessa Gutenkunst. Eléonore Delair, Steffen Haselbach, Birgit Förster und allen anderen Streckenbegleiter*innen bei Droemer. Und natürlich der Lexow-Crew Verena Carl, Anne Otto und Matchmakerin Simone Buchholz.